Der Fluch vom Pilatushof
Die Sachsenkriege und das Leben König Heinrichs IV. († 1106)
Teil 2

Historischer Roman
Regina Oversberg

Kaum hatte Heinrich IV. in Canossa die Lossprechung vom Bann durch Papst Gregor erhalten, regten sich in den deutschen Ländern seine Gegner. Mit der Wahl eines Gegenkönigs beabsichtigten sie, schnell vollendete Tatsachen zu schaffen. König als auch Gegenkönig müssen bald erkennen, dass es keinen schnellen, keinen endgültigen Weg zum Triumph gibt. Im Gegenteil, dieser Weg ist gepflastert mit dem Leben zigtausender Männer, wozu letztendlich auch der Gegenkönig Rudolf von Rheinfelden zählt. Sowohl der Halberstädter Bischof Burchard II., genannt Bucco, als auch Papst Gregor sinnen immer wieder aufs Neue darauf, wie sie den Salier Heinrich vom Thron stoßen können. Sie lassen nichts unversucht, kennen keine moralischen Grenzen, haben keine Skrupel, alles ist erlaubt! Es dauert elf lange Jahre, bedarf zahlreicher blutiger Schlachten, gipfelt selbst in heimtückischen Mordanschlägen, bis der Sieger in diesem Kräftemessen feststeht. Inzwischen bestimmen auch Mord und Todschlag, andauernde Fehden des Adels, raubende Ritter den Alltag der Menschen. Wer wird dem Land endlich den langersehnten Frieden geben?

Historischer Roman

Der Fluch vom Pilatushof

Die Sachsenkriege und das Leben König Heinrichs IV. († 1106)

Teil 2

Regina Oversberg

2021

Schlagworte

Historischer Roman, König, Kaiser Heinrich IV., Sachsenkriege, Canossa,
Papst Gregor, Rudolf von Rheinfelden, Pilatushof, Fluch, Heiliges Römisches Reich Deutscher Nation, Deutsches Reich, Sachsen, Harz, Mittelal-
ter

Impressum

Der Fluch vom Pilatushof
Die Sachsenkriege und das Leben König Heinrichs IV. († 1106) – Teil 2
© Regina Oversberg, Bad Dürrenberg, 2021

Titelbild: Abbildung aus der Maciejowski-Bibel, auch „Kreuzritter-Bibel“,
ca. 1240 n. Chr. (The Morgan Library & Museum, MS M.638, fol. 38v)
Titel- und Umschlaggestaltung: Pierre Kynast

Erste Ausgabe © pkp Verlag, Pierre Kynast, Merseburg, Juni 2021
Internet: www.pkp-verlag.de
Herstellung und Vertrieb: Books on Demand GmbH, Norderstedt
Paperback: ISBN 9783943519488 – E-Book: ISBN 9783943519495

„Du hast genau ein Leben" war das Erstlingswerk meiner Mutter, Regina Oversberg (1948 – 2021), die erst nach ihrer Zeit als Lehrerin das Schreiben für sich entdeckte. Auslöser für diesen zweiten Berufsweg war der ungeklärte, frühe Tod ihres Vaters, der jede Familienzusammenkunft überschattete und den sie ergründete und zu Papier brachte. Nachdem die Leidenschaft geweckt worden war, schloss sie sich als Autorin dem Leseturm an, schrieb zahlreiche Kurzgeschichten und begann 2017 ihr umfangreichstes Projekt, den historischen Roman „Der Schamanensand vom Regenstein", der 2019 erschien. Dabei verknüpfte sie ihr Interesse an Geschichte mit ihrer Liebe zur Heimat, dem Harz, und der Begeisterung für das Schreiben. Auf Wunsch zahlreicher Leser entstand der hier vorliegende Roman „Der Pilatusfluch" als Fortsetzung. Trotz schwerer Krankheit arbeitete Regina unermüdlich an diesem Werk und konnte es wenige Wochen vor ihrem Tod fertigstellen.

Ihr eines Leben hat viele Spuren hinterlassen, und auch wenn sie heute nicht mehr unter uns weilt, so bleiben uns ihre Bücher als Lesevergnügen, als Erinnerung, als Vermächtnis.

Jana Oversberg-Mann
Bad Dürrenberg, 24. November 2021

Inhalt

Forchheim – 15. März 1077..9

Mainz – 26. März 1077 18

Klusberge – Anfang April 1077 23

Köln – April 1077 30

Augsburg – Ostersonntag 16. April 1077 32

Köln – Mai 1077 40

Halberstadt – August 1077 45

Ilsestein – Dezember 1077 51

Schlacht bei Mellrichstadt – 7. August 1078 56

Köln – Oktober 1078 64

Halberstadt – Ende September 1078 69

Fritzlar – im Frühjahr 1079 75

Regensburg – 24. März 1079 80

Flarchheim Am Südostrand des Hainich – Sonntag 26. Januar 1080 85

Konradsburg bei Ermsleben – Ende Januar 1080 99

Rom – 7. März 1080 107

Halberstadt – Juli 1080 113

Halberstadt – Anfang Oktober 1080 119

Im Heerlager des Gegenkönigs – Oktober 1080 124

Hohenmölsen – 15. Oktober 1080 126

Halberstadt – Dezember 1080 137

Speyer – 6. Dezember 1080 144

Halberstadt – 22. Dezember 1080 150

Kloster Drübeck – 22. Dezember 1081 154

Vor den Toren Roms – 28. Mai 1081 158

Bäder von Pisa – Juli 1081 168

Goslar – Weihnachten 1081 171

Rom – 2. Juni 1083 181

Halberstadt – August 1083 190

Kampanien / Italien – Ende Oktober 1083 198

Vor den Toren Roms – November 1083 203

Rom, Peterskirche – Ende Januar 1084 209

Kampanien – Anfang März 1084 217

Engelsburg – 24. März 1084 221

Rom – Mai 1084 228

Harzvorland – Sommer 1084 232

Burg Regenstein 239

Reichssynode in Mainz – Ostern 1085 243

Börnecke – Mai 1085 249

Goslar – Juni 1085 255

Heerlager an der Bode – 06. Februar 1086 267

Kloster Wendhusen – 07. Februar 1086 271

Mainz – 22. Dezember 1087 276

Halberstadt – Mitte Februar 1088 280

Goslar – Anfang April 1088 287

Nachtrag

Bildnachweise 299

Weiterhin erschienen im pkp Verlag..300

Forchheim

– 15. März 1077 –

D er März zählte keinesfalls zu den Monaten, an denen man sich zu langen Reisen übers Land aufmachte, denn schlechtes Wetter und aufgeweichte Wege forderten dem Reisenden alles ab. Deshalb wartete auch Heinrich IV. nach den Strapazen von Canossa mit seinem Hof in Italien auf bessere Tage, während sich im Land eine Gruppe von Männern nach Forchheim auf den Weg begeben hatte. Sie hätten sich gewünscht, dass mehr ihrem Ruf gefolgt wären, doch sie blieben unter sich, eine kleine altgeprüfte verschworene Gemeinschaft aus Fürsten und Kirchenmännern des Deutschen Reiches. Einer von ihnen war Bischof Burchard II. von Halberstadt, welchen man Bucco nannte, ein glühender Gegner des Königs. Er fühlte in diesen Tagen eine maßlose Genugtuung, fühlte sich endlich am Ziel seines jahrelangen Kampfes angekommen. Sollte der König sich vom Papst in Canossa die Loslösung vom Bann geholt haben, in Deutschland, in Forchheim, würde die endgültige Entscheidung fallen.

Forchheim war ein Ort mit einer sehr besonderen und recht alten Tradition, da hier bereits im 9. und 10. Jahrhundert Königswahlen stattgefunden hatten. Und genau das sollte nun wieder geschehen, die Wahl eines neuen Königs! In weiser Voraussicht hatte man sogar eine neue Krone mitgebracht.

Ungeduldig fieberte Bucco diesem Moment entgegen. Sein ganzer Körper befand sich in Haft seiner aufgewühlten Gedankenwelt. Angespannt fiel sein Blick von einem zum anderen in dieser auserlesenen Runde, alles Männer, auf die er sich verlassen konnte. So saßen ihm zur Rechten die Erzbischöfe von Mainz, Salzburg und Magdeburg. Darauf folgten die zwei päpstlichen Legaten, die den Einfluss des Oberhaupts der Kirche sichern sollten.

Zu den anwesenden Fürsten zählten neben des Königs Schwager Rudolf von Rheinfelden, Otto von Northeim, Berthold von Kärnten, Welf VII. von Bayern und Magnus von Sachsen. Damit waren die mächtigsten süddeutschen Herzöge versammelt, die alle erst durch des Königs Mutter, Kaiserin Agnes, in dieses Amt gehoben worden waren, die ihre Stellung mithin einzig dem Herrscherhaus verdankten. Der Versuch, weitere Verbündete für die geplante Königswahl zu gewinnen, war bedauerlicherweise gescheitert. Heinrich IV. hatte immer noch einen nicht unwesentlichen Teil des Reiches hinter sich.

Bucco verfolgte aufmerksam die Rede des Würzburger Bischofs Adalbero, der mit beschwörender Stimme auf die Anwesenden einredete: „Wenn wir heute mit der Wahl eines Gegenkönigs scheitern, werden wir so schnell keine zweite Chance bekommen. Heinrich ist auf den Weg nach Deutschland, er wird keine erneute Sitzung zulassen. Stellen wir aus diesem Grund alle persönlichen Sonderwünsche zur Seite, konzentrieren wir uns auf das Einigende. Ich schlage deshalb vor, dass wir zunächst die Absetzung Heinrich IV. besiegeln. Ich bitte dazu um eure Stellungnahmen." Bucco bewunderte, wie der Würzburger bis zum jetzigen Zeitpunkt jede noch so verfahrene Diskussion wieder auf den Punkt bringen konnte. Er war wahrlich ein echter Diplomat! Dem Halberstädter fehlte diese Gabe, er war ein Mann der Tat, weshalb ihn seine Gegner auch den eisernen Westfalen nannten. Für seine Freunde, für die Kinder seiner Diözese, war er Bucco der Kinderfreund. Nach einer kurzen Debatte wurde der König für abgesetzt erklärt und man konnte sich dem eigentlichen Thema zuwenden. Die Anspannung im Raum wuchs, Otto von Northeim hielt es kaum auf seinem Platz aus. Er rechnete sich die größten Chancen zur Wahl als König aus. Keiner hatte in all den Jahren den Feldzug gegen Heinrich IV. erfolgreicher angeführt, keinem verdankten sie mehr Siege. Doch unter den Männern war es ein offenes Geheimnis, dass sich alle vor einem zu mächtigen Northeimer fürchteten. Da konnten sie gleich den König aus dem Haus der Salier behalten. Als Folge dessen war im Raum eine bedrückende Stille eingetreten; keiner war gewillt, sich als erster zu äußern, alle fürchteten sich vor Ottos Rache. Da sprach Bucco aus, was gesagt werden musste. Er verstand nichts von der Kunst des Taktierens, er war ein heißblütiger Kämpfer im Gewand eines Bischofs. Mit hochrotem Kopf, der mit dem funkelnden Rubin an seiner Hand wetteiferte, erklärte er: „Wir sollten Rudolf von Rheinfelden zum König wählen. Er gehört seit langem zu den ärgsten und hartnäckigsten Gegnern des Saliers. Auch er war ein Opfer von Heinrichs Willkür, obwohl er der Schwager des Königs ist. Wählen wir den

Schwabenherzog zum neuen König, zum Gegenkönig! Er wird ein gerechter Herrscher sein und uns erfolgreich führen!" Alle waren froh, dass das Unaussprechliche endlich gesagt war. Nun konnte man darüber reden. Der Halberstädter war stolz auf sich und sah sich mit erhobenem Haupt in der Forchheimer Runde um. Dabei hatte er sich einzig an eine Übereinkunft gehalten, die er mit seinem Onkel, dem Erzbischof Werner von Magdeburg sowie den Zähringer und Habsburger Oppositionsfürsten getroffen hatte. „Schlag du Rudolf von Rheinfelden zum König vor", hatten sie ihn bedrängt, „dir wird der Northeimer das am wenigsten übelnehmen!" Bucco hatte zugestimmt. Nun blieb sein Blick beim Northeimer hängen. Der hatte jegliche Farbe aus seinem Gesicht verloren und starrte ihn fassungslos an. Doch Otto war zu gewieft, um das Spiel der Fürsten und Bischöfe nicht zu durchschauen. So schluckte er seine Enttäuschung mit Bravour herunter und ergriff als erster das Wort: „Ich weiß, dass mein langjähriger Freund und Kampfgefährte Burchard gewiss seine Gründe haben wird, Rudolf von Rheinfelden die Krone anzutragen. Auch ich muss zugeben, dass sich der Kandidat nicht geschont hat, das Haus der Salier endgültig vom Thron zu stoßen. Auch ich könnte dem Vorschlag guten Gewissens zustimmen. Dafür erwarte ich aber das Herzogtum Bayern wieder zurück!" Irritierte, ratlose Blicke glitten durch das Halbdunkel des Raumes, wanderten von einem Verschwörer zum anderen. Jetzt war es die Sache der beiden päpstlichen Legaten dem Northeimer zu antworten: „Das käme der Simonie gleich! Damit würden wir dem Ämterkauf für ein gegebenes Wort zustimmen! Doch das soll es unter keinen Umständen mehr geben, genau dafür haben wir so lange gerungen." Rudolf verschlug es endgültig die Sprache. Hatten sich etwa alle gegen ihn verschworen? Sie werden mich noch brauchen, fuhr es ihm durch den Kopf, und dann diktiere ich ihnen meine Bedingungen. Dann spielen wir nach meinen Regeln. Daraufhin lehnte er sich äußerlich entspannt, mit einem gönnerhaften Lächeln im Gesicht, in seine Stuhllehne zurück. Bucco hatte ihn in der ganzen Zeit nicht aus den Augen gelassen und verfolgte die einsetzende Diskussion unter den Männern nur mit halbem Ohr. Erst als der Würzburger Bischof zum zweiten Mal mit einem schwergewichtigen „Also" das Wort ergriff, um anscheinend ein Resultat anzukündigen, nahm Bucco wieder hellwach die Vorgänge im Königshof von Forchheim wahr. „Also, kommen wir zur Abstimmung! Soll Rudolf von Rheinfelden unser neuer König sein? Ich bitte um eure Stimmenabgabe." Der Würzburger ließ seinen Blick fragend durch die Runde wandern und einer nach dem anderen erhob zustimmend seinen Arm. Ein beifälliges Raunen lief dabei durch den Saal. Jetzt war es an der Zeit, auch Rudolf

Zugeständnisse abzuverlangen. Der Bischof von Würzburg ergriff wieder das Wort: „Rudolf von Rheinfelden, billigst du die kanonische Wahl der Bischöfe ohne jegliche weltliche Einmischung?" „Ich werde sie billigen und mich nicht in die Wahl der Diener der Kirche einmischen.", hieß die lautere Antwort.

„Rudolf von Rheinfelden, verzichtest du auf eine erbliche Thronfolge? Erkennst du das Recht auf freie Königswahl an?" Der künftige Gegenkönig umfasste den Griff seines Schwertes mit fester Hand, bevor er zur Antwort gab: „Ja, ich werde auch das Recht auf freie Königswahlen anerkennen." Worauf sich die Männer von ihren Sitzen erhoben, zu ihren Schwertern griffen und sie gemeinsam in die Raummitte richteten. Laut und deutlich bekräftigten sie ihren Schwur mit dem Ausspruch: „So sei es! Rudolf von Rheinfelden soll unser neuer König sein!" Der rhythmische Trommelschlag ihrer Schwerter auf die grobgezimmerte Tischfläche beendigte die Zeremonie, schloss sie mit einem wahren Gänsehautgefühl ab. Es war entschieden! Als der Würzburger Bischof Adalbert vorhatte, nach einem der Bediensteten zu rufen, wurde er jedoch von Bucco zurückgehalten. Der hatte sich mit der für ihn bekannten Entschlossenheit von seinem Stuhl erhoben, verschaffte sich mit einer kurzen Geste Gehör und erklärte lautstark: „Wir haben heute mit der Wahl des Rudolf von Rheinfelden zum König Geschichte geschrieben. Noch in 1000 Jahren werden sich die Menschen an dieses Ereignis erinnern. Lange haben wir dafür kämpfen müssen, viele Edle sind gefallen, viele treue Untertanen haben auf den Schlachtfeldern dafür ihr Leben gegeben. Nun ist es unsere erste Pflicht, die Machtstellung unseres Gegenkönigs zu sichern. Der Kampf ist noch nicht vorbei. Stehen wir alle mit unserem Leben dafür ein! Ringen wir dafür, dass nie wieder ein Salier über unser Land herrschen soll. Schmieden wir einen Bund, leisten wir heute einen Eid, dass wir für dieses Ziel unser Leben einsetzen werden!" Sie hoben die Schwurhand und leisteten feierlich den Eid. Ein darauffolgendes Dankesgebet besiegelte den Schwur im Königshof von Forchheim endgültig. „Oh Jesus, ewiger Gott, ich danke Dir für Deine unzähligen Gnaden und Wohltaten. Möge jeder Schlag meines Herzens ein neues Dankeslied für Dich sein, oh Gott. Jeder Tropfen meines Blutes soll für Dich kreisen, Herr; meine Seele ist ein einziges Loblied Deiner Barmherzigkeit ..." Endlich erlaubte man sich, das Gesinde zu rufen, da es manches zu feiern gab. Der Verwalter des Königshofes hatte das Ereignis gemeinsam mit seinem Weib im Hintergrund verfolgt. Sie waren im Dienst der Krone alt geworden und empfanden dadurch eine tiefe Verbundenheit mit dem salischen Königshaus. „Sie besiegeln ihre Verschwörung gegen unseren König noch mit einem Eid", raunte der Burgwart seinem Weib hinter vorgehaltener Hand zu, „mit einem Verrätereid! Damit nageln sie den König symbolisch ans Kreuz, wie einst Pilatus unseren Herren Jesus Christus." Geschockt rang seine Frau nach Luft, um ihre Sprache wiederzufinden. „Verflucht sollen sie sein, diese edlen Herren, dreimal verflucht! Im Namen des Herrn, mein Fluch möge sie alle treffen. Möge ihr Eid sie beizeiten dahinraffen", sprach sie mit verschwörerischer Stimme. Entsetzt betrachtete der Verwalter seine Frau. So aufgebracht hatte er sie noch nie erlebt, weshalb er ihr drohend zuraunte: „Schweig Weib, ein böser Eid reicht für heute. Ich fürchte bereits, dass die Leute unseren Königshof bald als Pilatushof bezeichnen werden und diesen Eid als Pilatusfluch!" Kurzerhand drehte er sich um und verließ mit ihr den Saal, während man drinnen den Edelmännern kostbaren fränkischen Wein servierte, einen Wein in der Farbe des Blutes.

Selbst die beiden päpstlichen Legaten wurden bei diesem Schwur von Unruhe ergriffen. „Was haben wir heute nur zugelassen?", flüsterte der ältere der beiden seinem Glaubensbruder zu. „Sie handeln wie Königsmörder, so wie einst Pontius Pilatus", erwiderte der daraufhin mit einem konspirativen Unterton in der Stimme. „Ich kann dir nur zustimmen! Für mich steht dieser Eid für Verrat und Tod." Von Vorahnungen und Furcht getrieben zogen sich bald darauf die beiden römischen Amtsträger in ihre Gemächer zurück. In dieser Nacht wurden sie immer wieder von einem heulenden weinenden Hund unsanft aus dem Schlaf gerissen. „Er verkündet den Tod von einem der Männer", wisperten sie sich vorausahnend zu, schlugen drei Kreuze und zogen sich die Bettdecken enger um ihre Körper. Mit dem tröstlichen Gefühl von göttlichem Beistand vermochten sie bald darauf wieder einzuschlafen.

Im Nebenzimmer gelang es einem Mann erst gar nicht, in den Schlaf zu finden. Mit offenen Augen starrte er in das Dunkel des Raumes und vermochte es nicht, seine Nerven zu beruhigen. War er jetzt König, würde er allen Ernstes demnächst in Mainz gekrönt werden? Ruhelos erhob sich Rudolf von seiner Bettstatt, warf sich einen wärmenden Kittel über und begab sich nach draußen. Die Kühle der Nacht sollte ihm Entspannung verschaffen, sollte dieses widrige und unerträgliche Störfeuer in seinem Körper löschen. Er gestattete es sich als König nicht, zu zeigen wie gewaltig ihn diese Königswahl aufgekratzt hatte. Dabei entstammte er selber einem großen alten Adelsgeschlecht und war verwandt mit dem ausgestorbenen burgundischen Königshaus. Wenn nicht ihm, wem sonst stand die deutsche Krone zu? Rudolf beschloss, einige Schritte durch den Ort zu laufen. Aber die schlammigen Straßen, der kalte Nieselregen und das undurchdringliche

Dunkel der Nacht zwangen ihn bald zur Umkehr. Laut klagend heulte in seiner Nähe immer wieder ein Hund. „Jemand wird bald sterben", flüsterte er sich selber zu und verzog sich darauf erneut in seine Kammer. Erst weit nach Mitternacht kehrte in seinen Körper wieder ein Minimum an Gelassenheit ein. Dann erst konnte er etwas Schlaf finden.

– Nur wenige Tage später –

Mit Beginn des neuen Tages trugen die Boten die gewichtige Nachricht in das Land hinaus: „König Heinrich wurde in Forchheim abgesetzt! Sein Nachfolger ist Rudolf von Rheinfelden!" Diese Nachricht löste bei den Gegnern Heinrich IV. maßlosen Jubel, bei seinen Unterstützern maßloses Entsetzen aus. Der Bischof von Straßberg, Werner von Achalm, ein langjähriger Freund Heinrichs, sah sich sofort zum Handeln gezwungen. Er war nur zwei Jahre älter als der Salier und von ihm als Sechzehnjähriger in den Bischofstand gehoben worden. Doch kurze Zeit später entledigte ihn Papst Alexander II. wegen unsittlichen Verhaltens seines Amtes, sodass ihm nur der Bußgang nach Rom blieb, um sich die Verzeihung der Kurie zu holen. Dort angekommen hieß der Papst inzwischen Gregor. Werner gelobte ihm Besserung, erhielt die Verzeihung auf Probe, kehrte nach Deutschland zurück und trieb es weiter wie bisher. Er vermochte sich nicht für ein asketisches Leben ohne Frauen, wie von den Reformern gefordert, erwärmen. Darin hatte er mit seinem König viel gemeinsam. Dessen Liebe galt auch stets mehreren Frauenzimmern, sehr zum Verdruss von Bertha, seiner Königin. Nun war dieser Draufgänger im Gewand eines Bischofs zum Lager des Königs nach Italien unterwegs, um ihn über die neusten Entwicklungen in Sachen Königsfrage zu unterrichten.

Bei seinem Eintreffen in Pavia herrschte dort bereits hektische Betriebsamkeit; alle steckten in einem wahren Aufbruchsfieber. Trotzdem, als langjähriger Freund und Weggefährte nach Canossa, brauchte Werner nicht lange zu warten, um zu König Heinrich vorgelassen zu werden. Der Anblick des Seelenhirten versetzte Heinrich in Bestürzung und löste in ihm böse Vorahnungen aus: „Schon wieder zurück Bischof Werner? Seid ihr nicht erst vor kurzem abgereist?" In einer hilflos wirkenden Geste hob Werner die Arme und sog dabei tief die Luft ein, die ihm dem Anschein nach fehlte. „Es müssen, Eurem Äußeren nach zu urteilen, schlimme Nachrichten sein, die Euch und Eure Mannen zu uns geführt haben", erklärte Heinrich überrascht weiter. Erst jetzt wurde dem Bischof bewusst, wie abgehetzt und schmutzig er und seine 20 Männer aussahen. Ein um Entschuldigung bittendes Lächeln glitt über sein Gesicht, doch sogleich sprudelten die Neuigkeiten übergangslos nur so aus ihm heraus. Heinrich sah nicht so aus, als ob ihn diese Botschaft ungemein überrascht hätte. „Sie hatten sich wohl zu sehr in die Idee verliebt, einen neuen König zu wählen, und haben es nun getan. Und mein Schwager, der das Charisma eines Feldhasen und die Ehrenhaftigkeit einer Natter hat, lässt sich zum Gegenkönig wählen!", beurteilte er die Lage. Königin Bertha wurde bei den Worten ihres Gemahls leichenblass. Sie erwartete von ihm mehr Diplomatie in solch heiklen Angelegenheiten. Doch der König redete sich zusehends in Rage: „Ich werde sie alle aus ihren Ämtern jagen! Als Erstes wird der Schwabenherzog und Gegenkönig in einer Person für abgesetzt erklärt. Aus diesem Grund halten wir zu Pfingsten einen Hoftag in Ulm ab. Diese Verräter werden noch ihr blaues Wunder erleben!" Nicht nur Bischof Werner, sondern auch Otto, erster Ritter und treuer Freund des Königs seit Kindertagen, waren erleichtert zu hören, wie energisch und prompt der Salier wieder die Initiative ergriff, wie entschlossen er den Abtrünnigen entgegentreten wollte. Übergangslos musste Heinrich grinsen, als er sich zur Bestätigung nochmals bei Werner erkundigte: „Es gibt jetzt also einen Pilatushof in Forchheim?" Werner nickte bejahend, worauf der König spöttisch kommentierte: „Sie werden keine Ahnung davon haben, wie die Leute den Ort ihrer Verschwörung mittlerweile nennen. Aber die Menschen wissen genau, wer die Verräter am Königtum sind! Als Abtrünnige werden sie auch einst in die Geschichte eingehen!" Er legte eine Pause ein, wobei er Ritter Otto nachdenklich ansah. „Wir bleiben bei unserem Plan", machte er seinem Lehensmann klar, „du begleitest die Königin bis zum Kloster und wenn du anschließend in den Klusbergen nach dem Rechten gesehen hast, folgst du uns nach. Wir brechen morgen auf, lassen uns im Land sehen und werden bis Ende April in Ulm sein. Dann wird auf dem Hoftag der Schiedsspruch gefällt." Ein zustimmendes Geraune erfüllte den Raum. Auch Otto war mit der Entscheidung zufrieden. Schon lange war ausgemacht, dass Königin Bertha den

König auf seinen strapaziösen Reisen durch das Land nicht mehr ständig begleiten sollte. Sie würde nur zu den großen, staatstragenden Ereignissen an den Hof gerufen werden. Bertha trug Heinrichs Entschluss mit Gelassenheit, denn nach den turbulenten letzten Jahren war sie für die zu erwartende Ruhe sogar dankbar. Immerhin war ihr aber auch klar, dass der König den gewonnenen Freiraum nachhaltig nutzen würde. Anstatt mit dem Schicksal zu hadern erwiderte sie mit kühler Sachlichkeit: „Es ist alles vorbereitet. Wir können morgen beizeiten abreisen. Zu Pfingsten sehen wir uns dann in Ulm wieder." Heinrich sah sie dankbar an. Wie immer zeigte sie sich als wahre Königin, der er fast in Liebe zugeneigt sein könnte, wenn ihre Ehe nicht eine von seinem Vater befohlene Verbindung wäre. Bevor der König diesen Gedanken weiterverfolgen durfte, meldete sich nochmals Bischof Werner zu Wort: „Ich werde auch nicht untätig sein. Sogleich werde ich mit meinen Männern nach Basel weiterreiten. Dort werde ich zusammen mit dem Basler Bischof Burchard ein Heer ausheben und darauf dem Zähringer in Kärnten unsere Aufwartung machen. Wie eine Furie wird unser bischöfliches Heer durch sein Gebiet rasen und Rache für seinen Verrat am König nehmen!" Siegesgewiss sah sich dabei der Heißsporn in der Runde um und erntete auch nur beipflichtende und wohlwollende Blicke, denn ein jeder traute ihm einen überragenden Sieg zu. „Bereitet den Feldzug gründlich vor", mahnte der König, „mit dem Zähringer ist nicht zu spaßen. Er ist ein erfahrener Kriegsmann!" Mit einem breiten Grinsen fegte Bischof Werner den Rat wortlos hinweg. Aber Heinrich sollte recht behalten! Es würde alles anders kommen als geplant, denn zunächst wird Berthold I. von Zähringen den Heißsporn erfolgreich in die Flucht schlagen und somit den Angriff abwehren können. Gleichwohl wird Bischof Werner zwei Jahre später das reformfreudige, papsttreue Kloster Hirsau, das geistige Zentrum der Erneuerung, mit brachialer Gewalt überfallen. Bei diesem Handstreich soll er plötzlich tot von seinem Pferd gefallen sein - ein Gottesurteil, ein böses Zeichen, munkelten daraufhin die Leute. So wird der exkommunizierte Bischof aus dem Leben scheiden, ohne je die Verzeihung der Kurie erlangt zu haben! Umso eifriger werden später seine Brüder den Wiederaufbau des Klosters Hirsau unterstützen!

Im Morgengrauen löste sich das Lager des Königs auf und strömte neuen Zielen entgegen. Ritter Otto von den Klusbergen führte den Zug der Königin an. Er spürte dieses hohe Maß an Verantwortung körperlich, doch schwang in seinen Empfindungen auch etwas Neues, Aufregendes mit. Er vermochte Bertha nicht anzusehen, ohne von ihrer Grazie berührt zu sein. Einst, bei seinem ersten Besuch am Hof in Goslar, hatte sie der Ritter als unscheinbares, etwas zu dünnes Mädchen kennengelernt. Doch mit den Jahren war die inzwischen 26-Jährige zu einer begehrenswerten Frau gereift. Mit jedem Kummer, den ihr Heinrich zufügte, vollendete sich anscheinend ihre Schönheit. Anders als ihre Schwiegermutter Kaiserin Agnes gestattete sie es sich, die bewundernden und begehrlichen Blicke der Männer zu genießen. Aus diesen Blicken und aus den Unterhaltungen bezog sie ihre Kraft zum Weitermachen. Jetzt wartete auf sie ein abgeschiedenes Leben fern vom Hof in den verschiedensten Klöstern und Bischofssitzen des Reiches, deren Wahl von strategischen Notwendigkeiten bestimmt wurde. Dort wo die Königin weilte, weilte auch das Königtum, egal wie weit Heinrich entfernt sein mochte! In der Erwartung eines enthaltsamen Lebens ruhte auch der Impuls, Otto auf ihrer gemeinsamen Reise so oft wie nur möglich in lange Gespräche zu verwickeln. Sein armes Seelenleben geriet dadurch umso mehr in Aufruhr. Bald vermochte der Ritter nicht mehr klar sagen, welche Frau er am stärksten in sein Herz geschlossen hatte. War da doch zum einen seine ihm angetraute Susanne, die in den Klusbergen auf ihn wartete und ihm zwei Knaben geschenkt hatte. Doch die Ehe mit der Tochter eines Burgwarts war er nicht aus Liebe eingegangen, auch wenn sie ein liebenswertes Mädel gewesen war. Nein, er hatte Susanne gebraucht, um als Sohn einer Kebsfrau seine gesellschaftliche Reputation zu erwirken. Anders verhielt es sich mit seiner Jugendliebe, mit Watelinde, die er stets nur kleine Waldfee nannte. Sie brachte sein Blut in Wallung, nach ihrem Körper sehnte er sich in einsamen Nächten. Und nicht zuletzt die hoffnungslose Beziehung zur Monarchin. Otto fühlte sich geschmeichelt, wenn Bertha sich an ihn wandte, wenn sie ihn nach seiner Meinung fragte, wenn sie ihn mit ihren Blicken in ein Gefühlschaos stürzte. Erst wenn er sich sagte: „Sie ist auch nur ein Mensch, der sich nach Liebe sehnt!", fand seine vom schlechten Gewissen gebeutelte Seele wieder etwas Ruhe. Doch in den vielen langen Nächten auf ihrer gemeinsamen Reise verspürte er stets den Drang, zu ihr in die Kemenate zu schleichen. Allein die Angst, dass er dabei seinen Knappen Siegfried wecken könnte, der wie ein Fels vor der Tür schlief, hielt ihn davon ab. Gnadenlos beschimpfte er sich in solchen Momenten jedes Mal als einen erbärmlichen Trottel. Letztendlich hatten sie das Kloster erreicht und Otto musste weiterziehen. Nachdem Königin Bertha ihm beim Abschied mit süßer Stimme erklärt hatte: „Ritter Otto, ich habe mich in Eurer Umgebung sehr sicher und gut behütet gefühlt. Nehmt dafür meinen Dank. Ich hoffe, dass der König Euch noch öfter als meine Begleitung benennen wird", ritt Otto mit traumverlorenem Blick davon.

Mainz

– 26. März 1077 –

Der im Jahr des Herrn 1036 neu geweihte Mainzer Dom beeindruckte immer wieder durch seine Schönheit und seine Größe. Die strahlend weiße Außenfassade wetteiferte mit den goldgelben Gesimsen und dem aus glänzender Bronze gegossenen Portal. Dieser Dom sollte den Status des Erzbischofs als Reichskanzler und Königskröner im ottonischen Reich repräsentieren und die Geltung der Mainzer Kirche als „zweites Rom" erkennbar Vorschub leisten. In diesem Haus sollten Könige gesalbt und gekrönt werden. Zweimal hatten hier Inthronisationen stattgefunden und nun gedachte der Erzbischof Siegfried von Mainz einem weiteren Herrscher die Insignien der Macht zu überreichen. Diesmal aber einem Gegenkönig!

Durch den festlich geschmückten Chorraum wehten die Gesänge der Mönche und dokumentierten den hohen Stellenwert dieses Moments. Bucco war von der Zeremonie tief beeindruckt und verfolgte das Geschehen mit feuchten Augen. Endlich überreichte der Erzbischof nach erfolgter Salbung Rudolf von Rheinfelden das Schwert als Zeichen der Macht. Triumphierend richtete der es nach oben, damit ein jeder verstand, von wem ab jetzt das Schwert des Reiches geführt werden sollte. Erneut sprachen sie Gebete, baten Gott um Beistand und huldigten ihm. Doch inmitten der Litanei nahm Bucco überraschend andere, lärmende Geräusche wahr. Erzürnt sah er sich um. Wer wagte es, die Krönung derart unangemessen zu stören? Jedoch konnte er bei keinem der anwesenden Fürsten, Bischöfe oder Mönche auch nur die kleinste Disziplinlosigkeit ausmachen, nein sie sahen sich alle selber betroffen um.

Der Dom in Mainz

Letzten Endes mussten sie feststellen, dass das Problem draußen lag, dass sich außerhalb des Gotteshauses etwas Unerhörtes abzuspielen schien. Bucco vermutete für einen Moment, dass es sich um Freudenausbrüche der Mainzer Bevölkerung handelte. Allerdings erwies sich diese Hoffnung als trügerisch. So jubelte man nicht! So klang der Mob, wenn er wütete! Verzweifelt bemühte sich Bucco, dem Krönungsritual erneut zu folgen, versuchte alles Störende auszublenden. Wie durch einen Nebel nahm er wahr, wie Erzbischof Siegfried den königlichen Mantel über Rudolf ausbreitete.

Buccos Herz trommelte inzwischen wild vor Aufregung und Entrüstung. Warum zog sich die Krönung nur so lang hin? Konnten sie sich nicht beeilen, wo doch der lautstarke Tumult auf dem Domplatz inzwischen nicht mehr zu überhören war! Von draußen drangen jetzt auch Rufe in das Kirchenschiff: „Königsmörder, Verräter!" Der Bischof begriff nicht, warum draußen niemand für Ruhe und Ordnung sorgte. Noch bevor sie dem Rheinfelder die übrigen Insignien der Macht überreichten, trieb es den Halberstädter Bischof mit aller Macht nach draußen. Er war gewillt, diese unbotmäßige Zusammenrottung auseinanderzutreiben, sie unter Kontrolle zu bringen. Erstes Hämmern an dem Bronzeportal trieb ihn zu noch größerer Eile an. Mit einer ungestümen Bewegung stürzte er aus dem Dom und mischte sich unter seine Halberstädter Truppe, die verzweifelt bemüht war, die Stellung vor dem Kirchenportal zu halten. „Schlagt auf das Pack ein", rief er seinen Männern zu, „vertreibt sie, jagt sie fort, zeigt ihnen, wer hier die Macht hat. Gott steht euch bei! Gott vergibt euch! Schlagt sie nieder!" Wieder und wieder stachelte er mit posaunengleicher Stimme seine Männer an, im Hintergrund unterlegt von den Gesängen, die aus dem Dom über den Platz wehten. Aber auch mit seinem Zutun hatten es die Männer schwer, die rasende Menge aus Stadtbürgern, Bauern und der niederen Geistlichkeit in Schach zu halten. Für jeden, der getroffen zur Seite wich, tauchten unversehens zwei neue Angreifer auf. Für einen kurzen Moment erahnte Bucco in diesem Aufstand die bevorstehenden Machtkämpfe im Deutschen Reich. Freunde und Feinde Heinrichs IV. standen sich unversöhnlich gegenüber und schlugen mit unerbittlicher Gewalt aufeinander ein. Es schien in diesem Konflikt keinen Sieger zu geben. Inzwischen war es weiteren Rebellen gelungen, das Kirchenportal zu erreichen und es ein Stück weit zu öffnen. Über Buccos Gesicht huschte plötzlich ein erleichterndes Lächeln, denn aus dem Innern des Domes war das Tedeum zu hören. „Te Deum laudamus. Te Dominum confitemur…", schmetterte er mit gesangserprobter Stimme lauthals mit. Das war für die Angreifer bei Weitem zu viel. Ein kräftiger Schlag auf den Hinterkopf des Bischofs ließ ihn augenblicklich verstummen und mit benebelten Sinnen in die Knie gehen. Vom Hurrageschrei der Massen, mit dem sie durch das offene Portal ins Dominnere eindrangen, vernahm er bereits nichts mehr. Doch unverhofft verwandelte sich der Jubel zu geschockter Stille, denn außer den fliehenden Mönchen verweilte niemand mehr im Dom. Gegenkönig Rudolf von Rheinfelden, Erzbischof Siegfried und alle anderen Fürsten und geistlichen Würdenträger hatten im letzten Moment mit ihren Gefolgen das Weite gesucht.

Bronzeportal des Doms in Mainz

Die wütenden Massen fühlten sich um ihren Sieg betrogen und ließen ihren Verdruss an den davonlaufenden Ordensbrüdern aus. Wenngleich, die Aufständischen hatten ihr ursprüngliches Ziel und damit auch ihre Angriffslust verloren und wurden innerhalb kürzester Zeit eine leicht zu bändigende Gemeinschaft. Mit Prügel und Tritten wurden sie von den Soldaten des Bischofs aus dem Dom vertrieben.

Nachdem wieder Ruhe eingetreten war, sammelten beide Parteien ihre Verwundeten und Toten ein. Auch Bucco schlich mit blutender Kopfwunde in die Kirche zurück. Benno und Paul, zwei Mönche des Klosters, hielten ihn gestützt. „Geht es, Bischof?" erkundigte sich Benno. „Einigermaßen! Mir brummt nur schrecklich der Kopf", gab er zur Antwort. Doch trotz alledem ließ ihn eine Frage nicht los: „Ist der neue König wirklich und wahrhaftig gekrönt und gesegnet worden?" „Wahrhaftig, Rudolf von Rheinfelden ist der neue König!" Diese Botschaft war für Bucco Grund genug, sich das noch ausstehende Festmahl gemeinsam mit den Ordensbrüdern und seinen Kriegern ausgiebig munden zu lassen, während Gegenkönig und Erzbischof auf der Flucht waren.

Dem Erzbischof Siegfried von Mainz sollte es nie wieder vergönnt sein, nach Mainz zurückzukehren. Zu groß war seine Furcht, von den Einwohnern für seine Handlung womöglich doch noch gelyncht zu werden. Er zog sich später in ein Kloster zurück, wo er im Jahr von Heinrichs Kaiserkrönung, am 16.02.1084, verstarb.

Rudolf von Rheinfelden wählte samt Gefolge als neues Ziel Augsburg, wo er das Osterfest angemessen begehen wollte.

Klusberge

– Anfang April 1077 –

Als Otto mit seinem Knappen Siegfried am Fuße des Regensteins, einer in Sandstein gehauenen Felsenburg am Nordrand des Harzes, auf die Klusberge zuritt, musste er vor Ergriffenheit einen dicken Kloss im Hals hinunterschlucken. Nach dem, was er an der Seite des Königs in den letzten Monaten erlebt hatte, empfand er es als eine Wohltat, wieder durch heimatliche Wälder streifen zu können. Er sog den Duft der Kiefern tief in sich ein und warf dabei einen kurzen prüfenden Blick zur Burg hoch, wo er seit geraumer Zeit nicht mehr erwünscht war. Seine Vorfreude erhielt demgemäß einen Dämpfer, weshalb er umso entschlossener dem Pferd die Sporen gab und im Eiltempo weiter ritt. „Geht es zunächst nach Börnecke?", wurde er von seinem Knappen gefragt, nachdem der ihn wieder eingeholt hatte. „Warum nicht", lautete die forsche Antwort Ottos, „dort haben wir uns auch schon lange nicht mehr sehen lassen." Mit der neugewonnenen Euphorie zogen Ritter und Knappe weiter. Als am Horizont die Hügelkette auftauchte, hinter der sich das kleine Dorf versteckte, überraschte sie der April mit einem Schauer aus Schnee und Graupel und letztendlich auch noch mit einem unangenehmen kalten Regen. „Los, beeilen wir uns", rief Otto, „bevor wir noch bis auf die Knochen nass werden." „Die Heimat bereitet uns einen wahrhaft bewegenden Empfang!", erwiderte der Knappe. Otto grinste. Ihm vermochte auch ein solches Sauwetter nicht die Vorfreude zu verderben. Bald würde er vor Watelinde stehen, vor seiner kleinen Waldelfe, und sie fest in die Arme schließen. Ein dunkler Schatten der Erinnerung huschte über seine Seele. Er musste an ihren letzten Abschied denken. Ein heftiges Trommeln an der Tür hatte ihn damals aus einem beseelten Augenblick herausgerissen und Watelindes Aufmerksamkeit und Fürsorge galt schlagartig einem halbtoten alten Mann, den ein Köhlerpaar am Wegesrand aufgelesen hatte. Enttäuscht und entrüstet hatte er sie daraufhin auf der Stelle verlassen.

Der Regen hatte nachgelassen und einem kalten Wind das Zepter übergeben. „Gott sei Dank, endlich sind wir da", stöhnte Siegfried, „weiter hätte ich nicht reiten können." „Wenn du Ritter werden willst, darf dich ein bisschen Regen nicht gleich umhauen. Mach dir warme Gedanken!", erhielt der Knappe belehrend zur Antwort. Otto hingegen tauchte in seiner Gedankenwelt bereits in Watelindes Zärtlichkeiten wohlig wärmend ein. „Hoffentlich ist jemand da und hat für uns ein wärmendes Feuer!", jammerte Siegfried erneut. „In der Hütte ist Licht", lautete Ottos knappe Antwort. Dabei verlangte der Ritter bereits mit kräftigem Klopfen an der Tür um Einlass. In der Hütte blieb es still. Endlich öffnete sich zaghaft die Tür. Eckehart, Ottos Vetter, stand verblüfft vor ihnen. Auch Otto war überrascht und blieb erstaunt im Türrahmen stehen. Nur stockend vermochte er zu fragen: „Du hier? Ich habe dich auf deinen Wanderungen vermutet!" „Kommt erst einmal rein", erwiderte Eckehart „bei diesem Wetter jagt man doch keinen Hund vor die Tür, erst recht nicht seinen Vetter!" Stirnrunzelnd betrat der Ritter die Hütte, wo ihm seine nächste Frage im Hals stecken blieb: „Wo ist eigentlich …?" In der Mitte des Raumes stand mit gelöstem Haar sein Weib, seine Susanne, die Mutter seiner beiden Kinder. „Du hier? Bist du krank?", sprach er sie überrascht an. Susanne errötete, grinste verlegen und kam dabei langsam auf ihn zu. „Nein, ich bin gesund. Mich hat bei meinem Ausritt der Regen überrascht. Da habe ich hier Unterschlupf gesucht." Mit einer zärtlichen Umarmung, die Otto nur zögerlich erwiderte, versuchte sie, Nähe herzustellen. Siegfried stand nach wie vor im Eingang der Hütte. Sein Blick glitt von einem zum anderen. Er verstand nicht, doch die Spannung, die in der Luft lag, sprang auch auf ihn über. Eckehart hüstelte nervös, bevor er die beiden Neuankömmlinge aufforderte, die nassen Sachen abzulegen. „Jetzt koche ich uns erst einmal einen Tee. Setzt euch ans Feuer, das wird euch guttun", ordnete er mit nachdrücklicher Beflissenheit an, wobei sein flatteriger Blick den Ritter nichts Gutes vermuten ließ.

Bald saßen sie, gemeinsam heißen Tee schlürfend und schweigend, um den großen Holztisch. „Erzähl, was hast du seit unserem letzten Beisammensein erlebt. Was habt ihr beide mitgemacht?", bat Susanne ihren Gatten. Und Otto erzählte, von ihrer Alpenüberquerung, den Tagen von Canossa und dass sie im Reich nun sogar zwei Könige besäßen. „Es ist eine schlimme Zeit.", bemerkte Eckehart kopfschüttelnd. Endlich sah Otto die Chance, seine Fragen stellen zu können. Er brachte es nicht fertig, sie weiter hinauszuzögern: „Was wisst ihr über Edda und Watelinde?" Erstaunt sahen alle Otto an und jeder fragte sich: „Watelinde?" Dessen ungeachtet war es Eckehart der Heiler, der nun die Ereignisse der zurückliegenden Monate schilderte. Mit Trauer in der Stimme erzählte er: „Im letzten Sommer ist das Kloster bei Linzke während eines schweren Gewitters abgebrannt. Einige Nonnen konnten sich noch retten, doch nicht wenige mussten in den Flammen qualvoll sterben. Wir wissen nicht, wer die Toten waren. Fest steht nur, dass es seitdem von Edda, deinem Schwesterchen, kein Lebenszeichen mehr gibt." Siegfried beobachtete, wie sein kampferprobter, tapferer Ritter feuchte Augen bekam, aber schon gleich darauf energisch und beschwörend widersprach: „Eckehart, ich kann nicht glauben, dass Edda tot ist. Alles in mir sträubt sich dagegen. Ich würde es fühlen, wenn es so wäre. Nur du kannst mir Gewissheit geben. Du weißt schon wie." Erschrocken senkte der Heiler den Blick. Niemanden im Raum erlaubte er in diesem Moment in seine Augen und somit in seine Seele zu schauen. „Reden wir später darüber!", lautete deshalb die ausweichende Antwort und im selben Moment fügte er übergangslos hinzu: „Übrigens lebt Watelinde jetzt in Halberstadt. Sie hatte einem reichen Tuchhändler das Leben gerettet, wofür er sie aus Dankbarkeit mit in sein Haus genommen hatte." Jetzt senkte Otto betroffen die Augen, während Susanne aufhorchte und mit skeptischen Blicken die beiden Männer betrachtete. Schlagartig wurde ihr einiges klar und ihre Skepsis verwandelte sich augenblicklich in Empörung: „Du bist ein halbes Jahr unterwegs und willst danach als erstes Watelinde aufsuchen?" In den braunen Augen der jungen Frau loderten bedrohliche Flammen. Otto sah sie erschrocken an. So kannte er sie nicht, seine stille hingebungsvolle Susanne! Was war in den letzten Monaten nur passiert? Dieser Gedanke ließ in ihm einen Verdacht aufkommen, so dass er jetzt nachhakte: „Diese Hütte scheint aber auch auf dich eine starke Anziehung auszuüben! Wie oft in einer Woche suchst du denn hier Unterschlupf?" Die Flammen in Susannes Augen erloschen jäh. Nur eine übermächtige, tiefe Traurigkeit blieb. „Du bist nie da, du nimmst an unserem Leben keinen Anteil. Ich bin dir vollkommen gleichgültig, aber für deine Kebsfrau hast du Zeit", sprach sie leise aber mit der Schärfe eines Schwertes. Otto war es nicht gewohnt, dass sie so mit ihm sprach. Deshalb sprang er wildentschlossen auf und schob seinen Stuhl aufgebracht zur Seite. Eckehart verfolgte die Situation mit Bestürzung. „Vetter Otto", sprach er eindringlich, „beruhige dich wieder. Hier ist nichts Unrechtes geschehen." Tatsächlich wusste der Ritter nicht mehr, wem er was noch glauben durfte. „Wem von euch kann ich noch trauen? Wem? Ich muss hier raus, um wieder einen klaren Kopf zu bekommen", zischte er durch seine Zähne und stürzte dabei schon aus der

Hütte heraus, während Susanne ihren Kummer still beweinte.

Stunden später hatte sich Otto etwas beruhigt. Trotzig und gemeinsam schweigend ritten sie zu ihrem Rittergut in die Klusberge zurück. Siegfried trottete ihnen mürrisch nach. Er wollte in diesem Zwist weder Beobachter noch Schiedsmann spielen, weshalb er kurz vor dem Ziel Otto über sein Anliegen unterrichtete: „Ritter Otto, ich würde gern für ein paar Tage zur Konradsburg reiten, um zu sehen, wie es meiner Familie geht. Würdet ihr mir die Erlaubnis erteilen?" „Ich gebe dir sieben Tage. Dann bist du wieder zurück", tönte Otto emotionslos.

Am nächsten Morgen war Siegfried schon in aller Frühe zu seiner Heimatburg unterwegs, die Konradsburg bei Ermsleben, die auch für Ottos Schwester Edda mehrere Jahre eine Heimstatt gewesen war. Es fiel ihm schwer, sich vorzustellen, dass sie nun tot sein sollte! Er begriff auch nicht, warum sie sich im Kloster und nicht am Hofe des Königs aufgehalten hatte. Seltsamerweise hatte Otto nie darüber gesprochen. Siegfried nahm sich vor, Otto nach seiner Rückkehr danach zu fragen. Es hatte sich überhaupt vieles verändert, seitdem er die Hügelburg am Harzrand verlassen hatte, um als Knappe an Otto Seite durch die Welt zu ziehen. Auch er hatte sich verändert, war schon lange nicht mehr der täppische, schlaksige Junge. Er war kräftiger und größer geworden und eine tiefere Stimme sowie ein erster zarter Bart bezeugten seine erwachende Männlichkeit. Ob wohl künftig ein stattlicher Bart seinem Gesicht eine größere Wohlgefälligkeit verleihen würde? Siegfried hoffte es inständig und schloss diesen Wunsch jeden Abend in seine Gebete ein. Die Sonne hatte noch nicht ihren Zenit erreicht, als er vor den Toren von Ballenstedt stand, der Stadt des größten Widersachers seiner Familie, der Edelfreien von der Konradsburg. Das spielte jetzt keine Rolle, er würde hier rasten und eine warme Mahlzeit im Gasthaus „Zur Mühle" einnehmen. Nach dem langen Ritt genoss er den Fußmarsch durch die engen Gassen der Stadt, die von Händlern, Bauern, Bettlern und reichlich fahrendem Volk bevölkert wurde. Der Lärm der Menschen wetteiferte mit den unterschiedlichsten Gerüchen und überall wurde gefeilscht, gezankt, gehandelt. Zunehmend betäubt lief der Knappe weiter auf sein Ziel zu, als er plötzlich neben sich eine Stimme wahrnahm, eine Stimme wie aus einem Grab und dennoch vertraut: „Herr, Erbarmen! Bitte Herr, bitte ein Stückchen Brot!" Siegfried lief ein Frösteln über den Rücken. Wem gehörte diese dumpfe, leise bettelnde Stimme? Er betrachtete den Bettler, der auf dem Boden kauerte und die Hände hilfesuchend nach oben hielt, genauer. Zerlumpt und verdreckt hatte er kaum noch etwas Menschliches an sich. Am schwersten zu ertragen war indessen sein entstelltes Gesicht, über das sich eine breite, verwachsene Brandnarbe zog. Die Narbe trug immer noch das Rosa der Wundheilung. „Man hat ihn geblendet.", schoss es den Knappen durch den Kopf, „Er ist ein gewiss ein Tunichtgut!" „Gnade Herr, bitte ein Stückchen Brot!", bettelte der Alte erneut, da er fühlte, dass der Angesprochene vor ihm stehen geblieben war. „Du bist noch nicht lange blind. Was ist dir passiert?", erkundigte sich Siegfried voll Mitleid. Über das Gesicht des Mannes liefen Tränen; schließlich begann er leise stockend zu antworten: „Herr, die Leute des Ballenstedters Grafen haben zuerst meine Männer getötet, mich darauf geblendet und letztendlich hilflos im Wald zurückgelassen. Jetzt lebe ich von ihren Almosen." Langsam ahnte der Junge, wen er vor sich hatte, doch sein Herz und sein Verstand weigerten sich, es zu glauben. Er brauchte einen klaren, eindeutigen Beweis für seine Vermutung. „Nenne mir die Namen der Männer, die dich begleitet hatten", forderte er deshalb mit einem skeptischen Unterton in der Stimme. Der Alte zählte sie auf, jeden Namen abwägend, um danach erneut um ein Stück Brot zu betteln. Die wiederkehrende Bitte um Brot nahm der junge Knappe schon nicht mehr wahr, zu sehr übermannten ihn seine Gefühle. „Vater", flüsterte er erschüttert, „du bist es wirklich? Was haben sie dir nur angetan? Ich bin dein Sohn Siegfried!" Auf dem Gesicht des Bettlers gingen fassungslose Freude und unendliche Erleichterung in Tränen der Erlösung über. Sie griffen nach ihren Händen, nahmen sich gegenseitig in die Arme und weinten. Siegfried fand als Erster seine Fassung wieder. „Komm Vater, wir machen jetzt einen Menschen aus dir und danach geht es zur Konradsburg!" Er half dem Vater auf die Beine, doch Egeno von der Konradsburg war ein hinfälliger, gebrechlicher Mann geworden. Hunger und Krankheiten hatten ihn tief gezeichnet. „Komm Vater", forderte seinen Sohn ihn erneut auf, „wir schaffen das schon. Zuhause pflegen sie dich wieder gesund." Mit vereinten Kräften verließen sie den Platz der Hoffnungslosigkeit.

Während man bald darauf auf der Konradsburg Tränen der Freude weinte, waren es im Rittergut in den Klusbergen Tränen der Verzweiflung. Otto fasste es nicht, dass er seine Susanne in Börnecke bei seinem Vetter angetroffen hatte. Nein, dort gehörte sie nicht hin. Nach Tagen des Grübelns und unendlichen Streitens fasste er einen Entschluss: Sobald sein Knappe Siegfried von der Konradsburg zurückgekehrt sei, beabsichtigte er, umzuziehen. „Unser Gut am Harzrand ist wieder bewohnbar und dort werden ordnende Hände gebraucht. Mithin wirst du endlich eine richtige Aufgabe als Haus- und Hofherrin haben!", offenbarte er seiner Frau mit einer Stimme, die keinen Widerspruch duldete. An Susannes Reaktion konnte er ablesen, dass er die richtige Entscheidung getroffen hatte. Fassungslos starrte sie ihn an, keines Kommentars fähig. „Ich dachte, ihr wolltet euch mit dem Umzug noch etwas Zeit lassen", versuchte sein Vatersbruder Hubert zu beschwichtigen, „ihr habt es doch gut hier." Mit einem zornigen Blick auf seine Frau konterte Otto: „Zu gut Onkel, viel zu gut!" Ihre zwei Söhne, der dreijährige Bruno und der einjährige Egbert, spielten unterdessen friedlich in einer abgeschirmten Ecke des Raumes. Plötzlich stand Bruno auf, lief zu seiner Mutter und streichelte ihr aufmunternd die Hände. „Sei nicht traurig, Mama", bemühte er sie zu trösten, „bald ist der böse Mensch wieder weg." Otto erstarrte innerlich. Was war er für ein Vater? Sein Kind stellte ihn als den Bösen, als ein Ungeheuer hin? Susanne streichelte den Kopf des Jungen und belehrte ihn mahnend: „Er ist dein Vater und erwartet von dir Respekt." Prüfend sah das Kind Otto an, bevor es trotzig klarmachte: „Es ist trotzdem schöner, wenn er nicht da ist." Erschrocken hielt ihm Susanne den Mund zu. „Lass nur", bemerkte Otto, „ich habe bereits verstanden. Eckehart hat hier meinen Platz eingenommen. Er ist der Edle und ich bin das Untier." Susanne weinte wieder. „Woher sollen die Kinder wissen, wer du bist. Nur Eckehart war für sie da!", erklärte sie mit brüchiger Stimme. Ein langes und belastendes Schweigen trat ein. Trotzdem blieb Otto bei seiner Entscheidung. Sie würden wieder das Rittergut am Harzrand beziehen, welches ihm der König als Lehen überlassen hatte. Hätten es ihm die renitenten sächsischen Bauern nicht zu Beginn des Sachsenkrieges abgefackelt, würde seine Familie dort noch immer leben. Die Tür wurde geöffnet und Heiler Eckehart betrat den Raum. „Ist das schön, dass du kommst", strahlte seine Mutter Gudrun, „jetzt ist die Familie endlich mal wieder vereint." Während Otto und Susanne verlegen lächelten, rief Hausherr Hubert quer durch den Raum der betagten Dienstmagd zu: „Bring meinem Sohn einen Krug Bier! Heute wollen wir feiern." „Ich bin gekommen, um mit dir über Edda zu reden.", erklärte Eckehart seinem Vetter Otto, dessen Blick sich darauf abermals verdüsterte. Dennoch war er zu einem Gespräch bereit: „Hattest du etwa eine Vision? Konntest du sehen, was im Kloster passiert ist?" „Nein, ich habe mich aber in Linzke etwas umgehört.", erläuterte der Heiler, „Ich war beim Gastwirt und beim Priester. Der Wirt konnte sich erinnern, dass sich an jenem Tag ein Ritter mit seinem Knappen nach dem Kloster erkundigt hatte. Noch bevor sie es erreichen konnten, hatte dort aber bereits der Blitz eingeschlagen. Sowohl der Pfarrer als auch der Schankwirt konnten mir berichten, dass später der Ritter mit einer der Nonnen weggeritten ist." Otto hatte seinem Vetter gebannt zugehört. „Konnte dir der Wirt den Namen des Ritters nennen?", hinterfragte er mit Skepsis in der Stimme. „Der meinte, etwas wie Anno oder Arno gehörte zu haben." Elektrisiert sprang Otto auf. „Arno, Arno von Köln! Er lebt also! Dann hat er auch Edda gefunden. Das ist wirklich eine gute Nachricht Vetter. Lasst uns das mit einem Glas Wein feiern." Während nun erneut die alte Magd verdrießlich in den Weinkeller schlurfte, klärte Otto die anderen auf: „Arno sollte Bucco, unseren Halberstädter Bischof, bis nach Ungarn in die Verbannung begleiten. Doch der Bischof tauchte bekanntlich bald darauf wieder in Deutschland auf, während Arno verschollen blieb. Nun kann ich mir einiges zusammenreimen." „Ich auch", raunte Eckehart mit gedehnter Stimme, „ich selber bin Bucco auf seiner Flucht begegnet und habe ihn notgedrungen bis Halberstadt begleitet. Aber erst am nächsten Tag wurde mir klar, wer mein Begleiter gewesen war." Gudrun stöhnte verzweifelt auf: „Wie klein ist doch die Welt. Ihr meint, Bucco hat den Ritter …?" In diesem Augenblick kam die Magd mit einem schweren Weinkrug zurück und so blieb die Frage der Hausherrin unbeantwortet.

Bis zum Eintreffen des Knappen bemühte sich Otto, ein liebevoller Vater zu sein, einer der mit seinen Kindern lachen konnte, einer der sie ernst nahm. Dabei kam er nicht umhin, immer wieder an seinen eigenen Vater zu denken, der sich stets Zeit für ihn genommen hatte, der ihn mit Liebe und Geduld aufgezogen hatte. Angespannt hingegen blieb bis zur endgültigen Abreise nach Ulm zum König sein Verhältnis zu Susanne, seinem Weib. In der Hauptsache nahm sie ihm den Umzug in das Rittergut am Harzrand übel. Die Tage ihrer unbeschwerten, glücklichen Zusammengehörigkeit waren fürs erste vorbei.

Köln

– April 1077 –

Die Zeit der Flucht aus dem brennenden Kloster bei Linzke am Fuße der Blankenburg lag bereits einige Monate zurück. Edda hatte an jenem Tag nur noch von dort weggewollt, mit allen Fasern ihres Herzens. Als dann plötzlich, mitten im Feuerinferno, Arno vor ihr stand, gab es für sie kein Halten mehr. Sie war entschlossen, mit ihm zu gehen, egal wohin! Ritter Arno, dem der Halberstädter Bischof Bucco durch die Lappen gegangen war, schämte sich für sein Scheitern. Auch die schwere Verwundung, die man ihm dabei zugefügt hatte, ließ er als Entlastung nicht gelten. Aufgrund seines Versagens hatte er nicht das Recht, zum König zurückzugehen! Sein Reiseziel war somit sein Rittergut in der Nähe von Köln. Dorthin wollte er Edda als seine Braut führen, sie ehelichen und mit ihr viele Kinder zeugen. Doch entgegen aller Erwartungen fiel der Empfang durch seine Eltern recht kühl aus. Ganz im Gegenteil, seine Mutter überhäufte ihn beharrlich mit schweren Vorwürfen: „Wie kannst du ein so mittelloses Ding nur heiraten wollen? Wir hatten mit dir andere Pläne." Tag für Tag pries dementsprechend die Mutter die Vorzüge der Braut, die sie für Arno bereits ins Auge gefasst hatte. „Du und Vater tut Edda Unrecht", widersprach der Ritter, „sie kommt aus einem tadellosem Haus, war Hofdame der Königin und ihr Bruder ist der erste Ritter des Königs." Die Mutter sträubte sich vehement gegen seine Argumente. „Was hatte das Mädchen dann ins Kloster verschlagen? Wo steckt ihre Familie? Wie hoch ist ihre Mitgift?" An dieser Stelle wusste Arno nicht weiter. Mit nachtwandlerischer Sicherheit hatte die Gutsherrin Eddas Schwachstelle erkannt. Arno hatte auf ihre Fragen auch keinerlei Antworten und keine Menschenseele hatte sich bisher veranlasst gefühlt, ihm die Entscheidung des Königs zu erklären. Edda schwieg eisern, wenn er sie nach den Gründen fragte und ebenso Otto; obwohl sich beide bereits mit Schwager angesprochen hatten.

Unbeeindruckt von den wiederholten Sticheleien der Eltern nahm Arno sich vor, bei seinem Planen zu bleiben und begann, die Hochzeit mit Edda zu planen. Bei einem Spaziergang am Ufer des Rheins stellte er seiner Auserwählten die entscheidende Frage: „Bald ist Ostern, da könnten wir doch unsere Verlobung feiern." Er sah das Mädchen dabei erwartungsfroh an, denn Edda hatte sich inzwischen von den körperlichen Strapazen des Klosterlebens und der anschließenden Flucht erholt. Trotzdem lag in ihrem Wesen und in ihrem Blick immer noch etwas Fremdes. Regelmäßig wachte sie nachts schreiend aus Alpträumen auf, immer öfter begann sie am Tag aus Nichtigkeiten heraus zu weinen. Auch jetzt flossen wieder einmal Tränen, die Arno verunsicherten, die er nicht deuten konnte. „Willst du mich nicht mehr zum Mann?", begann er zu bohren. Edda schüttelte den Kopf und antwortete mit leiser unsicherer Stimme: „Arno, glaub mir, du bist meine große Liebe! Aber es wird nicht funktionieren. Zum einen bin ich hier nicht erwünscht, werde von deinen Eltern behandelt, wie die niedrigste Magd. Andererseits fühle ich mich seelisch leer und kraftlos. Lass uns bitte noch warten. Bis Pfingsten! Gib mir die Zeit!" Arno war maßlos enttäuscht und fragte sich zum wiederholten Male, was Edda so verändert hatte. Vielleicht die Zeit im Kloster? „Du brauchst noch Zeit?", fragte er unsicher nach. „Ja und deinen Eltern wird es recht sein. Wollen wir nicht lieber in den Harz zurückgehen, dort wird man uns gewiss schon vermissen." „Gefällt es dir hier nicht? Sieh nur, den Rhein, diesen herrlichen Strom. So etwas gibt es im Harz nicht." Arno umfasste dabei Eddas Schultern, zog sie sanft zu sich heran und versuchte ihr einen Kuss zu geben. Erschrocken bemerkte er in diesem Augenblick die panikartige Veränderung in Eddas Blick und in ihrer Körperhaltung. „Was hast du? Warum siehst du mich wie ein waidwundes Reh an? Ich wollte dich nur küssen und nicht umbringen!" Die Worte rauschten an Edda ungehört vorbei. Sie war gefangen im Netz ihrer Erinnerungen, sah sich umringt von grapschenden, johlenden Männern, in deren Augen reine Lust flackerte. „Edda, komm wieder zu dir!", rief Arno und rüttelte an ihren Schultern. Doch der harte Griff versetzte sie endgültig in Panik. Sie riss sich von Arno los und rannte, wie von Furien gehetzt, davon. Ratlos blieb der Ritter zurück und begrub fürs nächste alle Hochzeitspläne. Sicher war nur eins: Edda musste etwas Schreckliches passiert sein. Trachtete er danach, es um ihrer gemeinsamen Zukunft willen, herauszufinden, blieb ihnen nur die Rückreise in den Harz. Dort hoffte er, bei Eddas Bruder Otto Antworten zu bekommen.

Augsburg

– Ostersonntag, 16. April 1077 –

Zu Ostern, dem höchsten Feiertag der Christenheit, stand der Gegenkönig Rudolf von Rheinfelden, früher schwäbischer Herzog und noch immer Schwager Heinrichs IV., mit einem ansehnlichen Gefolge vor den Toren der Stadt Augsburg. Der überhastete Aufbruch nach seiner Krönung aus Mainz hatte seinem Ansehen Schaden zugefügt. Nun suchte er im Land neue Verbündete. Von besonderem Gewicht war es mittlerweile, die Sympathie der Städte zu erobern. Wer ihr Wohlwollen besaß, konnte darauf auch seine Macht, insbesondere die militärische Stärke, begründen. Aus diesem Grunde wollte der Rheinfelder unbedingt die Augsburger Bürger für sich gewinnen. Dafür würde er ihnen auch gern besondere Rechte und Freiheiten zugestehen. „Dann auf", rief Rudolf seinen Begleitern zu, „überzeugen wir die Augsburger von unserem Königtum. Diese altehrwürdige Stadt wird einen starken Herrscher zu schätzen wissen!" Jubel brandete unter den Anhängern Rudolfs auf, ein Jubel, der ihrem Kommen weit vorauseilte. Dem folgten die Hufschläge ihrer Pferde, die die Erde beben ließen und somit ein weiteres Mal ihr baldiges Erscheinen ankündigten. Unüberhörbar hatten sie ihr Kommen kundgetan und ritten bald darauf mit einem Hochgefühl aus militärischer Stärke und staatsmännischer Macht in die Stadt ein. Doch kein Jubel, keine Euphorie, nur die grimmigen, skeptischen Blicke der Stadtbürger begleiteten sie auf ihrem Ritt bis zu ihrem Ziel, der Reichsabtei. Rudolf und seinen Männern wurde die Situation bald unheimlich. Mit zornigen Blicken beobachteten die Städter ihr Tun und raunten sich überdies einander zu: „Das ist der Gegenkönig, der Verräter an unserem König Heinrich!" Schon flog erster Unrat durch die Luft. Der Rheinfelder bemühte sich, Haltung zu bewahren, sich nicht provozieren zu lassen und ritt dem Anschein nach unbeeindruckt weiter. Endlich erreichten sie das Kloster Sankt Ulrich und Afra, in dem sich die Reichsabtei befand. Hinter den dicken Klostermauern wollten sie Erholung und Ruhe finden. Mit kräftigem, ungeduldigem Hämmern an der Pforte begehrten sie lautstark Einlass. Doch im Kloster blieb es still, viel zu still! „Herr, seht einmal hinter Euch!", rief alarmiert ein Begleiter Rudolfs. Der Gegenkönig drehte sich um und erschrak. Hinter ihnen stand eine undurchdringliche Mauer aus menschlichen Leibern, aus Augsburgern. Ihre Botschaft konnte er unmissverständlich aus ihren zornigen Gesichtern ablesen: Sie wollten ihn nicht in ihrer Stadt dulden. „Klopf lauter!", rief Rudolf seinem Ritter im harschen Befehlston zu und drehte sich dabei nochmals reflexartig um. Die Stadtbürger hatten sich ihnen noch weiter genähert, der Kreis war noch enger geworden. Endlich wurden die schweren Riegel krachend zur Seite geschoben und das Tor einen Spalt weit geöffnet. Während der Rheinfelder noch über den schmalen Türspalt grübelte, der kaum einem Pferd genügend Platz zum Durchreiten ließ, erschien mit würdevollen Schritten ein Geistlicher vor dem Tor. „Ich bin Bischof Embrico", rief er laut und vernehmlich über die Straße, „und fordere Euch hiermit auf, Augsburg umgehend wieder zu verlassen!" Die Menge jubelte frenetisch. „Hier steht der König des Deutschen Reiches", grölte Rudolf empört zurück, „öffnet uns sofort die Pforten des Klosters! Tut Eure Pflicht und Schuldigkeit gegenüber der Krone!" Pfiffe ertönten, empört brüllte die Menge: „Verräter, Verräter vom Pilatushof!" Mit einer energischen Armbewegung verschaffte sich der Bischof wieder Gehör: „Was für ein König seid Ihr? Sprecht, was für ein König soll hier vor uns stehen? Ich kenne nur einen! Ich kenne nur König Heinrich IV. Er ist unser rechtmäßiger Herrscher!" Wieder brandete begeisterter Jubel durch die Menge. Rudolf schnaubte vor Wut. „Euren Heinrich haben wir in Forchheim abgewählt. Jetzt gehören mir die Insignien der Macht! Seht her! Die heilige Lanze in meiner Hand spricht doch wohl für sich!" Bei diesen Worten hob er die Lanze und schwenkte sie triumphierend hin und her. Jetzt sollte Embrico beeindruckt sein, doch als treuer Freund und Wegbegleiter Heinrichs nach Canossa überzeugte ihn das nicht: „Nehmt Euer Gefolge und verlasst unsere Stadt. Eure Wahl war unrechtmäßig, Eure Lanze ist gefälscht. Ihr begründet Euren Herrschaftsanspruch auf einem Wirrwarr aus Lügen und Verrat!" Auf so viel Gegenwehr waren Rudolf wie auch der Mainzer Erzbischof Siegfried, der sich wie ein Schatten an seiner Seite aufhielt, nicht gefasst. Der schmächtige Mann mit dem blassfeuchten Gesicht zischte empört seinem König zu: „Lasst ihn erschlagen, vor aller Augen, dann weiß das Volk, wer hier der wahre Gebieter ist!" Der Gegenkönig lächelte weise: „Alles zu seiner Zeit." Schon wollte der Augsburger Bischof sich wieder zurückziehen, da wohl alles Notwendige gesagt war, als Rudolf aufgrund seiner prekären Lage versöhnlichere Töne anschlug: „Es ist Ostern, Bischof. Lasst Christenliebe walten und gebt uns zumindest einen Lagerplatz innerhalb der Mauern des Reichsstiftes, wo ich mit meinem Gefolge die Nacht über kampieren kann!" Unwilliges Knurren der Massen rollte über den Platz. Trotzdem antwortete Bischof Embrico: „Ihr habt recht! Wir sind alle Kinder Gottes und es ist Ostern. Einen Platz für die Nacht kann ich Euch geben. Aber für alles andere müsst Ihr selber sorgen!" Nach zähen Verhandlungen ließ ihn der Bischof letzten Endes auf das Klostergelände einziehen. Es war der höchste Feiertag der Christenheit und somit auch die Zeit der Gnade. Schließlich war Gott auferstanden! Indessen verfolgten die Augsburger sehr genau, was vor dem Tor ausgehandelt wurde. „Verräter!", riefen sie ihrem Bischof empört zu, als sie begriffen, dass man Rudolf das Nachtquartier gewährte. Seelenruhig trat nun Embrico vor sein Volk, um zu verkünden: „Beruhigt euch! Ich werde morgen in aller Frühe zu unserem König Heinrich aufbrechen. Er soll wissen, dass wir alle noch zu ihm stehen! Augsburg ist und bleibt ihm treu!" Stürmischer Jubel rollte durch die Stadt, ein Beifallssturm, der dem Rheinfelder fast den Atem nahm. An diesem Abend bat der 52-jährige Gegenkönig die Heilige Afra um ihren Beistand. Sie, die als Märtyrerin um 304 für ihren christlichen Glauben gestorben war, sollte ihn in seinem Ringen um die Macht zur Seite stehen. Von ihrer Stärke und Treue zu Gott tief beeindruckt wollte er sich leiten lassen. Auch er, Rudolf von Rheinfelden, wollte seinen Weg unbeeindruckt von allen Widrigkeiten zu Ende gehen. Außerdem hatte er schmerzlich begreifen müssen, dass die Augsburger ihrem Heinrich noch immer treu ergeben waren, denn kein zweiter deutscher Herrscher hatte sich in Augsburg so oft aufgehalten wie er. Sie kannten ihn gut und nebenbei fiel von seinem Glanz und seiner Größe auch jederzeit etwas auf ihre Stadt zurück.

Am nächsten Tag zog der Hof des Gegenkönigs frustriert, aber um eine Erfahrung reicher, weiter.

Kaum dass der Rheinfelder abgezogen war, begab sich auch Bischof Embrico auf Reisen. Er konnte es kaum erwarten, auf Heinrich IV. zu treffen, um ihn nach Ulm zum Hoftag zu begleiten. Dort würden sie der Welt zeigen, wer der einzige wahre Herrscher der Deutschen war. Die Stadt Ulm, um 850 aus einer Königspfalz entstanden, lag am Knotenpunkt wichtiger Handelsstraßen, was ihren ökonomischen Stellenwert sehr begünstigte. Aber auch die ab hier schiffbare Donau hatte zum Reichtum und der Bedeutung der Stadt beigetragen. Viele Hoftage hatte man bereits in Ulm abgehalten, viele, die sich maßgeblich auf die Fortentwicklung des Reiches ausgewirkt hatten. So auch im Februar 1077, wo die deutsche Fürstenopposition genau hier bereits zum ersten Mal die Absetzung des Königs beschlossen hatte. Grund genug für den Salier sich nun, drei Monate später, demonstrativ in Ulm zu zeigen und über seine Widersacher zu richten.

Der Hof des Königs überschritt die Donau an einer Furt und zog auf ausgefahrenen Wegen auf die Stadt zu. Die Botschaft, dass König Heinrich Ulm erreicht hatte, verbreitete sich in der Umgebung wie ein Lauffeuer. Die Menschen strömten zusammen und bereiteten ihrem Herrscher einen beeindruckenden Empfang. Jubel umbrandete den königlichen Zug, der von Heinrich, inmitten seiner treuen Ritterschar, angeführt wurde. „Hier seht ihr unsere treuesten Verbündeten!", rief ihnen Heinrich froh gelaunt zu. Immer wieder aufbrandende Jubelrufe verschluckten fast jedes gesprochene Wort. „Dafür allein hat sich der Gang nach Canossa gelohnt.", erwiderte Otto euphorisch. Der Zug hielt. Die Honoratioren der Stadt hatten sich vor dem Stadttor zu ihrem Empfang aufgestellt. Erneute Freudenausbrüche erschollen, als der König die Insignien der Macht demonstrativ der Menge präsentierte. Ähnlich euphorisch wurde auch Königin Bertha Tage später von den Bürgern der Stadt empfangen, die ebenfalls am Hoftag teilnehmen wollte. Heinrich trat ihr bewegt entgegen. „Wer hätte noch vor einem halben Jahr gedacht, dass sich alles so schnell wieder zum Guten ändern würde", erklärte er mit einem glückstrahlenden Leuchten in den Augen. „Ja", antwortete Bertha, „du hast den richtigen Weg gewählt. Du hast auf Gewalt verzichtet und auf die Stärke des Herzens gesetzt. Dafür lieben dich die Menschen." Sie schritten Seite an Seite in den Hof der über 200-jährigen Königspfalz, die wie üblich neben dem Wachturm und den Wirtschafts-und Wohnräumen einen großzügigen Palast besaß. Um die Pfalz herum hatte sich im Laufe der Zeit, begünstigt durch ihre Lage, die Stadt angesiedelt. Bertha zog sich nach dem Begrüßungsritual mit ihren Hofdamen, verfolgt von Ottos Blicken, in ihre Gemächer zurück. Es war ihm nicht vergönnt gewesen, sie nach Ulm zu begleiten, denn Heinrich benötigte gerade jetzt seine Dienste. Zum gelungenen Verlauf der nächsten Tage wurden jede Hand und jeder Ratschlag gebraucht. Dabei hätte der Ritter von den Klusbergen dringend weiblichen Trostes bedurft. Die Königin hätte ihn gewiss verstanden; litt sie nicht auch unter der andauernden Trennung von ihrem Gemahl? Otto entschied, sich in Geduld zu üben. Im Trubel der nun folgenden Tage kam er sowieso nicht dazu, trüben Gedanken nachzuhängen.

Nach und nach trafen alle geladenen Gäste auf dem Königshof ein und füllten den Innenhof der Pfalz bis auf das letzte Plätzchen. Jedermann wurde von der feierlichen Stimmung erfasst und alle verstanden sehr wohl die Bedeutung dieses Treffens! Es gab ein klares Ziel! Die Krönung des Rudolf von Rheinfelden für widerrechtlich zu erklären. Genau darin sah Bischof Embrico seine tatsächliche Berufung. Aufgeregt fieberte er dem öffentlichen Abendmahl entgegen, welches er in eigener Person zelebrieren wollte.

Endlich verkündete Glockengeläut den Beginn des Gottesdienstes. Die Menschen standen dicht gedrängt und warteten in feierlicher Stille auf dessen Eröffnung. Ausnahmslos alle wussten um die hohe Bedeutung dieses Moments. Auch Otto wurde von der Wucht der Bilder und Worte übermannt, wie im Fieber rauschten die Gesänge und Gebete an ihm vorbei. Als der Bischof die Worte aus dem Alten Testament: „Nie sollen Liebe und Treue dich verlassen, binde sie dir um den Hals, schreib sie auf die Tafel deines Herzens! Dann erlangst du die Gunst und den Beifall bei Gott und den Menschen!", in das Kirchenschiff donnerte, sah der Ritter demutsvoll zu seinem König. Ja, er hatte ihm ewige Treue geschworen, darin sah Otto den tieferen Sinn seines Lebens!

Letztendlich begann der Bischof mit der Vorbereitung des Abendmahls mit Brot und Wein. Ihm zur Seite stand ein schmächtiger Priester, der Otto bislang nicht weiter aufgefallen war. Außergewöhnlich an ihm war ein spitzes, eckig wirkendes Gesicht mit einer schmalen langen Nase und blassfeuchter Haut. Wenn er jedoch mit seinen unruhigen Adleraugen die Menschen seiner Umgebung studierte, wirkte er auf sie angsteinflößend. Nachdem der Bischof mit dem `Agnus Dei` Gott um Erbarmen, um die Hinwegnahme der Sünden und um Frieden gebeten hatte, erfolgte in aller Stille die Austeilung der Gaben. Niemals zuvor hatte sich Otto so sehr als Christ gefühlt. Plötzlich fand er Zuversicht und Trost in dem Glauben an den einzig wahren Gott. Voller Inbrunst sprach er das abschließende Gebet mit: „Gloria Patri et Filio", wobei er ungewollt zu seinem König sah. Auch in Heinrichs Augen leuchtete das Feuer des Glaubens.

Am Tag darauf ließ sich Heinrich IV. erneut krönen. In einer festlichen Zeremonie setzte ihm Bischof Embrico die Krone auf. Es war ein eher symbolischer Akt, der der Welt gleichwohl zeigen sollte, in wessen Hand sich nach wie vor das deutsche Königtum befand. Nach den darauffolgenden Chorgesängen und dem Hochamt nahm man gemeinsam und ungestört das Krönungsmahl ein. Es gestaltete sich ein Festtag, der seinem Namen gerecht wurde und jeder schien aufrichtig glücklich und zufrieden zu sein. Aber dann fiel Ottos Blick erneut auf den Priester, der dem Bischof beim Abendmahl zur Seite gestanden hatte. Er sah krank aus, sein Gesicht war noch bleicher geworden, Schweißperlen standen auf seiner Stirn. Das einzig wirklich Lebendige lag nach wie vor in seinen Augen. Wenn er zum Bischof Embrico rüber sah, blitzte aus ihnen inzwischen pure Feindseligkeit. Der Ritter hatte das Gefühl eines Déjà-vu-Erlebnisses. Schon einmal hatte es sich so beängstigend angefühlt, damals, als er zur Neueinweihung des Halberstädter Doms in die Augen des Begleiters von Otto von Northeim gesehen hatte. Sollte er jetzt wieder einem Verräter und Mörder gegenüberstehen? Einem, der wie Pilatus die Frage stellte: ,Was ist Wahrheit?' und sich darauf seine Hände in Unschuld wusch? Der Ritter beschloss, sich Auskünfte über den eigenartigen Priester einzuholen. „Siegfried", forderte er seinen Knappen auf, „forsche nach, was es mit dem Priester auf sich hat. Bringe so viele Informationen wie nur möglich." Während sich nun der Knappe in der Pfalz umhörte und Antworten sammelte, ließ Otto wieder den Zauber des Festes auf sich wirken.

Da König Heinrich IV. mit seiner erneuten Krönung aller Welt klar gemacht hatte, in wessen Hand nach wie vor das Zepter des Reiches lag, er seine Legalität zurückgewonnen hatte, beabsichtigte man, den Gerichtstag gegen die abtrünnigen Fürsten anzugehen. Alle waren Heinrichs Ruf gefolgt, die Fürsten, Bischöfe und die Spitzen des Reiches. Nur die beschuldigten Herzöge fehlten, Welf von Bayern, Berthold von Kärnten und der Schwager des Königs, Gegenkönig Rudolf von Rheinfelden. Heinrich war sich darüber im Klaren, dass besonders dieser Prozess an das gültige Recht gebunden sein musste! Sie durften sich keine Fehler leisten, das Urteil musste unanfechtbar sein.

Beim Verlesen der Anklageschrift herrschte im Saal absolute Stille, alle waren verstummt und lauschten angespannt. Heinrich hörte sich den Text, auf seinem Thron aufrecht sitzend, mit erstarrter Miene an. Mit eisernem Griff umklammerten seine Hände dessen Armstützen. Er schien mit dem Thron eins geworden zu sein. So verkörperte er durch seine Person das Recht, den Staat und die Gewalt. Erst als die Herzöge des Hochverrats beschuldigt wurden, zeigten sich auf seinem Antlitz Gefühlsregungen, die so schnell wieder verschwanden, wie sie aufgetaucht waren. Er gestatte niemanden, in seinen Gedanken lesen zu können. Die Beratung der weltlichen und kirchlichen Würdenträger zog sich in die Länge. Jeder der Anwesenden wollte zur Treulosigkeit der drei Herzöge seine Meinung äußern und am Ende seine unbedingte Treue zum König erneuern. Endlich war das Urteil gefällt. „Hiermit", erklärte abschließend der König, „werden die Herzöge von Bayern, Kärnten und Schwaben als Hochverräter verurteilt. Ihnen werden daher ihre Herzogtümer und sämtliche Lehen entzogen. Das Herzogtum Kärnten wurde bereits mit Luitpold von Eppenstein neu besetzt. Die Herzogtümer Bayern und Schwaben bleiben zunächst in der Hand des Königshauses. So sei es!" „So sei es!", schallte es echohaft und einstimmig aus der Menge zurück.

Wieder einmal wurden Boten ins Land geschickt und brachten die Nachricht bis in den letzten Winkel des Reiches.

Wie der gesamte Hof befand sich auch Otto in einer gelösten, zufriedenen Stimmung und endlich ergab sich eine Gelegenheit, mit seiner Königin zu plaudern. Sie saß im Kreis ihrer Hofdamen und empfing den Ritter mit großer Warmherzigkeit. Dieses Bild erinnerte Otto daran, dass auch seine Schwester Edda einst zu ebendiesem erlesenen Kreis gezählt hatte. Als ob Königin Bertha in seinen Gedanken lesen konnte, erkundigte sie sich mit deutlichem Mitgefühl in der Stimme: „Wie geht es meiner ehemaligen Hofdame Edda? Ist sie inzwischen eine Braut Christi geworden?" Auf diese Frage war Otto nicht gefasst gewesen und sah deshalb erschrocken auf. „Es tut mir wahrlich leid, was damals passiert ist", ergänzte Bertha sofort, „aber es gab für Edda keinen anderen Weg als den ins Kloster." Otto nickte nur verhalten, bevor er zur Antwort gab: „Vielleicht gab es wirklich keine andere Lösung, doch Edda hatte immer gehofft, dass der König seine Entscheidung zurücknimmt. Das Kloster gibt es nicht mehr, es ist im letzten Sommer bei einem schweren Gewitter abgebrannt. Ob Edda lebt oder ob sie unter den Toten ist, kann keiner sagen. Viele Nonnen sind bei dem Feuer ums Leben gekommen." Betroffene Blicke verschlossen Ottos Mund. Obendrein war er nicht bereit, noch mehr preiszugeben. Insbesondere die Hoffnung der Familie, dass Edda dem Inferno unter Umständen entkommen war, wollte er auf keinen Fall offenbaren. „Sie war so ein entzückendes Ding", klagte Immula, die Tante der Königin. „Sie hatte sich doch unsterblich in Ritter Arno von Köln verliebt." Die Königin stimmte ihr halbherzig zu, doch dann ergriff sie die Hand des Ritters und forderte ihn mitfühlend auf: „Lasst uns für ihre Seele beten. Der Herr möge ihr im Himmel einen vortrefflichen Platz zuweisen." Tief bewegt musste der junge Mann einen dicken Kloß im Hals runterschlucken, bevor er in das Bittgebet der Damen einstimmen konnte. In der nachfolgenden Unterhaltung vermied ein jeder das heikle Thema, denn keine der Hofdamen trachtete danach, dem Ritter unnötig wehzutun. Und Otto genoss nach und nach die Rolle, die er inmitten der edlen Frauen spielen durfte, genoss es, wenn sie seinen Geschichten lauschten oder wie sie auf seine Komplimente und Schmeicheleien reagierten.

Am Tag darauf erinnerte sich Ritter Otto wieder an den unheimlichen Priester. „Was konntest du über den Mann Gottes in Erfahrung bringen?", erkundigte er sich bei seinem Knappen. Der sonst so im Spionieren erfolgreiche Siegfried zog enttäuscht die Schultern hoch, bevor er zur Antwort gab: „Ich habe alle befragt. Niemand kennt ihn. Alle dachten, dass er zu irgendeinem anderen Gefolge gehören würde. Inzwischen ist er weg, spurlos verschwunden. Es scheint, dass er von meinen Nachforschungen Wind bekommen hat." Otto vermochte es kaum zu glauben! Seine Ahnungen hatten ihn offenbar nicht betrogen. Jetzt musste er handeln und sowohl den König als auch den Bischof über den vermeintlichen Spitzel informieren. Er fand den König beim Kartenspiel mit Gleichgesinnten. „Mein Herr", eröffnete er unverzüglich seinen Bericht, „wir hatten einen Spion in diesen Tagen unter uns!" Heinrich lächelte gefasst. Seine Antwort vermochte Ottos Gemütslage wieder etwas zu beruhigen: „Seit ich denken kann, bin ich von Spionen und Verrätern umgeben. Dieser Spitzel hat uns allen sein Gesicht offenbart, womit wir ausreichend gewarnt sein sollten. Ich habe einen Verdacht, wo wir ihn jetzt finden könnten!" Ein aufmunterndes Lachen rollte durch den Raum, nur Ritter Otto lachte nicht. Schon mehrmals hatte ein Verräter treue Freunde des Königs hinterhältig gemeuchelt. Sollte sich das jetzt wiederholen?

Ritter Otto von den Klusbergen irrte sich nicht. Bereits zwei Monate später, nachdem Bischof Embrico aus Augsburg Heinrich IV. erneut die Krone aufgesetzt hatte, erreichte den Hof eine traurige und zugleich unfassbare Nachricht. Der treue Freund des Königs war unter äußerst fragwürdigen Umständen verstorben. Man fand ihn mit durchschnittener Kehle im Innenhof der Reichsabtei. Die Hintergründe konnten nie eindeutig geklärt werden. Otto fand sich in seinem Verdacht bestätigt und er kannte das Gesicht des augenscheinlichen Mörders.

Man bestatte den heinrichstreuen Mann in seinem, nämlich im Augsburger, Dom.

Köln

– Mai 1077 –

Die Pfingstfeiertage lagen hinter ihnen. Nun war Arno bereit, seinem Leben eine neue Wendung zu geben. „Nächsten Montag brechen wir auf und ziehen in den Harz zurück.", verriet er Edda, die neben ihm auf der Bank saß und in die Abendsonne blinzelte. Er legte seinen Arm nicht mehr um ihre Schultern. Er hatte Angst, dass sie wieder angsterfüllt reagieren würde. „Du bist so gut zu mir", erwiderte das Mädchen, „die Reise wird meiner Seele gewiss guttun." Auf Arnos glattem schwarzem Haar spiegelte sich das Licht der untergehenden Sonne. „Er sieht wie ein griechischer Gott aus!", dachte Edda im Stillen und betrachtete ihn mit entrücktem Blick. „Bevor wir reisen, muss ich noch etwas klären. Morgen in aller Frühe mache ich mich mit Hermann auf den Weg. Wir sollten bis zum Abend wieder zurück sein", erklärte der Ritter weiter. Arnos Worte schreckten Edda auf und holten sie in die Wirklichkeit zurück. „Du weißt, dass ich mich ohne dich hier nicht wohlfühle. Lass mich deshalb nicht unnötig lange warten", sprach sie eindringlich auf ihn ein. In diesem Augenblick versank das Tageslicht hinter dem Horizont und eine unangenehme Kühle breitete sich alsbald aus und brachte die Menschen zum Frösteln. Über das Rittergut flog schreiend eine einsame Krähe und rief krächzend: „Starb, starb, starb!" Edda wusste, dieser Ruf bedeutete den Tod eines Mannes. Zitternd und leichenblass begab sie sich mit Arno ins Haus zurück.

Der wusste um ihre Ängste, doch dieser Weg nach Köln war für ihn besiegelt. Köln, eine der größten Städte im Reich, deren Anfänge sich bis zu den Römern zurückverfolgen ließ lag bald vor ihnen. Mit ihrem Ensemble aus mehreren Kirchen grüßte die Stadt schon von Weitem ihre Besucher aus aller Herren Länder. Der Stadtkern, auf einem Hochplateau in

Rheinnähe gebaut, war hochwassergeschützt und bot fast 20000 Menschen einen wirtlichen Lebensraum. Arno liebte diese selbstbewusste Handelsstadt, wie auch ihre Bewohner, die drei Jahre zuvor gegen ihren Erzbischof Anno den Aufstand geprobt hatten. Anno hatte sich dafür übel an ihnen gerächt und mit seinen drakonischen Strafen das Leben in der Stadt für längere Zeit praktisch lahmgelegt. Erst kurz vor seinem Tod, im Angesicht eines strafenden Weltgerichts, begnadigte er die Rädelsführer des Aufstandes und vergab seinen aufmüpfigen Kölnern. Ein neuer Bischof, von König Heinrich geschickt, zog nach Annos Tod in die Stadt ein. Aber die freiheitsliebenden Bürger widersetzten sich anfänglich auch Annos Nachfolger Hildolf. Mittlerweile hatte sich das Leben in der Stadt beruhigt, und nach und nach war auch der reiche Kaufmannsstand zurückgekehrt.

In der Begleitung seines Knappen Hermann zog der Ritter auf einer der alten römischen Handelsstraßen auf sein Ziel zu. Es handelte sich dabei um ein herunter gewirtschaftetes Rittergut, das noch vor den Toren der Stadt lag. Es befand sich, wie Arno bestürzt feststellen musste, in einem noch erbärmlicheren Zustand als jemals zuvor. Arno befürchtete bereits, dass es inzwischen längst verwaist sei. Doch sie wurden eines Besseren belehrt! Im Innenhof waren zwei arme Teufel mit dem Ausmisten der Ställe beschäftigt. Echte Landluft nahm den Männern fast den Atem. Aus dem Gutshaus schlich unsicher ein Knappe herbei. Befangen begrüßte er die beiden unerwarteten Gäste. Sein Äußeres unterschied sich kaum von dem der Knechte. „Ist Ritter Reinhard da? Ich muss ihn dringend sprechen!", erkundigte sich Arno bei ihm, wodurch sich die Unsicherheit des Jungen weiter verstärkte. „Ich werde dem Herrn Euren Besuch ankündigen", lautete seine devote Antwort. „Nicht nötig! Wir sind alte Freunde", erwiderte Arno genervt. Mit diesen Worten schob der Ritter den verdutzten Burschen unsanft zur Seite und betrat ungefragt die Ritterstube. Gleichwohl blieb er ungewollt im Türrahmen stehen. Vor ihm, verteilt um den groben Eichentisch, saßen vier Männer mit hochroten Köpfen und glasigen Augen. „Tritt ein, Arno", begrüßte ihn der Hausherr mit schwerer Zunge, „setz dich zu uns." Zustimmendes Gejohle der Saufkumpanen unterstrich die Einladung. „Bleib bei den Pferden draußen. Halte sie bereit", raunte Ritter Arno seinem Knappen zu und trat in die Stube ein, die eher den Namen Räuberhöhle verdient hätte. „Ich weiß, was dich zu mir geführt hat", polterte unvermittelt Ritter Reinhard los, „du willst dein Geld zurück!" Die Saufbrüder stimmten augenblicklich ein dröhnendes Gelächter an und schwenkten dabei ihre Krüge wie eroberte Kriegstrophäen hin und her. „Du hast recht, ich brauche mein Geld. Schon vor einem halben Jahr war es fällig geworden." In die Augen des Schuldners schoss ein unheilvolles Funkeln und in seiner Stimme lag ein entrüsteter Unterton: „Vor einem halben Jahr warst du nicht da. Somit konnte ich es dir nicht geben. Jetzt habe ich kein Geld mehr." Dabei schlug er seinen Krug so fest auf die Tischplatte auf, dass dieser zerbrach, der edle Inhalt sich zwischen den Scherben verteilte und anschließend zu Boden floss. Fassungslos stierte Reinhard auf den Scherbenhaufen. „Ich brauche das Geld aber jetzt. Besorg es dir! In drei Tagen bin ich wieder da. Kannst du nicht zahlen, werde ich die Schulden mit deinem Vieh verrechnen müssen. Viel wird es sowieso nicht wert sein." Wütend und gleichermaßen enttäuscht stürmte Arno nach draußen, begleitet vom brüllenden Hohngelächter der vier Saufkumpanen. „Wir sollten ihnen folgen!", stichelte, nachdem sich die Tür wieder geschlossen hatte, einer der Vier unternehmungslustig. Verschworene Blicke kreisten durch die Runde. „Folgen wir ihm!", entschied Ritter Reinhard mit befehlsgewohntem Unterton in der Stimme. Blitzartig stürmten die Kerle nach draußen und binnen kurzem saßen sie auf ihren Pferden, nachdem sie die Knechte mit ihren Peitschen ungezügelt angetrieben hatten. Mit Mordlust in den Augen verließen sie galoppierend den Hof. Wenig später trat ein, was Arno vorhergesehen hatte. Im scharfen Galopp wurden sie verfolgt, verfolgt von seinem einstmals besten Freund. Aber seitdem Arno zum festen Kreis der Ritter des Königs gehört hatte, war Reinhard ein anderer geworden. Er neidete Arno eine Stellung, die der schon lange nicht mehr einnahm. Die Verfolger näherten sich in einem brachialen Tempo. Arno und sein Knappe sollten keine Gelegenheit zur Flucht erhalten. Hier, an diesem abgelegenen Rheinarm, hier sollte es geschehen, hier waren sie vor unliebsamen Zeugen sicher. Entschlossen wendeten die Bedrängten und stellten sich ihren Kontrahenten mit gezogenen Waffen in den Weg. Verblüfft über den Wagemut des Ritters ging der erste Angriff ins Leere. Ritter Reinhard konnte sein galoppierendes Pferd kaum zügeln. Sich aufbäumend, tänzelte es unkontrolliert zur Seite. Auch seinen drei Kumpanen erging es kaum besser. Arno atmete erleichtert auf und hoffte, dass Reinhard nun von ihm ablassen würde, vor allem, da er ihm mit seinem Schwert einen tiefklaffenden Schnitt im Gesicht zugefügt hatte. Genau diese Verletzung stachelte aber die Wut der Angreifer aufs Neue an. So kam es zu einem erbitterten Schwertkampf, dem als erster der Jüngste aus der Runde der Saufkumpane erlag. Tödlich getroffen rutschte er zu Boden. Wieder schöpfte Arno Hoffnung, dass sie diesen Überfall lebend überstehen könnten, als ihn ein Schwerthieb unvorbereitet in den Rücken traf. Er fühlte einen scharfen Schmerz und spürte gleichzeitig, wie das Blut aus der Wunde pulsierte. Kraftlos verlor er sein Schwert. Im selben Moment begann Arno zu fallen, einen Fall in die Unendlichkeit, während seine Seele auf ihre letzte Reise ging. Es trieb sie zu Edda. „Edda", schrie seine Seele, „Edda, sieh ich sterbe! Du musst fliehen! Verzeih mir!" Während eine samtweiche Dunkelheit ihn im Reich der Toten aufnahm, schlug sein Körper krachend zu Boden. Ein auffrischender Luftzug trug die letzte Botschaft seiner Seele weit übers Land. Nach einem letzten Aufbäumen all seiner Kräfte weilte auch sein Knappe bald nicht mehr unter den Lebenden. Die Verbrecher nahmen sich die Pferde der Getöteten, warfen ihre Leichen achtlos in den Rhein und zogen siegestrunken zum Rittergut zurück, wo sie das Saufgelage fortsetzten, so als wäre nichts geschehen. Doch die schwere Fleischwunde in Ritter Reinhards Gesicht bezeugte das Blutvergießen. So hielt das Gefühl von Überlegenheit und Zugewinn nicht lange an. Bald begann der Ritter den Platz zu fürchten, an dem er seinen einstigen Freund gemeuchelt hatte. Um nicht stets aufs Neue daran erinnert zu werden, nahm er von nun an lange Umwege in Kauf. Er hoffte, sich so dem Schrecken seines Verbrechen entziehen zu können.

Edda hatte in der Nacht keine Ruhe gefunden. Erst gegen Morgen fiel sie in einen traumlosen Schlaf. Als sie endlich aufwachte, war Arno bereits auf dem Weg nach Köln. Wie eine Schlafwandlerin erhob sie sich und überließ sich dem Tag, immer auf Arnos Rückkehr wartend. Bei jedem ungewöhnlichen Geräusch zuckte sie zusammen und rannte erwartungsfroh zur Tür. Doch als der Abend kam, war der Ritter immer noch nicht heimgekehrt. Von Unruhe getrieben lief Edda in der Ritterstube unablässig auf und ab. Schon längst hatte ihr Bräutigam zurück sein wollen. Was war vor ihrer gemeinsamen Abreise in den Harz nur so bedeutsam gewesen? Arnos Mutter verfolgte die junge Frau unablässig mit vorwurfsvollen Blicken. „Setz dich endlich, mein Sohn wird schon noch kommen. Offenbar vergnügt er sich gerade eben in Kölns Hurenhäusern." Gehorsam ging Edda zu ihrem Stuhl zurück, wo sie in sich zusammengesunken wieder Platz nahm. Sie wagte nicht, etwas zu erwidern, sie kam sich hilflos und unendlich verlassen vor. Sogar als die Eheleute längst in ihren Betten lagen, verharrte sie immer noch auf ihrem Platz. Weit nach Mitternacht übermannte sie ein erster Schlaf. Dabei fiel ihr Kopf haltlos auf die Brust, wodurch sie bebend wieder erwachte. Erneut fielen ihr die Augen zu und Edda versank in einen leichten, von Träumen und schlimmen Vorahnungen durchsetzen Schlaf. Diesmal weckte sie das Läuten eines Glöckchens. Sie rannte aufgewühlt zur Tür, doch als sie sie öffnete, starrte sie nur die schwarze Nacht gespenstig still an. Hatte sie nicht soeben ein Glöckchen gehört? War es etwa das Totenglöckchen gewesen? Die Angst hielt sie gepackt. Das war zu viel! Edda brach weinend zusammen.

Am nächsten Morgen sahen Fischer am Rheinufer drei Leichen treiben. Sie schafften die Toten ans Land und zeigten den grausigen Fund beim Stadtherrn an. Dabei stellte einer der Männer erschüttert fest: „Ich glaube, dass das hier Ritter Arno ist. Der zweite Tote könnte sein Knappe sein. Den dritten kenne ich nicht. Wir sollten die Familie benachrichtigen."

Edda sah die Männer bereits von weitem kommen; sie ahnte, was geschehen war. Als man die Gemeuchelten ins Hause brachte, erlebte sie den schwärzesten Tag ihres Lebens. Schmerz über den schweren Verlust und Ratlosigkeit, was aus ihr werden sollte, nahmen ihr fast den Lebenswillen.

Aber dann kam sie nicht umhin, einen weiteren Schock hinzunehmen. Wenige Wochen, nachdem man Arno und seinen Knappen beigesetzt hatte, rief sie der Familienrat zu einem Gespräch. „Da du nicht zur Familie zählst und das auch nie eintreten wird, musst du ab heute für dein täglich Brot selber sorgen", teilte ihr das Familienoberhaupt kühl und abschätzig mit. Dann fügte er im gleichen abfälligen Tonfall hinzu: „Nimm deine Sachen und suche dir einen Platz in der Gesindestube. Dort bist du besser aufgehoben." Damit war alles gesagt. Das Mädchen widersprach nicht. Was für Argumente hätte sie vorbringen können? Nur eine Option blieb Edda noch, doch dafür benötigte sie ihren ganzen Mut!

Halberstadt

– August 1077 –

ach dem wenig glorreichen Ende der Krönung Rudolfs von Rheinfelden zum Gegenkönig hatte es Bischof Burchard II. von Halberstadt wieder in seine Diözese gezogen. Wie stets, wenn er nach längerer Abwesenheit heimkehrte, flogen ihm die Herzen der Menschen entgegen. „Bucco kommt, Bucco kommt!", riefen die Kinder und strömten ihm zuhauf entgegen. Aber diesmal fielen die Geschenke spärlicher aus, denn der Krieg gegen den König hatte die Kassen arg gebeutelt. Bucco brauchte neues Geld und neue Verbündete! „Was wird mal sein, wenn du keine Gaben mehr verteilen kannst? Werden sie dich dann auch noch lieben?", überlegte er im Angesicht des frenetischen Jubels, der ihn empfing. Doch Bucco war sich sicher: Solange er gegen den König kämpfte, waren ihm die Sympathien der Halberstädter gewiss! Kein Sachse wollte diesen Salier Heinrich als Herrscher haben.

Stolz und zufrieden betrat er seinen Dom, eine langgestreckte, dreischiffige, gotische Basilika über einen kreuzförmigem Grundriss, sein Machtzentrum, in dem er stets Gottes Nähe und Beistand fand. Diesmal zog es ihn in die Kapelle des Heiligen Liudger, der einst hier am Nordrand des Harzes die letzten sächsischen Heiden getauft hatte. Endlich allein kniete Bucco zum Gebet nieder und dankte dem Herrn für seine glückliche Heimkehr. Daraufhin wandte er sich an den Heidenbekehrer: „Heiliger Liudger, stütze mich auf meinen Wegen! Gib mir die Kraft und die Klarheit, um mein Ziel endgültig zu erreichen. Vernichte Heinrich IV. und stehe fest an meiner Seite! Im Namen des Vaters, des Sohnes und des Heiligen Geistes. Amen." Der Bischof legte sich auf die kühlen Steinplatten des Doms und breitete feierlich seine Arme aus. Sein Körper bildete ein Kreuz, das Kreuz des Christentums, und sein Geist suchte die Nähe zur Dreifaltigkeit.

Dom in Halberstadt

Lange blieb er so liegen, wie ein Mahnmal, starr und anrührend im gleichen Maße. Als sich der 49-jährige Mann schwerfällig und stöhnend erhob, stand in seinem Gesicht ein Leuchten. Liudger sei Dank! Jetzt wusste Bucco, was zu tun war.

Am nächsten Morgen schickte er einen Boten nach Quedlinburg zur Äbtissin des Damenstifts und bat um eine Zusammenkunft. Überrumpelt vom Ansinnen des Bischofs stimmte die hohe Dame zu. Äbtissin Adelheid, inzwischen 32 Jahre alt, war durch ihre Stellung als Äbtissin eine Reichsfürstin von einflussreicher Bedeutung. Gleichwohl machte sie von der damit verbundenen Macht selten Gebrauch. Sie verwaltete die Reichsstifte von Gandersheim und Quedlinburg mit der nötigen Sachlichkeit, doch stets im Interesse der beiden Häuser. Als Mensch wurde sie als sehr verschlossen und weltabgewandt wahrgenommen. Wie ihre Mutter, Kaiserin Agnes, fand sie vor allem in der Religion ihre Erfüllung. Das gerade Bucco, ein entschiedener Gegner ihres Bruders König Heinrich, sie um ein Gespräch bat, hatte ihre Neugier geweckt. Ihre letzte Begegnung, anlässlich der Neuweihe des Halberstädter Doms, lag bereits sechs Jahre zurück. Je länger Adelheid über den bevorstehenden Besuch ihres Nachbarn nachdachte, umso mehr wuchs ihre Ungeduld.

Es war noch früher Morgen, als der Bischof die Tore von Halberstadt hinter sich ließ und auf Quedlinburg zuritt. Dieser späte Augusttag schien dem Land seinen glühenden Stempel aufdrücken zu wollen. Die Böden der Felder waren staubtrocken und außer der würzigen Schafgarbe wuchs kaum noch ein Kraut am Wegesrand. „Dieser Sommer hat viel mit dem von 1060 gemein, als unsere unglückliche Stadt in Brand geriet", erklärte Bucco seinem Begleiter, Bruder Hellwig, mit Sorge in der Stimme. „Gott verschone uns vor einem weiteren Unglück solcher Art", jammerte Hellwig, „haben wir doch schon so genügend Sorgen!" Die Anspielung auf ihre klammen Kassen verstand der Bischof, weshalb er darauf nicht weiter einging. Umso wichtiger, sagte er sich, war dieser Besuch bei Äbtissin Adelheid, seiner einstigen Schülerin während ihrer Zeit in der Kaiserpfalz in Goslar. Die edle Frau begrüßte ihren Gast mit distanzierter Höflichkeit. Es stand dahinter keine besondere Absicht, es entsprach einfach ihrem verschlossenen Wesen. Der Bischof ließ sich dadurch nicht beeindrucken, dafür kannte er Adelheid und ihre Geschichte nur zu gut. „Ihr gebt uns die Ehre Eures Besuches, Exzellenz? Was für Dringlichkeiten führen Euch nach Quedlinburg?", lauteten ihre Begrüßungsworte. Durchaus etwas verunsichert setzte sich Bucco nach einer auffordernden Handbewegung der einflussreichen Frau schwerfällig auf den ihm zugewiesenen Platz. Dabei fiel ihm auf, dass Adelheid in all den Jahren nicht attraktiver geworden war. Kantige, männliche Gesichtszüge prägten ihr Antlitz. Sah man ihr jedoch in die Augen, veränderte sich schlagartig der erste Eindruck. Die maßlose Trauer, die in ihrem Blick lag, war nur schwer auszuhalten. Darauf war der Bischof nicht gefasst gewesen. So beschloss er, sein Anliegen möglichst behutsam zu formulieren. „Da wir so enge Nachbarn sind, sollten wir in diesen schwierigen Zeiten enger zusammenrücken", eröffnete er das Gespräch. „Fürwahr, es sind schmerzvolle Zeiten", erwiderte Adelheid, „aber Ihr habt daran doch keinen unbedeutenden Anteil." Anklagend musterte sie ihren Gesprächspartner. Der Bischof fühlte sich durch ihren Blick und ihren Vorwurf angegriffen. Durfte sie ihm die Hauptlast der Schuld zusprechen? Gab es da nicht mächtigere und einflussreichere Personen, die sie anklagen sollte? „Ich habe nicht mehr Schuld auf mich geladen, als Euer Bruder, der König", entgegnete er trotzig, „aber ich sehe, wie das Land leidet. Wir brauchen Frieden, wir brauchen Euch, Fürstin! Wenn Ihr Euch auf unsere Seite stellt, werden Euch die Franken und Hessen folgen, von den Städten ganz zu schweigen." Über Adelheids Gesicht huschte ein spöttisches Lächeln: „Wie ich Eurer Rede entnehme, steht es nicht gut um den Gegenkönig.

Außer den Sachsen finden sich wohl keine weiteren Verbündeten! Euer Treffen im Pilatushof in Forchheim scheint doch kein so genialer Schachzug gewesen zu sein." Adelheid hatte sich beim Sprechen nach vorn gebeugt und hielt dabei Bucco mit ihrem Blick gefangen. Der alte Draufgänger fühlte sich in seiner Rolle als Friedensstifter zunehmend unwohler, trotzdem versuchte er erneut, sie für seine Sache zu gewinnen: „Äbtissin Adelheid, das deutsche Land macht schwere Zeiten durch. Es gibt nicht viele Optionen, die Krise so schnell wie möglich zu beenden. Stellt euch auf unsere Seite! Eure Entscheidung würde den Frieden bringen." Empört erhob sich die Äbtissin von ihrem Stuhl. „Wieso glaubt Ihr, ich könnte mich gegen meinen Bruder, König Heinrich IV., stellen? Wenn wir hier im Harzvorland auch künftig friedlich nebeneinander leben wollen, vergesst Euer Ansinnen! Dann seid Ihr weiterhin in Quedlinburg ein gern gesehener Gast." Bei diesen Worten erhob Adelheid ihren Becher mit Wein und prostete Bucco einladend zu. Verlegen griff der ebenfalls nach seinem Trinkgefäß und kippte den Inhalt in einem Zug in seine durstige Kehle. „Exzellenz, begleitet mich zu Tisch. Dabei können wir ein wenig über Vergangenes plaudern. Denkt Ihr auch noch oft an die Zeit in Goslar?", fügte Äbtissin Adelheid hinzu und lächelte den verwirrten Bucco herausfordernd an, was seine Verunsicherung noch erhöhte. Kannte sie etwa sein Geheimnis, wusste sie, dass er ihr einst das Leben gerettet hatte? Als sie wie alte Freunde gemeinsam zu Tisch schritten, schwor sich der Bischof, ihre Beziehung künftig enger zu gestalten. Trotz ihrer unumwundenen Absage konnte es für ihn nur von Nachteil sein, diese wichtige Reichsfürstin zum Feind zu haben. Während sie mit Leichtigkeit ein schlagkräftiges Heer ausheben könnte, hatte er Not, die laufenden Ausgaben in seiner Diözese im vollen Umfang zu begleichen.

Die Tischgespräche zwischen den beiden drehten sich daraufhin vor allem um Vergangenes, um die gemeinsame Zeit in der Königspfalz von Goslar. Nur ein Thema wurde von beiden gemieden, obwohl sie das dringende Bedürfnis verspürten, es endlich zur Sprache zu bringen. Doch keiner von beiden brachte dazu den Mut auf.

Dieser Sommer verging und verschonte das Land mit neuen Heimsuchungen. Doch erst als der Herbst mit seinen erfrischenden Regentagen kam, atmeten die Menschen erleichtert auf.

Adelheid musste noch sehr oft an die Stippvisite des Halberstädter Bischofs denken. Dabei erkannte sie, dass sich zwischen ihnen wieder etwas von der alten Vertrautheit einzustellen begann. Bereits Mitte Dezember desselben Jahres reiste Bucco erneut nach Quedlinburg, diesmal mit der

Absicht, Adelheid im Privaten beizustehen. Kaiserin Agnes, die Mutter der Äbtissin, war in Rom verstorben. Dort hatte sie schon seit vielen Jahren gelebt und dort würde man sie auch bestatten. Im Petersdom sollte sie ihre letzte Ruhestätte finden.

Bucco und Adelheid beteten gemeinsam für das Seelenwohl der Verstorbenen, feierten einen Gedenkgottesdienst und verteilten im Gedenken an die Kaiserin Brot an die Armen. Alles in allem aber beobachtete der Bischof eine große Gefasstheit an der Äbtissin. „Geht Euch der Tod Eurer Mutter so wenig nahe? Ich habe Euch keine Träne weinen sehen." Die junge Frau antwortete nicht sofort. Nachdenklich trat sie ans Fenster und ließ ihren Blick über das weite Harzvorland schweifen und in alter Verbundenheit antwortete sie: „Bucco, es stimmt, sie war meine Mutter. Doch sie hatte für mich keine Liebe. Sie hat ihr Leben nur betend verbracht. Die Kirchenreform des Abtes Cluny ging ihr über alles, dafür hat sie sich selbst gegen ihren Sohn Heinrich gestellt. Sie gab uns keinen Halt! Wenn wir Kinder Hilfe brauchten, haben wir uns an dich gewandt. Du warst unsere Stütze in schweren Tagen!" Adelheid sah weiterhin aus dem Fenster und beobachtete dabei das Leben der Stadt zu ihren Füßen. Sie schwieg. Bucco gesellte sich zu ihr. „Du weißt Bescheid?", hinterfragte er leise und unsicher. Sie spürte die Zweifel und hörte die alte Vertrautheit in seiner Stimme. Gleichzeitig hatte sie keine Ahnung, was sie wissen sollte, was er tatsächlich meinte. Ging es etwa um das Rätsel? Schon lange schleppte sie etwas Dunkles mit sich herum, ein Mysterium, das sie schwer belastet und ihr immer wieder Angst eingeflößt hatte. Niemals hatte sie jemanden in ihre Geschichte eingeweiht! Damals, als sie als Mädchen eine kostbare Reliquie ihres Vaters aus Trotz und Zorn vor seinen Augen in einen Brunnen geschmissen hatte, nahm das Übel seinen Lauf. Für den schwarzen Kaiser kam ihre Tat einem Majestätsverbrechen gleich! Für jeden Delinquenten bedeutete das die Todesstrafe, auch für die eigene Tochter. Ihr Vater, Heinrich III., wollte sein Urteil nur aufheben, wenn sie ihm innerhalb von acht Tagen eine Altardecke sticken konnte. Wie eine Wahnsinnige arbeitete das Kind daran, doch am Ende des achten Tages war die Stickerei noch lange nicht beendet. Trotzdem lag am Morgen darauf das fertige Meisterwerk zu ihren Füßen. Adelheid hatte befürchtete, dass ihr der Teufel das Werk zugespielt hatte. Doch nun, genau in diesem Augenblick, fiel ihr Verdacht auf Bucco, weshalb sie antwortete: „Ja, ich weiß es." Bucco schluckte hastig und erkundigte sich verlegen: „Von wem? Ich wollte damals doch nur dein Leben retten. Deshalb habe ich die Altardecke für dich sticken lassen." Endlich schloss sich für Adelheid der Kreis, endlich begriff sie alles. „Ja, du hast es sicher gut gemeint", antwortete sie ohne Zorn, aber mit Trauer in der Stimme, „ich aber habe geglaubt, dass der Satan seine Hände im Spiel hatte. Folglich habe ich immer mit großer Angst im Herzen gelebt. Es war furchtbar!" Bucco legte seine Hand vorsichtig auf ihre Schulter. „Das glaube ich dir! Aber wie hätte ich anders handeln können? Einem Hochverräter zu helfen war schon eine gewagte Angelegenheit. Den Hund werde ich dir demnächst ersetzen." „Danke", flüsterte die Äbtissin und ein befreites Lächeln verlieh ihrem Gesicht die Aura einer Heiligen.

Ilsestein

– Dezember 1077 –

eihnachten nahte und Ritter Otto befand sich mal wieder mit seinem Knappen Siegfried auf Reisen. Doch das Reiseziel war diesmal der heimatliche Hof in den Klusbergen. Nach einem anstrengenden Jahr, in dem sie an Heinrichs Seite wiederholt in Scharmützel mit den Anhängern des Gegenkönigs verwickelt gewesen waren, gedachten sie das Fest wie immer in den eigenen Wänden zu feiern. Zuvor galt es, sich im Auftrag des Königs von den Fortschritten beim Wiederaufbau der Reichsburg auf dem Ilsestein zu überzeugen. Mit grimmigen Mienen verfolgten die Mönche des am Talausgang gelegenen Klosters, wie die Reisenden am Rand des Flüsschens Ilse in den Bergwald eintauchten. „Der Abt des Klosters ist ein Neffe von Bucco, dem Halberstädter Bischof. Das erklärt dir gewiss ihren grantigen Empfang", machte der Ritter seinem Knappen klar. „So dicht, wie die zwei verfeindeten Lager hier nebeneinanderliegen, kann das ja nur Ärger bedeuten", urteilte Siegfried und warf dabei zum wiederholten Male einen Blick auf die Klostermauern.

Die Reichsburg auf dem Ilsestein hatte man aus den Granitsteinen der Umgebung gebaut. Die gut 100 Meter hohe felsige Nordwand machte die Anlage so gut wie unangreifbar. Der Platz für die Burg mit Umfassungsmauern, Wehrturm und Burgfried auf dem schmalen Plateau des Felsens war begrenzt, weshalb der Wirtschaftshof außerhalb der Burg angelegt worden war. Otto und Siegfried bemerkten schon aus der Ferne, dass die Baugerüste der Burg verlassen waren. „Hier arbeitet niemand, kein erfreuliches Zeichen", sagte sich Otto prophetisch. Mit Sorge näherten sich beide dem Wirtschaftshof, aus dem ihnen Lärm entgegenquoll. Schon am Eingang blieben sie verdutzt stehen und ließen das Bild dahinter auf sich wirken.

Gelände des Klosters Ilseburg

An langen Holztischen saß eine illustre Gesellschaft aus Knechten, Mägden wie auch Bauern aus der Umgebung, die hier ihren Frondienst zu leisten hatten. „Tretet ein, Herr", wurde Otto von einem der Wachleute begrüßt, „hier wird heute ein Fest begangen. Seid willkommen!" „Was für ein Fest?", wollte der Ritter noch fragen, während der dienstbeflissene Mann längst vorausgeeilt war, um ihre Ankunft zu melden. „Ritter Otto von den Klusbergen", sprach ihn kurz darauf der Burgherr an, „erster Ritter des Königs. Seid willkommen! Hat sich die Geburt meines Stammhalters schon bis zum König rumgesprochen?" Otto schüttelte ungewollt den Kopf. „Das nicht gerade. Ich soll mir ein Bild vom Baugeschehen machen und bin angehalten, mich von den Fortschritten mit eigenen Augen zu überzeugen. Aber gratulieren wollen wir selbstverständlich auch!" Schon wurden Ritter und Knappe mit sanfter Gewalt in das Innere des schlichten Steingebäudes geschoben. Auch hier verweilten nur fröhliche Menschen, deren vortreffliche Laune offenbar vor allem dem Weingenuss geschuldet war. Aufgekratzt stellte der Burgwart den Ritter seiner Familie vor, mitsamt dem neuen Erdenbürger, der sich aber wenig interessiert an der höfischen Geste zeigte. „Und das hier sind unsere Nachbarn", erzählte der Hausherr weiter, „Abt Herrand und sein treuer Klosterbruder Ditmar. Auch sie erweisen uns heute die Ehre ihres Besuches." Mit sauertöpfischem Gesicht grüßten die zwei Mönche zurück. Es war nicht zu übersehen, wie unwohl sich die beiden in der Burg fühlten. Nachdem die Menschen an der Tafel etwas zusammengerückt waren, fand sich auch für die Neuankömmlinge Platz und ebenfalls ein Humpen Wein. Erst jetzt erhielten sie die Chance, sich in der Runde gründlicher umzusehen. Knappe Siegfried kam bei seinen Betrachtungen nur bis zur vierzehnjährigen Tochter des Burgherrn. Immer wieder musterte er das Mädchen verstohlen. „Das ist Ilse, meine Tochter", hatte sie der Vater ihnen vorgestellt, „wie das Flüsschen zu unseren Füßen." „Ilse", murmelte Siegfried ungewollt. Sie war zierlich, wirkte fast zerbrechlich, dabei umschlossen schwere blonde Zöpfe ihr zartes Gesicht. Die Stirn schmückte ein hellblaues Band in der Farbe ihrer Augen! Unbekümmert verfolgte das Mädchen die Gespräche der anderen oder beantwortete formgewandt ihre Fragen. Siegfried lief jedes Mal, wenn sie sprach, eine Gänsehaut über den Rücken. Doch ihn nahm sie offenkundig überhaupt nicht wahr, nicht einen einzigen Blick konnte er von ihr erhaschen. Zerknirscht ertränkte er seine Enttäuschung in reichlich Wein.

Der neue Morgen hatte dem Land eine erste, zarte Schneedecke aufgelegt. „Seht zu, dass die Arbeiten schnell weitergehen. Der König drängt auf einen baldigen Abschluss. Dann wird er Euch zur Verstärkung weitere Männer schicken." „Hoffentlich bald," stöhnte der Burgherr, „denn Bucco wird im neuen Jahr im Kloster eine neue Kirche errichten lassen, obwohl wir so schon ständig über die Fronleute im Zwist liegen. Es ist schwer, das Kloster unter Kontrolle zu halten. Der Bischof setzt voll auf Konfrontation!" „Ihr werdet das schon machen", waren Ottos Worte zum Abschied. Dabei schaute sich sein Knappe nochmals suchend um. Aber Ilse war nirgends zu entdecken. Mit Trauerflor im Blick verließ er die Burg auf dem Ilsestein, in der die Angebetete von seinem Aufbruch offenbar keine Notiz nahm. Als Otto begriff, in welchem betrübten Gemütszustand sich sein Knappe befand, erklärte er forsch: „Für die Brautschau bist du zu jung. Werde erst einmal Ritter. Alles andere kann warten!" Eine Weile später entgegnete Siegfried deprimiert: „Sie hat mich keines einzigen Blickes gewürdigt. Ich war ihr völlig egal." Otto horchte auf. „Du hast keine Ahnung von den Frauen. Genau das ist ein vortreffliches Omen." Nun verstand der Knappe überhaupt nichts mehr! Das sollte ein gutes Zeichen sein? Otto fragte sich unterdessen, ob er denn selber die Frauen verstand. Was für Überraschungen würden ihn dieses Mal bei seiner Heimkehr erwarten? Hatte er die richtigen Entscheidungen getroffen?

Gegen Mittag erreichten sie Ottos Gutshaus am Harzrand, welches ihm einst Heinrich IV. als Lehen zugesprochen hatte. Mit pochendem Herzen durchschritt Otto das Hoftor und sah sich überrascht um. So aufgeräumt hatte er sein Gut noch nie gesehen, alles stand auf seinem Platz, der Hof war gefegt und der Misthaufen in der Mitte klar abgegrenzt. Da kam ihm schon Johann, sein Gefährte aus Jugendtagen, entgegen. „Willkommen Herr, Ihr werdet längst sehnsüchtig erwartet", lautete sein Begrüßungsspruch. Im selben Augenblick öffnete sich die Tür des Gutshauses und Susanne erschien mit ihren beiden Söhnen. „Bruno, Egbert", rief Otto ihnen überrascht zu, „kommt zu eurem Vater!" Und tatsächlich, diesmal stürmten die beiden mit lautem Jubelschrei auf ihn zu. Susanne folgte den Kindern langsam, aufrecht und mit einem erfüllten Lächeln. Otto spürte, der Umzug hatte ihr gut getan, hatte sie stärker mit dem wahren Leben verbunden. „Sei gegrüßt, Weib", sprach er sie frohgelaunt an, „du hast ja aus dem Gehöft ein echtes Schmuckstück geschaffen." Jetzt strahlte die junge Frau. „Ohne Johann und Heidrun hätte ich das nicht geschafft. Sie standen mir mit Rat und Tat zur Seite." Die Freude in Johanns Gesicht war in ein breites, zufriedenes Grinsen übergegangen. „Sieh dir erst einmal die Pferdezucht an", fügte Susanne gut gelaunt hinzu. Gemeinsam begutachteten sie das Gehöft. Johann führte die Gruppe. Otto lief ihm mit Bruno und Egbert an der Hand hinterher und in einem gewissen Abstand folgten ihnen die Frauen, Susanne und Heidrun. „Ich bin ausgesprochen stolz auf euch", betonte der Ritter am Ende des Rundgangs, „was würde ich nur ohne euch erreichen?" Bei diesen Worten zog er seine Frau liebevoll zu sich heran. „Alles vergeben und vergessen!", flüsterte er ihr ins Ohr, worauf sie bei seinem zarten Kuss auf ihre Wange wieder das Glück vergangener Tage fühlte. Weihnachten, das Fest der Liebe, des Friedens und der Besinnung konnte beginnen. Ein Wermutstropfen blieb. Als die Familie später, zum Festessen in den Klusbergen, glücklich beieinander an dem großen Tisch saß, fragten sich alle erneut, was wohl aus Edda geworden war. „Wenn sie noch am Leben ist und sie Ritter Arno mit nach Köln genommen hat, könnte sie uns doch ein Lebenszeichen geben", jammerte die Hausherrin Gudrun. Eckehart, der es nicht ertrug, seine Mutter leiden zu sehen, antwortete darauf: „Ich habe jetzt im Winter Zeit genug, da wird kein Heiler in Börnecke gebraucht. Deshalb werde ich nach Köln pilgern und mich dort umsehen." Otto zog zweifelnd die Stirn nach oben: „Du scheinst nicht zu wissen, wie groß Köln ist. Da suchst du die Nadel im Heuhaufen." „Ich habe Zeit und ich kann die richtigen Fragen stellen", erhielt er von Eckehart zur Antwort. „Lasst uns alle für Eddas Seelenheil beten. Gott wird uns heute, wo wir die Geburt seines Sohnes feiern, erhören", urteilte Gudrun und schlug zur Bekräftigung drei Kreuze.

Schlacht bei Mellrichstadt

– 7. August 1078 –

tto hatte in der Nacht nur wenig Schlaf gefunden. Unentwegt beschäftigte ihn die Frage, wie man dem gebeutelten Land endlich den Frieden zurückgeben konnte. Vor einem halben Jahr, nach dem erfolgreichen Feldzug gegen die Formbacher Bayern, waren sie dem Frieden schon so nahe gewesen. Doch dann scheiterte der Gefangenenaustausch mit den sächsischen Fürsten, da der König seine Widersacher als Rebellen und Einbrecher betitelt hatte. Das durfte der Gegenkönig Rudolf von Rheinfelden nicht auf sich sitzen lassen und so wählte man erneut die militärische Option.

Ritter Otto stieg über seinen Knappen, der im Eingang des Zeltes noch tief und fest schlief und genoss draußen die kühle Morgenluft. „Welch ein friedliches Bild, was für ein göttlicher Sonnenaufgang", hörte er sich leise sagen, „auch Gott will Frieden." Otto betete. Hierauf ließ er seinen Blick über das riesige Heerlager des Königs schweifen, das ausschließlich aus Rittern bestand. Ein weiteres königliches Heer von 12 000 Bauern lagerte zeitgleich am Neckar. Dort galt es um jeden Preis, die Vereinigung der süddeutschen mit den sächsischen Armeen zu vereiteln. In erster Linie hing es von diesen Bauern ab, ob den königlichen Kräften in der bevorstehenden Schlacht der Rücken frei blieb. Ihr Einsatz entschied über Sieg oder Niederlage!

Vor dem Zelt des Königs regte sich etwas. Heinrich trat heraus. „Na", rief er Otto zu, „du konntest wohl auch keine Ruhe finden?" Der Ritter musste ihm zustimmen. „Was für eine idyllische Landschaft hier am Fuße der Rhön!", schwärmte Otto und ergänzte nachdenklich: „Wie wird es hier nach der Schlacht wohl aussehen?" „Otto, komm zu dir! Lass uns aufbrechen, ziehen wir dem Heer des Rheinfelders entgegen! Dann haben wir den

Überraschungseffekt wieder auf unserer Seite", antwortete der König in einem Tonfall, der auf der Stelle ernüchternd wirkte. Der Ritter sah ein, dass es jetzt um wichtigere Dinge als um die Idylle einer Landschaft ging. Noch ehe der erste Hahn krähte, brach Heinrichs Heer nach Osten auf, dem Gegenkönig entgegen, der vermutlich an der Grenze zwischen Thüringen und Franken lagerte.

Auch auf der feindlichen Seite startete man derweil in den neuen Tag. Rudolf sah den Ereignissen mit Zuversicht entgegen, wusste er doch in seinen Reihen wieder den Northeimer, Graf Otto von Northeim, seinen treuesten Freund. In der Hauptsache war der aber ein vortreffliches Strategiegenie. Auch die Bischöfe von Halberstadt und Merseburg sowie die Erzbischöfe von Magdeburg und Mainz standen ihm wieder zur Seite. Darüber hinaus rechnete er fest mit den Truppen der Herzöge Berthold von Schwaben und Welf von Bayern, die den Auftrag hatten, Heinrich vom Westen her endgültig in die Zange zu nehmen. Plötzlich schreckte ein von Tausenden Hufen verursachter Lärm die Männer auf. „Auf die Pferde, Schlachtaufstellung!", rief der Gegenkönig seinen Leuten zu. Erste Schlachtrufe des Gegners erreichten bereits Rudolfs Heer. In der Senke zwischen Mellrichstadt und Oberstreu, in die das Flüsschen Bahra sein Bett gegraben hatte, trafen die beiden Heere aufeinander. Mit erhobenen Waffen rasten die Ritterheere aufeinander zu. Erste Männer fielen tödlich getroffen von ihren Pferden. Heinrichs Plan schien aufzugehen, denn ein Teil seines Kriegshaufens vermochte tief in die Truppen des Rheinfelders einzudringen. Schon kurz darauf wurden sie selber vom Gegner in die Zange genommen und gnadenlos niedergemetzelt. Das Wasser des Flusses, in welchen das vergossene Blut strömte, begann sich bereits rot zu färben.

„Schicke deinen zweiten Trupp auf das Schlachtfeld", rief Heinrich Otto zu, „unsere Männer brauchen Hilfe!" Ritter Otto gab den Befehl mit den Worten weiter: „Greift sie seitlich, vom Süden her an. Fallt ihnen in die Flanke!" Mit lautem Kriegsgeschrei stürzten sich die Ritter in die Schlacht: „Heiliger Georg, steh uns bei!", ertönte es vielstimmig. Kurzerhand vermischte sich das Ächzen der Kämpfer mit dem Klang ihrer aufeinanderprallenden Schwerter. „Die Taktik scheint aufzugehen. Sie versuchen jetzt, nach hinten auszuweichen", stellte der König bald darauf zufrieden fest. Doch da hatten sie die Rechnung mal wieder ohne den Northeimer gemacht. Immer größer wurde dessen Platzgewinn, immer weiter drangen seine Ritter nach Westen vor und trieben die Königlichen gnadenlos vor sich her. Das Wasser der Bahra und der Boden der Senke färbten sich durch das Blut der Sterbenden und der vielen verwundeten Männer weiter rot.

„Jetzt gilt es! Alle restlichen Heerhaufen in die Schlacht!", rief Heinrich mit dem Mut des Verzweifelten. Darauf erhob er sein Schwert und gab damit das Signal zum finalen Angriff. Mit dem König an der Spitze droschen die Ritter noch entschlossener auf ihren Gegner ein. „Rudolfs Reihen wanken! Sie geraten in Unordnung!", rief Otto seinem König zu. Dabei entdeckten die Männer, wie sich vor ihnen das Feld öffnete und die Ritter des Gegenkönigs scharenweise die Flucht ergriffen. „Verfolgt sie!", rief Heinrich nochmals seinen Truppen zu. Die Wucht dieses Angriffes war derart enorm, dass die Sächsischen in Panik gerieten. Jeder, der sich in ihrer Nähe befand, wurde von den Flüchtenden mitgezogen. Auch die Erzbischöfe von Mainz und Magdeburg sowie die Bischöfe von Merseburg und Worms ergriffen kopflos die Flucht. Für sie war diese Schlacht unwiederbringlich verloren! Selbst Gegenkönig Rudolf von Rheinfelden wurde von der Flut mitgerissen. Auf diese Weise befand sich das Heer Rudolfs im Status der Auflösung. Jedermann auf Heinrich Seite fühlte sich bereits als Sieger, als wieder einmal Otto von Northeim für eine überraschende Wende sorgte. Gemeinsam mit Pfalzgraf Friedrich war es ihm gelungen, erneut eine tüchtige Schar zusammenzuziehen. Mit dem Schlachtruf „Heiliger Petrus" eröffneten sie aufs Neue einen Angriff auf das königliche Heer. Folglich waren Heinrichs Ritter genötigt, sich erneut dem Kampf zu stellen. Zusehends wurde nun aus der Schlacht ein grenzenloses Gemetzel. Heinrich kämpfte im Kreis seiner Ritter, sich gegenseitig schützend, an Ottos Seite. Von ihren Schwertern tropfte das Blut der Gefallenen, blutgetränkt waren ihre Hände, ihre Gesichter und ihre Körper. Schweiß vermischte sich mit Blut und rann ihnen brennend in die Augen. Als Heinrich versuchte, sich den Schweiß von seiner Stirn zu wischen, färbte das Blut seiner Hände sein Gesicht endgültig blutrot. „Herr, habt Ihr eine Kopfwunde?", rief ihm Otto erschrocken zu, „Seid Ihr verletzt?" Noch während der König energisch verneinte, fuhr ein verheerender Ruf über das Schlachtfeld: „Heinrich IV. ist gefallen! Flieht, flieht!" Und das königliche Heer floh, von einem Moment zum anderen! Vergebens bemühten sich die Ritter des Königs, die Massen aufzuhalten. Der Ruf ‚flieht' zeigte eine fatale Wirkung. Nun folgte dieser ersten Tragödie sofort eine zweite. All jene, die zum Fußvolk zählten, wurden von den fliehenden Rittern nicht nur mitgerissen, sondern geradezu überrannt. Viele starben auf ihrer Flucht unter den Hufen der Pferde des eigenen Heeres.

Überrascht registrierten die Sachsen unter Otto von Northeim und Pfalzgraf Friedrich die unerwartete Wendung der Schlacht. „Folgen wir ihnen", rief der Northeimer, „und nehmen wir sie endgültig in die Zange.

Pfalzgraf, zieht einen Bogen in südlicher Richtung um Mellrichstadt. Ich komme vom Norden her." Angeführt von ihren Befehlshabern nahmen die beiden Ritterheere die Verfolgung auf. Demgemäß wurde nun auch Heinrichs restliches Fußvolk dahin gemetzelt. Wieder vermischte sich das Blut der Getöteten mit dem Braun der fruchtbaren Erde. Niemand vermochte dem Morden zu entkommen. Später wird man diesem Ort in Gedenken an die zahlreichen Opfer den Namen Blutberg geben.

Langsam aber sicher betrachtete Pfalzgraf Friedrich von Sachsen die Schlacht als gewonnen. Heinrich IV. war auf der Flucht und sein Heerbann füllte, erschlagen als blutige Trophäe, die Landschaft. Außerdem war es ihm durch die Nachstellung gelungen, den Erzbischof von Mainz sowie den päpstlichen Legaten wieder aus der Gefangenschaft der königlichen Truppen zu befreien, denen die beiden bei ihrer Flucht direkt in die Arme gelaufen waren. Aus diesem Grund zog er zufrieden und glücklich mit seinem Ritterheer auf den ursprünglichen Kampfplatz zurück. „Wir haben gesiegt! Gott war auf unserer Seite! Wir haben der Gerechtigkeit zu ihrem Sieg verholfen!", rief er euphorisch seinen Männern zu. Lautstark schwappte ihr Siegesjubel über das Tal und nahm dabei den tödlich Getroffenen den letzten Lebensmut. Den Bewohnern des Ortes allerdings signalisierten sie hierdurch das Ende des Kampfes. Vorsichtig krochen diese aus ihren Verstecken heraus, beweinten die entstandenen Schäden sowie die unzähligen Gefallenen rund um ihr Dorf. „Großer Gott, steh uns bei, dieses Leid zu ertragen", beteten sie im Angesicht des uferlosen Blutvergießens. Die Erinnerung an ebendiese Katastrophe brannte sich daraufhin tief in das Gedächtnis der Mellrichstädter ein. Bald begannen sie Jahr für Jahr die Legende von dem weißen Lämmchen zu erzählen, das immer zur Weihnachtszeit erscheint, um zu sehen, ob sich endlich Friede auf der Erde eingestellt hat.

Unweit des Fleckchens Laube, in der Nähe des Thüringer Waldes, wurde auch gebetet. „Gott mein Herr! Ich bin dein unwürdiger Diener. Doch beschütze mich vor diesem gemeinen Volk! Vergib mir, dass ich die Schlacht eigenmächtig verlassen habe!", murmelte Erzbischof Werner von Magdeburg reuevoll. Aber auch dem Merseburger Bischof schwante nichts Gutes, als er einen großen Bauerntrupp in der Ferne entdeckte. Ohne Schutz, ohne Begleitung hatten die Kirchenmänner das Schlachtfeld verlassen und somit eine drohende Gefahr durch eine Neue eingetauscht. Breit über die Straße aufgeteilt standen Bauernkrieger, bereit niemanden unbeschadet durchzulassen. „Lasst uns umkehren!", rief der Magdeburger verängstigt seinem Glaubenskrieger zu. Auch Werner von Merseburg sah im

Rückzug den einzig denkbaren Ausweg. Doch als sie ihre Pferde wendeten, stand auch hinter ihnen eine Mauer aus menschlichen Leibern, die sie herausfordernd anfunkelten. Jetzt verfluchte der Magdeburger den Tag, an dem er sich von seinem Bruder Anno von Köln und seinem Neffen Bischof Bucco von Halberstadt, bekannt als der eiserne Westfale, in diesen Krieg hatte hineinziehen lassen. Zog er doch das geistliche, das klerikale Leben dem Kampf auf dem Schlachtfeld vor. Er trachtete vornehmlich danach, Baumeister und Erzbischof zu sein. Und nun war er genötigt, diesem Gesindel, diesen Unwürdigen in die Augen zu sehen. Unbändige Angst kroch in seine Seele. „Aus dem Weg, ungläubiges Pack, Götzenanbeter!", kreischte er die Männer giftig an. Aber schon griff einer von ihnen nach seinen Zügeln und rief im übermütigen Tonfall: „Was für eine feindselige Begrüßung, Exzellenz? Wohin treibt es Euch denn so eilig?" Lautes Gejohle, in dem unüberhörbar ein bedrohlicher Unterton mitschwang, unterstrich die respektlose Frage des Mannes. Die Bauern hatten inzwischen einen engen Kreis um die zwei Kirchenmänner gebildet. Bischof Werner von Merseburg versuchte die Situation zu retten. Mit unaufgeregter Stimme redete er auf die Bauern ein: „Was soll der Auflauf? Lasst uns weiterreiten, denn dringende Umstände rufen uns in unsere Diözesen zurück." Wieder lärmten die Bauern, noch lauter und gefährlicher. „Dringende Angelegenheiten? Was soll heute wichtiger sein als der Krieg gegen Heinrich?", erwiderte der Anführer der Bauern. Mittlerweile war es um die Selbstbeherrschung des Magdeburgers endgültig geschehen. Mit vor Wut und Angst zitternder Stimme schrie er: „Aus dem Weg ihr Verbrecher, Pack verfluchtes! Gebt sofort den Weg frei!" Damit hatte sich die Geduld der Männer erschöpft. Sie zerrten den Kirchenmann aus dem fernen Magdeburg mit unbändiger Wut von seinem Pferd. Unsanft und außerdem auf tiefste erschrocken landete der im Staub der Straße. Von nun an wurde der Merseburger ein ohnmächtiger Zeuge der sich entwickelnden Ereignisse. Die Bauern rissen seinem Begleiter die Kleider vom Leib und raubten ihm seinen Schmuck und alles, was er sonst noch im Gepäck mit sich führte. Schlagartig wandelte sich dessen maßlose Angst in pure Raserei. Er bedrohte, verfluchte und beleidigte seine Peiniger, worauf die ersten Bauern wütend schrien: „Hängt ihn auf! Hängt ihn, er hat es nicht anders verdient!" Jählings verstummte der Erzbischof. Die Todesangst lähmte ihm die Zunge. Erst als er die Schlinge um seinen Hals spürte, vermochte er wieder zu sprechen, flehte er um sein Leben. Doch aus der Gruppe der aufsässigen Bauern war keiner, der sich vor den anderen die Schwäche leisten wollte, für den Kirchenmann zu sprechen. Niemand hatte vor ihn verschonen. Erzbischof

Werner von Magdeburg flehte erneut seinen Gott wie auch die Bauern um Vergebung an, trotzdem hatte sich das Seil um seinen Hals zur Todesschlinge zusammengezogen. Nochmals lehnte sich sein Körper gegen das Unabwendbare auf, wollten seine Hände die Schlinge lösen, doch es war umsonst. Langsam wich alles Leben aus ihm, erschöpften sich seine Bewegungen in einem letzten Zucken. Machtlos und zugleich entsetzt war der Merseburger unfreiwilliger Zeuge der Hinrichtung geworden und nun richteten sich schlagartig alle Blicke auf ihn. Ohne jeden Übergang raubten sie auch ihn vollständig aus. Werner von Merseburg schloss von nun an ebenfalls mit dem Leben ab und erahnte bereits den Strick um seinen Hals. Doch ein unerwarteter Stoß in den Rücken schubste ihn in die Lebenswahrheit zurück. „Lauf Bischof! Lauf und erzähl allen, was mit Feiglingen geschieht!" Mit diesen Worten war er wieder frei. Im Gewand eines Bettlers und mehr tot als lebendig setzte er seinen Weg nach Merseburg fort. Dabei musste er stets und ständig an Buccos Schwur im Königshof von Forchheim denken, jenem Hof, der inzwischen landesweit den Namen Pilatushof trug. Hatte sich Buccos Eid etwa in einen Fluch gewandelt? Erst als sich die Türme seines Doms in der Ferne zeigten, zog in sein Herz wieder Optimismus und zugleich Dankbarkeit ein. Glücklich kniete er nieder und lobte seinen Gott für seine Rettung.

Anders als Pfalzgraf Friedrich hatte der Northeimer mit der Verfolgung der fliehenden Truppen des Königs nicht nachgelassen und so noch einige von dessen Heereshaufen niedergemetzelt. Graf Otto von Northeim strebte die endgültige, die alles lösende Entscheidung in diesem Krieg an. Jedoch musste er mit der einsetzenden Dämmerung diesen Traum erneut begraben. So führte er sein Heer zum Schlachtfeld des Tages zurück und als er es erreichte, hatte sich bereits Dunkelheit auf das Tal gesenkt. Schon aus der Ferne nahm er das flackernde Licht von vielen wärmenden Feuern wahr, um die sich Gruppen von Männern geschart hatten. Bucco an seiner Seite frohlockte. „Das könnten Heinrichs Truppen seien", flüsterte er seinem Kriegsherrn Otto zu. „Da verfolgen wir sie bis sonst wohin und dabei lagern sie hier in aller Gemütlichkeit", erwiderte der Northeimer wutschnaubend. „Wir könnten sie angreifen. Das wäre doch jetzt ein Kinderspiel, Heinrich just in diesem Moment zu vernichten. Stimmt Ihr mir zu?", fragte der Halberstädter gutgelaunt. „In dieser Dunkelheit weiß keiner, wer Freund und wer Feind ist. Mithin lassen wir das lieber bleiben. Wir schlagen unser Lager aus Sicherheitsgründen weiter nördlich auf." Demgemäß gab der Northeimer die Weisung, dass man in aller Stille einen geeigneteren Rastplatz suchen wollte.

Im Lager des Pfalzgrafen Friedrich war die Ankunft eines weiteren Heeres nicht unbemerkt geblieben. „Heinrich IV. scheint zurückgekommen zu sein. Er wird den neuen Tag abwarten und dann wie stets überraschend zuschlagen. Deshalb brechen wir im ersten Morgengrauen auf und ziehen uns in den Thüringer Wald zurück", erklärte Friedrich seine Entscheidung den Truppenführern, die ihm alle einhellig zustimmten. So kam es, dass im ersten Morgenlicht sich zwei verbündete Heere unbemerkt voneinander und auf unterschiedlichen Wegen über Thüringen nach Sachsen zurückzogen.

Ihre Vorsicht war trotzdem nicht unbegründet, denn die Lagerfeuer der abgezogenen Truppen glimmten noch, als am Horizont erneut Reiter erschienen. Heinrichs Reiterheer. Nach dem fatalen Ruf „König Heinrich ist tot!" konnte der König mit seinen treusten Rittern nur noch machtlos die Flucht der eigenen Streitmacht verfolgen. „Wir müssen sie stoppen und zum Schlachtfeld zurückführen", rief Heinrich seinen Rittern aufgebracht zu. Doch wie eine ins Tal stürzende Lawine ließen sich die Flüchtenden nicht mehr aufhalten. Erst als sich die Männer in Sicherheit wähnten und einen Rastplatz für die Nacht einrichteten, waren sie für die Boten des Königs erreichbar. „Der König lebt, die Schlacht geht weiter!", rief Otto ihnen schon von Weitem zu, worauf ein Jubelschrei aus tiefstem Herzen die Erde zum Beben brachte. So zog das königliche Heer nach einer kurzen Verschnaufpause noch in der gleichen Nacht wieder auf Mellrichstadt zu, um im Morgengrauen verblüfft vor einem verwaisten Schlachtfeld zu stehen. „Ich glaube es nicht, unsere Gegner sind abgezogen." Mit diesen Worten gab der König seiner Verwunderung Ausdruck. „Haben wir gesiegt?", erkundigte sich sein erster Ritter bei ihm. „Das ist die Frage. Die Schlacht ist vorbei und uns ist der Feind weggelaufen. Doch sie werden es für ihren Sieg erklären", sprach Heinrich resigniert. Otto ließ seinen Blick über den Ort des Sterbens schweifen. „Dabei hat das Heer des Rudolf von Rheinfelden das Schlachtfeld doch zuerst verlassen! In Wahrheit hat heute niemand einen Sieg errungen. Außer dieses schrecklichen Massakers wird von dieser Schlacht nichts bleiben", wandte Otto, mit unüberhörbarem Grolle in der Stimme, ein.

Zur gleichen Zeit, als der König und sein erster Ritter über einen möglichen Sieg oder eine Niederlage sinnierten, spielten sich am Neckar beklemmende Szenen ab. Bis zum Einbruch der Nacht hatte das Bauernheer für seinen König tapfer gekämpft und war stolz darauf, den Herzögen von Schwaben und Bayern den Übergang über den Neckar erfolgreich verwehrt zu haben. Die Anzahl der Opfer war auf Seiten des Bauernheeres noch nicht bekannt und trotzdem waren sie am Morgen zu einem neuen Kampf bereit. Da erschien in den ersten Stunden des Tages verschwitzt und abgehetzt ein Bote mit der Nachricht: „Der König ist gefallen. Rudolf von Rheinfelden ist Sieger dieser Schlacht!" Diese Meldung wirkte vernichtend! Verzweifelt fragten sich die Bauern, wofür es sich jetzt noch zu kämpfen lohnte? Demoralisiert packten sie ihre Bündel und waren bereit, sich auf den Heimweg zu machen. Aber auch auf der Seite des Gegners war diese Botschaft angekommen und stachelte zu neuen Kämpfen an. Ohne lange zu zögern starteten Bertold von Schwaben und Welf von Bayern eine weitere Offensive. Die Schlacht begann von Neuem! Doch die entmutigten Bauern hatten ihren Widersachern nichts mehr entgegenzusetzen. Wer jetzt nicht floh, starb durch das Schwert. Wieder mähte der Tod mit scharfer Sense, wieder färbte sich die Erde rot vom Blut seiner Opfer. Nur wenige überlebten dieses maßlose Gemetzel. Auf die, die in Gefangenschaft gerieten, wartete wie üblich die Rache der Sieger. Ihre Wut, von einem Bauernheer so erfolgreich aufgehalten worden zu sein, war zu groß, um den Bauern vergeben zu können. Deshalb wurden alle Gefangenen kurzerhand entmannt und anschließend ihrem Schicksal überlassen. Damit war die Botschaft der Sieger eindeutig: Niemals wieder sollte es ein Bauer wagen, für König Heinrich IV. in den Krieg zu ziehen!

Die Schlacht bei Mellrichstadt war somit Geschichte und alle, die überlebt hatten, eilten zur eigenen Scholle zurück. Doch nicht wenige der Edlen wurden auf ihrem Rückzug unterwegs von Bauern ausgeplündert, umgebracht oder gefangen genommen. Man führte die Arrestanten, in Erwartung einer reichlich bemessenen Belohnung, König Heinrich zu. So nahm sich der gemeine Mann, trotz alledem, sein eigenes Stückchen Sieg mit nach Hause.

Die nächsten Wochen und Monate blieben nicht frei von Konflikten der beiden Kriegsparteien und führten immer wieder zu vereinzelten Gefechten. Auf diese Art und Weise setzten sich die Kampfhandlungen im Kleinen fort.

Köln

– Oktober 1078 –

Versonnen stand Eckehart der Heiler aus dem Harz am Ufer des Rheins. Die stete Bewegung des großen Stroms hatte ihn in seinen Bann gezogen. Die geruhsame Bewegung des strömenden Wassers stand für Eckehart für die Zeit, die unablässig und im beruhigenden Gleichmaß an ihm vorbeifloss. Eckehart ahnte, wie sich die Ewigkeit, wie sich das ewige Sein anfühlen mussten. Sein Blick fiel auf einen vorbeiziehenden Zweig, den der Wind in den Fluss gewirbelt hatte und der die Beute eines Strudels geworden war. Die Strömung zog ihn in die Tiefe, woraus er kurze Zeit später wieder auftauchte, um schließlich erneut nach unten gerissen zu werden. Der Zweig blieb gefangen, während der Strom der Zeit unentwegt weiterfloss. Er, Eckehart, war dieser Zweig, der nicht von der Stelle kam, den der Strudel nicht wieder freigeben wollte. Seit vielen Wochen lebte er bereits in der Stadt Köln und gab sich alle Mühe, eine Spur von Edda und Arno zu finden. Aber anscheinend stellte der Harzer doch nicht die richtigen Fragen. Bereits seit einiger Zeit pilgerte er nun auch durch das Umland der Stadt, suchte ein Rittergut nach dem anderen auf, bot seine Dienste als Heiler an und erkundigte sich dabei eher beiläufig nach dem Ritter Arno von Köln. Auf diese Art und Weise hatte er erfahren, dass er hier in der Nähe ein größeres Rittergut finden würde. Eckehart riss sich vom Bild des dahinziehenden Flusses los und wanderte zielstrebig weiter. Gestützt auf seinen weißen Wanderstab näherte er sich langsam einem Grundstück, welches von übermannshohen Mauern umschlossen wurde. Doch mit jedem Schritt, mit dem er sich dem Anwesen näherte, fühlte er eine zunehmend unheilschwangere Kraft. „Sei vorsichtig", riet er sich selber, „sieh dich gewissenhaft um, bevor du weitergehst!" Eine heftige Windböe brach sich an der Eingangspforte und zog den Heiler ungewollt mit.

Kein gutes Zeichen, stellte er erschrocken fest! So fand er sich unvermittelt und allein im Innenhof des Anwesens wieder. Vorsichtig hielt er nach den Bewohnern Ausschau. Ergebnislos! Nachdem er sich nochmals prüfend umgesehen hatte, klopfte er mit seinem Stock an die Tür des unheimlichen Domizils. Stille, nur beklemmende Stille, war die Antwort. Eckehart pochte ein weiteres Mal, lauter und fordernder und hatte jetzt endlich Erfolg. Mit schweren Schritten näherte sich langsam eine Gestalt, die plötzlich und dabei stöhnend die Tür aufriss. „Was willst du hier?", brummte übel gelaunt der Hausbesitzer, „Bettler lassen wir stets von unseren Hunden vom Hof jagen." Sein Äußeres unterschied sich kaum vom verkommenden Zustand des Grundbesitzes. Trotzdem fiel der erste Blick des Heilers auf eine quer über sein Gesicht verlaufende, eitrige Narbe. „Ich bin kein Bettler", erwiderte Eckehart in einem besänftigenden Tonfall, „ich bin ein Heiler und sehe, dass Ihr Hilfe braucht, denn Eure Wunde hat sich stark entzündet." In den Augen des Hausherrn blitzte es misstrauisch. „Ich habe keinen Heiler gerufen", teilte er mürrisch mit. Eckehart drehte sich um und spielte vor, dass er den Hof wieder verlassen wollte. In diesem Moment krachte die Hand des Ritters unsanft auf seine Schulter. „Na bleib, wenn du schon einmal da bist." Mit diesen Worten lud er den Heiler in seine Ritterstube ein. Außer einem knurrenden, verwahrlosten Hund hielt sich niemand im Raum auf. Das vollkommene Chaos, das herrschte, ließ Eckeharts Blick irritiert von einer Ecke des Raumes zur anderen wandern, ohne dabei auch nur einen einzigen Ruhepol zu finden. „Sieh dich nicht um Alter", knurrte der Hausherr gnatzig, „ich lebe hier völlig allein." Dabei schob er von einem Hocker seine Klamotten und bot Eckehart den frei gewordenen Platz zum Sitzen an. „Sieht aus wie ein Schwerthieb. Habt Ihr das nicht behandeln lassen?", nahm der Heiler den Gesprächsfaden wieder auf. Ritter Reinhard verneinte und nahm darauf einen tüchtigen Schluck aus seinem Krug, ohne dem Gast auch etwas anzubieten. „Ich dachte, das heilt von allein. Doch es hat sich entzündet und mittlerweile eitert es auch noch. Abgesehen davon kann ich mir einen Medikus nicht leisten. Ich bin vollkommen pleite." Trotz seiner ehrlichen Antwort fiel es dem Harzer schwer, für diesen Mann Mitleid zu empfinden. Schlussendlich untersuchte er die Wunde eingehend und begann sie zu reinigen. „Ich will von Euch kein Geld für die Behandlung", sprach er sachte auf seinen Patienten ein, „wenn Ihr mir ein paar Fragen beantwortet, bin ich schon voll zufrieden." Der Ritter stöhnte vor Schmerzen auf und nickte dabei zustimmend. Einer Eingebung folgend erkundigte sich Eckehart bereits während der Behandlung: „Kennt Ihr einen Ritter Arno, Arno von Köln? Er soll hier in der Nähe seinen Sitz haben." Diese

Frage überrumpelte den Kölner in vollem Umfang. Betroffen starrte er den Heilkünstler an, wobei seine Gesichtsfarbe von Feuerrot zu leichenblass wechselte. „Was willst du von Arno?", erkundigte er sich mit schlecht gespieltem Desinteresse. Doch Eckehart überhörte wohlweißlich die Frage. Stattdessen erwiderte er: „Ihr kennt ihn somit. Sagt mir nur, wo ich seinen Gutshof finde." Mit belegter Stimme antwortete der Ritter: „Rheinaufwärts, eine gute Stunde immer rheinaufwärts." Eckehart der Heiler setzte die Behandlung fort, schweigsam und sehr nachdenklich geworden. Er spürte es körperlich, dass hier etwas nicht stimmte. Sein Patient hingegen war froh, keine weiteren Fragen mehr beantworten zu müssen. Eine Stunde später griff der Harzer zu seinem Wanderstab und setzte seine Reise rheinaufwärts fort. Eckehart war sich sicher, dass er am Ende des Tages die beiden Vermissten finden würde. Mit jeder Faser seines Herzens sehnte er sich danach, endlich das Gutshaus des Arno zu erreichen. Während er zielstrebig dem Rheinlauf folgte, wanderten seinen Gedanken erneut zu der Begegnung mit Ritter Reinhard zurück. Eckehart fühlte, dass er einem üblen Geheimnis auf der Spur war!

Als er sein Ziel am Horizont erblickte, war es längst früher Abend geworden. Im Rot der untergehenden Sonne wirkten Landschaft und Gebäude wie entflammt. Gerührt blieb der Heiler stehen und ließ das Bild tief auf sich wirken. War dies ein Zeichen, war er endlich angekommen? Mit festen Schritten betrat er den Gutshof, der vor Lebendigkeit nur so sprudelte. Welch ein Kontrast zum Hof des Ritters Reinhard! Ein Knecht trat dienstbeflissen auf Eckehart zu. „Herr, was führt Euch zu uns? Wen darf ich den Herrschaften melden?" Eckehart atmete befreit auf, bevor er zur Antwort gab: „Sag den Gutsleuten, dass sie der getreue Eckehart aus dem Harz zu sprechen wünscht. Ich bin auf der Suche nach Ritter Arno." Das war der Augenblick, in dem das Lächeln auf den Lippen des Knechtes erstarb. „Wartet hier, ich werde Euch ankündigen", erklärte er im unterkühlten Tonfall. Wieder beschlich den Heiler ein mulmiges Gefühl, doch zumindest schien er endlich am Ziel seiner Reise angekommen zu sein. Aber man ließ ihn warten. Es dauerte eine ganze Zeit, bis er schließlich in das stattliche Wohngebäude geführt wurde. „Setzt Euch und erzählt, was Euch mit meinem Sohn verbunden hat", forderte ihn der betagte Gutsherr beim Hereinkommen auf. Jetzt hatte der Heiler die Gewissheit, dass etwas Furchtbares passiert sein musste. So erzählte er zunächst seine Geschichte: „Mein Vetter Otto steht, wie euer Sohn, im Dienst des Königs. Beide verbindet schon lange eine enge Freundschaft. Doch seitdem Arno dem Bischof von Halberstadt als Gefangenen des Königs nach Ungarn begleiten sollte, fehlt uns von ihm jedes Lebenszeichen. Ottos Schwester Edda war seine Verlobte, auch sie ist seit längerer Zeit unauffindbar. Deshalb hat mich die Familie losgeschickt, die beiden zu suchen. Doch bis zum heutigen Tag sind alle meine Nachforschungen ergebnislos geblieben." Eckehart schwieg für eine Weile, wobei er den Familienmitgliedern prüfend in die Gesichter sah. „Könnt Ihr mir weiterhelfen?", sprach er gezielt den Ältesten in der Runde an. Der alte Herr musste sich erst sammeln, bevor er antworten konnte. Er schluckte schwer und erzählte darauf von Arnos Heimkehr, von seinen Plänen und schließlich auch von seinem schrecklichen Tod. „Und von Edda wisst Ihr nichts?", hakte Eckehart nochmals nach. Der Alte senkte hierauf stumm den Kopf. An seiner Stelle antwortete hingegen total aufgebracht seine Frau: „Es ist nicht zu leugnen, Arno stand eines Tages mit diesem Mädchen in der Tür. Er wollte sie unbedingt heiraten, doch sie wollte zurück in den Harz, in die Klusberge. Nach dem Tod unseres Sohnes war sie eines Morgens spurlos verschwunden. Sie hat dem guten Jungen nur Unglück gebracht!" Die Alte heulte darauf los, laut und hemmungslos. Jeder Schluchzer war eine Anklage an Edda, war grenzenlose Trauer um den verlorenen Sohn. Dem Heiler lief es bei ihrem Anblick kalt über den Rücken, weshalb er sich nochmals an den Gutsherren wandte: „Edda war hier und ist inzwischen verschwunden? Seit wann vermisst ihr sie?" „Es sind seitdem einige Wochen vergangen. Sie hat sich eines Nachts in aller Stille aus dem Staub gemacht." Eckehart stöhnte verzweifelt auf: „Unsere kleine Edda! Wo in aller Welt soll ich sie noch suchen?" Wieder sah er, diesmal schon verzweifelt, in die Gesichter der Familie. Die Trauer, die er darin spürte, ließ ihn nachdenklich eine letzte Frage stellen: „Kennt Ihr den Mörder eures Sohnes?" Alarmiert blickten alle auf Eckehart und schüttelten dabei verneinend mit dem Kopf. Der berichtete darauf von seinen Beobachtungen: „Ich war heute bei einem ehemaligen Freund Eures Sohnes, dem Ritter Reinhard. Der hat etwas zu verbergen. Außerdem spricht seine Wunde im Gesicht dafür, dass er sich mit jemanden einen Schwertkampf geliefert hat. Geht zu ihm, Ihr findet dort gewiss Ritter Arnos Pferd. Ihr müsst wissen, dass ich nicht nur ein Heiler bin. Ich kann auch spüren, wenn etwas nicht stimmt, wenn man versucht, mir etwas vorzumachen!" Wie alle anderen schwieg jetzt auch Eckehart. Betroffen und zugleich überrascht wechselten sie fragende Blicke. Erst als die Alte wieder in ihr verkrampftes Weinen fiel und dadurch erneut die Aufmerksamkeit auf sich zog, löste sich die Erstarrung, in die die Menschen gefallen waren. „Ihr könntet Recht haben, Heiler", ergänzte der Greis nachdenklich, „Ritter Reinhard hat überall Schulden. Auch Arno hatte ihm Geld geliehen. Doch sein Freund hatte alles nur verprasst. Ein übler Mensch!" Während der Gutsherr sich danach nachdenklich in Schweigen hüllte, setzte seine Frau ihr Wehgeschrei fort, lauter und im unerträglichen Tonfall. Entschlossen schlug der Alte mit der Faust auf den Tisch und brüllte: „Schweig alte Hexe! Du hast doch unseren Sohn mit deinen ewigen Sticheleien vom Hof getrieben. Er war ein tugendhafter Junge und du hast ihn und das Mädchen auf deinem Gewissen!" Mit einem letzten Aufschrei begann darauf die Frau übergangslos leise zu wimmern. Eckehart hatte genug gehört. Trotz der vorgerückten Abendstunde verließ er das Gehöft. Er würde an irgendeiner Stelle im Freien übernachten und mit den ersten Sonnenstrahlen nach Köln zurück pilgern. Zumindest wusste er jetzt, dass Edda das Feuer im Kloster bei Linzke überlebt hatte. Aber wo sollte er sie unter diesen Umständen noch suchen?

Halberstadt

– Ende September 1078 –

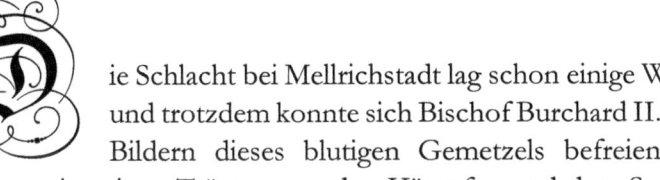ie Schlacht bei Mellrichstadt lag schon einige Wochen zurück und trotzdem konnte sich Bischof Burchard II. nicht von den Bildern dieses blutigen Gemetzels befreien. Jede Nacht kehrte er in seinen Träumen zu den Kämpfen und dem Sterben auf dem Schlachtfeld zurück. Jede Nacht endeten die Alpträume mit einem Galgen, an dem verwesende Leichen baumelten. Überdies hatte ihn der Tod seines Onkels, Erzbischof Werner von Magdeburg, zutiefst getroffen. Ihm zu Ehren wollte er im Dom zu Halberstadt einen Trauergottesdienst zelebrieren. Das war er ihm als Familienmitglied und politischen Mitstreiter schuldig. Damit würde er seinem schmählichen Tod nachträglich etwas Würdevolles entgegensetzen. Viele hochstehende Gäste waren geladen, auch die Quedlinburger Äbtissin Adelheid. Es lag schon etwas Ungewöhnliches darin, wie oft sich die beiden in der letzten Zeit begegnet waren. Verband sie etwa mehr als ein altes, gut behütetes Geheimnis?

Während Bucco in seinem Dom den Gottesdienst zelebrierte, herrschte in der Nähe, im Schatten des Gotteshauses, ebenfalls tiefer Kummer. Untröstlich beweinte Watelinde mit ihren Töchtern Alma und Amalia den Tod des Kaufmanns Jörg, der sie vor zwei Jahren aus Dankbarkeit für seine Heilung mit in sein Haus nach Halberstadt genommen hatte. Bis zu jenem Tag hatte Watelinde als Ottos Kebsfrau ein recht unstetes Leben geführt. Doch dann hatte ihr eines Tages das Schicksal, in Form von zwei Köhlerleuten, den halbtoten Kaufmann in ihre Hütte nach Börnecke gebracht. Watelinde gelang das Wunder und sie pflegte ihn wieder gesund. Schließlich zog sie mit ihm und ihren beiden Töchtern nach Halberstadt. Lange überredet werden musste sie nicht. Doch Kaufmann Jörg konnte in der Stadt trotz aller Anstrengungen wirtschaftlich nicht wieder auf die Beine kommen. Dass er eine Frau aus einem niedrigeren Stand, noch dazu mit zwei Kindern, in sein Haus geholt hatte, stellte sich als unentschuldbares Manko, als gesellschaftlicher Tod heraus. Er verlor einen Geschäftspartner nach dem anderen. Um im Geschäft zu bleiben, musste er sich bald Geld borgen. Die junge Frau verstand nichts von seinen Angelegenheiten, begriff nicht, was da vor sich ging. Aber dass sie in einem großen Dilemma steckten, war bald nicht mehr zu übersehen. Eines Morgens lag Jörg, der Kaufmann, tot in seinem Bett und kein einziges Kraut aus Watelindes Töpfen konnte ihn wieder ins Leben zurückholen. „Mutter, was wird nun aus uns?", rief Anna verzweifelt und brach dabei in Tränen aus. „Sie werden uns das Haus wegnehmen. Deshalb können wir hier nicht länger bleiben." Watelinde streichelte der 8-jährigen tröstend über den Kopf, während Amalia sich weinend an die Mutter schmiegte. „Ich will nicht von hier weg", schrie Anna aufgebracht. Die Mutter kannte den Grund. Er hieß Hans und wohnte drei Häuser weiter. „Morgen werden wir Jörg zur letzten Ruhe betten, danach verlassen wir die Stadt. Wir lassen uns nicht wie räudige Hunde davonjagen", erklärte sie ihrer Tochter. Um alle Kosten der Bestattung zu bezahlen, hatte Watelinde bereits den restlichen Besitz hergeben müssen. Inzwischen blieb für sie, außer zu warten, nichts mehr zu tun.

Über den Domplatz wehten die Trauerchoräle der Mönche, ein Gesang, der den Schmerz nicht milderte, aber ihm seine Spitze nahm. Watelinde begann, in jedem Ton nach Trost zu suchen. Dabei wünschte sie sich weit, weit weg. Sie träumte mit offenen Augen von ihrer Hütte am Rande des Harzwaldes, vom Duft der Kräuter unter ihrem Dach, von einer Wanderung zum Bielstein. Watelinde suchte ihre Habseligkeiten zusammen und verschnürte sie in drei Bündel. Somit bereitete sie ihren endgültigen Aufbruch vor. Niemanden sollte es gelingen, ihr auch noch das letzte Habe zu entreißen. Als sie fertig war, rief sie die Mädchen zu sich. „Sobald morgen der Kaufmann unter der Erde ist, holen wir unsere Bündel und verlassen diese Stadt. Wir werden hier nicht geduldet, wir sind für sie nur Pack und Gesindel." Wieder weinten die Mädchen, doch Watelinde erklärte: „Lasst uns jetzt zur Messe gehen und für das Seelenheil unseres Beschützers beten. Er war wahrhaft ein redlicher und tugendhafter Mensch." Sie legten sich ihre Tücher fest um die Schultern und verließen das Haus. Ein Glöckchen des Doms rief zum Abendgottesdienst. Watelinde tauchte mit ihren Töchtern in den Strom der Gläubigen ein, die es alle zum Dom zog. „Heute wird unser gütiger Bischof selber den Gottesdienst zelebrieren", hörte sie einen Mann in ihrer Nähe sagen. Sein Gesicht leuchtete dabei vor Freude. Sie alle liebten Bucco, den Freund der Kinder und der Armen. Es kam nicht allzu oft vor, dass er den Gottesdienst selber leitete. Dafür war er viel zu oft und viel zu lang unterwegs, um sich voller Hingabe in die Geschicke des Reiches einzumischen. Entsprechend groß waren an diesem Abend die Erwartungen der Leute, die ihn hören und sehen wollten. Selbst Sieche und Halbtote hatten sich in den Dom geschleppt. Nach einer endlosen Kaskade aus Gesängen und Gebeten hielt endlich der Gottesmann seine lang erwartete Predigt. Er sparte dabei nicht mit Anfeindungen auf König Heinrich IV., eingeschlossen alle seine Bündnispartner. Hatte doch sein Oheim, Erzbischof Werner von Magdeburg, im Kampf um den wahren König der Deutschen sein Leben gelassen. „Lasst uns nicht müde werden, für einen gerechten und von den Fürsten gewählten König zu kämpfen. Scheut keine Opfer, um unserem Schwur von Forchheim gerecht zu werden!", rief er den Gläubigen mit donnernder Stimme entgegen. Einzig die Anwesenheit der Quedlinburger Äbtissin Adelheid ließ ihn nicht völlig über das Ziel hinausschießen. Watelinde schnürte es jedes Mal die Kehle zu, wenn Bucco gegen den König wetterte, denn an ihrer Zuneigung zu Otto, dem ersten Ritter des Königs, hatte sich nichts geändert. Erneut halten die Choräle der Mönche durch den Dom, erneut beteten alle für das Wohlergehen des Gegenkönigs Rudolf und ebenso für die Seele des gelynchten Magdeburger Erzbischofs. Der Gottesdienst zog sich ausladend, nicht enden wollend, dahin.

Die beiden Mädchen an Watelindes Seite waren längst eingeschlafen. Selbst der Bischof schien von den Ereignissen des Tages gezeichnet zu sein. Unbewusst fielen ihm im Moment der monotonen Gebete die Augen zu und sein prachtvoller Bischofsstab landete dabei krachend auf dem Boden. Der heftige Schlag vervielfachte sich an der Decke und an den Wänden des Gotteshauses und holte darüber hinaus auch den letzten Schläfer aus seinen Träumen zurück. Fragend sahen sich die Menschen um. „Dem Bischof ist sein Hirtenstab aus den Händen gefallen", raunten sich die Gläubigen einander zu. „Das ist ein böses Omen", tuschelten andere entsetzt zurück. Selbst Äbtissin Adelheid verlor beim Anblick des erschrockenen Buccos jede Farbe aus dem Gesicht. Während ein Messdiener den Stab unverzüglich wieder aufhob und dem Bischof zurückgab, erkannte sie in dem Vorfall ein sicheres Zeichen für das Werk des Teufels, der offensichtlich allerorts gegenwärtig war. Adelheid war nunmehr fest davon überzeugt, dass der Satan ihr das Quedlinburger Münster durch einen fürchterlichen Höllenbrand genommen hatte. Offenbar hatte sie sich genau deshalb nicht entschließen können, das Münster wieder aufbauen zu lassen. Sie war mit der Absicht gekommen, Bucco in dieser Sache um Rat fragen. Doch inzwischen hatte sie massive Zweifel, ob dieser Bischof noch frei von den Anfeindungen

Satans und somit der richtige Ansprechpartner für sie war.

Mit dem Ende des Gottesdienstes schob sich die Menschenschar wieder langsamen ins Freie. Endlich stand auch Watelinde vor der Pforte des prachtvollen Doms, dessen Türme den Himmel zu küssen schienen. Sie sog tief die kühlende Nachtluft in sich ein und legte dabei einen Schwur ab: „Sobald ich wieder in meiner Hütte am Harzrand lebe, betrete ich nie wieder eine Kirche. Nie wieder!" Sie hasste Bucco für seine Predigt. Sie verabscheute diese Stadt, in der sie nicht heimisch werden durfte. Früher hatte sie stets frei und ungebunden gelebt, frei von Standesschranken und geachtet als Heilerin. Erst in dieser Bischofsstadt hatte sich alles gegen sie gewandt.

Am nächsten Tag fand Kaufmann Jörg aus Halberstadt auf dem Friedhof seine letzte Ruhe. Es war eine schlichte, armselige Bestattung, zu der sich außer Watelinde und dem Pfarrer keine weiteren Personen eingefunden hatten. Später nahm Watelinde mit ihren Töchtern die fertig geschnürten Bündel und verließ, ohne sich noch einmal umzudrehen, die einst so verheißungsvolle Stadt. Sie wanderten durch die Klusberge und zogen am Fuße des Regensteins vorbei. Nur noch kurze Zeit, dann würde sie den Harz sehen können, dann wären sie in Sicherheit! Trotzdem trieb sie ein unbegreifliches Gefühl zur Eile an.

Auch der Halberstädter Bischof durchlitt in den nächsten Wochen und Monaten ein wahres Gefühlschaos. Im November des gleichen Jahres erhielt er die Nachricht vom plötzlichen Tod eines seiner engsten Verbündeten, Berthold von Zähringen. Dieser hatte sich 1076 auf der Fürstenversammlung in Trebur dafür eingesetzt, dass man den ungeliebten König absetzen und einen neuen Monarchen wählen sollte. Bucco lief es kalt über den Rücken, als er vom Ableben des Zähringers erfuhr. Wieder hatte sich Gevatter Tod einen seiner wichtigsten Alliierten geholt. Die Zahl der einflussreichen Verschwörer schmolz dahin! Bucco begann seinen Schwur von Forchheim zu bereuen, wandelte sich der doch offenbar zu einem Unheil.

Genau einen Monat später erreichte den Gottesmann erneut eine Hiobsbotschaft. Es war nicht zu fassen, Gegenkönig Rudolf von Rheinfelden war schwer erkrankt. Jeden Tag rechneten die Ärzte mit seinem Tod. Beinahe hätte Bucco den Unglücksboten in einem Anfall von Tobsucht erschlagen. Nur die rasante Flucht aus dem Bischofssitz rettete dem Armen das Leben. Der Halberstädter, alias der eiserne Westpfale, war zum Handeln bereit, er musste seinen Gott anrufen! Bucco begann zu beten und flehte den Allmächtigen um Gnade und Vergebung an. Er rief ebenfalls alle ihm bekannten Heiligen an, wie auch Mutter Maria und Jesus Christus.

Domportal Halberstadt

Lange flehte und bettelte er Gott beschwörend um das Leben seines Gegenkönigs an. Es folgten lange Tage des Wartens und Hoffens und weiterer endloser Gebete. Jeden Tag erwartete man mit Zittern und Zagen eine Auskunft über die Gesundheit des Gegenkönigs. Endlich traf der Bote ein: „Rudolf von Rheinfelden ist auf dem Weg der Genesung. Er hat das

Schlimmste überstanden!" Wieder fiel der Bischof auf die Knie, diesmal um erleichtert und mit größter Freude im Herzen seinem Herrn und allen mit ihm im Bündnis stehenden Heiligen zu danken. Bucco konnte wieder aufatmen! Heinrich IV. musste nun abermals mit seinem ersten Widersacher rechnen.

Fritzlar

– im Frühjahr 1079 –

Siegfried, Ottos Knappe, hatte sich in der Kaiserpfalz von Fritzlar ein stilles Plätzchen gesucht. Dort konnte er am besten über die Launen des Schicksals sinnieren. Seit über einem Jahr hoffte er vergebens, dass sie ihr Weg wieder einmal zur Ilseburg und damit zur wunderschönen Tochter des Burgherrn führen würde. Doch das Deutsche Reich war groß und überall musste sich der König zeigen, seines Amtes walten und die Herrschaftsgewalt ausüben. Wie getrieben zog er mit seinem Hof ständig von einer Pfalz zur anderen. Dafür bewunderte der Knappe ihn, wie auch seinen ersten Ritter Otto. Niemals hatte er sie darüber klagen hören. Siegfried freilich hoffte mit seiner bevorstehenden Schwertleite auf ein neues Leben auf der Konradsburg, der Burg seines Vaters. Als Ritter wäre es ihm gewiss möglich, um die stille Ilse als Braut zu werben. Bereits in zwei Tagen sollte er hier im nordhessischen Fritzlar seine Ritterprüfung ablegen können und diesem Augenblick fieberte er mit größter Ungeduld entgegen. Immer wieder und mit viel Eifer übte er deshalb im Stillen den Rittereid.

„Ich gelobe, die Schwachen zu verteidigen.

Ich gelobe, die Kirche zu schützen, ihre Lehren zu glauben und ihre Gebote zu halten.

Ich gelobe, die Pflichten meinem Lehnsherrn gegenüber zu erfüllen.

Ich gelobe, allen gegenüber freimütig und großzügig zu sein.

Ich gelobe, immer gegen Ungerechtigkeit und für das Recht zu kämpfen.

Ich gelobe, immer zu meinem Wort zu stehen."

Keinesfalls wollte Siegfried, die alles entscheidende Zeremonie in der Kirche durch einen Fehler verpatzten. Otto kam auf ihn zu: „Du kennst den Schwur wie kein zweiter. Lass uns lieber nochmals den Schwertkampf üben." „Ja Herr", antwortete Siegfried, obwohl er der Meinung war, inzwischen der drittbeste Schwertkämpfer aller Zeiten zu sein. Nur der König und Ritter Otto beherrschten, seiner Meinung nach, den Waffengang noch besser. Sie verließen gemeinsam die Pfalz, um schließlich vor der Stadt einen akzeptablen Platz für das Training aufzusuchen. Einzige Beobachter waren lediglich ein paar Ziegen, die hier in aller Seelenruhe grasten. Schon die ersten Schläge des Ritters belehrten den Knappen, dass er doch noch einiges von ihm lernen konnte.

Während sie mit ihren Schwertern aufeinander eindroschen, unterzeichnete Heinrich IV. in der Königspfalz eine Schenkungsurkunde, die sich auf die Stadt Fritzlar bezog. Diese Stadt, die sich durch eine günstige Verkehrslage auszeichnete, war schon immer die Bühne für die große Reichspolitik gewesen. Sie gehörte zum Königsgut und nun hatte der König im Sinn, sie dem Erzbistum Mainz und somit seinem wichtigsten Verbündeten, Erzbischof Wezilo, zu übergeben. Wezilo war der Nachfolger des abtrünnigen Siegfried von Mainz, den seine Bürger während der Krönung Rudolfs zum Gegenkönig aus der Stadt gejagt hatten. Diese Schenkung war als Zeichen des Dankes gedacht und sollte außerdem ihr Bündnis enger schmieden. Feierlich erklärte der König, während sein Blick fest auf die anwesenden Würdenträger gerichtet war: „Drei Mal haben an diesem Ort unsere Unterhändler mit denen des Rudolfs von Rheinfelden beraten, um dem Land endlich den Frieden zu geben. Kein Ort ist dafür besser geeignet als Fritzlar, welches unsere Vorväter Friedeslar, Ort des Friedens, nannten." Heinrich schwieg einen Moment und sah sich dabei nachdrücklich in der Runde um. Endlich sprach er weiter: „Man hätte vermuten können, dass Rudolfs Berater klüger wären und unsere Angebote billigen würden, denn mit jedem Tag, der vergeht, schmilzt die Zahl ihrer Unterstützer. Doch so weise waren seine Fürsprecher nicht. Dabei stehen nur noch Welf von Bayern und Otto von Northeim zu ihm." Die anwesenden Würdenträger drückten vernehmbar ihre Zustimmung aus. „Ich fürchte, sie haben nicht vor, diesen Konflikt friedlich beizulegen. Sie suchen wieder die Entscheidung auf dem Schlachtfeld. Sie streben danach, dass wir vor ihnen zu Kreuze kriechen; selbst unseren Tod nehmen sie billigend in Kauf." Erneut nahm sich der König die Zeit, um die Wirkung seiner Worte von den Gesichtern der Anwesenden ablesen zu können. Plötzlich durchbrach die Märzsonne die schwere Wolkendecke und überzog den Raum wie auch die Menschen mit einem erhabenen Glanz. Heinrich sprach weiter: „Seit der Rheinfelder Gegenkönig ist, ist er von der Idee besessen, mich ein für alle

Mal vom Thron zu stoßen. Dabei ist er längst nicht mehr in der Lage, den Realitäten ins Auge zu sehen. Es sieht nicht gut für ihn aus. Rudolf von Rheinfelden finde dich endlich mit deiner Niederlage ab!" Jubel rollte durch den Saal, Zustimmung für Heinrichs Rede. Euphorisch erhoben die Männer ihre Becher und prosteten sich gegenseitig zu. In diesem Moment betrat ein Bote den Saal und eilte ohne Verzögerung zum König. Allein die Haltung des Mannes ließ Heinrich nichts Gutes vermuten. „Herr, die Sachsen bewegen sich ihm Eilmarsch direkt auf Fritzlar zu. Sie werden kurzfristig hier eintreffen." Heinrich war solche Situationen gewohnt und reagierte demgemäß gefasst, doch auch entschlossen: „Wie ich gerade eben sagte, der Rheinfelder sucht die militärische Lösung, will mit dem Schwert sein Königtum erzwingen. Wieder einmal schickt er uns sächsische Truppen. Da wir darauf nicht vorbereitet sind, ziehen wir uns sofort zurück!" Damit war alles gesagt und jeder wusste genau, was zu tun war. Innerhalb kürzester Zeit verließ der Tross des Königs mit seinen weltlichen und geistlichen Würdenträgern die Stadt, die ihre Entstehung einst dem Heidenbekehrer Bonifatius verdankte. Um das von ihm hier errichtete Kloster entwickelte sich nach und nach eine Dom- und Kaiserstadt, die ab sofort zum Erzbistum Mainz gehören sollte.

Kaum dass sich die Staubwolke des abziehenden Hofes in der Ferne gelegt hatte, tauchte auf der entgegengesetzten Seite unverkennbar eine neue Wolke auf. Die Sachsen kamen und jagten im scharfen Galopp auf Fritzlar zu. „Herr seht, wir werden angegriffen. Das können nur die Sächsischen sein", rief Knappe Siegfried seinem Ritter zu, worauf beide angespannt den Horizont beobachteten. Schnell trafen sie eine Entscheidung: „Wir müssen sofort den König warnen. Schnell zurück zur Pfalz!" Jetzt lief alles in einem rasanten Tempo ab. Schon von weitem nahmen beide die ungewöhnliche Ruhe auf dem Gelände der Kaiserpfalz wahr. „Gott sei Dank", rief Otto seinem Knappen zu, „sie sind schon weg. Jetzt machen auch wir uns schleunigst aus dem Staub!" Eilig rafften sie ihre wenigen Habseligkeiten zusammen und schmissen sich wieder auf ihre Pferde. Die Staubwolke hinter ihnen begann erste Konturen von Reitern freizugeben. „Wir verstecken uns dort im Wald", entschied der Ritter, „beeile dich Siegfried!" Ohne nach rechts oder links zu sehen, galoppierten beide verbissen auf den schützenden Wald zu, das ersehnte Ziel fortwährend vor Augen. Endlich tauchte Otto in das grüne Dickicht ein, endlich fühlte er wieder Sicherheit. Erst jetzt sah er sich um, sah zurück, um nach Siegfried Ausschau zu halten. Dem Ritter stockte der Atem. Er war allein, nur das Pferd seines Knappen war ihm gefolgt. Otto beobachtete, wie in der Ferne die

Sachsen mit lautem Jubelschrei die Stadt einnahmen. Wieder suchte Otto den Horizont nach seinem treuen Gefolgsmann ab, doch hinter ihm war das Land menschenleer. Unversehens mutierte der Jubelschrei des Sachsenheeres zum Wutgeschrei. Erste Feuer brachen aus und schwarze Rauchwolken verdunkelten den Himmel. Angsterfüllt ergriffen die Menschen die Flucht, doch wer einem Sachsen zu nahe kam, verlor sein Leben durch dessen Schwert. Nachdem fast jedes Haus den Flammen zum Opfer gefallen war, brannte ebenfalls lichterloh der Dom der kleinen Stadt mit dem so friedlichen, hoffnungsvollen Namen. Für Otto war das eine nur zu klare Botschaft. Hier sollte kein Stein auf dem anderem bleiben! Endlich regte sich auf der Straße etwas. Immer mehr Menschen suchten ihr Heil in der Flucht und näherten sich inzwischen dem Wald. Otto griff nach Siegfrieds Pferd und ritt zurück. Er hatte nicht das Recht, seinen Knappen im Stich zu lassen. Auch die Flüchtlinge waren bestrebt, möglichst tief in die Sicherheit des Forsts einzutauchen und rannten ihm entgegen. Plötzlich blieb eine Gruppe von vier, fünf Männern vor ihm stehen und Otto hörte eine vertraute Stimme sagen: „Herr, ich bin es, Siegfried. Ich bin verletzt und diese tapferen Männer haben sich meiner erbarmt." Neben ihm stand wahrhaftig, gestützt auf zwei Fritzlaern Bürgern, Siegfried mit aschfahlem Gesicht. Er konnte sich kaum auf den Beinen halten. „Traf mich doch so ein verfluchter sächsischer Pfeil in den Rücken. Dadurch hatte ich den Halt verloren und war vom Pferd gestürzt", erklärte er mit gepresster Stimme. „Hauptsache, du lebst! Jetzt brauchen wir erst einmal für dich einen tüchtigen Medikus, der dir wieder auf die Beine hilft", tröstete Otto seinen Knappen. Während der Junge erleichtert und dankbar seinen Ritter musterte, erinnerte der sich plötzlich an Watelinde, seine kleine Waldfee, die ihn vor langer Zeit geheilt und dabei sein Herz geraubt hatte. Wie erging es ihr wohl inzwischen in Buccos Domstadt Halberstadt? Mit Gewalt riss sich Otto von diesem Gedanken los, vor allem, weil die Erinnerung in seiner Seele schmerzte. „Wir ziehen los", teilte er darauf seinem Knappen recht einsilbig mit, nachdem er ihn notdürftig versorgt hatte. Dabei konnte Siegfried sich noch glücklich schätzen, denn das Kettenhemd und die große Entfernung, aus der der Pfeil abgeschossen worden war, hatten das Schlimmste abgewandt. Trotzdem war die Wunde sehr schmerzhaft. „Jeder richtige Ritter hat die Pflicht, zumindest einmal in seinem Leben verwundet gewesen zu sein", verkündete Otto, bevor sie weiterzogen, als eine seiner Lebensweisheiten. Bei Siegfried kam diese Ansage just in diesem Moment weniger gut an, denn durch den sächsischen Überfall musste er seine lang ersehnte Ritterprüfung auf ewig und drei Tage verschieben. Otto konnte nicht sehen, wie der Knappe genervt die Augen verdrehte und anschließend sein verdrießlichstes Gesicht aufsetzte.

Regensburg

– 24. März 1079 –

Selbst König Heinrich IV. sah sich gezwungen, seine Pläne zu ändern. Bislang hatte er darauf verzichtet, einen neuen Herzog in Schwaben einzusetzen. Dafür gab es gleich mehrere Gründe. Zum einen durfte der Kandidat nicht zu mächtig sein und zum anderen forderte Heinrich von einem künftigen Schwabenherzog absolute Königstreue! Gleichwohl hatte der Gegenkönig Rudolf von Rheinfelden Anfang des Jahres seinen Sohn Berthold mithilfe der Adelsopposition zum Herzog von Schwaben gewählt und damit fürs Erste Tatsachen geschaffen. Deshalb war Heinrich gezwungen, endlich eine Entscheidung in dieser Angelegenheit zu treffen. Seinen Bedenken gemäß wählte er einen unbedeutenden und wenig begüterten Grafen aus, der aber in all den Jahren treu und fest an seiner Seite gestanden hatte. Graf Friedrich von Staufen war der Auserwählte, er wurde Herzog von Schwaben. Mit dieser Entscheidung begann der Aufstieg der Staufer in die Herrschaftselite des deutschen Hochadels. Um den gerade erst 29-jährigen Schwabenherzog aufs engste an das Königshaus zu binden, ging Heinrich sogar noch einen Schritt weiter.

Ostern, das hohe Fest der Christenheit, stand bevor und in Regensburg hatte sich der heinrichstreue Adel zu einem speziellen Hoftag eingefunden. Für Bertha, die seit Canossa zurückgezogen in den Klöstern des Landes weilte und von dort aus Heinrichs Politik unterstützte, war es inzwischen schon etwas zuviel Trubel und Hektik. Aber die Aussicht auf ein Wiedersehen mit Menschen, die ihr wohlgesonnenen waren, ließ sie diese Bürde ergeben tragen. Sie war die Königin und für die Repräsentation des Königtums mitverantwortlich. Dessen ungeachtet hatte sie in ihrem Leben bereits ganz andere Prüfungen mit Bravour gemeistert.

„Ritter Otto von den Klusbergen bittet um eine Audienz", meldete ihr ein Bediensteter in devoter Haltung. Durch Bertha schoss augenblicklich ein Pfeil der Glückseligkeit. „Lasst den Ritter eintreten", antwortete sie indes mit einem hohen Maß an Gleichmut in der Stimme. Otto fragte sich derweil, warum er es so eilig gehabt hatte, seiner Königin die Aufwartung zu machen. War es vielleicht doch Liebe oder nur eine alte Verbundenheit? Seit sie Kinder waren, kannten sie sich und nun, wo Bertha nicht mehr an Heinrichs Seite lebte, hatte sich zu dieser Verbundenheit überdies noch Mitempfinden gesellt. Mit den Worten: „Tretet ein, Ritter von den Klusbergen und Bärentöter!", empfing sie ihn mit einem schalkhaften Lächeln, das Otto wie von selbst erwiderte. Wie lange war es her, dass ihn jemand Bärentöter genannt hatte? Damit war das Eis gebrochen und die beiden unterhielten sich zunächst im Plauderton über jeden möglichen Klatsch am Hof. So blieb es nicht aus, dass auch der Gegenstand zur Sprache kam, welcher alle zwei besonders bewegte. Otto erkundigte sich in einem höchst emotionslosen Tonfall: „Wie hat Eure Tochter Agnes überhaupt reagiert, als sie von ihrer bevorstehenden Verlobung mit dem Staufer Grafen erfahren hat?" Über Berthas Gesicht huschte ein Schatten. „Das Mädchen ist noch keine sieben Jahre alt. Sie erfasst die Tragweite dieser Entscheidung schwerlich. Außerdem wird sich an ihrem Leben zunächst kaum etwas ändern. Selbstredend war sie schon überrascht." Otto hatte aus Berthas Mimik mehr gelesen, als sie bereit war auszusprechen. „Mich erinnert diese Verlobung so sehr an Mathilde, der so früh verstorbenen Schwester des Königs. Wie haben wir alle ihren Tod beweint", antwortete Otto nachdenklich. Er machte eine kurze Redepause, bevor er entrüstet erklärte: „Dieser Rudolf von Rheinfelden hatte sie auf keinen Fall verdient." Für einen kurzen Moment blitzte es in den Augen der Königin bedrohlich. „Ritter Otto", antwortete sie mit unterdrückter Erregung in der Stimme, „wir dürfen es nicht zulassen, dass man diese beiden Aufgebote gleichsetzt, auch wenn in beiden Fällen der Bräutigam ein Schwabenherzog ist. Heute ist die Sachlage eine andere. Dieser Staufer steht fest an Heinrichs Seite und wird ihm bei seiner Abwesenheit ein zuverlässiger oberster Heerführer sein." Augenblicklich fühlte sich Otto durch ihre Antwort getadelt. Es fiel ihm deshalb sichtlich schwer, ein neues, unverfänglicheres Thema aufzugreifen, weshalb er es wieder einmal mit einer seiner Lebensweisheiten versuchte: „Wer vermag schon zu sagen, was die Zukunft bringt? Skuld lüftet nur selten den Schleier über Kommendes. Sind wir Menschen nicht wie Sandkörner, die vom Strom der Zeit mitgerissen werden? Kein Sandkorn kennt das Ziel, den Endpunkt der Reise." Bertha nickte daraufhin versöhnlich und in diesem Augenblick kündigte sich ein weiterer Besucher an. Vorsichtig steckte er seinen Kopf durch die Tür und betrachtete amüsiert, dass vor ihm sitzende Paar. Erst anschließend betrat der König die Kemenate und schritt auf seine Gemahlin zu. „Mein erster Ritter war mit seiner Aufwartung bei meiner Königin mal wieder schneller", gab Heinrich mit etwas zu lauter Stimme kund. Dabei warf er seinem Ritter einen tadelnden Blick zu. Unversehens erfasste Otto das Gefühl, unerwünscht zu sein. Also zog er sich kurzerhand, nach einigen geläufigen Höflichkeitsfloskeln, zurück. Er hatte nicht vor, die seltenen gemeinsamen Momente des Königspaares durch seine Anwesenheit zu stören. Bertha hatte ihm wieder einmal gezeigt, dass sie gelernt hatte, den Herausforderungen des Lebens mit Stärke entgegenzutreten. Nach wie vor war sie der Fels an Heinrichs Seite!

Draußen wurde Otto um ein Haar von zwei Kindern überrannt. Der fünfjährige Konrad und seine sieben Jahre alte Schwester Agnes jagten sich, zum Verdruss aller Erwachsenen, durch die Gänge der Pfalz, in denen auch so schon genug Trubel durch die Festvorbereitung herrschte. Atemlos folgte ihnen der Erzieher, der mit seiner Aufgabe allem Anschein nach völlig überfordert war. Während sich die beiden Königskinder kichernd hinter Ottos Rücken versteckten, blieb der junge Priester erschöpft vor ihm stehen. Otto erinnerte die Situation an Bucco, der einst in seiner Rolle als Erzieher völlig aufgegangen war. Mittlerweile stand er als Bischof von Halberstadt in diesem Sachsenkrieg auf der anderen Seite der Macht. „Sie sind heute völlig aus dem Häuschen. Was soll ich nur noch mit ihnen anstellen?", beklagte sich der schmalgesichtige Seelenhirte bei ihm. „Klappt denn wenigstens die Zeremonie", erkundigte sich Otto mitfühlend. „Die Zeremonie ist doof, doof, doof", schrie Agnes auf, bevor sie die Hand ihres Bruders ergriff und mit ihm unter Kampfesgeschrei abermals davonstürmte. „Agnes von Waiblingen und Salien!", rief ihr der Erzieher verzweifelt hinterher, doch seine Worte verhallten ungehört. „Warum nur hat der Herrgott unsere Adelheid zu sich geholt? Sie war doch erst neun Jahre alt und hatte dabei den Verstand einer Vierzehnjährigen. Sie wäre gewiss die bessere Braut gewesen!" Darauf schlug er das Kreuz, um seine Traurigkeit und die Wahrheit seiner Worte zu belegen. Otto versuchte zu trösten: „Unsere Agnes wird das gewiss schon machen. Ich sehe, dass sie eine große Zukunft vor sich hat. Ohne Frage wird sie einmal die Stammmutter eines großen Fürstengeschlechtes werden, setzt doch der König in den Staufer maßgebliche Hoffnungen." Ermutigt durch die Antwort des Ritters beugte sich der Erzieher verschwörerisch vor und flüsterte mit heiserer Stimme: „Der Brautvater ist genauso alt wie der Bräutigam." Prüfend sah sich der Priester um; doch es schien kein Ohrenzeuge in der Nähe zu sein. Mit einem tiefen Seufzer folgte er den beiden Kindern. Otto sah ihm geistesabwesend nach, bis plötzlich ein Hausbursche hinter ihm stand. In seinem Blick lag ein seltsames Leuchten, das wohl bedeuten sollte: Ich habe alles gehört. Doch stattdessen teilte er Otto mit: „Euch wünscht so ein Heiliger im langen weißen Gewand und mit einem weißen Wanderstab zu sprechen. Er hat ausdrücklich nach Euch verlangt." Überrascht fragte der Ritter zurück: „Hat er dir seinen Namen genannt?" „Eckehart, getreuer Eckehart aus dem Harz." Otto war sprachlos. Sein Vetter war ihm bis nach Regensburg gefolgt? Möglicherweise hatte er eine wichtige Nachricht von Zuhause oder er hatte endlich Edda und Arno gefunden. „Bringt ihn in die Gesindestube und gebt ihm zu essen. Ich komme gleich nach", wies er den Boten an, um darauf selber zum Krankenlager seines Knappen zu stürmen. Die Hoffnung auf alsbaldige Heilung wollte er ihm selber mitteilen. Doch Siegfried war kaum ansprechbar. Von Fieberträumen geschüttelt, wälzte er sich von einer Seite auf die andere. Ausgesprochen beunruhigt eilte der Ritter zur Gesindestube, wo ihn sein Vetter längst sehnlichst erwartete. In aufrechter, fast erstarrter Haltung saß er an der langen Gesindetafel vor vollem Teller, ohne auch nur den kleinsten Bissen zu sich genommen zu haben. „Eckehart, mein Vetter", begrüßte ihn Otto bewegt, „was für ein Wunder, was führt dich zu mir?" In den Augen des Heilers standen Tränen, als er sich von der Tafel erhob und auf Otto zuschritt. „Du bringst keine guten Nachrichten! Erzähle mir, was passiert ist. Hast du etwas über Edda in Erfahrung gebracht?" Als sich die beiden darauf in die Armen fielen, fühlten sie die gleiche Vertrautheit, wie einst in ihren Kindertagen, als sie gemeinsam die Norne der Zukunft an der Teufelsmauer herausgefordert hatten. Alle Zweifel, die in den vergangenen Monaten ihre Freunschaft belastet hatten, waren wie vom Winde verweht! Letzten Endes erzählte der Vetter von seiner Reise nach Köln und wie er nach langen Suchen und Nachforschen auf Ritter Arnos Gutshof gestoßen war und dort von seiner Ermordung erfahren hatte. „Und Edda, war sie bei ihm?", drängte Otto. „Ja, sie hat dort mit ihm gelebt. Im Übrigen hat sie sich auch noch nach seinem Tod dort aufgehalten. Doch eines Tages war sie spurlos verschwunden. Die Herrschaft hatte ihr das Leben zur Hölle gemacht. Das erzählten mir jedenfalls im Verborgenen die Mägde des Hofes. Wie auch immer, sie ist jedenfalls wieder verschwunden. Obwohl ich noch einige Wochen in Köln geforscht habe, blieb jede weitere Suche ergebnislos." Die Männer schwiegen enttäuscht. Beide fühlten dieselbe Schuld, nicht mehr für das Mädchen getan zu haben. Diese Sorge erinnerte Otto schlagartig an seinen fiebernden Knappen. „Du musst mir helfen", raunte er seinem Vetter zu, „mein Knappe hat eine Wunde im Rücken, die sich entzündet hat. Komm bitte mit, er braucht dringend Hilfe!" Ohne dass Eckehart auch nur einen einzigen Bissen zu sich genommen hatte, folgte er dem Ritter durch die endlosen Gänge der Pfalz. Dabei fiel ihm unvermittelt das hektische Treiben in ihrem Innern auf. „Was geht hier vor sich", erkundigte er sich deshalb bei Otto, „alle Welt rennt hier panisch herum. Man hat das Gefühl, auf einem aufgescheuchten Hühnerhof zu sein." Otto grinste zustimmend, da ihm der Vergleich gefiel. „Hier wird morgen Geschichte geschrieben. Der König erhebt den unbekannten Staufergrafen in den Herzogstand und verlobt ihn überdies mit Agnes, seiner Tochter." Der Heiler zog die Stirn skeptisch nach oben, bevor er laut aussprach, was er strenggenommen für sich behalten sollte: „Hat denn Heinrich IV. nichts aus seiner eigenen Kindheit gelernt?" Otto schüttelte den Kopf. „Er sieht nur die politische Absicht und viele andere Optionen eröffnen sich ihm derzeit nicht. Schwaben braucht einen von ihm berufenen Herzog. So plant er, den Sohn des Rheinfelders matt zu setzen." Eckehart vermochte dazu nichts weiter zu sagen. Seine Kenntnisse lagen eher im Helfen und Heilen. Mehr wollte er in dieser wildbewegten Zeit auch nicht erreichen. „Führe mich zu deinem Knappen", forderte er den Vetter kurzerhand auf. Otto war froh, Eckehart an seiner Seite zu wissen. Bevor er die Tür zur Stube öffnete, offenbarte er ihm mit strahlenden Augen: „Auf jeden Fall wirst du morgen an einem außerordentlichen und unübertroffenen Ereignis teilnehmen." Zum ersten Mal seit seiner Ankunft lächelte Eckehart zufrieden und gleichzeitig belustigt.

Flarchheim
Am Südostrand des Hainich

– Sonntag, 26. Januar 1080 –

in eisiger Wind trieb den frisch gefallenen Schnee vor sich her und häufte ihn an Hindernissen in der Landschaft zu kleinen Schneewehen auf. Wie erstarrte Wogen eines Meeres reihte sich in diesem hügeligen Gebiet so eine Wehe an die andere. Seit Tagen war das Heer des Königs, bestehend aus Bayern, Franken, Schwaben und Burgundern, auf den Weg ins Thüringische gewesen, wo man auf die Armee des böhmischen Herzogs warten wollte. Wie immer gehörte die Truppe des Vratislav mit 3200 Rittern zu den Stützen des Feldzuges. Es war noch Nachmittag, doch die Wintersonne begann bereits hinter dem Horizont unterzutauchen. Heinrich stand mit seinen Rittern auf einer Anhöhe und begutachtete die Lage. „Wir sollten unser Lager dort unten aufschlagen, da kampieren wir geschützt", schlug Ritter Otto seinem König vor. Bevor Heinrich antwortete, sah er sich nochmals kritisch in der Landschaft um. „Du hast mal wieder Recht! Das ist ein vortrefflicher Platz für die heutige Nacht. Welcher Ort liegt dort hinter dem Hügel?" Nach kurzer Überlegung kam man zu dem Ergebnis: „Hinter den Hügeln sollte ein kleines Dorf liegen. Flarchheim." „Dann dürfte sich Rudolf mit seinem Heer wohl ganz in der Nähe befinden. Warten wir mal ab, wer morgen noch auf seiner Seite kämpfen wird", erklärte der König mit einem in sich gekehrten Unterton in der Stimme. Bald darauf hatte die Heerschar des Königs die Hügelsenke erreicht und baute im letzten Licht des Tages eiligst das Camp auf. Zahlreiche flackernde Feuerstellen nahmen bald darauf der Dunkelheit etwas von ihrer Schwärze und schenkten den Männern, die sich darum versammelt hatten, ein wenig Wärme. Trotz der Kälte und der Strapazen der letzten Tage war die Stimmung unter den Rittern gut, stand ihnen allem Anschein nach endlich das letzte Gefecht mit dem Gegenkönig bevor. Diese Erfolgsaussicht erklärte wohl auch die Rigorosität, mit der die Königlichen die Gebiete des Erzbischofs Siegfried von Mainz auf ihrem Durchzug verwüstet hatten. Otto warf weitere Holzscheite ins Feuer und beobachtete gebannt, wie die Flammen sie begierig umschlossen, in sie eindrangen und letztendlich mit dem Holz als Lohe eins wurden, um die Umgebung hell zu beleuchten. Aus den Tiefen seines Gewandes zog er ein sorgfältig in ein Tuch eingeschlagenes Bündel und öffnete es behutsam. „Willst du schon wieder in diesem Brief lesen?", erkundigte sich Heinrich amüsiert. Otto nickte nur bejahend und nahm darauf einen tiefen Schluck aus seinem Becher. Aber Heinrich ließ nicht locker, wollte endlich genau wissen, was die Aufmerksamkeit seines ersten Ritters jeden Abend aufs Neue fesselte. „Was ist so besonderes an dem Brief? Du behandelst ihn ja wie etwas Heiliges? Kennst du den Text nicht schon auswendig?" Nach allem Drängen sah Otto auf und lüftete sein Geheimnis: „Dieser Brief erreichte uns einen Tag vor Weihnachten. Er hat mir endlich meine Schwester Edda zurückgegeben." Bei der Erwähnung des Namens verdüsterte sich Heinrichs Miene. Hatte er sie doch einst für immer und ewig ins Kloster beordert, wo sie sich anscheinend nicht mehr befand. Was war da geschehen? „Ich denke, Edda fristet ihr Dasein im Kloster in Linzke? Wieso kannst du sie vermisst haben?", erkundigte er sich deshalb irritiert. „Das Kloster war bei einem Gewitter abgebrannt. Dabei kamen viele Nonnen ums Leben. Lange wussten wir nicht, ob Edda zu den Opfern gehörte. Sie hatte hingegen Glück und konnte fliehen. Mit Ritter Arno zog sie darauf nach Köln." Heinrich starrte seinen ersten Ritter völlig perplex an. „Ritter Arno? Denselben, den wir zur Buccos Bewachung mit nach Ungarn zu meinem Schwager geschickt hatten?" Otto merkte, dass er dem König die ganze Geschichte, bis zu Arnos Ermordung, erzählen musste. Heinrich hörte gebannt zu, aber eine Frage war trotzdem offen geblieben: „Wo hält sich denn Edda derzeit auf?" Otto sah seinen König und Freund freimütig an, als er ihm antwortete: „Sie hat sich in ein Stift in der Nähe von Essen geflüchtet, aber da kann sie nicht bleiben. Wir sollen sie holen. Edda möchte dann wieder in ein Kloster gehen, eines das am Harzrand liegt." Diese Nachricht verbesserte Heinrichs Stimmung nur unwesentlich, doch nach einigen Überlegungen, antwortete er versöhnlich: „Ja ins Kloster zurück. Dort ist sie angemessen aufgehoben!" Otto atmete erleichtert auf.

Einige Hügel weiter, ebenso in einer geschützten Talsenke, ruhte das Heer des Rheinfelders und stellte sich innerlich schon auf das bevorstehende Gefecht ein. Nachdem sich verschiedene sächsische Fürsten von Rudolf abgewandt hatten, wollte der keine weitere Zeit verlieren. Genau aus diesem Grund hatte er sich auf diesen Winterfeldzug eingelassen. Graf Otto von Northeim betrat mit kleinem Gefolge das Zelt des Gegenkönigs und brachte dabei einen gehörigen Schwall eiskalter Luft mit herein. „Im Winter sollte man keinen Krieg führen, da gehört ein Mann hinter einen warmen Ofen", lautete seine mürrische Begrüßung. Er war inzwischen sechzig Jahre alt und hatte bereits so manches Zipperlein, das durch die Kälte noch verschlimmert wurde. Rudolf ließ sich durch seine knurrige Begrüßung nicht beeindrucken. „Winter hin und her! Morgen kann das Wetter schon viel freundlicher sein. Im Übrigen hat sich Heinrich bei seinem Durchzug durch die Gebiete des Mainzer Erzbischofes, wo er arg gewütet hat, einen Bärendienst erwiesen. Der Mainzer hat darauf Heinrich umgehend mit einem erneuten Bann belegt. Ich habe die Kunde davon schon an alle Mannen weitergeben lassen. Mal sehen, wer nun noch für einen Gebannten kämpfen will oder doch lieber die Seite wechselt." Erzbischof Siegfried von Mainz lächelte milde: „Es wurde höchste Zeit, das zu tun. Nur so bewahren wir unsere Verbündeten davor, einen großen Fehler zu machen." Otto sah skeptisch auf: „Das Problem ist nur, dass der Papst sich zum Königtum bislang nicht geäußert hat. Somit wird dieser Bann kaum von Bedeutung sein. Sehen wir uns lieber unseren Schlachtplan an." Bucco musste dem Northeimer zustimmen: „Erzielen wir morgen den Sieg, dann ist der Heilige Vater gezwungen, sich klar zu entscheiden." Jeder in der Runde musste dem Halberstädter Haudegen recht geben, woraufhin Otto von Northeim mit größter Akribie seine Kriegstaktik vorstellte. „Wenn alles so läuft, wie ich es geplant habe, können wir morgen um diese Zeit unseren endgültigen Sieg feiern. Diesmal verlässt keiner vorzeitig das Schlachtfeld! Unterbindet, egal was passiert, dass unter den Rittern Panik entsteht. Halberstädter, wie stehst du zu meinem Vorhaben?" Entgegen der Erwartungen des Northeimers hielt sich Buccos Euphorie in Grenzen. Unumwunden gab er zu bedenken: „Man soll den Tag nicht vor dem Abend loben. Heinrich hat uns schon oft genug an der Nase herumgeführt! Wir sollten lieber für unseren Sieg beten." Erzbischof Siegfried von Mainz lächelte wieder milde und faltete dabei seine Hände zum Gebet.

– Montag, der 27. Januar 1080 –

Der neue Tag begann, wie der alte geendet hatte, mit Kälte, Wind und stetem Niederschlag. Kleine, graupelhafte Körner, vermischt mit leichtem Schneefall, wurden vom Wind in alle Ecken geweht und behinderten immer wieder die freie Sicht im Gelände. Halberfroren meldete sich ein Späher beim König: „Rudolf von Rheinfelden setzt sein Heer in Bewegung. Sie werden sich auf einem Hügel bei Flarchheim postieren." Heinrich sah ihn unzufrieden an: „War das schon alles? Hat dir die Kälte deinen Verstand eingefroren?" Verlegen ergänzte der Gerügte: „Am Fuße des Hügels befindet sich ein Bach, ein recht tiefer Bach. Er soll Euren ersten Angriff dämpfen. Dann kommt der Anstieg, wo …" Ritter Otto winkte dem Späher genervt zu: „Schon gut, wir haben verstanden!" Mit einer Salve aus untertänigen Verbeugungen verließ der Mann das Zelt des Königs. „Alles klar! Hinter diesem Plan steckt gewiss der Northeimer. Er hat uns eine Falle stellen wollen. Ziehen wir los! Vorher werden wir noch beten, einen Gottesdienst für den endgültigen Sieg abhalten. Unser Gegner wird nicht weglaufen, dafür findet er seinen Schlachtplan zu genial." Mit der heiligen Messe vor der Schlacht knüpfte der König nahtlos an alte Traditionen an.

Bald darauf zog das königliche Ritterheer aus einigen tausend Mann seinem Widersacher entgegen, während die Knappen zum Schutz des königlichen Lagers zurückblieben. Ottos Blick fiel beim Abzug auf seinen Knappen Siegfried, der sich fernab von den anderen Jungen am Rand des Zeltlagers aufgestellt hatte. Mit griesgrämiger Miene sah er der Truppe nach. Wäre alles nach seinem Plan gegangen, hätte er an diesem Tag ein Teil des Ritterheeres sein können. Aber so? Ritter Otto winkte dem Jungen aufmunternd zu.

Otto von Northeim gab letzte Anweisungen, bevor er mit seiner Heerschar als Erster aufbrach. Er hatte vor, mit der kampferprobten Truppe in der vordersten Reihe stehend dem Salier einen „würdigen" Empfang zu bereiten. Heinrichs Heer sollte bereits attackiert werden, wenn es den Hügel hinaufzusteigen begann. Die restliche sächsische Reiterei stand tief gestaffelt und unüberwindbar dahinter im Gelände verteilt.

Das Schneetreiben war dichter geworden und nahm den Männern immer wieder die Sicht. „Verfluchter Schnee und verfluchter Hügel", schimpfte der Northeimer lautstark, „wie soll man hier die Übersicht behalten?" Er rief einen Kundschafter zu sich heran: „Sieh nach, wo sich Heinrichs Truppen aufhalten! Lass dich aber nicht erwischen!" Bucco war bei den Flüchen des Northeimers blass geworden. „Man soll nicht Gott versuchen", murmelte er leise und schickte schnell ein Vaterunser hinterher. Doch Wind und Schnee zerpflückten seine Selbstgespräche schonungslos in sinnlose Wortfetzen. So zweifelte der Bischof, ob unter diesen Schwierigkeiten von seinem Gebet etwas bei Gott angekommen war. Er betete nochmals und fühlte sich aber auch danach nicht besser. Ein Gedanke hatte sich wie eine Zecke in seinem Kopf festgesetzt. Immer wieder fragte er sich, welches Opfer der Schwur vom Pilatushof in diesem Kampf fordern würde? Letztlich versuchte Bucco, sich von den trüben Gedanken abzulenken und richtete seine Aufmerksamkeit auf andere Dinge. „Gebt den Feuern neue Nahrung", ordnete er im Befehlston an, weil er durch einen Hauch von Wärme die Kampfbereitschaft der Ritter erhalten wollte. Diesen Platz würden sie gewiss verteidigen! Immer wieder suchte der Bischof das gegenüberliegende Gelände mit den Augen ab, doch von Heinrich IV. konnte er nicht das Geringste entdecken. „Er lässt uns warten. Eine völlig neue Kriegstaktik des Königs", folgerte er verstimmt. Der Northeimer konnte ihm nur genervt zustimmen.

Währenddessen hatte Heinrichs Ritterheer die Talmulde erreicht. „Vom Rheinfelder sind dort oben nur die Feuer zu sehen. Sie können es kaum erwarten, dass wir kommen", frohlockte Otto mit einer Spur Hohn in der Stimme. „Sollen sie dort ruhig ausharren. Wir umgehen den Hügel und greifen sie von der Rückseite her an. Die Verwirrung wird grenzenlos sein", verkündigte der König ebenfalls bestens gelaunt. Damit setzte sich das Heer aus einigen tausend Rittern wieder in Bewegung; unsichtbar und unhörbar für den Gegner durch das tosende Schneetreiben. Jeder Ton wurde verschluckt, jede Sicht genommen! Plötzlich fiel Ritter Otto in der Ferne etwas auf. „Herr, ich erkenne vor uns Reiter. Sie schwenken eine Standarte", raunte er seinem König warnend zu, „vielleicht ist dies eine Falle?" Heinrich hob den Arm und das Heer kam erneut zum Stehen. Aus der schemenhaften Gruppe vor ihnen lösten sich darauf drei Reiter und kamen ihnen galoppierend entgegen. Knisternde Anspannung lag in der Luft. Was konnte das bedeuten? Heinrich hatte eine Ahnung, doch er schwieg. Endlich hatten sie die Boten erreicht. Ihre Nachricht überraschte und war ein gutes Omen für den Ausgang der Schlacht. Kein Minderer als der sächsische Graf Widukind stand vor ihnen, der gemeinsam mit den Grafen Wiprecht und Thiedrich auf Heinrichs Seite überwechseln wollte. Widukind, ein enger Freund und Verbündeter des Böhmenherzogs, hatte den Überlauf eingefädelt. Sie brachten außerdem die Information mit, dass auch der einstmalige Herzog der Sachsen, der Billunger Magnus, und sein Onkel, Graf Herrmann, wieder in den Reihen ihres Königs kämpfen wollten. Alle hätten sie das Vertrauen in den Rheinfelder verloren. „Es werden Euch noch weitere Edle folgen, wenn Ihr den Gegenkönig endgültig schlagt. So lange wollen sie sich aus dem Kampfgeschehen heraushalten", brachte Graf Widukind als weitere Neuigkeit mit. „Das sind willkommene Botschaften! Bringen wir es hinter uns. Kyrie Eleison", rief Heinrich IV. euphorisch. „Kyrie Eleison, Herr erbarme dich", lautete das Tausendfache Echo des Ritterheeres. Dieser Ruf, mit dem einst Heinrich I. seine Ritter erfolgreich gegen die Ungarn in die Schlacht geführt hatte, wirkte noch immer wie ein Fanal. Sie waren bereit, für die Königsfrage zu kämpfen und auch zu sterben.

Es war die dritte Nachmittagsstunde, als der König das Zeichen zum Angriff gab. Wie aus dem Nichts tauchten sie im Rücken der Truppen des Gegenkönigs auf. Mit dem einhelligen Schlachtruf: „Kyrie Eleison, Herr erbarme dich!", war der Kampf eröffnet. Völlig überrumpelt wichen die Sachsen, verfolgt, bedrängt und in zahllose Einzelkämpfe verwickelt, zurück. Rudolf schickte einen Melder zum Northeimer: „Wir brauchen dringend Hilfe! Wurden von hinten angegriffen!" Während Heinrich mit seinen Verbündeten den fliehenden Sachsen folgte, stellte sich ein Teil des böhmischen Heeres den umgehend eintreffenden Truppen des Northeimers entgegen. Doch wie immer erkannte der gewiefte Northeimer schnell die Lage und schickte den Böhmischen die Truppe des Burggrafen Meinfrid von Magdeburg entgegen, gleichzeitig nahm er selber die Verfolgung Heinrich IV. auf. Die Böhmischen und Magdeburger Ritter lieferten sich hierauf einen harten, einen gnadenlosen Kampf, in dessen Folge die meisten von ihnen auf dem Schlachtfeld liegen blieben. Selbst der Magdeburger Burggraf Meinfrid blieb leblos auf dem Schlachtfeld bei Flarchheim zurück.

Mitten im wildesten Kampfgetümmel tauchte der Spion des Northeimers wieder auf, um ihm eine wichtige Information zu überbringen: „Herr, ich konnte das Lager des Königs ausmachen." Genervt knurrte der

Angesprochene zurück: „Das Lager welches Königs? Etwa Heinrichs?"
Der Spion bejahte beflissen und ergänzte: „Es wird nur von den Knappen
bewacht. Die Ritter stehen allesamt im Feld!" Otto von Northeim war ein
Mann der schnellen Entscheidungen. Hier bot sich ihm eine zusätzliche
Chance, die Entwicklung der Schlacht zu seinen Gunsten zu beeinflussen
und gewiss auch reichlich Beute zu machen. Umgehend nahm er einen
Trupp Sachsen aus dem Gefecht heraus und schickte ihn, unter Führung
seines Spähers, zum Feldlager Heinrichs zurück.

Unter den jungen Spunten fühlte sich Ottos Knappe Siegfried nicht
wohl, da er sich doch selbst bereits als vollwertiger Ritter sah. Die schwere
Verletzung hatte er längst überwunden und seitdem wartete er jeden Tag
auf seine Schwertleite. Während die anderen Knappen völlig vertieft über
den Ablauf der Schlacht debattierten, richtete Siegfried sein Augenmerk auf
Vorgänge außerhalb des Lagers. Plötzlich nahm er in einiger Entfernung
eine größeren Reitertrupp wahr, der gerade den Hügelkamm erreicht hatte.
„Der König kommt zurück!", rief er den anderen zu. Freudig liefen die
Knappen zusammen, um das Heer zu begrüßen und ihren Rittern ihre
Dienste anzutragen. Genau das wurde ihnen nun zum Verhängnis. Mit lautem Kriegsgeheul fielen die Sachsen über sie her. Panisch stieben die Jungen
in alle Richtungen auseinander, doch nur wenige entkamen dem Morden.
Allein Siegfried führte einen verzweifelten Kampf. Er zog sein Schwert und
stürzte sich den Angreifern entgegen. Zusätzlich gab er den nächst stehenden Knappen Anweisung, sich zu bewaffnen: „Nehmt, was ihr findet! Ver-
teidigt euch! Schlagt zurück!" Einige Mutige stellten sich ihm zur Seite, dennoch vermochten sie gegen eine Übermacht aus kampferprobten Kriegern
wenig auszurichten. So endeten die Lebensträume des Siegfried von der
Konradsburg nach einem furchtbaren Gemetzel vereint mit den anderen
Knappen der Ritter auf einem Feld vor Flarchheim. Für die Sachsen hatte
sich der Überfall gelohnt. Sie kehrten, beflügelt mit reicher Beute, zur eigentlichen Schlacht zurück.

Otto von Northeim betrachtete das zentrale Kampfgeschehen vom
Rande des Schlachtfeldes aus mit einiger Verzweiflung. Wo er auch hinsah,
überall war das Gefecht in zahllose Einzelkämpfe entartet. Es war kein
Konzept, keine Ausrichtung erkennbar. Trotzdem feuerte der Halberstädter Bischof die Männer wiedermal lauthals an: „Schlagt sie nieder! Gott ist
auf eurer Seite, Gott vergibt euch eure Sünden! Kääämpft!" Der Northeimer blickte Bucco ungehalten an: „Bischof, betet lieber, dass die Sachsen
schnell zurückkommen. Sonst verlieren wir den Boden unter den Füßen."

Die Heilige Lanze

Also tat Bucco das, was er am besten konnte. Er betete, laut und weithin hörbar! Heinrich IV. kämpfte wie allzeit in den Reihen seiner Ritter, als ihn ein Bote des Böhmenherzogs erreichte. „Herr, welch ein göttliches Zeichen", rief er schon aus der Ferne, „wir konnten die heilige Lanze des Gegenkönigs erbeuten! Gott steht auf unserer Seite!" Unter Heinrichs

Männern brach markerschütternder Jubel aus. „Kyrie Eleison, der Herr hat sich erbarmt. Er erkennt den Gerechten", rief der König euphorisch. Mit einem emotionalen Schub und dröhnenden Kampfgeschrei stürzten sich die Königlichen erneut in die Schlacht. Doch schon nach kurzer Zeit spitze sich ihre Lage dramatisch zu, denn sie wurden mittlerweile von zwei Fronten her bedrängt. Dem Northeimer war es gelungen, seine Truppen im Rücken des Königs zu positionieren und sie organisiert anzugreifen. Heinrich erkannte augenblicklich, dass er den Krieg an diesem Tag nicht mehr gewinnen konnte. Außerdem verschärfte sich die Lage durch die einsetzende Dunkelheit und erneutes Schneetreiben. Kurzentschlossen gab er den Befehl zum Rückzug. Gemeinsam mit dem Böhmischen Herzog Vratislav entfloh er dieser heiklen Situation. „Ich hatte gehofft, dass sich weitere sächsische Truppen auf unsere Seite stellen", rief er ihm ernüchtert zu, „doch da habe ich die Machtfrage wohl unterschätzt. Wer weiß, wie viele von den Abtrünnigen der Rheinfelder nun in Haft nehmen wird. Und wir können ihnen nicht mehr helfen!" Die Antwort des Herzogs Vratislav verschluckte fast der Wind: „Wir waren heute nicht stark genug. Nun müssen unsere sächsischen Verbündeten wahrlich Rudolfs Rache fürchten." Für weitere Analysen des Schlachtverlaufs fehlte beiden Mächtigen zum einen die Lust, zum anderen die Kraft, denn ein größerer Feind begann sie jetzt gnadenlos zu attackieren. Der Winter. Nun hatten alle nur noch ein Ziel, das königliche Lager.

Währenddessen wurde auf dem Schlachtfeld noch vereinzelt gekämpft, bis es Rudolf von Rheinfelden klar wurde, dass ihnen der Gegner nach und nach abhandengekommen war. Er fragte sich, ob er denn diesmal gesiegt hatte. Zweifel kamen in ihm hoch. Zumindest eines hatte er sich vor der Schlacht geschworen: Er würde den Kampfplatz erst dann verlassen, wenn er definitiv von seinem Sieg überzeugt war. Doch die Dunkelheit und das erneute Schneetreiben ließen keine handfeste Antwort zu. „Sammeln, ruft die Ritter zusammen!", rief er seinem Adjutanten zu, der daraufhin in alle Richtungen Melder ausschickte. Jetzt begann die Zeit des Wartens, wobei der eisige Wind den Männern die Kälte brutal unter ihre Kleider blies. „Kann denn hier niemand Feuer machen?", brüllte der Gegenkönig ungehalten. Sofort setzte hektische Betriebsamkeit ein und letzten Endes konnten sich die Männer ihre erstarrten Glieder wieder etwas aufwärmen. Inzwischen war auch Otto von Northeim mit seinem Heer beim Rheinfelder eingetroffen. Von seinem Schwert tropfte noch das Blut seiner Gegner, zahlreiche blutige Schrammen adelten seinen Körper als unerschrockenen Kämpfer. „Das sieht diesmal nach einem klaren Sieg aus", rief er Rudolf erfreut zu, „dabei konnten wir Heinrich obendrein einen weiteren derben Schlag versetzen. Sein Lager zu stürmen war offenkundig ein wahres Kinderspiel und reiche Beute gab es obendrauf." Rudolf sah seinen treuesten Verbündeten erfreut an. „Diesmal haben wir ihn bezwungen, Gott steht wahrlich auf unserer Seite", antwortete er triumphierend. „Wollen wir jetzt nicht abziehen, es gibt doch nichts mehr zu tun?", erkundigte sich der Northeimer und sah sich dabei gedanklich schon in einer warmen Hütte sitzen. Rudolf widersprach: „Ich warte hier auf meine Männer. Ich habe zum Sammeln rufen lassen, da ich mich mit eigenen Augen davon überzeugen will, wie zahlreich mein Heer noch ist. Des Weiteren sind wir dann auch vorbereitet, falls Heinrich überraschend umkehrt und den Sieg für sich beansprucht. Ich flüchte nicht noch einmal vor meinem eigenen Sieg!" Nach und nach tauchten aus dem Dunkel der Nacht die Ritter des Gegenkönigs wieder auf, doch es schienen weit weniger zu sein, als Rudolf erhofft hatte. Mit steifen Gliedern stiegen die Männer von ihren Pferden und versuchten, einen wärmenden Platz an einer der Feuerstellen zu finden. Allerdings kam einer der Sachsen in zerknirschter Haltung direkt auf seinen König zu. Er hatte ihm etwas Unerhörtes zu offenbahren: „Herr, wir haben einen schmerzvollen Verlust zu beklagen." Rudolf sah misstrauisch auf. „Na, rede schon!" Der arme Mann wäre lieber im Boden versunken, als jetzt sein Unvermögen zugeben zu müssen. Doch der Boden öffnete sich nicht, machte keine Anstalten, ihn gnädig aufzunehmen! So erwiderte er mit unterwürfiger Stimme: „Den Böhmischen ist es gelungen, Eure goldene Lanze zu erbeuten." Stumm und gottesergeben erwartete er nunmehr sein Todesurteil. Aber auch Rudolf blieb still. Zorn, vereint mit Höllenangst, lähmten ihm die Stimme. Mit versteinerter Miene starrte er den Unglücksboten an. Bucco war es, der den Überbringer der Meldung mit einem unchristlichen Fußtritt bestrafte und im Anschluss darauf fortjagte. Später versuchte der Bischof, seinen Gegenkönig moralisch wieder aufzurichten. „Was solls? Wir haben die Schlacht gewonnen und nur das allein zählt, das ist für die Geschichte entscheidend. Lasst uns lieber für die Seelen unserer gefallenen Helden beten! Wem hilft das Lamentieren über die abhandengekommene Lanze?" Für einen kurzen Moment empfand der Rheinfelder den Verlust seines königlichen Statussymbols weniger schwer und das Gebet für die Seelen der Gemeuchelten beruhigte sein aufgewühltes Gemüt. Doch schon wenig später vermieste ihm ein weiterer Gedanke den so schwer erworbenen Seelenfrieden. „Ich sehe es schon klar und deutlich vor mir, wie die Böhmischen ab jetzt unsere Lanze als Siegestrophäe stolz vor sich hertragen werden", rief er dem Northeimer entrüstet zu. Der zog daraufhin nur vielsagend die Stirn nach oben und wand sich von ihm ab.

Wie angekündigt verließ Gegenkönig Rudolf erst weit nach Mitternacht das Schlachtfeld. Heinrich wurde nicht mehr gesichtet und hatte somit vollumfänglich verloren. Im nächstgelegenen Dorf nahm das Ritterheer Quartier, wodurch die Bauern in ihren Hütten alle Hände voll zu tun bekamen, um die halberfrorenen Männer wieder aufzutauen.

König Heinrich IV. hatte derweil längst sein Lager in der wettergeschützten Mulde wieder erreicht. Keiner ahnte, was sie dort erwarten würde, doch schon von Weitem erkannten die Ritter, dass dort unten etwas fatal schiefgelaufen war. Während sie dem Camp entgegen stürmten, spielte ein jeder in Gedanken alle möglichen Szenarien durch. Doch die Wahrheit war um ein Vielfaches entsetzlicher. Das Lager war komplett zerstört und ausgeplündert, die Zelte abgerissen und inmitten des Chaos lagen die erschlagenen Knappen. Kaum einer von ihnen hatte das mörderische Gemetzel überlebt. „Die Sachsen", hauchte einer schwerverletzt, „sie waren gnadenlos!" Ritter Otto von den Klusbergen, genannt der Bärentöter, stand wie alle anderen fassungslos vor dem Trümmerfeld. Seine Augen suchten die Umgebung nach seinem Knappen Siegfried ab, aber die Dunkelheit gab nur schemenhafte Umrisse frei, Otto konnte kaum etwas erkennen. Er entzündete eine Fackel und suchte das weitere Umfeld ab. Aus Respekt vor den Toten bewegte er sich dabei sehr behutsam. Immer wieder leuchtete er den Jungen in ihre erstarrten, maskenhaften Gesichter. Plötzlich ließ ihn eine dünne Stimme aufhorchen: „Herr, helft mir, bitte!" Otto ging auf den Verletzten zu, obwohl er schnell begriff, dass die Stimme nicht zu seinem Knappen Siegfried gehörte! Otto kümmerte sich um den Knaben und suchte anschließend weiter. Als er ihn letzten Endes fand, tot und mit eingeschlagenem Schädel, kniete Otto sich erschüttert zu ihm nieder. „Die Sachsen haben dir wahrlich kein Glück gebracht", flüsterte er, „aber du sollst zumindest in heimatlicher Erde bestattet werden. Das schwöre ich dir!" Otto bedeckte behutsam den blutverkrusteten Kopf des Jungen, der ihn mit ungläubigem Blick anzustarren schien. Mit sanfter, Trost spendender Stimme sprach er weiter: „Ich selber bringe dich zur Konradsburg zurück. Das bin ich dir und deinen Eltern schuldig." Hierauf sprach der Ritter ein Gebet für die Seele seines Knappen und kehrte anschließend zu Heinrich zurück. Wenn sie selbst diese Nacht überleben wollten, mussten sie jetzt etwas für sich tun. Schon bald darauf waren die Feuer neu entfacht und die Zelte zum Unterschlupf nochmals notdürftig aufgebaut. Im ersten Licht des neuen Tages zog der größte Teil des königlichen Heeres in Richtung Ostfranken ab, wo Heinrich seine Ritter entließ. Otto schloss sich den

Böhmischen an. Ihr Weg führte sie ostwärts, mitten ins Sachsenland hinein.

Während Heinrich IV. sein Heer gen Westen führte, stand Rudolf von Rheinfelden erneut mit seinem Heer auf dem Schlachtfeld und wartete auf den Kontrahenten. Der Himmel zeigte an diesem Morgen sein strahlendes Blau und keine einzige Wolke störte das zarte Gemälde der Natur. Vom heftigen Wind war nur eine schwache Brise geblieben. „Ein passender Tag für eine Schlacht!", meinte der Northeimer aufgeräumt und sah dabei alle Mitverschwörer draufgängerisch an. Aber nach längerem Warten brachten Rudolfs Späher die ausschlaggebende Nachricht: „König Heinrich ist abgezogen". Rudolf konnte seine Erleichterung kaum vor dem Northeimer verbergen, denn für einen erneuten Kampf war sein Heer zu geschwächt, weshalb er auch nicht Heinrichs Verfolgung aufnehmen wollte. „Wir sind endgültig und eindeutig die Sieger", verkündete der Northeimer stolz, „doch der Verlust der königlichen Lanze entwertet unseren Erfolg nicht unerheblich. Man wird darin ein Zeichen sehen, wie unsere Macht zerrinnt." Rudolf hätte sich gewünscht, sein Verbündeter hätte das unerwähnt gelassen! Er war es gewohnt, Rückschläge hinzunehmen. Doch dieses Zeichen schien selbst ihm zu mächtig zu sein. Umso mehr würde er ohne Verzug gegen alle abtrünnigen Fürsten zu Felde ziehen. Ganz oben auf seiner Liste stand dabei Graf Wiprecht von Groitzsch, dem es durch große Hingabe und mit viel diplomatischem Geschick gelungen war, gleich mehrere sächsische Fürsten noch kurz vor der Schlacht zum Überlaufen zu bewegen. Dieser Graf aus dem heutigen Dreiländereck Sachsen, Thüringen und Sachsen-Anhalt war in Heinrichs Alter und ebenso wie der König ein Bild von einem Mann. Groß, stattlich, gutaussehend verstand es der Dreißigjährige meisterhaft, die Menschen für sich einzunehmen. Er besaß gute Manieren und außerdem einen tadellosen Ruf. Diesem Wiprecht wollte er zeigen, wo er als Sachse zu stehen hatte. Doch dann erinnerte sich Rudolf, dass der böhmische Herzog der beste Freund des Grafen war und vielleicht auch bald dessen Schwiegersohn sein würde. Rudolf beschloss daher, den Rachefeldzug gegen diesen Heißsporn bis auf weiteres zu verschieben. Umso mehr setzte er auf die Wirkung des Banns, den der Mainzer Erzbischof auf Heinrich und damit auf alle seine Unterstützer ausgesprochen hatte.

Auch in Halberstadt graute ein neuer Tag. Der Schneesturm hatte sich endlich ausgetobt und Wege und Stege unter blitzenden Eiskristallen begraben. Sterne funkelten noch am Morgenhimmel, als Watelinde aus dem Haus trat, um in der engen Gasse den Schnee beiseitezuschieben. Die Kälte kroch ihr sofort in die Kleider, so dass sie nochmals stehen blieb, um sich ihr Brusttuch fester um den Leib zu ziehen. Schließlich begann sie, tief in

Gedanken versunken, mit ihrer Arbeit. Sie fragte sich, wie es wohl ihren beiden Mädchen ging, die sich nun doch, entgegen Watelindes Willen, unter der Obhut von Nonnen befanden. Sie wusste nicht, ob sie gesund waren, ob sie sich nach ihr sehnten, wie sie mit den strengen Klosterregeln zurechtkamen. Nur zu gut erinnerte sich die junge Frau an ihre eigene Zeit im Kloster. Damals war es Bucco gewesen, der sie wieder herausgeholt hatte. Bucco! Ihre Gefühle für den Halberstädter Bischof waren zwiespältig, schwankten zwischen Bewunderung und tiefgründigstem Hass.

In der Tür des Wohnhauses erschien die Hausherrin. Für ihr unbarmherziges Regime war sie weithin berüchtigt, denn selbst kleinste Verstöße gegen ihre Bestimmungen bestrafte sie mit aller Härte. Als Watelinde ihre Gestalt wahrnahm, arbeitete sie unwillkürlich schneller. Angst ist der beste Sklaventreiber! Dennoch rief die dralle Kaufmannsfrau im herrischen Ton: „Beeile dich faules Luder, es gibt noch mehr zu tun!" Es gab ständig was zu erledigen, es gab kaum eine freie Minute. „Eure Schulden arbeiten sich nicht von alleine ab", kreischte sie weiter. Es war wohl ihr Lieblingssatz, den Watelinde mehrmals am Tag zu hören bekam. Die junge Frau stöhnte leise, denn sie erinnerte sich nur zu gut an den Tag im September, an dem sie Händler Jörg zu Grabe getragen hatten. Damals hatte sie sich schon so sicher gefühlt, dass ihnen ihre Flucht aus Halberstadt wirklich zu glücken schien. Doch als sie fast am Fuße der Burg Regenstein angekommen waren, näherte sich ihnen plötzlich ein Trupp bewaffneter Reiter. Augenblicklich spürte sie die Gefahr, die von den Stadtsoldaten ausging. „Wir müssen uns verstecken", hatte sie ihren Mädchen zugeraunt und dabei gleichzeitig versucht, sie ins Gebüsch zu ziehen. Aber der struppige Kiefernwald hatte nicht viel Deckung zu bieten. „Bleib stehen, Weib", rief ihr der Hauptmann drohend zu, „ich soll dich dem Schuldeneintreiber zuführen. Man hat gegen euch eine schwere Klage eingereicht!" Jetzt sah sich Watelinde in ihren ärgsten Befürchtungen bestätigt, jetzt war sie endgültig schutz- und mittellos! Ehe sie es richtig begriff, hatten sie die Büttel bereits in schwere Ketten gelegt. Wie versteinert standen ihre Töchter am Wegesrand und verfolgten die Geschehnisse durch einen Schleier aus Trauer und Hilflosigkeit. Die Ketten rasselten schwer, als man Watelinde unsanft in den Rücken stieß, um sie zum Gehen aufzufordern. Sie stolperte und blieb im Sand des Weges liegen. Auch für sie hatte diese Szenerie etwas Irreales, etwas Traumatisches. Als sich der Trupp in Richtung Halberstadt schließlich in Bewegung setzte, wandelte sich ihre Erstarrung in Trauer, empfand sie höchste Seelennot. Was sollte nun werden? Was würde aus ihren Töchtern werden? Tränen liefen ihr übers Gesicht; sie konnte sie nicht zurückhalten. Nach einigen Tagen, die Mädchen hatte man ihr da schon weggenommen, wurde über sie die Schuldknechtschaft verhängt. Watelinde wurde verurteilt, die unbezahlten Rechnungen, die ihr der Kaufmann Jörg hinterlassen haben sollte, beim Kläger abzuarbeiten. Wenn nicht ein Wunder geschah, dann würde sie sich bis ans Ende ihrer Tage dort abquälen müssen! Aber sie sorgte sich mehr um ihre Kinder als um ihr eigenes Leben. „Bringt meine Mädchen zum Rittergut bei Linzke, zu Ritter Otto, dort wird man ihnen Unterschlupf gewähren", hatte sie den Voigt immer wieder angefleht! Sie hatte darauf keine Antwort erhalten.

„Biel, Gott des Waldes und der Flure, steh mir bei, gib mir mein altes Leben zurück! Überziehe dieses Haus mit Krankheit, Pest und Tod!", flüsterte sie seitdem immer wieder leise, bevor sie in das verhasste Haus zurückschlich.

Konradsburg bei Ermsleben

– Ende Januar 1080 –

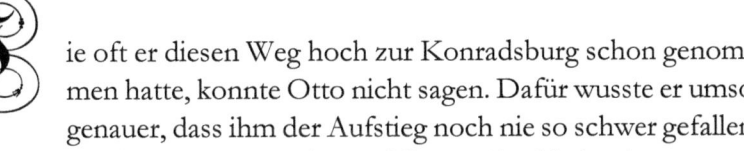ie oft er diesen Weg hoch zur Konradsburg schon genommen hatte, konnte Otto nicht sagen. Dafür wusste er umso genauer, dass ihm der Aufstieg noch nie so schwer gefallen war. Er war der Unglücksbote, der den gefallenen Siegfried, wie versprochen, zur heimatlichen Burg zurückbrachte. Nach und nach gewährten ihm die kahlen Äste der Bäume einen ersten Blick auf die imposante Burganlage. Nicht zu vergleichen mit der schlichten Burg auf dem Ilsestein, wo es Siegfried so enorm hingezogen hatte. Nun musste die schöne Ilse einen anderen Ritter freien! Otto stöhnte bei diesen Gedanken ungewollt tief auf. Dabei fiel sein Blick auf den Brocken, der gut sichtbar in der Ferne auf den Harzbergen thronte. Als Krone trug er eine Wolkenhaube und sein Hermelinmantel bestand aus frisch gefallenem Schnee. Das königliche Bild der Natur versöhnte Otto für einen Moment wieder mit Gott und der Welt! Endlich hatte er das breite Eingangstor erreicht, wodurch ein erster Blick auf die großzügige Burganlage möglich wurde. Wer hier als Edelfreier lebte, der wollte wahrgenommen werden. Doch Egeno I. hatte sich den sächsischen Adel, insbesondere den Ballenstädter Graf Adalbert, zum Feind gemacht. Aus diesem Grund hatte man ihn eines Tages überfallen und geblendet. Wenngleich sein Sohn, Knappe Siegfried, ihn später wiedergefunden und zur Burg zurückgebracht hatte, verstarb der alte Mann kurz darauf an den Folgen der erduldeten Strapazen. Nun war es sein Enkel Egeno II., der dem Haus vorstand. Er war noch jung, keine zwanzig Jahre alt und allerorts als Hitzkopf bekannt. Diensteifrig öffneten die Wachen Ritter Otto das Tor und rätselten dabei über das Pferd, das er am Zügel mitführte. Schnell überkam sie eine böse Ahnung. Siegfried?

Konradsburg bei Ermsleben

„Ritter Otto von den Klusbergen möchte den Herrn sprechen", rief ihnen Otto entgegen, als er von seinem Pferd stieg. Er streckte die steifgefrorenen Glieder und spazierte im Anschluss im gemächlichen Tempo zum Herrenhaus. Er hatte keine Eile damit, seinen selbsterteilten Auftrag zu erfüllen. Würde er die passenden Worte des Trostes für die Familie finden?

Endlich öffnete sich die Tür des schlichten, aus grauen Feldsteinen errichteten Wohngebäudes und mit dem Burgherrn erschienen weitere Mitglieder vom Stamm der Konradsburger. Otto las in ihren Gesichtern, dass er erwartet wurde, dass die Schreckensnachricht vom Tod aller Knappen in der Schlacht ihm schon längst vorausgeeilt war. In der kleinen Burgkapelle hatte man bereits alles vorbereitet, um dort den Jungen würdevoll aufzubahren. Während das Totenglöckchen die traurige Botschaft weit über den Burgberg hinaus kundtat, betete die Familie für das Seelenheil des Gemeuchelten. Am späten Abend wand sich Egeno II. an den Ritter mit den Worten: „Bleibt bitte bis zur Beisetzung. Ihr würdet uns damit eine große Ehre erweisen." So folgten drei Tage, die mit Trauer und Erinnerungen ausgefüllt waren, Erinnerungen an einen lebensfrohen schlaksigen jungen Knaben, dem es nicht mehr vergönnt war, Mann und Ritter zu werden!

Am Morgen des vierten Tages nahm der junge Burgherr wieder Ritter Otto zur Seite und weihte ihn in seine weiteren Pläne ein: „Wir veranstalten morgen zum Gedenken an Siegfried eine Jagd. Ihr seid recht herzlich eingeladen, uns zu begleiten." Vielleicht weil es sich um eine ganz und gar ungewöhnliche Einladung handelte, erfasste Otto ein beklemmendes Gefühl. Er fragte sich, aus welchem Grund er sich plötzlich so unwohl fühlte. Vielleicht lag es an Egenos Körpersprache oder an seinem in die Leere gehenden Blick? Otto wünschte sich in diesem Moment seinen Vetter Eckehart mit dessen Gespür für ungesagte Dinge an seine Seite. Der jedoch war weit weg. Der sollte Edda endlich finden und nach Hause holen.

Frische Morgenluft, die auf die kahlen Zweige der Bäume dicke Raureifkristalle gezaubert hatte, empfing Otto, als er etwas später als alle anderen den Burghof betrat. Sein Atem wehte ihm als grauer Nebelschwaden voraus. „Das ist das richtige Jagdwetter", rief ihm Egeno schon von weitem zu und winkte den Ritter zu sich heran. „Wo sind die Jagdhunde?", wunderte der sich und sah sich nochmals prüfend um. „Die Hunde können wir heute nicht gebrauchen, die würden nur stören", antwortete der Burgherr gut gelaunt. Gleich darauf sprach er einen seiner Mitstreiter an: „Ist der Späher endlich zurück?" Zerknirscht erwiderte der Gefragte: „Noch nicht, Herr, er wird uns gewiss auf dem Weg entgegenkommen." Aus alledem schloss Otto, dass es sich keinesfalls um eine übliche Jagd handeln konnte. Mit einem flauen Gefühl in der Magengrube folgte er der Gesellschaft, die aus gut 15 Berittenen bestand. „Eine auffallend stille und kleine Jagd! Sehr seltsam", hörte er sich selber sagen, während der Tross sich ohne das übliche Halali in Bewegung setzte. Schon kurze Zeit später gab es für den Ritter die nächste Überraschung. Anstatt westwärts, auf den Harzwald zu, bewegte sich der geheimnisvolle Zug nach Osten, wo nach Ottos Wissen die Stadt Aschersleben lag. Die Landschaft des Vorharzes, mit ihren Wiesen, Feldern und ausgedehnten Waldgebieten, gab niemals den Blick auf eine längere Strecke des Weges frei. „Ein gutes Gelände für einen Hinterhalt", raunte Egeno, von Jagdfieber erfasst, Otto zu. Der konnte ihm nur zustimmen. Bald tauchte am Horizont die Spitze einer kleinen Kirche auf. „Wie heißt der Ort?", erkundigte sich der Ritter. „Vor uns, in der Talmulde des Flüsschens Eine, liegt Westdorf", erhielt er von Egeno zur Antwort. Just in diesem Moment ertönte das Glöckchen des Turmes. Es war kein übliches Geläut, eher ein Signal, das die Stille der Landschaft zerstörte. „Jetzt ist die Jagd eröffnet", erfuhr Otto überraschenderweise von dem Edelfreien, worauf sich der gesamte Tross in die Deckung des Waldes zurückzog. Angespannte Ruhe lag in der Luft, als nach und nach Reiter auf der Höhenkuppe des Weges auftauchten. Nun verstand Otto ganz und gar! Man hatte ihn nicht zu einer Jagd eingeladen, sondern zu einem Überfall. Noch wusste er nicht, wem der Anschlag gelten sollte. Aber er hatte einen schlimmen Verdacht! Aus seiner Deckung heraus konnte er beobachteten, wie die heranrückenden Männer miteinander sprachen. Sie fühlten sich allem Anschein nach vollständig sicher. Plötzlich zerriss ein schriller Pfiff das friedliche Bild. Aus heiterem Himmel waren die fremden Reiter von den Männern des Konradburgers umstellt und ein erbitterter Kampf auf Leben und Tod begann. Jetzt erkannte Otto den Anführer und seine Vermutung bestätigte sich damit. Der Edelfreie Egeno II. hatte es auf Graf Adalbert von Ballenstedt abgesehen. Ihm galt der Überfall als Rache für die vielen, langjährigen Demütigungen und für den Tod Siegfrieds. Wie elektrisiert griff Otto zum Schwert und beteiligte sich an dem Gemetzel. So nah war er dem Ballenstedter, einem der ärgsten Gegner seines Freundes Heinrich, noch nie gekommen. Bevor die Überrumpelten zu ihren Waffen greifen konnten, waren die ersten bereits sterbend von ihren Pferden gesunken, andere ergriffen panisch die Flucht. Graf Adalbert kämpfte Seite an Seite mit den noch verbliebenen Gefolgsleuten um sein Leben, bis sich die beiden Todfeinde gegenüberstanden. „Welch seltene Ehre", spottete Egeno II., „dem Grafen mal persönlich gegenüber zu stehen. Dafür wird es aber das letzte Mal sein!" Mit der Leidenschaft von hundert zornigen Furien schlug er dabei auf den Alten ein. Adalbert parierte mit der Erfahrung eines langen Kämpferlebens und schrie empört: „Was willst du Kindsgesicht von mir?", was Egenos Wut nur noch weiter anstachelte. „Ich will Rache für alle Konradsburger, die Ihr auf dem Gewissen habt!", brüllte er deshalb aufgewühlt zurück, „Mörder! Kindermeuchler! Stirb hier und heute!" Der Graf lachte auf, doch im selben Moment brachte ihm das Schwert des jungen Heißsporns eine tödliche Verwundung bei. „Ihr habt es nicht anders verdient", brummte Egeno, als der Graf in sich zusammenfiel. Otto sprang von seinem Pferd und fing den Sterbenden auf. Behutsam legte er ihn am Wegesrand ab und drückte ihm bald darauf die gebrochenen Augen zu. Dabei sprach er eher nachdenklich als triumphierend: „Und wieder ist dem Rheinfelder ein treuer Unterstützer verloren gegangen, zumal der Widerstand gegen Heinrich sein Lebenselixier war." Egeno verfolgte Ottos Tun argwöhnisch. „Warum noch so viel Mühe mit dem Alten?", erkundigte er sich knurrig. „Er war ein Verräter an unserem König, aber er stand einem edlen Haus vor. Er war ein Graf!", erhielt der Heizsporn belehrend zur Antwort. „So viel Ehre gebührt ihm nicht! Er hatte auch kein Mitleid mit uns Konradsburgern!" Wütend schwang sich der Edelfreie auf sein Pferd und ritt ohne weiteren Gruß davon. Während ihm seine Getreuen rasch folgten, sah ihm Otto befremdet nach. „Es wird höchste Zeit, um zu Hause nach dem Rechten zu sehen und etwas Frieden und Ruhe zu suchen", erklärte er mit einem entschuldigenden Tonfall dem Ballenstädter Grafen, „Eure Leute werden Euch schon finden!" Otto setzte sich auf sein Ross und war bald darauf in Richtung Harz unterwegs.

Er sehnte sich nach Ruhe, Erholung und Liebe, um sein inneres Gleichgewicht wiederzufinden. Wie nach dem Tod seines Vaters suchte er auch jetzt die Nähe seines Weibes Susannes. Sie würde ihm mit ihrer warmen, Zuspruch spendenden Art wieder helfen können. Als Otto die Felsenkette der Teufelsmauer nach ausdauerndem Ritt erreichte, wurde er von seinen Gefühlen, bestehend aus Trauer und Hoffnung, Verlust und Liebe, überwältigt. Ohne sich dessen wirklich bewusst zu sein, lenkte er sein Pferd zu einem besonderen Platz auf der Teufelsmauer. In Sichtweite seines Ziels band er es schließlich an einer der Birken fest, um den restlichen Weg gemächlich, fast schon feierlich, zu Fuß zurückzulegen. Er warf einen kurzen Blick in Krodos Felsenpalast, ehe er vor den dreigeteilten Felsenturm trat, der seit alters her die drei Schicksalsgöttinnen Urd, Verandi und Skuld verkörperte. Zögerlich trat er näher, denn zu sehr fühlte er sich inzwischen als Christ. Otto kniete zum Gebet nieder und schloss die Augen. Er wusste nicht, warum er das tat. „Ein Ritter des Königs betet an einem heidnischen Ort", hörte er sich selber sagen und versank dabei in einen tranceähnlichen Zustand. Sofort öffnete er verwirrt wieder die Augen und erfasste, dass eine junge Frau direkt auf ihn zukam. Ihr offenes Haar umwehte ihren vollkommenden Körper und ein Kleid aus seidigem Tuche verlieh ihr ein engelsgleiches Aussehen. Mit einem verheißungsvollen Lächeln strahlte sie den

Ritter an, doch als sie ihn ansprach, erschrak Otto, denn ihre Stimme erinnerte an das Grollen des Donners. Skuld stand vor ihm! „Ich habe dich heute zu mir geführt, weil ich dir einen Blick in die Zukunft gewähren will. Ich denke, dich plagen viele Fragen, auf die du Menschenkind keine Antwort hast!" Sprachlos starrte Otto sie an. Beabsichtigte Skuld, die Norne der Zukunft, ihn um den Verstand zu bringen? Wer vermochte schon mit dem Wissen um die Zukunft zu leben? Die Naivität der Kindertage besaß er nicht mehr. Er wollte nichts wissen über Not, Elend, Tod und Sterben, das ihn auf den Schlachtfeldern erwartete! „Ich will nicht in die Zukunft sehen", erklärte er entschlossen, „ich kann doch kaum mit dem umgehen, was mir bereits die Vergangenheit als Bürde auf die Seele gelegt hat." Sculds Lächeln war einer ihr sonst fremden Nachdenklichkeit gewichen. Endlich erwiderte sie: „Ritter Otto von den Klusbergen, du bist weise geworden! Seit Jahren führst du an der Seite deines Königs einen verzweifelten und zermürbenen Krieg. Trotzdem hast du niemals daran gedacht, die Seiten zu wechseln. Das gefällt mir an dir. Deshalb will ich dir zum Trost sagen, dass euer Ringen letzten Endes nicht umsonst sein wird, obwohl noch viele schwere Prüfungen zu bestehen sind. Denke immer daran!" Otto nickte ihr überrascht und gleichermaßen dankbar zu, worauf ihn eine tiefe Dunkelheit in ein ebenso dunkles Nichts zog. Als er die Augen endlich wieder öffnen konnte, begann es bereits zu dämmern. Das Licht des Tages versank hinter den Bergen des Harzes und überließ die Welt einem schwerfassbaren Halbdunkel. Erschrocken erhob sich der Ritter, um seinen Weg fortzusetzen.

Aus der Dämmerung war längst tiefste Dunkelheit geworden, als er durch das Tor seines Anwesens ritt. Aus den kleinen Fenstern des Wohnhauses drang einladend ein warmes Licht. Er näherte sich ihm behutsam und betrachtete darauf das stille Gemälde im Innern der Stube. Susanne saß mit den Söhnen Bruno und Egbert am großen Eichentisch und schnitt eine dicke Scheibe vom Brot ab. Mit Genugtuung registrierte der Ritter, dass Susanne auch seinen Platz mit Teller und Becher eingedeckt hatte. Auf diese Weise saß er für die Familie immer mit am Tisch! Sein Blick fiel auf den sechsjährigen Bruno, der bald als Page zu einem anderen Ritter ziehen würde. So waren nun einmal die Regeln, doch sein Blick auf den zarten Knaben ließ Otto an deren Sinnhaftigkeit zweifeln. Er hatte es sich mit der Suche nach einer geeigneten Unterkunft nicht leicht gemacht und beschlossen, den Jungen zur Ausbildung auf die Ilseburg zu geben. Plötzlich sah der Sechsjährige auf und die Blicke von Vater und Sohn begegneten sich. „Vater", schrie Bruno auf, „der Vater ist zurück!" Dabei rannte er längst zur Tür und riss sie schwungvoll auf. Kurz darauf war die Familie wiedervereint und lag sich mit Freudentränen in den Armen. Ein Wirbelwind aus Zuneigung, Liebe und Harmonie stürmte rastlos durch die Ritterstube und Otto sog alles begierig, wie ein Ertrinkender, auf. Als Nächstes stand der treue Johann mit seiner Frau und drei pausbäckigen Kindern im Raum. „Bringt Bier her", rief der Hausherr der verschüchterten Magd zu, „jetzt haben wir alle was zu feiern!" Susanne überschlug sich und tischte auf, was Keller und Kammer an Vorräten zu bieten hatten. Mitten im größten Trubel wurde an die Tür gepocht, mit einem Stab und in einem Rhythmus, der Otto wohl vertraut war. Erschrocken sah er auf. Durfte das wahr sein, stand wahrhaftig Eckehart vor dem Haus? Mit einem Satz war Otto bereits an der Tür und riss sie weit auf. Doch gleich darauf erstarrte er. Mitten im umtriebigen Schneegestöber standen vor ihm zwei Pilger in langen weißen Kutten. Ihre Kapuzen hatten sie schützend tief ins Gesicht gezogen und beide stützten sie sich sichtlich erschöpft auf ihren Stock. „Willst du uns nicht bitten einzutreten?", sprach Eckehart seinen verdutzten Vetter an, „Wir sind beide müde und hungrig." Ottos Blick ruhte pausenlos auf dem zweiten Pilger, dessen zarte Gestalt auch der weite Mantel nicht zu kaschieren vermochte. Immer noch ungläubig rief er den beiden schließlich zu: „Eckehart und Edda, tretet ein, seid willkommen!"

Eine heftige Windbö schob die Zwei mit einer Ladung frischen Schnees unerwartet schnell ins Haus. „Ja, wir sind es tatsächlich. Aber dass du hier bist, zählt schon zu den Wundern dieses Tages!", antwortete der Heiler gut gelaunt. „Wieso seid ihr mitten in der Nacht und bei diesem Wetter noch unterwegs?", rutschte es Otto ungläubig heraus, wobei der Wind bestätigend an den Fensterläden rüttelte. Während sie sich den Schnee von den Mänteln schüttelten, antwortete Eckehart: „Wir wollten es bei diesem Wetter heute noch unbedingt schaffen, denn oft genug konnten wir unterwegs keine Bleibe finden." Otto umarmte zärtlich seine Schwester und konnte sich überhaupt nicht mehr sattsehen, bis ihm das Bündel auf ihrem Rücken auffiel. Edda zögerte und sah sich unsicher in der Stube um. Nach längerem Warten flüsterte sie ihrem Bruder entschuldigend zu: „Ich bin nicht allein gekommen. Ich bringe euch meinen Sohn mit." Susanne griff nach dem schlafenden Kind, nahm es ihr von Rücken ab und wiegte es zärtlich. „Ich kann es nicht fassen, dass wir endlich angekommen sind. Oft genug habe ich gezweifelt", verriet Edda mit müder Stimme. „Sie war so tapfer", widersprach der Heiler, „wirklich, nach allem, was sie durchgemacht hat." Otto stand noch immer entgeistert neben ihr. „Wer ist der Vater des Kindes? Ist es von Arno?", erkundigte er sich wenig erfreut. Edda antwortete nicht sofort, sondern sah ihrem Bruder betroffen an. Was er in ihrem Blick las, erschreckte ihn zutiefst. Gleichwohl, Edda bestätigte seinen Verdacht und erzählte unter Tränen: „Nach Arnos Tod war ich auf dem Hof für alle Freiwild. Am schlimmsten trieb es der Holzknecht. Nachdem er mich auch noch vergewaltigt hatte, bin ich schließlich weggerannt." In der Ritterstube wurde es still. Jeder fühlte mit Edda, ahnte das Leid, das sie hatte ertragen müssen. „Komm", tröstete sie Otto und schob ihr dabei einen Stuhl zu, „jetzt bist du zu Hause, jetzt lassen wir die Vergangenheit hinter uns." Susanne reichte ihr wieder ihren Sohn, der in diesem Moment erwachte und sich staunend in der Runde umsah. „Er heißt Arno und wird bald zwei Jahre alt", flüsterte Edda und streichelte ihm zärtlich sein Köpfchen. „Er ist dir wie aus dem Gesicht geschnitten", erklärte Susanne feierlich, was Edda ein zaghaftes Lächeln entlockte.

Rom

– 7. März 1080 –

ndlich", stöhnte Bischof Burchard II. von Halberstadt, mit Beinamen Bucco oder der eiserne Westfale, „endlich haben wir es geschafft. Ich bin wahrlich viel unterwegs, aber diese Romreise war zutiefst kräftezehrend." Es war der Moment, in dem sie endlich in den Schatten des Eingangstores eintraten, der zum großzügigen Komplex des Lateranpalastes gehörte. An diesem Ort residierte der Papst, von hier aus gebot er über die christliche Welt. „Schön hier", erwiderte Buccos Begleiter Bruder Konrad, der überwältigt von der Größe und Vollkommenheit der Anlage überhaupt nicht auf dessen Klagen einging. „Seht, dort drüben sind die Speisesäle und die Räume dort hinten dienen zur Repräsentation der päpstlichen Macht", erklärte ihm der Bischof, bereits besser gelaunt. Diese drei- bis vierstöckigen Gebäude mit ihren Galerien, Kreuzgängen und Kapellen sowie die Basilika verzauberten die Betrachter immer wieder aufs Neue. Gelegen auf einem Hügel im Osten Roms hatte man nach allen Seiten einen weiten Blick ins Land und ebenso auf die quirlige Metropole Rom. „Was ist das dort hinten für ein Bauwerk, das wie eine endlose Brücke wirkt?", erkundigte sich interessiert Konrad. „Ach ja, das ist keine Brücke, das ist ein Aquädukt, eine Wasserleitung. So haben sie hier immer ausreichend frisches Wasser zur Verfügung." Ungläubig sah Bruder Konrad seinen Bischof an. „Beneidenswert!", stöhnte er überwältigt, während sie in das quirlige Leben auf dem Innenhof eintauchten.

Papst Gregor VII. hatte seine Bischöfe und Erzbischöfe zu sich gerufen, um mit ihnen die Fastensynode zu feiern. Selbstredend boten diese Treffen immer wieder die einmalige Gelegenheit, sich der Ergebenheit des Klerus zu versichern und gleichzeitig wichtige Beschlüsse direkt an ihn weiterzugeben. Gregor VII. beobachtete aus seinem Fenster, wie sich der

Strom der Kleriker gemächlich zur Basilika bewegte. Auf seinem hageren, vogelähnlichen Gesicht lag das triumphale Lächeln eines Siegers, denn dies sollte der Tag seines Schiedsspruchs werden! Lange hatte er sich in der deutschen Königsfrage zurückgehalten, hatte gehofft, dass die beiden Kontrahenten von sich aus zu einem Abschluss kommen würden. Doch diese Hoffnung hatte sich nicht erfüllt. Nun war er es, Papst Gregor, Papst von Gottes Gnaden, dem die Bürde der Entscheidung zufiel! Zufrieden ging er in die Kühle des Raumes zurück. Zufrieden, weil sie seinem Ruf gefolgt waren, denn gut fünfzig Bischöfe und Erzbischöfe, zahlreiche Pröbste und andere kirchliche Würdenträger hatte er von seinem Fenster aus entdecken können. Ja, sie wussten inzwischen, dass er ihr Nichterscheinen als Gegnerschaft begriff. „Eure Eminenz, Ihr solltet gehen. Die Bischöfe warten", mahnte ihn sein Sekretär. Gregor nickte zwar zustimmend, ließ sich aber trotzdem Zeit, der mahnenden Aufforderung nachzukommen. Verschlagen und klug, wie er war, verfügte er über die Intuition für den richtigen Zeitpunkt. Erst mit dem letzten Schlag des Glöckchens erhob er sich von seinem Stuhl, ließ nochmals den akkuraten Sitz seines Gewandes überprüfen und bewegte sich darauf gemessenen Schrittes zur Tür. Dabei bemühte er sich, seine kleine Gestalt durch einen besonders aufrechten Gang auszugleichen. Als er endlich vor den versammelten Klerikern erschien, raunte Bucco seinem Gefährten zu: „Von dem sagen die Römer, er sei rau wie der Nordwind. Ich dagegen sehe eine Menge Hingebung in seinem Wesen." Konrad konnte sich noch kein Bild von diesem Papst machen, weshalb seine Antwort in einem schüchternen Grienen lag.

Die Synode sollte gerade beginnen, als sich vor dem Tor der Basilika ein lärmender Menschenauflauf bildete. Ordner versuchten mit allen Mitteln, einer weiteren Gruppe von Bischöfen den Zutritt zu verwehren. So kam es zu wüsten Beschimpfungen, Rangeleien und Drohungen, die teilweise in eine handfeste Schlägerei auszuarten drohte. Die Bischöfe, die dem Eingang am nächsten saßen, versuchten erfolglos, den Streit zu schlichten. Da hielt es wieder einmal Bucco nicht mehr auf seinem Platz aus. Mit wehender Robe eilte er zum Tor, wo sich im gleichen Moment aber plötzlich alles beruhigt hatte. Die ungebetenen Gäste waren abzogen. „Wer wollte sich denn hier Zutritt verschaffen?", erkundigte sich der Halberstädter voller Neugier bei einem der Wachmänner. „Das waren die von Heinrich IV. delegierten Bischöfe", lautete dessen knappe Antwort, was Bucco ein schadenfrohes Grinsen entlockte. Trotzdem erkundigte er sich Unwissenheit vortäuschend: „Warum lässt man sie nicht rein?" Genervt sah ihn der Wachmann an: „Unser Heiliger Vater wird gewiss seine Gründe haben."

Darauf zog sich der Gefrustete schleunigst zurück. Aber ein neben ihm stehender, ihm fremder Bischof erklärte bereitwillig: „Heinrichs Bischöfe sollten die Bannung des Gegenkönigs Rudolf fordern, dafür will der König dem Papst seinen Gehorsam anbieten. Anderenfalls jedoch würde Heinrich einen Gegenpapst einsetzen." Erschrocken sah Bucco den aufgeklärten Zeitgenossen an. Hatte er richtig gehört, jetzt auch noch ein Gegenpapst?

Den Beginn der Synode verfolgte der Halberstädter nun nur noch am Rande, denn über diese neue Entwicklung musste er erst einmal nachdenken. Mit größter Spannung wartete er auf die Reaktion des Heiligen Vaters. Doch zunächst nahmen sich Bischöfe, Erzbischöfe, die päpstlichen Legaten sowie der Papst selber ausreichend Zeit, um über alle Glaubensfragen des Reiches ausführlich zu debattieren. Langsam verlor Bucco den Faden, den Geduldsfaden, denn Gleichmut zählte eben nicht zu seinen Stärken.

So fieberte jeder Teilnehmer dem letzten Tag der Synode entgegen. Im Besonderen warteten alle auf die Ansprache Gregors, dem maßgeblichen Auftritt dieser Tage! Natürlich war Gregor erstklassig vorbereitet, denn auf seine Worte und Schiedssprüche kam es im Endeffekt an. Jeder im Reich sollte erkennen, dass nach seinem Verständnis der König sich als Lehnsmann der Kirche zu unterwerfen hatte, dass alle Macht nur der Kirche zustand. Ja, Papst Gregor VII. träumte von einem Gottesstaat!

Am letzten Morgen der Synode saß Bucco gedankenverloren und in sich zusammengesunken auf seinem Stuhl. Er hatte schlecht geschlafen und viel geträumt. Einer dieser Träume steckte ihm immer noch in den Knochen, er konnte ihn schlichtweg nicht abschütteln. Dabei fing alles so schön an! Er wanderte mit den beiden Kindern, Heinrich und Otto, durch den Wald des Harzes, genauso wie damals bei den Aufenthalten des Kaiserhofes in der Jagdpfalz Bodfeld. Es war ein milder und sonniger Tag, mit leuchtendem Herbstlaub und sanft fallenden Blättern gewesen. Glücksgefühle durchströmten Buccos Brust. Unversehens standen sie jedoch vor einem Abgrund. Das Bodetal tat sich vor ihnen auf, immens breit und furchterregend tief. Aber es gab eine Brücke, die das Tal überspannte, eine kunstvoll gebaute, eine äußerst einladende Brücke. Aus den beiden Kindern an seiner Seite waren unterdessen Männer geworden und alle beide sahen ihn mahnend an. „Geh nicht!", rief ihm der König zu und streckte dabei die Arme nach ihm aus. Aber Bucco hatte längst die ersten Schritte getan. Sein Blick fiel ungewollt in die Schlucht, aus der ihm das silbrige Band der Bode spiegelnd entgegen blinkte. Nein, einen Sturz in diese Tiefe würde er nicht überleben. Da krachte aus heiterem Himmel ein Blitz auf die Erde und ließ Boden und Brücke erbeben. Erschrocken sah Bucco zu seinen einstigen

Zöglingen zurück. Sie streckten ihm immer noch ihre Hände entgegen. Doch unbewegt davon schritt er weiter und ließ sich auch nicht vom einsetzenden Regen beeindrucken. Er musste wohl die Hälfte des Weges geschafft haben, als vor ihm aus dem Nichts eine weißgekleidete Frau auftauchte. Sie griff nach seiner Hand und begann ihn zurückzuführen. „Was machst du nur für Dummheiten", sagte sie freundlich, „sieh, auf was für einem schmalen Brett du dich bewegst. Einen Sturz wirst du nicht überleben." Aber er antwortete trotzig: „Das sind keine Dummheiten! Ich will und muss auf die andere Seite." Darauf kehrte er um und lief erneut auf die Gegenseite zu. „Bucco, wenn du weitergehst, kann ich dir nicht mehr helfen!", rief sie ihm verzweifelt hinterher, um sich darauf von ihren Engelsflügeln in die Höhe tragen zu lassen. In diesem Augenblick war er erschrocken aufgewacht und hatte sich gefragt, ob er just in diesem Moment seinen Schutzengel verloren hatte.

Das Schlussgebet des Papstes wurde angekündigt. Bucco sah auf, jetzt würde er aber genau hinhören. Gregor VII. begann mit der üblichen Formel: „Heiliger Petrus, Fürst der Apostel, und du, Heiliger Paulus, Lehrer der Heiden, wollet-so bitte ich- mir euer Ohr leihen…" Darauf wiederholte er in prosaisch wirkungsvollen Sätzen alle Beschuldigungen und Vorwürfe gegen Heinrich IV. und gegen die ihm weiterhin treu ergebenen kirchlichen Würdenträger. Ausführlich beschrieb er nochmals die Ereignisse seit 1076 und kam endlich auf den Punkt, indem er vor der Versammlung mit klarer Stimme den Kirchenbann, den Bannfluch, das Anathem über den König verkündete. Bucco spürte, wie sein Herz vor Freude schneller schlug. Er war sich sicher, dass Heinrich IV. diesen zweiten Bann politisch nicht überleben würde! Der Pilatusfluch war damit gebrochen! Doch unversehens überrumpelte den Halberstädter wieder ein Bild aus seinem Traum – Heinrich und Otto mit ausgestreckten Armen auf der anderen Seite der Brücke. Bucco schüttelte sich. Er wollte nicht mehr daran erinnert werden und richtete deshalb erneut seine volle Aufmerksamkeit auf das Gebet des Papstes: „Dagegen gewähre und gestatte ich, dass Rudolf, den die Deutschen zum König in Treue erkoren haben, das Deutsche Reich regiere und verteidige. Allen, die ihm treu ergeben sind, schenke ich die Befreiung von allen Sünden und Sorgen in diesem Leben wie auch im zukünftigen!" Der Halberstädter hielt vor Anspannung den Atem an. Endlich hatte es der Heilige Vater in der ihm eigenen Sprache gesagt - er erkannte Rudolf von Rheinfelden als rechtmäßigen König an! Heinrich dagegen war erneut gebannt und exkommuniziert. Mit diesen erfreulichen Nachrichten konnte er jedenfalls glücklich und zufrieden zurück ins Deutsche Reich, zurück in seinen

Harz reisen. Beim Gedanken an seinen Harz fühlte er für einen kurzen Moment einen Stich im Herzen. Verdammter Traum! Trotzdem würde er jetzt überall verkünden, dass Papst Gregor mit der ihm innewohnenden Leidenschaft sich klar gegen den Salier gestellt hatte, gegen einen König, der die Allmacht der Kirche reinweg nicht anerkennen wollte.

Auch Gregor war mit sich zufrieden. Es war alles in der Königsfrage gesagt worden und überdies wurde er von seinen Anhängern immer wieder in seinem Agieren bestätigt und gelobt. Im Prinzip sah er sich ohnehin als Gottkaiser, als Oberhaupt eines gewaltigen Kirchenstaates an. In den Tagen nach der Fastensynode begannen indessen in ihm Zweifel zu wachsen. Hatte er durch seine andauernde Unentschlossenheit nicht schon viel zu viel Zeit verspielt? Sollte er unter Umständen den Effekt seines Banns nochmals verstärken, denn die Berichte aus dem Land der Deutschen besagten, dass Heinrichs Anhängerschaft weitergewachsen war. Aber er hatte auch erfahren, dass man sich hinter verschlossenen Türen inzwischen über ihn, den Pontifex, amüsierte! So wartete Gregor voller Ungeduld auf den höchsten Feiertag der Christen, auf das Osterfest. Dieses Fest bot ihm die Möglichkeit, zum finalen Schlag gegen Heinrich auszuholen.

Die vor dem Papst sitzenden Menschen ahnten davon nichts, sie wollten einzig die Auferstehung des Heilands, das Osterfest, begehen. Da hob Gregor VII. während seiner Predigt plötzlich die Arme zum Himmel und eine ungeheuerliche Prophezeiung erschütterte die Zuhörer: „Hiermit weissage ich euch, dass fraglicher falsche König noch in diesem Jahr sterben wird! Ich selber werde ihn aus dem Land der Lebenden verbannen." Die Gläubigen in der Basilika hielten den Atem an. Stand es dem Stellvertreter Gottes zu Weissagungen auszusprechen? Gregor war damit aber noch nicht am Ende. In die Todesstille des Raumes rief er: „Für den Fall, dass diese Voraussage nicht eintrifft, braucht niemand mehr meinen Worten zu trauen!" Bestürzt sahen sich die Zuhörer an. War es zulässig, dass ein Papst so etwas verkündete? Doch Gregor ging noch einen Schritt weiter. Würdevoll bewegte er sich auf eine Feuerschale zu. „Ich werfe jetzt die geweihte Hostie ins Feuer und ihre Magie wird uns zeigen, wann Heinrich IV. stirbt", sprach er im Tonfall eines Eiferers zu seinen Anhängern. Gebannt starrte nun jeder auf die Feuerschale und wartete darauf, was sich als Nächstes ereignen würde. Wie erhofft umschloss die Flammensäule die Hostie, um sie augenblicklich in Asche und in zartschwebende Rauchfähnchen zu verwandeln. Gregor hob beschwörend die Arme und rief: „Der falsche König stirbt vor Ablauf dieses Jahres! Das hat mir das Feuer verraten. Amen." Jeder in der Basilika erwartete, dass sich nun unter ihrem Papst die Erde öffnen und sie ihn augenblicklich verschlingen würde. Doch nichts dergleichen geschah! Langsam und feierlich senkte der Heilige Vater wieder seine Arme, starrte dabei aber sichtlich bestürzt in die Flammen, die züngelnd nach seinen Ärmeln zu greifen schienen. Erschrocken trat Gregor einen Schritt zurück. Plötzlich teilte sich das Feuer und aus seiner Mitte grinste den Pontifex eine teuflische Fratze hämisch an. Erschauernd wich Gregor weiter zurück, worauf der gesamte Spuk vor seinen Augen, genauso plötzlich wie er gekommen war, wieder verschwand. Trotzdem war es um seinen Seelenfrieden geschehen. Er überlegte, ob er soeben Satan ins Antlitz geblickt hatte. Prüfend sah er sich um, versuchte in den Gesichtern seiner Gemeinde zu lesen, ob womöglich noch andere seine Beobachtung teilten. Aber es war schwer, ihre Mienen zu deuten, denn sie starrten ihn alle gleich betreten an. Nur seinen Sekretär hörte er einem Kardinal zuraunen: „Da hat sich unser Pontifex trotz all seiner Klugheit soeben um Kopf und Kragen geredet."

Halberstadt

– Juli 1080 –

in Sommergewitter hatte der Stadt den langerwarteten Regen und obendrein etwas Abkühlung gebracht. Watelinde tappte durch die Pfützen auf das Haus des Kaufmanns Ernst zu, in dem sie seit einem halben Jahr in Schuldknechtschaft leben musste. Mit hängenden Schultern und einem vergrämten Gesichtsausdruck erweckte sie den Anschein, um viele Jahre gealtert zu sein. Der Kummer um ihre beiden Mädchen, die ungewohnte schwere Arbeit und die täglichen Schikanen der Hausherrin hatten in ihr Haar graue Strähnen geflochten. Abgemagert und mit tiefen Sorgenfalten im Gesicht war sie nur ein Schatten ihrer selbst. Um bei ihrem Eintreffen von der Hausherrin nicht gleich wieder mit Anschuldigungen überhäuft zu werden, beeilte sie sich und lief schneller. Zu ihrer Überraschung nahm aber diesmal im Haus kein Mensch Notiz von ihr. Einzig und allein die Kaufmannsfrau sah kurz erbost auf, um sie anschließend mit einer kurzen und energischen Handbewegung wegzuschicken. Dabei entdeckte Watelinde aus den Augenwinkeln einen Fremden, der in der großen Stube am Tisch hockte. Von Neugier getrieben schlich sie in das Nebengemach. Sie wollte schon zu gern wissen, was sie nicht mitbekommen durfte. Zunächst war kaum etwas zu hören. Offenkundig sprachen sie im Nebenzimmer über Dinge ohne größeren Belang. Aber dann erhob der Gast plötzlich seine Stimme und erklärte: „Die Frist ist um! Ich bin gekommen, um mir meinen letzten Anteil zu holen." Das darauf einsetzende Schweigen dauerte kaum länger als ein Wimperschlag. Empört schrie die Kaufmannsfrau auf: „Du hast dich damals nicht an unsere Abmachung gehalten. Der Alte lebte noch, der war nicht tot!" Wieder antwortete der Unbekannte: „Er war so gut wie tot! Hätten ihn diese unbedarften Köhlerleute nicht mitgenommen, wäre er Wolfsfutter geworden." „Wäre, hätte!", schrie das Weib empört zurück, worauf sie der Kaufmann rügte. „Schweig Frau, das hier ist Männersache. Kein Wort mehr, sonst ...". Der Hausherr sprach nach einer kurzen Pause weiter: „Mein Weib hat Recht, du hast die Abmachung nur zur Hälfte eingehalten, demnach steht dir nur die Hälfte deines Anteils zu. Doch ich habe Mitleid mit dir. Komm morgen Nacht wieder, dann sollst du noch einen Obolus bekommen. Achte darauf, dass dich diesmal niemand sieht! Das Geld muss ich mir erst einmal besorgen. Geh jetzt." Watelinde blieb in ihrem Versteck vor Anspannung die Luft weg. Sie hörte, wie die Tür ins Schloss fiel und der Fremde sich entfernte. Im Nebenraum war Ruhe eingekehrt, bis sich die Frau wieder aufgebracht zu Wort meldete: „Trägst du dich wirklich mit dem Gedanken, dem noch Geld in seinen gierigen Rachen zu schmeißen? Wir haben nichts zu verschenken!" „Das weiß ich selber", antwortete Ernst, „er wird dieses Haus morgen nicht wieder verlassen. Ich bereite im Laufe des Tages schon alles vor." Jetzt war sich Watelinde sicher, dass sie in einem Mörderhaus gelandet war! Das Ehepaar hatte den Überfall auf Kaufmann Jörg angestiftet, um sich an der Beute schadlos zu halten, um beim Opfer drückende Schulden loszuwerden. Und ihr Kaufmann Jörg hatte daraufhin bei seinem einstigen Freund Ernst sein eigenes Geld als Schuldentilgung zurückbekommen. Und nach Jörgs Tod hatte das Ehepaar auf Schuldknechtschaft geklagt. Jetzt hatte Watelinde begriffen! Eines stand fest: Sie brauchte Hilfe, brauchte dringend Verbündete. Aber an wen konnte sie sich schon wenden? In der Nacht wälzte sie sich unruhig auf ihrem Lager von einer Seite auf die andere. Die Entdeckung, die sie an diesem Abend gemacht hatte, war zu schrecklich. Knarrende Holzdielen in ihrer Kammer ließen sie zusammenfahren und angstvoll aufschreien. Im Dunkel der Nacht konnte sie aber nur erkennen, wie die Zimmertür hastig zugezogen wurde. Die Gestalt war wieder weg, die Angst blieb zurück. Von Panik getrieben sprang die junge Frau aus ihrem Bett und verbarrikadierte die Tür mit allem, was sie ergreifen konnte. Erst danach beruhigte sich ihre Seele und gegen Morgen fiel sie in einen traumlosen Schlaf. Der Tag darauf begann wie jeder andere; ein jeder kam seinen üblichen Verpflichtungen nach, so als ob nichts geschehen wäre. Gleichwohl wartete Watelinde voller Ungeduld darauf, das Haus verlassen zu können. Kaum, dass sie auf der Straße stand, war der eigentliche Auftrag vergessen. Ohne weitere Umwege strebte sie auf ihr neues Ziel zu. Sie hatte in der Nacht lange gegrübelt und war dabei zu dem Schluss gekommen, nur eine einzige Option zu haben. Wenn ihr jetzt jemand helfen konnte, dann war es der Bischof Burchard II. von Halberstadt. Niemand vom Gerichtswesen der Stadt würde sie auch nur anhören, sie, eine zur Schuldknechtschaft

Verurteilte. Endlich öffnete sich die Gasse und der Domplatz lag vor ihr. Noch einmal strich sie ordnend über ihre Kleider, prüfte den Sitz des Kopftuches und wagte mit dem Mut der Verzweiflung den nächsten Schritt. „Ich muss dringend seine Exzellenz sprechen", sprach sie einen Mönch im Eingangsbereich an, „es geht um Leben und Tod." Der Mönch betrachtete sie mit abschätzigen Blicken, in seinen Augen stand nur Verachtung für die Hilfesuchende. Aber Watelinde gab nicht auf und flehte erneut: „Der Bischof kennt mich, er hat mir schon einmal geholfen. Bitte, lasst mich zu ihm." Die Verachtung des Mönches hatte sich inzwischen in Gereiztheit gewandelt. „Verschwinde lästiges Weib!", schrie er sie deshalb an. In diesem Augenblick erschien in der Türfüllung eine große, füllige Gestalt und mahnte: „Bruder, habt immer ein Ohr für die Schwachen! Was will denn das Weib hier?" Der Mönch trat zur Seite und berichtete: „Euch sprechen. Es ginge um Leben und Tod! Mehr habe ich nicht erfahren." Bucco trat aus dem Dunkel des Flures ins Freie und musterte Watelinde mit skeptischen Blicken. „Wo sollen wir uns denn begegnet sein?", erkundigte er sich zweifelnd. Unversehens zitterten der armen Frau die Knie und ihre Stimme drohte zu versagen, als sie erwiderte: „Hochwürdiger Herr, damals im Kloster bei Linzke, das inzwischen abgebrannt ist, durfte ich Euch begegnen. Ich gehörte zu den jungen Mädchen, die man dort gegen ihren Willen festgehalten hatte. Euch verdanke ich, dass ich wieder zu meiner Mutter durfte." Bucco antwortete nicht, starrte sie nur ungläubig an. Watelinde fragte sich, warum sie der Bischof ansah, als wäre er einem Geist begegnet. Doch genauso empfand Bucco. Er erinnerte sich plötzlich, dass ihn damals der junge König um einen Besuch in dem Kloster gebeten hatte, weil sein Freund und erster Ritter dort seine Angebetete vermutete. In diese Erinnerung mischte sich zusätzlich ein schrecklicher Traum. Damals, zur Fastensynode in Rom, träumte er, dass ihn sein Schutzengel verlassen hatte. Jetzt verstand Bucco diese Begegnung als ein Zeichen. Gott wollte, dass er dieser Frau noch einmal half. Das war seine Prüfung vor dem Herrn! „Komm mit! Erzähle mir, wie ich dir helfen kann", forderte er sie nach längerem Schweigen auf. Watelinde schlich ihm mit bebenden Gliedern in seine Privaträume nach. Im Halbdunkel des Zimmers konnte sie sich nur schwer orientieren. „Setz dich dort auf den Stuhl", ordnete Bucco etwas zu laut an, während er sich vor dem offenen Fenster platzierte, wodurch sein Gesicht im Halbschatten des Raumes lag. Watelindes Verunsicherung wuchs, da es ihr so nicht möglich war, im Gesicht des Bischofs seine Gedanken und Gefühle lesen zu können. „Erzähle, warum geht es um Leben oder Tod?", forderte er sie indessen auf. Sie begann zu berichten. Zunächst von den

Köhlerleuten, die ihr eines Tages den schwerverletzten Kaufmann Jörg ins Haus gebracht hatten. Dann erzählte sie von seiner Genesung und ihren gemeinsamen Umzug nach Halberstadt. „Kaufmann Jörg hatte uns mit in sein Haus genommen", berichtete sie aufgelöst, „aber allmählich gab es Probleme. Die Banditen hatten ihn ausgeraubt, so dass er sich bald Geld leihen musste, um seine Geschäfte wieder aufzunehmen." Bucco hatte den Bericht aufmerksam verfolgt. „Von wem hat er sich finanzielle Mittel besorgt?", erkundigte er sich. „Von Kaufmann Ernst. Der war doch mal sein bester Freund", erhielt der Bischof zur Antwort. Im Anschluss erzählte Watelinde von Jörgs Tod, ihrer Schuldknechtschaft und den Beobachtungen am letzten Abend. „Sie wollen den Erpresser und Räuber umbringen", flüsterte sie geheimnisvoll, „der Hausherr lässt bereits ein tiefes Loch im Garten graben." Die Exzellenz schwieg darauf, sehr zum Verdruss der armen Frau. Aber Bucco nahm sich für seine Entscheidung Zeit, keinesfalls wollte er übereilt handeln. Als er sich endlich schwerfällig von seinem Stuhl erhob, erklärte er in einem vollkommen unaufgeregten Tonfall: „Du kannst jetzt gehen. Ich werde deine Aussage überprüfen lassen!" Dann deutete er mit einer knappen Handbewegung ihre Entlassung an. „Aber hochwürdiger Herr", stotterte Watelinde erregt, doch er schickte sie mit einem energischen Wink aus dem Raum. Als sie wieder aus dem massiven Bauwerk in das grelle Licht des Sommertages trat, fühlte sie nur noch Wut. Wut auf sich, auf den Kaufmann Jörg, den Bischof, auf Otto, eigentlich auf die ganze Welt. Sie fühlte sich von allem verlassen und verraten. Diese Wut gab ihr die Kraft zum Weitermachen, zum Kämpfen. Alle Aufträge der Kaufmannsfrau erfüllte sie unterdessen ohne besonderen Eifer und schlich am späten Nachmittag in das Haus ihrer Peiniger zurück, nicht ohne vor dem Eintreten ihren üblichen Fluch zu murmeln. Die Eheleute waren viel zu sehr mit ihren Plänen für die Nacht beschäftigt, als dass sie Notiz von ihr genommen hätten. Mit dem Einsetzen der Dämmerung schlich Watelinde auf Zehenspitzen aus ihrer Kammer. Kein ungebetener Besucher sollte sie in dieser Nacht nochmals überraschen können. Mit klopfendem Herzen lauschte sie auf dem Flur in die Dunkelheit hinein. Als sich nichts rührte und alles still blieb, versteckte sie sich unter der Bodenstiege, wo sie sich zusätzlich mit einem dunklen Tuch unsichtbar machte. Panisch hämmerte dabei das Herz in ihrer Brust. Der Druck auf ihre Schläfen war kaum zu ertragen. Sie fühlte sich nicht sicher in ihrem Versteck und beschloss gerade, sich weiter umzusehen, als jemand dreimal an die Haustür pochte. Unbewusst hielt sie den Atem an. Dann nahm sie schlurfende Schritte neben sich wahr. Das Klappen der Türen wurde bald durch angespannte Stille abgelöst. Watelinde war sich sicher, dass gleich etwas Schreckliches passieren musste. Wieder nahm ihr die Anspannung den Atem. Unverständliche Wortfetzen drangen an ihr Ohr, zu denen sich unmittelbar darauf ein schmerzhafter Aufschrei gesellte. Es folgten weitere Schläge und ein schwaches, flehendes Wimmern. Genau in diesem Moment stürmte eine Gruppe von unbekannten Männern in langen, schwarzen Kitteln in das Haus. Mehr tot als lebendig versuchte Watelinde die Vorgänge genauer zu erfassen. Doch das erwies sich als unmöglich. Dafür nahm sie umso deutlicher die Gespräche wahr, die durch die offene Tür ungehindert zu ihr drangen. Sie begriff, dass der späte Besucher schwer verletzt in der Stube lag, während die Kaufmannsfrau aufgelöst schrie: „Das ist ein Dieb! Er wollte uns bestehlen und ausrauben. Wir haben nur zurückgeschlagen! Den Händler Jörg hatte er einst auch schon überfallen." Der Kaufmann schwieg indessen, bis jemand erklärte: „Der Mann ist tot, sie haben ihn umgebracht. Legt sie beide in Ketten!" Nun jedoch protestierte dieser lautstark: „Wir sind keine Mörder! Wir haben uns nur gewehrt!" Klatschende Schläge beendeten augenblicklich das Gebrüll. „Kaufmann, überlegt einmal, warum wir hier sind. Für euren Mordplan gibt es einen Zeugen. Auch den Überfall auf den Händler Jörg hattet ihr initiiert. Der da war nur euer williges Werkzeug, euer Komplize und er war euch beiden mit seinen Geldforderungen lästig geworden", hörte Watelinde einen der Männer sagen. „Wo ist denn euer Zeuge?", kreischte die Frau wieder und wieder. Der Ruf nach den Zeugen fuhr Watelinde unversehens in die Beine und schien ihr die letzte Energie zu rauben. Gleichwohl nahm sie ihren Mut zusammen und krabbelte aus dem Kabuff heraus. „Hier ist der Zeuge", rief sie dabei, „ich bin es! Ich habe alles ganz genau mit angehört!" Das kreischende Weib wurde still, sehr still und blitzte Watelinde dabei hasserfüllt an. Aber ihr Zorn überwältigte sie unversehens und entlud sich in den folgenden Worten: „Du Schlampe! Den Herren verleumden, das sieht dir ähnlich. Was weißt du denn schon!" Noch während sie sprach, wurden sie und ihr Mann von einem der Büttel gewaltsam aus dem Haus geschoben, wo sie von einer johlenden Menschenmenge empfangen wurden. Einige der Nachbarn ließen es sich nicht nehmen, das Mörderpaar noch ein gutes Stück zu begleiten und dabei mit übelsten Worten zu beschimpfen. Langsam verebbte der Lärm und machte einer unschuldigen Stille Platz. Doch in der Gesindestube des Kaufmanns brannte noch Licht. Dort saßen Watelinde, die Magd und der Hausknecht zusammen. Sie mussten reden, um das Geschehen verarbeiten zu können. Als sie im ersten Morgengrauen endlich erschöpft in ihre Kammern schlichen, erklärte Johannes, der Knecht, erleichtert: „Da kann ich ja das Loch im Garten morgen wieder zuschippen." Einen Tag später war die Magd ohne jeden Abschied verschwunden. So blieben nur Johannes und Watelinde zurück. Johannes ging aus Bequemlichkeit nicht, Watelinde, weil sie den Schiedsspruch des Gerichts abwarten musste. So ging der Sommer darüber hin!

Halberstadt

– Anfang Oktober 1080 –

tto ritt an diesem milden Herbsttag mit einem Carpo Reiter auf Halberstadt zu. An seiner Seite folgte ihm Adalbert, sein neuer Knappe, den ihm ein Zufall geschenkt hatte. Nach Siegfrieds Tod hatte er sich nur schwer vorstellen können, jemals wieder einen Knappen zu sich zu nehmen. Auf derartige Nachfragen war er deshalb überhaupt nicht eingegangen. Aber dann, auf einer Reise durch Westfalen, hatte er Adalbert kennengelernt. Der Junge entstammte dem Grafengeschlecht derer von Haimar. In dem Knaben entdeckte er dasselbe Feuer, denselben Willen, der auch in ihm einst als Vierzehnjähriger gebrannt hatte. Für sein Alter war Adalbert recht hochgewachsen und zeigte sich in den Kampftechniken als gelehriger und geschickter Schüler. Auf ihrem Ritt auf Halberstadt zu erzählte ihm Otto alles Wissenswerte über seine Heimat, den Harz und dessen Vorland. „Sobald wir diesen Auftrag erledigt haben", verriet er mit wahrem Überschwang in der Stimme, „machen wir einen Abstecher in den Bergwald. Pass auf, aus dir wird noch ein echter Harzer!" In den Augen des Jungen loderte Abenteuerlust, als er zur Antwort gab: „Ich habe nichts dagegen." Doch bald darauf quälte ihn im Angesicht der am Horizont auftauchenden Kirchturmspitzen ein ganz anderes Problem: „Warum schickt uns der König überhaupt nach Halberstadt?" Otto grinste breit: „Wir sollen dem dortigen Bischof eine Lektion erteilen. Die ist schon lange fällig!" Adalbert wusste kaum etwas über Bucco, aber um was für eine Lektion es sich handelte, konnte sich der Junge denken. Auch der Stadt Goslar hatten sie eine Lektion erteilen sollen, waren aber nach einem Scheinangriff wieder abgezogen. Während Otto mit seiner Abteilung anschließend auf Halberstadt zuritt, hatte ein weiteres Carpo aus kaiserlichen Reitern Dörfer rund um Goslar in Flammen aufgehen lassen.

Nun hatten auch sie ihr Ziel erreicht und standen vor einem ansehnlichen Ensemble aus Schutzwall und Schutzgraben, die die Domstadt umschlossen. Beim Betrachten der Stadt klärte Otto seinen Knappen auf: „Heute machen wir ernst! Kein Scheingefecht wie in Goslar! Diese Stadt wird nicht länger verschont. Sie haben es so gewollt. Wir werden ihnen genauso das Fürchten lehren, wie der König gerade den Erfurtern." Adalbert nickte gelehrig, doch von den Zusammenhängen in dieser komplizierten Lage verstand er so gut wie nichts. Dass Heinrich die Stadt Erfurt mit seinem Strafgericht überzog und damit dem Erdboden gleichmachte, weil sie immer wieder Rudolf von Rheinfelden und Erzbischof Siegfried von Mainz Unterschlupf gewährten, das war dem Knappen nicht bekannt. Nur eines wusste er sicher – ihr König hatte vor wenigen Tagen seine Drohungen wahrgemacht und einen neuen Papst auf den Stuhl Petris gehoben. Die Wahl, die von allen römischen Kardinälen, 30 Bischöfen und dem König getragen wurde, war auf Erzbischof Wibert von Ravenna gefallen. „Ist Gregor VII. wahrhaftig vom Glauben abgefallen?", erkundigte sich der Knappe bei Otto, da ihn diese Frage immer noch beschäftigte. „Gregor ist ein Anhänger von Zauberei und Wahrsagerei geworden. Er verdient es nicht, weiter die Tiara zu tragen", klärte ihn Otto auf, „ganz Reichsitalien hat sich ohnehin gegen ihn gestellt. Es war somit schon alles entschieden!" Wieder nickte der Junge bestätigend, was Otto ein amüsiertes Schmunzeln entlockte.

Inzwischen lag die Stadt, trotz der Schutzwälle, völlig wehrlos vor ihnen. Bucco, der Schirmherr von Halberstadt, befand sich mit Pfalzgraf Friedrich und dem neuen Erzbischof von Magdeburg auf dem Weg nach Meißen, um sich dort dem Heer des Rudolf von Rheinfelden anzuschließen. Abermals versammelten sie ein Heer, um von Neuem gegen Heinrich IV. ins Feld zu ziehen.

Die wenigen Stadtwachen waren bald von Ottos Truppen überrannt, sie hatten der anstürmenden Reiterei nichts entgegenzusetzen. Wie eine Sturmflut brachen sie in die Stadt ein, um zu plündern und zu verwüsten. Innerhalb kürzester Zeit herrschte unter den Stadtbürgern Panik. Angsterfüllt rannten die Menschen durch die engen Gassen, um den Kriegern des Königs zu entkommen. Otto empfand dabei nichts, führte er doch nur das aus, was man von ihm erwartete. Im Gegenteil! Die Aussicht auf reiche Beute beflügelte zusätzlich. Zielstrebig ritt Otto mit seinen Männern auf die Gasse der Kaufleute zu, wo sie sich nach besonders wertvollen Beutestücken umsehen wollten. Noch immer rannten die Menschen schutzsuchend vor ihnen weg. Otto war froh, nicht gegen diese Wehrlosen kämpfen zu müssen. Suchend sah er sich um und sprang schließlich entschlossen von seinem Pferd, um das nächstliegende Haus zu stürmen. Als gehorsamer Knappe folgte ihm Adalbert und überrannte dabei seinen Ritter um ein Haar, denn Otto war wider Erwarten abrupt stehen geblieben. In der Tür des Kaufmannshauses stand ein Weib vor dem Ritter, mit schlohweißem Haar und von Kummer gezeichneten Gesichtszügen. Adalbert verstand nicht, wieso diese Alte seinen Ritter so respektlos anstarrte und ihm den Zutritt verwehrte. „Watelinde", stammelte Otto überrascht, „bist du es wirklich?" In den Augen der Frau schimmerten Tränen, als sie zurückfragte: „Habe ich mich so verändert, dass Ihr mich nicht mehr erkennt?" Über Ottos Gesicht huschte ein um Entschuldigung bittendes Lächeln. „Meine kleine Waldelfe ist grau geworden", bemerkte Otto überrumpelt. Der Knappe folgte dem Gespräch fasziniert und doch gleichzeitig mit Befremden, wobei er wiederholt von einem zum anderen sah, um gleich darauf wieder einen Blick auf die Straße zu werfen. Dort versuchten einige Männer verzweifelt ihr Eigentum zu verteidigen und Frauen wetterten versteckt hinter dem Rücken ihrer Männer, während ihre Kinder im Verborgenen laut weinten. Otto sah und hörte davon nichts. Er suchte in Watelindes Gesicht nach Zügen des Weibes, das ihm einst die Sinne geraubt hatte. „Bist du jetzt Kaufmannsfrau?", erkundigte er sich und zeigte dabei auf das Gebäude, in dessen Türrahmen sie wie festgenagelt stand. „Schön wäre es", antwortete sie bedrückt, „hiervon gehört mir nichts. Im Gegenteil, ich bin ein Teil des Hausinventars, da man mich zur Schuldknechtschaft verurteilt hat. Wenn nicht ein Wunder geschieht, dann bis ans Ende meiner Tage!" Der Ritter sah sie ungläubig an. „Schuldknechtschaft, du? Und wo sind die Mädchen?" Wieder schwammen in Watelindes Augen Tränen, während sie ratlos mit den Schultern zuckte. „Herr, glaubt mir, ich bin da völlig unschuldig hineingeraten. Die Mädchen hat man mir gleich genommen. Wo man sie hingebracht hat, ist mir nicht bekannt!" Das Geschrei auf der Straße wurde lauter, wandelte sich in Kreischen. Wütende Frauen wurden zu Furien und gingen auf die Reiter los, denn einer von ihnen hatte das Haus auf der gegenüberliegenden Straßenseite angezündet. Mit der Fackel in der Hand betrachtete er immer noch seelenruhig sein zerstörerisches Werk. Die Flammen und die verzweifelten Schreie lösten in Otto eine schreckliche Erinnerung aus. Fünf Jahre zuvor, bei der Schlacht an der Homburg, mussten in einer Kirche eingeschlossene Frauen in einem höllischen Feuer sterben. Otto war nicht gewillt, dass noch einmal zu erleben! Aus dieser inneren Regung heraus gab er seiner Reiterei den Befehl: „Sofort zum Abzug am Westtor sammeln. Weitersagen, wir ziehen uns zurück!" Die Ritter zögerten. Ungläubig sahen sie ihn an. Doch Otto wiederholte seine Order, worauf sich die Gasse nach und nach leerte. Zurück blieben die erstaunten Halberstädter, die rasch begannen, das Feuer zu löschen, ehe es auf weitere Häuser überspringen konnte. Watelinde stand immer noch im Türrahmen des Kaufmannshauses, wobei ihr inzwischen der Hausknecht neugierig über die Schulter schaute. Seine verständnislosen Blicke folgten dem Gespräch zwischen dem ungleichen Paar. Fragend sah auch er, wie Knappe Adalbert, von einem zum anderen. „Danke, dass Ihr abzieht", flüsterte Watelinde erleichtert, „die Menschen haben inzwischen das ewige Kriegsspiel ihres Bischofs satt, denn in unruhigen Zeiten gehen auch die Geschäfte schlecht. Sie sehnen sich alle nach Frieden!" Otto sah seine einstige Kebsfrau verständnisvoll an, während er erwiderte: „Auch wir wollen den Frieden und müssen doch schon wieder in den Krieg. Der Rheinfelder zieht bereits ein mächtiges Sachsenheer zusammen. Damit will er die Weissagung von Papst Gregor wahrmachen!" Watelinde verstand nicht und zog entschuldigend die Schultern hoch. Dem Ritter fehlte die Zeit für Erklärungen und so folgte nur eine schnelle und förmliche Verabschiedung. Als Otto bereits im Wegreiten begriffen war, fielen ihm nochmals seine beiden Töchter ein: „Was denkst du, wo haben sie Anna und Amalia hingebracht?" Erneut zog die junge Frau ahnungslos die Schultern hoch und antwortete zurückhaltend: „Ich bin mir nicht sicher, aber gewiss in ein Kloster." Da meldete sich Adalbert zu Wort: „Herr, wir sollten schnell weg von hier! Unsere Leute sind abgezogen und diese Städter sehen uns nicht gerade freundlich an." Prüfend sah sich der Ritter um und stimmte seinem Knappen zu: „Ja, wir brechen auf. Es ist an der Zeit. Watelinde, wenn du nicht weiter weißt, geh in die Klusberge. Sie werden dir weiterhelfen und Hilfe hast du jetzt bitternötig!" Hinter ihnen krachte das Vordach des brennenden Hauses mit einem explosionsartigen Knall auf die Straße. Ein Funkenregen verstreute sich, dicker Rauch nahm allen die Sicht. „Das Haus hat soeben seine Seele verloren. Achtet auf die Eure!", warnte Watelinde die abziehenden Männer, „ich würde Euch gern wiedersehen." Otto fröstelte es bei ihren Worten, trotz der Gluthitze des Feuers.

Nachdem der letzte Ritter des Verbandes am Westtor eingetroffen war, warf Otto einen letzten Blick auf die Stadt. An einigen Stellen stiegen dichte Rauchschwaden in den Himmel, die nichts Gutes ahnen ließen. Würden die Städter die Feuer löschen können oder stand ein neuer Großbrand wie 1060 bevor? Gewaltsam riss sich Otto von dem Bild los. Er würde über den Harz reiten, um sich dann im Süden mit dem Heer des Königs zu vereinigen. Auf dem Weg dahin würde er seinem Knappen das Bodetal zeigen. Die

Vorfreude zauberte ein befreiendes Lächeln auf sein Gesicht.

In der Kaufmannsgasse stand Watelinde noch immer wie angewurzelt in der Tür des Hauses. Das Erlebte schien ihr völlig irreal. Sie fragte sich immer wieder, ob sie in der Tat Otto begegnet war. Plötzlich näherten sich ihr die Nachbarsleute, die bis zu diesem Tag noch kein einziges Wort mit ihr gewechselt hatten. „Danke Frau", sprach sie der älteste der Männer voller Demut an, „es war äußerst mutig, wie du dich heute für die Stadt eingesetzt hast. Vielen Dank." Verwundert nahm sie die Dankesworte entgegen, unternahm aber auch nicht den geringsten Versuch, den Menschen die Zusammenhänge zu erklären. „Wenn du Hilfe brauchst, wende dich an uns. Wir sind dir was schuldig", fügte der Alte hinzu. „Schon gut", antwortete Watelinde, „ich habe gern geholfen. Wir sind doch Nachbarn." Während sie gut gelaunt im Haus verschwand, kam ihr eine Idee. „Möglicherweise ist heute das Wunder geschehen, um das ich solange gebeten habe. Danke Biel!", flüsterte sie. „Was hast du eben gesagt, ich habe nichts verstanden!", krähte ihr der Hausknecht hinterher. „Nichts, gar nichts!", rief sie übermütig zurück. In wenigen Wochen würde man dem Kaufmann und seiner Frau den Prozess machen. Dann würde sich unwiderruflich zeigen, ob sich ihre Hoffnung auf ein normales Leben erfüllen konnte. „Geh in die Klusberge", hatte ihr Otto geraten, „sie werden dir helfen." Watelinde wusste nicht im Entferntesten, ob das der richtige Weg war!

Im Heerlager des Gegenkönigs

– Oktober 1080 –

Den Sachsen war es unter Führung des Rudolf von Rheinfelden erneut gelungen, ein riesiges Heer aufzustellen. Wie ein langgestreckter Lindwurm waren sie durchs Land gezogen, um Heinrich IV. zum Entscheidungskampf zu zwingen. Doch Heinrich hatte sie wieder einmal genarrt und mit einem Scheinangriff nach Goslar gelockt. Noch ehe sie die List durchschaut hatten, ließ der König bereits Erfurt den Boden gleichmachen. Die ungeschützte Stadt mitsamt ihrem Petrikloster und der Severikirche wurde ein Opfer der Flammen. Doch auch für Bucco waren es böse Nachrichten, vom Überfall der königlichen Truppen auf sein geliebtes Halberstadt zu erfahren. Dennoch, sie beflügelten seinen Zorn auf den Salier, der nicht freiwillig vom Thron steigen wollte, um ein weiteres Mal. Auch der Meuchelmord am Grafen Adalbert von Ballenstedt, seinem braven Gesinnungsgenossen und Nachbarn, war für alle im Lager des Gegenkönigs ein schmerzvoller Verlust gewesen. Bucco setzte ihn symbolisch auf die Liste derer, die ihren Widerstand gegen Heinrich mit dem Leben bezahlt hatten.

Nun galt es sich zu einer neuen Schlacht zu rüsten! In Sichtweite von Naumburg hielten sie Rast. „Wie lange wir dem Salier noch hinterherjagen müssen, bevor er sich dem Kampf stellt", beklagte sich Bischof Werner von Merseburg lautstark bei Bucco, „Nun sind wir ihm schon fast bis Naumburg nachgeeilt. Hoffen wir, dass es uns gelingt, unser gutes Naumburg noch zu retten!" Der Halberstädter eilte mit großen Schritten und mürrischem Gesicht unentwegt von einer Seite des Zeltes zur anderen. Verdrießlich erklärte er: „Dieser Heinrich ist wie eine von den sieben Plagen, nie bekommt man ihn richtig zu fassen. Aber hier werden wir ihn stellen, hier kommt er nicht ungeschoren davon!" Den Merseburger Bischof konnte das nicht überzeugen. Frustriert erklärte er: „Lieber Bucco, glaubt mir, Heinrich will noch nicht auf uns treffen. Erst wenn er genügend von unseren Gebieten verwüstet hat, wird er uns niederzwingen wollen." In das Gesicht des Halberstädter trat Zornesröte und ungewöhnlich laut konterte er: „Er kann nicht ganz Sachsen verheeren! Je eher wir ihn stellen, umso besser für uns. Genau hier und jetzt muss die Entscheidung fallen!" Schwer atmend setzte sich der kampferprobte Bucco auf einen Stuhl, begann aber sogleich nervös auf der Tischplatte zu trommeln. Die Zeltöffnung wurde mit Schwung zurückgeschlagen und ein Bote überbrachte eine Eilnachricht: „Heinrich IV. ist in Richtung Weiße Elster weitergezogen. Dort können wir ihn morgen stellen. Das Heer soll sofort aufbrechen!" Die beiden Bischöfe sahen sich vielsagend an. Hatten sie das nicht schon geahnt? Also ging die Jagd weiter, aber sie würden zur Stelle sein! Mit einem heilfrohen Blick auf das verschont gebliebene Naumburg zog das Heer des Gegenkönigs ebenfalls auf das Flüsschen zu, das den Namen Weiße Elster trug. Aus Freude und tiefer Dankbarkeit schickten beide Bischöfe zuvor Lobpreisungen an ihren Gott. Er hatte mal wieder zu ihnen gehalten und sie erbaten sich gleichzeitig seinen weiteren Beistand in diesem end- und erbarmungslosen Krieg. Wieder mit der Lage versöhnt, bemerkte Bischof Werner verträumt: „Nun sind wir meinem geliebten Merseburg schon so nah gekommen und wieder konnte ich Euch dort nicht empfangen. Aber ich spüre, dass wir bald in meinem Dom einen prächtigen Gottesdienst feiern werden!"

Hohenmölsen

– 15. Oktober 1080 –

eichter Morgendunst stand über den Wiesen der Auenland-
schaft, als König Heinrich aus seinem Zelt trat. Draußen
wartete sein engstes Gefolge, wozu neben der treuen Ritterschar auch die Erzbischöfe von Köln, Trier, Hamburg-Bremen und außerdem dreizehn weitere Bischöfe gehörten. Dazu standen dem König neben
dem Heer des Herzogs Friedrich von Schwaben auch bayrische und lothringische Truppenverbände zur Verfügung. Die Bayern wurden angeführt
von Graf Rapoto, während die Lothringer unter dem Kommando von
Heinrich von Laach standen. Nur ein wichtiger Verbündeter fehlte noch.
„Mit dem Wetter hatten wir in den letzten Schlachten wahrlich kein Glück",
rief Heinrich seinen Getreuen zu, „aber möglicherweise ist es uns heute
günstiger gesonnen. Gibt es schon Nachrichten vom Böhmenherzog und
vom verwegenen Groitzscher?" Heinrich erwartete eine Antwort, sah aber
nur in betretene Gesichter. Kurzerhand wagte es Otto, die Lage zu erklären:
„Durch die starken Niederschläge steht Wiprecht von Groitzsch noch bei
Weida und Herzog Vratislav von Böhmen hält sich im Gebiet um Wurzen
auf. Wir können heute nicht mehr mit ihnen rechnen. Vielleicht sollten wir
mit einem erneuten Ausweichmanöver versuchen, die Schlacht um einen
weiteren Tag hinauszuschieben." Aus Heinrichs Gesicht war jede Freude
verschwunden und schon beinahe trotzig verkündete er: „Dann muss es
eben ohne sie gehen. Dieses Sumpfgelände verschafft uns einen entschei-
denden Vorteil, den werden wir zu nutzen wissen." Herzog Friedrich von
Schwaben gab trotzdem zu bedenken: „Jeder von uns kennt die Schlagkraft
der Böhmischen. Sie wird uns fehlen, in der Hauptsache gegen den ausge-
bufften Northeimer. Es ist denkbar, dass wir Glück haben und die beiden
Verbände treffen im Laufe des Tages noch ein." Graf Rapoto, der

Befehlshaber der Bayern, antwortete darauf entrüstet: „Möglicherweise lässt uns der Rheinfelder keine andere Wahl, als zu kämpfen. Also überlegen wir lieber, wie wir taktisch vorgehen!" Heinrich war froh, in dem Bayern einen Gleichgesinnten zu haben, und ging unverzüglich und ohne weitere Diskussionen dazu über, einen Schlachtplan zu konzipieren. „Wir werden uns in drei Angriffsreihen aufstellen. Die erste Linie bilden die Schwaben und die Bayern. Dahinter stehen rechts die Franken, links die Lothringer und mein Heer bildet die Mitte. In der letzten Reihe formieren sich die übrigen Verbände als Reserve."

Während die Männer weiter beratschlagten, blinzelte eine träge Morgensonne durch kleine Lücken im ansonsten wolkenverhangenen Himmel. Noch war nicht entschieden, für wen die Sonne am Ende des Tages scheinen würde, denn auf der westlichen Seite des kaum passierbaren Sumpfgeländes, das vom Flüsschen Gronau gespeist wurde, lagerte kampfeswillig das Heer des Gegenkönigs. Rudolf von Rheinfelden und seinem Verbündeten Otto von Northeim war ebenfalls bekannt, dass Heinrichs Heer noch nicht vollzählig war. Genauso gut wussten sie, dass der Böhme wie der Groitzscher alles dransetzen würden, das Schlachtfeld noch an diesem Tag zu erreichen. „Wir werden nicht länger warten", verkündete deshalb der Northeimer entschlossen, „ich habe den Sumpf erkunden lassen. Wenn wir es taktisch geschickt anstellen, hat Heinrich nicht die geringste Chance auf den Sieg!" Die ihn umgebenen Männer jubelten zustimmend bei diesen Worten. Unter ihnen stand mit hochrotem Kopf, den Siegesjubel schon vorwegnehmend, Bucco. Auch er schätzte die Intelligenz des Grafen, der sie wiederholt aus noch so hoffnungslosen Situationen herausgeholt hatte. Also war es entschieden! Beide Heere rüsteten sich zur Schlacht, erflehten Gottes Beistand und setzten auf den Todesmut ihrer Ritter. Dann endlich standen sich die Heere Auge in Auge gegenüber. Verhöhnende Bemerkungen hallten von einer Front zur anderen. Jede stachelte den Siegeswillen weiter an.

Dann eröffneten Rudolfs Männer die Schlacht. Sie durchritten an den wenigen Übergangsstellen den Sumpf, um die Reiterei der Bayern auf der anderen Seite in langanhaltende Gefechte zu verwickeln. Dagegen war es für den Northeimer, der den Schwaben gegenüberstand, unmöglich, an jener Stelle das moorige Gelände zu durchreiten. Doch plötzlich waren die Truppen des Northeimers verschwunden. Heinrich verfolgte im Kreis seiner Gefolgsleute, aus der zweiten Reihe, mit einigem Befremden das seltsame Spiel des Gegners. „Der Northeimer führt mal wieder was im Schilde. Wir müssen uns beeilen! Führen wir bis auf die Reserve alle Einheiten gegen den Rheinfelder in die Schlacht! Vorwärts!", rief er seinen Leuten zu und erneut stürmten die Ritterheere auf den Kampfplatz. Diesem geballten Ansturm hatten die Truppen des Gegenkönigs kaum etwas entgegenzusetzen. Erste Krieger suchten ihr Heil in der Flucht, was sofort die Bischöfe des Königs als Sieg deuteten und lautstark mit Jubelgesängen feierten. Weit wehten ihre Chöre über das Schlachtfeld: „Herrgott, wir loben dich …", was die Seelenlage des Gegners weiter schwächte. Rudolf von Rheinfelden spielte hingegen weiter auf Zeit, denn abseits vom Schlachtfeld führte Otto von Northeim einen Teil seiner Reiterei an den Rand des Sumpfes. Ungläubig sahen ihn seine Männer an, als er befahl: „Absteigen und zu Fuß hindurch! Wir müssen den Salier von hinten angreifen. Das ist unsere einzige Chance." Keiner von ihnen wäre je auf die Idee gekommen, ein solches Gebiet, in dem man unversehens in einer Untiefe versinken konnte, zu durchwaten. Immer noch blickten die Ritter irritiert auf ihren Befehlshaber. „Hier kommt keiner wieder lebend raus", murrte einer der Reiter, „mit einem Ruck verschwindet man hier in einem Moorloch!" Zustimmend nickten ihm die anderen zu. Doch der Northeimer gab nicht auf, ging wie immer aufs Ganze und wagte selber den ersten Schritt. Beschämt folgten ihm seine Ritter. Trotzdem war es niemandem wohl dabei! Ein falscher Schritt, eine Unvorsichtigkeit oder eine Untiefe konnten sofort das Leben kosten. Sie kamen nur langsam voran und so war es langwierig, eine ausreichende Anzahl von Kämpfern auf die andere Seite des Sumpfes zu bringen, um dort dem Heer Heinrich IV. in den Rücken zu fallen. Bucco sah ihnen beklommen nach. Wie eine Säule stand er am Rand des Moores und betete fortwährend für das Gelingen des Handstreichs. Dabei sah er mehr als einmal, wie sich die Moorhexe unversehens ein Opfer holte. Nachdem der letzte Mann seinem Blickfeld entschwunden war, schickte er den Ertrunkenen ein Gebet für ihr Seelenheil nach, bevor er sich wieder auf dem Weg zum Rheinfelder machte. Auf einem der sicheren Pfade erreichte Bucco das andere Ufer. Mithin konnte er dort die moralische Stärke der Truppen mit seinen Sprüchen befeuern, die in einem verzweifelten Abwehrkampf standen. Immer wieder schickte der Gegenkönig neue Verbände in die Schlacht, versuchte alles, um Heinrichs Sturm die Spitze zu nehmen. Dabei fiel Bischof Werner von Merseburg auf, dass sich das Feld vor dem Rheinfelder gefährlich lichtete. Gestikulierend wies er Bucco auf die Gefahr hin, aber der war ebenso machtlos und vermochte den weiteren Ereignissen nur ohnmächtig zuzusehen. Auch die lothringischen Ritter, angeführt von Heinrich von Laach, erkannten ihre einmalige Chance und kämpften sich weiter an die Linie des Rheinfelders heran. „Einkreisen", schrie Heinrich von Laach seinen Männern zu, „einkreisen!" Schwerterschwingend drängten die Ritter von allen Seiten auf den Rheinfelder und seinen Haufen ein und forderten sie unablässig zur Gegenwehr heraus. „Kämpft, so eine Gelegenheit bekommen wir nicht wieder! Schlagt zu!", rief der Lothringer erneut. An seiner Seite kämpfte ebenso tapfer Herzog Gottfried von Boillon, Herr über gut fünfundzwanzig lothringische Dörfer. Zwanzig Jahre jung und ein begeisterter Anhänger des Königs, wollte er in dieser Schlacht Heinrich unbedingt seine Ergebenheit beweisen. Die Euphorie, die demgemäß die Männer ergriff, war grenzenlos. Alles sah nach Sieg aus, weshalb die Bischöfe aus Heinrichs Lager nun das „Tedeum" erneut anstimmten.

Auf der anderen Seite des Moores war es inzwischen dem Northeimer gelungen, eine kampfestüchtige Truppe zu sammeln. Mit erhobenem Haupt gab er das Zeichen zum Losschlagen und stürmte wild entschlossen das Schlachtfeld. „Deus vult, Gott will es!" riefen seine Streiter und griffen die Bayern nun von der Flanke her an. Die Überraschung war geglückt. Graf Rapoto, der Anführer der Bayern, versucht sein Heer neu zu ordnen. Doch die Verbände des Northeimers durchbrachen die Frontlinie und entfesselten das Gefecht mit kaum erschöpfbarer Kraft aufs Neue. Zu den ersten Opfern gehörte der Graf der Bayern, den darauf seine Männer vom Schlachtfeld trugen. Das Teudeum der königlichen Bischöfe verstummte und hatte ihren lauten Bittgebeten das Feld überlassen. Heinrichs Heer kämpfte jetzt an zwei Fronten; der Plan des Northeimers schien aufzugehen. „Kämpft Ritter, der Sieg ist nah", feuerte der Graf zusätzlich seine Leute an. Ebenso Bucco, inzwischen wieder an seiner Seite, schrie: „Kämpft, schlagt sie! Gott steht euch bei!" So angestachelt ließen die erfahrenen Harzer Truppen nichts unversucht, um so nah wie möglich zu Heinrich IV. vorzudringen. Otto, an der Seite des Königs, begriff den Ernst der Lage und rief ihm zu: „Herr, Ihr müsst fliehen. Die Sachsen stehen inzwischen vor und hinter uns! Euer Leben ist in größter Gefahr!" Geschockt sah sich der König um und verstand mit einem Schlag, wie sehr er in Bedrängnis geraten war. Wollte er diese Schlacht überleben, blieb ihm nur die Flucht! „Wir ziehen uns augenblicklich zurück! Sofortiger Abzug nach Süden, Richtung Groitzsch", ordnete Heinrich notgedrungen an. Er floh im Schutz seiner restlichen Verbände, überaus verbittert und zutiefst enttäuscht, wieder den Sieg verfehlt zu haben. Vor den Augen des Northeimers leerte sich nach und nach das Schlachtfeld, weshalb sich der Graf um den Sieg betrogen fühlte. Um doch noch endgültige Tatsachen zu schaffen, setzte er dem königlichen Heer nach. Inzwischen posaunten seine Bischöfe den Sieg mit Lobeshymnen hinaus: „Ehre, Dank und Ruhm sei unserem Gott im Heiligtum!" Doch auf der anderen Seite des Schlachtfeldes verwehte der Ruf ungehört! Zu sehr waren die beiden gegnerischen Heere in den Kampf vertieft, zu gewaltig das Ringen um den Sieg und um das eigene Leben. Besonders um Rudolf von Rheinfelden tobte ein mörderisches Gemetzel. Die Mannschaft des Lothringers ließ nicht ab von ihren Bemühungen, kämpfte sich mit der kompromisslosen Entschlossenheit der Jugend unaufhörlich an ihr Ziel, den Gegenkönig, heran. Rudolf hatte das Gefühl gegen einen Drachen zu kämpfen; schlug man ihm einen Kopf ab, wuchsen ihm sofort drei neue nach. Schon lange waren ihm seine Arme schwer geworden, rauschte das Blut wild durch seinen Körper, rann ihm der Schweiß über das Gesicht, in die Augen und machte ihn dadurch fast blind. „Wo bleibt nur der Northeimer?", rief er mehr zu sich als zu seinen Rittern. Erkundend sah er sich um, aber vergeblich. Vom Heer des Grafen war nichts zu sehen. „Ich muss einen Boten aussenden", schoss es ihm durch den Kopf. Dies war der eine Moment der Unachtsamkeit, der ihn angreifbar machte. Ein furchtbarer Schmerz im Unterleib zerriss ihm plötzlich die Sinne. Erschrocken richtete er seinen Blick auf die getroffene Stelle und erschrak. In seinem Körper steckte die Adlerfahne der Königlichen, die im selben Moment schon wieder herausgezogen wurde. Ungläubig starrte Rudolf den jungen Ritter an, der ihm eine derartige Wunde zugefügt hatte. Instinktiv versuchte er die Verletzung mit den Händen abzudecken. Doch das Blut sickerte ihm ungehemmt durch die Finger. Geschwächt hob er sein Schwert, um die Tat zu rächen, um zu töten. Doch der kraftvolle Hieb seines Gegners traf seine bereits sinkende Hand. Rudolf wurde es schwarz vor Augen und haltlos glitt er von seinem Pferd zu Boden. Aber noch war Leben in ihm, wie auch der absolute Wille zum Weiterleben! Als er nach einiger Zeit das Bewusstsein wiedererlangte, richtete er seinen lädierten Leib mühsam am Stamm einer kleinen Moorbirke auf und sah sich mit bereits wieder schwindenden Sinnen um. Durch einen Nebel aus wahnsinnigen Schmerzen realisierte er, dass er von Rittern umringt war, die wohl alle seinem Tod entgegensahen. Rudolf dagegen wartete auf den letzten tödlichen Stoß! Allerdings geschah nichts! Als er abermals die Augen öffnete, knieten neben ihm die Bischöfe von Halberstadt und Merseburg. „Herr", rief Bucco glücklich, „Gott sei Dank! Ihr lebt!" Über Rudolfs bleiches Gesicht floss ein kurzes, entschuldigendes Lächeln. „Noch lebe ich.", erwiderte er leise, „Haben wir gesiegt?" Otto von Northeim kniete sich jetzt zu ihm nieder und überbrachte die glückliche Botschaft: „Ja, diesmal haben wir voll und ganz gesiegt. Heinrich ist auf der Flucht und wird jetzt Schutz beim Böhmischen Herzog Vratislav suchen." In den Augen des Rheinfelders stand ein glückliches Leuchten, als er antwortet: „Geschafft! Endlich!"

Dabei fiel sein Blick auf seinen rechten Arm. „Was ist mit meiner Hand passiert?", raunte er entsetzt dem Northeimer zu. „Man hat sie Euch im Kampf abgeschlagen. Sie lag jedenfalls neben Euch auf der Erde." Wieder verlor Rudolf vor Schmerzen das Bewusstsein. Der herbeigeeilte Wundarzt versorgte die schweren Verletzungen und gab sorgenvoll bekannt: „Bislang lebt er, aber es sieht nicht gut aus. Wir müssen ihn schleunigst von hier wegschaffen." Werner von Merseburg hatte bisher keine Worte gefunden. Er stand wie gelähmt als stummer Zeuge zwischen den Kriegern. Zu sehr hatten ihn die Geschehnisse dieses Tages erschüttert. Jetzt aber meldete er sich zu Wort: „Bringen wir ihn nach Merseburg. Dort wird er Ruhe und Heilung finden." Es blieb keine Zeit zum Debattieren. Kurzentschlossen brach ein Tross aus allen sächsischen Bischöfen auf und brachte den Schwerverletzten vom Schlachtfeld weg zum nahegelegenen Merseburg. Mit jedem Schritt, mit dem sie sich der Domstadt näherten, wuchs ihre Hoffnung auf ein gütliches Ende. Einzig Bucco peinigten beim Anblick des von höllischen Schmerzen geplagten Gegenkönigs schwere Zweifel. Würde sich der Pilatusfluch sein nächstes Opfer holen? Der sonst so laute und poltrige Kirchenmann folgte dem Zug still und in sich gekehrt. Mit inbrünstigen Gebeten an seinen Gott versuchte er, seiner Seele Ruhe und Kraft zu geben.

Als die Ritter des Lothringer Herzogs, Heinrich von Laach, den Gegenkönig schwer verletzt vom Pferd sinken sahen, war ihnen sofort klar, dass sie jetzt um ihr eigenes Leben kämpfen mussten oder besser noch fliehen sollten. Kurz entschlossen ordnete der junge Heinrich an: „Rückzug, sofortiger Rückzug!" Noch war der Weg hinter ihnen frei, aber am Horizont tauchten bereits die ersten Reiter des Northeimers auf. „Wir ziehen in Richtung Naumburg!", entschied deshalb Bouillon im Angesicht des näherstürmenden Feindes, doch der Northeimer folgte ihnen bereits, noch dazu in einem mörderischen Tempo. Da erreichte Graf Otto aus dem Lager der Sachsen ein Bote mit einem Hilferuf: „Der König liegt schwer verletzt am Boden! Schnell, kommt! Helft!" Unversehens gab der Northeimer die Verfolgung der Ritter auf. Er wollte erst wissen, wie es um den Gegenkönig stand, ob ein weiteres Gefecht überhaupt noch Sinn machte. Otto von Northeim kehrte um und hinter den Verfolgten wurde es ungewöhnlich still. Vorsichtshalber warf der Lothringer noch einmal einen Blick zurück. Aber es kam ihnen niemand mehr nach. Geschafft! Erleichtert atmete er auf und fand nun auch anerkennende Worte für den Helden des Tages: „Herzog Gottfried von Bouillon, Ihr werdet in die Geschichte eingehen! Man wird Heldenlieder über Euch singen.

Dom Merseburg

Ihr habt genau im richtigen Moment zugeschlagen, das schreit nach Anerkennung." Der Herzog der fünfundzwanzig Dörfer lächelte bescheiden, während seine Gefährten zustimmend auf ihre Schilde schlugen. Ja, er hatte dem Gegenkönig die Hand abgeschlagen! Jetzt nahm sich der junge Anführer die Zeit, um nach seinen Männern zu sehen. Mit Erschrecken registrierte er, dass viele, viel zu viele, den Kampfplatz nicht mehr hatten verlassen können. Ob sie tot waren oder noch lebten, er wusste es nicht. So betete er gemeinsam mit all den anderen für die Seelen aller gefallenen und vermissten Getreuen.

Der Tross der sächsischen Bischöfe mit dem schwerverletzten Rudolf von Rheinfelden erreichte erst am späten Abend, nach einem mehr als sechsstündigen Marsch, das Ziel. Dabei galt es zwischenzeitig die Saale zu überqueren, was ohne Fähren oder Boote so gut wie unmöglich war. Also zogen die Gefolgsleute auf Korbetha zu, weil der Fluss sich hier in mehrere, flache Arme aufteilte und dadurch passierbare Furten bildete, die man leicht durchreiten konnte. Sie gönnten sich nur kurze Pausen, denn sie hatten unsagbares Mitleid mit dem Gegenkönig, der vor Schmerzen wimmerte oder schrie, dann wieder ohnmächtig auf der eiligst zusammengezimmerten Trage lag. „Bald sind wir da!", stöhnte Bischof Werner erleichtert, als am Horizont die Spitzen seines Doms auftauchte.

Bucco stimmte ihm zu, während er laut sinnierte: „Unter solchen Umständen wollte ich genau genommen nicht Gast in Merseburg sein." An der Seite des Gegenkönigs ritt sein Leibarzt, der ihm in den Pausen einen schmerzlindernden Saft einflößte. Als der Zug endlich durch die kleine Stadt am Fuße des Burgberges ritt, hatte mittlerweile die Nacht begonnen. Aus diesem Grund erhellten die Männer ihren Weg durch die stockfinsteren Gassen mit Fackeln. Die schlecht beleuchtete nächtliche Kolonne, mit dem immer wieder gequält aufschreienden Rheinfelder, löste in den Menschen der Stadt ein Schaudern aus. Bewegt rätselten sie, was dieser nächtliche Spuk zu bedeuten hatte.

Am Ende übergaben sie den Verwundeten den helfenden Händen erfahrener Benediktinermönche des Petersklosters, während in der Kapelle des Doms die kirchlichen Würdenträger Gott um das Leben ihres Gegenkönigs anflehten. Zudem wichen ihm sein Leibarzt, wie auch der mitleidende Bucco, nicht von der Seite. In dieser Nacht war es niemandem im Kloster vergönnt, Ruhe und Schlaf zu finden. Bis in den letzten Winkel des Gemäuers drangen die Schmerzensschreie des Todgeweihten. Sobald wieder Stille einsetzte, wartete jeder angespannt auf den nächsten Aufschrei, so dass gegen Morgen die Mönche in ihren Gebeten um die Erlösung Rudolfs baten. Als die Sonne den Morgenhimmel mit einem zarten Rot küsste, lag der Gegenkönig völlig apathisch und mit schweißglänzender Stirn auf seinem Lager. All seine Weggefährten hatten sich eingefunden, um ihm im Sterben beizustehen. Bucco wusste keine Gebete mehr, er hatte sie alle gesprochen, doch der Herr hatte ihn nicht erhört. Gott musste andere Pläne haben. Bucco war verzweifelt, eine schwere Trübseligkeit hatte ihn erfasst. Als Rudolf plötzlich den rechten Arm hob und flüsterte: „Seht, dort war einst die Hand, mit der ich meinem König Heinrich die Treue schwor.", begriff Bucco die Tragweite ihrer Lage. Was sollte nun aus ihrem Krieg gegen Heinrich IV. werden? Auf seinem Sterbebett lächelte der Gegenkönig müde und schloss sogleich wieder die Augen, während seine Getreuen für einen Moment ahnungsvoll den Atem anhielten. Jeder war sich sicher, dass der Verlust der Schwurhand ein Gottesurteil war, und dass alle Welt das genau so sehen würde! Nur Bucco dachte noch weiter. Sein Schwur von Forchheim, der sich endgültig zu einem Fluch gewandelt hatte, war dabei, sich den nächsten, den bedeutendsten Sünder, zu holen. Unweigerlich fragte sich der Bischof, wer wohl das letzte Opfer sein würde. Ein Kälteschauer rieselte ihm dabei über seinen Rücken.

Grabplatte des Rudolf von Rheinfelden im Merseburger Dom

Die Glocken hatten noch nicht zur Abendstunde geläutet, als Gegenkönig Rudolf von Rheinfelden den letzten, kraftlosen Atemzug tat. „Er ist verstorben", erklärte sein Arzt emotionslos und übermüdet, während sich am Himmel die Wolken auseinanderschoben und ein goldener Lichtstrahl auf Rudolfs Gesicht fiel. „Öffnet die Fenster", rief Bucco aufgeregt, „Gott ruft seine Seele zu sich."

„Wir werden ihn hier in Merseburg im Dom beisetzen", bestimmte Bischof Werner später, „er wird ein Grabmal erhalten, das seinesgleichen sucht! Zeigen wir der Welt, dass er nicht nur von erlauchter Geburt, sondern im Leben ein wahrer König war." Niemand aus dem Kreis der Sachsen widersprach.

Bischof Werner von Merseburg vollbrachte in den folgenden Tagen und Wochen Großartiges. Er ließ neben der Krypta eine kleine Halle für den Sarkophag Rudolfs bauen.

Für die Abdeckung des Grabes gab er eine Bronzeplatte mit dem Bildnis Rudolfs in Auftrag. Dabei ließ er den Gegenkönig mit allen Insignien der Macht darstellen, die er im wahren Leben nie besessen hatte. Die Platte wurde vergoldend und in die Pupillen und in die Krone wurden Edelsteine eingefügt. Eine Inschrift würdigte den Toten als starken König, gleichzusetzen mit Karl dem Großen. Rudolfs abgeschlagene Hand bewahrte man als Reliquie auf. So schuf der Merseburger Bischof ein Legende für die Ewigkeit!

Am Tag der Beisetzung läuteten in Sachsen die Totenglocken und in einer feierlichen Zeremonie nahmen sie, die Bischöfe, der Klerus und die Fürsten, Abschied von ihrem Hoffnungsträger. Rudolf von Rheinfelden, einst Herzog von Schwaben, sollte die Sachsen als Gegenkönig zu neuer Größe und Stärke führen. Dieses Vorhaben war gescheitert; und während sich jeder fragte, wie es weitergehen sollte, hatte Bucco bereits einen neuen Plan!

Wie ein Lauffeuer verbreitete sich die Nachricht von Rudolfs Tod über das Land. Der Bote, der diese Nachricht an Heinrich IV. überbrachte, löste im königlichen Lager einen wahren Freudentaumel aus. Allein der König konnte dieses Hochgefühl nicht teilen, denn die Schlacht bei Hohenmölsen hatte er verloren! Tagelang lief er mit nachdenklicher Miene umher, bis er schließlich seinen Männern offenbarte: „Wenn wir diesen Krieg endlich entscheiden, also gewinnen wollen, müssen wir noch einmal zu einem Feldzug ausrücken." Mit irritierten Gesichtern starrten ihn seine Männer an: „Gegen wen wollt ihr ziehen, wenn unser Gegner doch gefallen ist?" In Heinrichs Augen stand Angriffslust, als er erwiderte: „Rudolf ist wohl tot, aber seine Mannschaften haben sich in der Burg Teuchern verkrochen. Jetzt, ohne Anführer, werden sie sich nur verzagt zur Wehr setzen. Jetzt können wir ihnen zeigen, wer Herr im deutschen Lande ist!" Otto verstand seinen König, gab jedoch zu bedenken, dass auch die eigenen Truppen ausgedünnt und erschöpft waren. „Gebt den Männern Zeit, sich zu erholen. Dann kämpfen sie umso entschlossener", beschwor er Heinrich eindringlich. Heinrichs Blick, mit dem er seinen ersten Ritter fixierte, bedeutete nichts Gutes. „Was ist mit deinem Elan?", knurrte er ungehalten, „denkst du schon wie ein Weib?" Otto zwang sich zur Ruhe, schluckte die Beleidigung runter und antwortete: „Lasst uns erst wie geplant nach Böhmen ziehen. Auf dem Rückweg nach Goslar können wir immer noch unser Mütchen an den Sachsen kühlen." Insgeheim hoffte der Ritter jedoch, dass sein König bis dahin andere Ziele hatte und die sächsischen Burgen und Dörfer verschont blieben. Er war in diesem Moment doch zu sehr ein Sachse. Da auch die Bischöfe den Vorschlag unterstützten, lenkte Heinrich letztendlich ein, mahnte aber seine Gefolgsleute: „Der Northeimer und Bucco sind immer noch bei guter Gesundheit. Sie werden keine Ruhe geben und uns wieder herausfordern. Schwächen wir sie so gut, wie es nur geht!" Darauf grinste er seinen ersten Ritter herausfordernd an: „Dann haben wir vielleicht mal wieder Zeit für die schönen Seiten des Lebens! Auf jeden Fall ist es abgemacht, Weihnachten feiern wir in Goslar." Doch Otto war skeptisch: „Fassen wir unsere Träume nicht zu weit, Herr! Der Northeimer wird das nicht zulassen wollen." Heinrich ließ sich seine gute Laune durch Ottos Antwort nicht vermiesen und erwiderte stattdessen: „Dafür ist, wie vom Papst prophezeit, der falsche König tot. Warten wir ab, was die Sachsen nun unternehmen wollen. Wir ziehen erst einmal mit Herzog Wladislaw nach Böhmen." Otto war nicht überrascht: „Also doch mal wieder die guten Seiten des Lebens genießen? Wie heißt denn diesmal die Auserwählte?" Der König ließ seine Hand auf Ottos Schulter krachen und erklärte amüsiert: „Das geht auch meinen ersten Ritter überhaupt nichts an. Aber damit du deine Ruhe hast, ihr Name ist Marianka."

Halberstadt

– Dezember 1080 –

ährend der König bereits auf dem Weg nach Goslar war, nebenbei noch rings um Hohenmölsen mit seinem treuen Freund Wiprecht von Groitzsch die Gegend verwüstete und die Burg Teuchern befreite, weilte Bucco wieder in seiner Domstadt. Rastlos eilte er von einer Ecke des Raumes zur anderen. „Wann kommt denn endlich dieser verdammte Bote aus Quedlinburg zurück?", fragte er den verschüchterten Probst Bernhard, der sich bereits auf einen Wutanfall Buccos eingestellt hatte. „Die Wege sind verschneit. Er wird Mühe haben durchzukommen", lautete schließlich seine Antwort. Als plötzlich die Tür geöffnet wurde, sahen sich die beiden erwartungsfroh an. Doch dieser Bote kam nicht von der Äbtissin Adelheid, sondern der Regensteiner Graf hatte ihn geschickt. In der Brust des Bischofs fochten Neugier und Enttäuschung einen ungleichen Kampf aus. Die Neugier siegte: „Was gibt es zu berichten?", erkundigte er sich trotzdem wortkarg. Seit Graf Gebhard von Süpplinburgs Tod im Jahr 1075 in der Schlacht bei Homburg hatte wiederholt der Regensteiner die Amtspflichten eines Gaugrafen übernommen. Insbesondere hatte ihm Bucco die Gerichtsbarkeit der näheren Umgebung übertragen. Demgemäß antwortete auch der Bote: „Der letzte Gerichtstag des Jahres steht an. Der Graf bittet um die Zuführung der Halberstädter Delinquenten." Buccos fragender Blick traf Probst Bernhard. „Gibt es immer noch unerledigte Fälle? Von welchen spricht der Bote?", erkundigte er sich ungehalten. Noch bevor der Probst antworten konnte, erklärte bereits der Bote: „Es steht noch der Prozess um das Mörderpärchen aus. Kaufmann Ernst und seine Frau, die gemeinsamen eine Blutschuld in ihrem Haus auf sich geladen haben. Ihr selber hattet doch einen Hinweis auf dieses Mordkomplott bekommen." Bucco begann sich an Watelindes Besuch zu erinnern. Trotzdem, er hatte jetzt andere, wichtigere Probleme. Mürrisch und in ungehaltenem Tonfall gab er daher die unbequeme Angelegenheit weiter an den Probst mit den Worten: „Seht zu, dass alles seinen geregelten Gang läuft und diese Watelinde als Zeugin aussagt! Die Mörder gehören zumindest aufgehängt!" Für den Bischof war damit der Fall des Kaufmanns Ernst abgeschlossen und seine Gedanken wanderten wieder zur Äbtissin Adelheid. Schon dreimal hatte er die hohe Frau um ein Treffen gebeten, war jedoch jedes Mal abgewiesen worden. Er fragte sich, was sich seit ihrer letzten Begegnung verändert hatte. Vielleicht war er in seiner Predigt mit seiner Kritik an Heinrich IV. zu weit über das Ziel hinausgeschossen, vielleicht hatte sie ihm das verübelt? Jetzt, wo der Rheinfelder im Kampf um die Krone gefallen war, stellte sich die Lage anders dar. Jetzt brauchte er, der eiserne Westfale, einen Menschen, der ihm zuhörte und dem er vertraute. Er brauchte sie nicht als Reichsfürstin oder als Äbtissin, sondern als Seelenverwandte! Endlich öffnete sich erneut die Tür und mit einem Schwall kalter Luft betrat der langerwartete Bote Buccos Gemach. Sobald sich der Bischof in das überreichte Dokument vertieft hatte, trat sein Überbringer wartend von einem Bein auf das andere, wobei sich unter seinen Füßen eine schmutzige Pfütze aus Tauwasser sammelte. Immer wieder versuchte er, in Buccos Gesicht zu lesen. Endlich hellte sich dessen Miene zufrieden auf. Glücklich strahlte der Bote zurück, denn er würde sich nun gewiss nicht noch einmal auf den Weg nach Quedlinburg machen müssen. Bescheiden bat er darum, sich zurückziehen zu dürfen. Gut gelaunt warf ihm der Bischof ein Geldstück zu.

– Einige Tage später –

 atelinde sog tief die klare Winterluft ein, als sie vor das Haus trat. Frischer Neuschnee gab dem frühen Morgen etwas Licht und den Häusern ihrer Straße eine berückende Schönheit. Die Kälte ließ sie augenblicklich frösteln und zwang sie, noch

einmal ins Haus zurückzugehen, um sich aus der Truhe der Kaufmannsfrau ein weiteres, ein wärmendes Tuch zu holen. In gut zwei Stunden würde die Sonne aufgehen und bis dahin musste sie ihr Ziel, die Gerichtsstätte auf der Gravenshöhe bei Börnecke, erreicht haben. Erleichtert hatte sie vernommen, dass der Prozess gegen das Mörderpaar nicht im dreieinhalbstündig entfernten Badersleben stattfinden sollte, da sich der Graf vom Regenstein für die in der Nähe seiner Burg liegenden Gerichtsstätte entschieden hatte. Frohen Herzens machte sich die junge Frau auf den Weg. Sie erhoffte sich von diesem Gerichtsverfahren endlich Klarheit über den Verbleib ihrer Töchter und ein gerechtes Urteil über ihre Schuldknechtschaft bei der Kaufmannsfamilie. Beflügelt von ihren Empfindungen und Erwartungen bemerkte sie kaum, wie die Zeit verflog. Auf einmal fand sie sich in einer gewaltigen Menschenmenge wieder, in der jeder Einzelne mit großer Ungeduld dem Spektakel entgegenfieberte. Durch die Kälte des Morgens und dem Rot der aufgehenden Sonne stand in jedem einzelnen Gesicht ein erwartungsfrohes Glühen. Watelinde schob sich weiter durch die Reihen, bis sie dem Richter und seinen 12 Schöffen gegenüberstand. In diesem Moment verstummte auch schon die Menge, denn die Stadtbüttel führten die ersten Delinquenten vor. Kettenrasselnd, mit schwerem Gang erschien Kaufmann Ernst mit seinem Weib. Doch während er mit gesenktem Blick vor seinem Richter erschien, ging ihr Blick, in dem Wahnsinn und Mordlust lagen, suchend durch die Menge. Dann entdeckte sie schließlich, wonach sie so eifrig gesucht hatte. Watelinde! Hass loderte aus den Augen der Alten. Erst der unsanfte Stoß des Büttels schubste die Frau weiter, wodurch der Blickkontakt zwischen den beiden schlagartig unterbrochen wurde. Erleichtert atmete Watelinde auf. Trotzdem hatte sie der Strahl des Hasses tief in ihrem Herzen getroffen und aufs Neue verunsichert. Ehe sie wieder zu sich kam, hatte der Richter bereits den Stab über dem Ehepaar zerbrochen und ihnen vor die Füße geschmissen. Die Verhandlung begann. Schockiert erkannte Watelinde, dass die Kaufmannsfrau im Kerker wohl auch die letzte Spur von Anstand verloren hatte. „Ich bin unschuldig! Er ist der Verbrecher, er ist der Mörder!", rief sie dem Richter zu und zeigte dabei, sich wild gebärend, auf ihren Mann. Erst ein kräftiger Schlag mit einer Knute ließ sie für eine Weile verstummen. Kaufmann Ernst hingegen bekannte sich zu seiner Tat und bezichtigte auch nicht seine Frau der Mittäterschaft. Es wurden die Zeugen aufgerufen. Mit schlotternden Beinen trat Watelinde vor den Richter. „Was kannst du über die Bluttat berichten?", sprach der sie im scharfen Tonfall an. Sie berichtet von dem belauschten Gespräch und von den Vorgängen in der darauffolgenden Nacht. „Wer kann deine Aussage bestätigen, der Hausknecht oder die Magd?", erkundigte sich der Richter, amtsgemäß misstrauisch. Bislang hatte die Angeklagte Watelinde nur mit hasserfülltem Blick beobachtet, doch als die eingestehen musste: „Die Magd war gleich am nächsten Morgen verschwunden und der Knecht ist seit einer Woche unauffindbar", entfaltete sich auf ihrem Gesicht ein höhnisches Grinsen. Da begriff Watelinde, auf was für tönernen Füßen ihre Anklage stand. „Warum bist du geblieben?", erkundigte sich der Richter zweifelnd. „Weil ich dort in Schuldknechtschaft lebe und hoffte, dass mir dieser Prozess mein Recht, meine Freiheit und meine Töchter zurückgibt." Durch die Menge lief ein überraschtes Geraune, was der Richter mit einer energischen Handbewegung wegwischte. „Deine Schuldknechtschaft interessiert hier nicht! Wir verhandeln heute einen Mord, einzig und allein einen Mord!", fuhr er sie ungehalten an. Tränen stiegen in Watelindes Augen, während die Kaufmannsfrau unverhohlen schadenfroh grinste. „Aber", rief die Unglückliche hilfesuchend. Doch der Richter ließ sie nicht weiter zu Wort kommen und schickte sie mit einer Drohung weg: „Schweig jetzt, sonst werden wir uns mit dem Leben deiner Mutter befassen! War sie nicht eine Kräuterhexe, die von den Heimburgern immer wieder am Bielstein aufgegriffen wurde?" Die junge Mutter erstarrte geschockt. „Was geht hier nur vor?", fragte sie sich verzweifelt, „Wo bleibt die Gerechtigkeit?", während sie im Nebel ihrer Ängste und Zweifel wieder in die Menschenmenge eintauchte. Da griff jemand nach ihrem Arm und hielt sie mit eiserner Hand fest. Leichenfahl drehte sie sich um und sah in das wohlvertraute Gesicht des alten Halberstädters aus ihrer Gasse. „Frau, sei auf der Hut! Da läuft etwas schief. Versteck dich hinten in der Menge!", raunte er ihr eindringlich zu. Wortlos riss sie sich los und tauchte in der Anonymität der Masse unter. „Die Schöffen werden sich jetzt beraten", hörte sie eine fremde Frau tuscheln. Watelinde schob sich noch weiter nach hinten und erfasste dabei die Masse an Menschen, die dieses Spektakel zusammengeführt hatte. Wieder wurde sie am Ärmel festgehalten. „Frau, wir beschützen dich. Stell dich in unsere Mitte", unterwies sie eine bekannte Stimme. Sie sah in das Antlitz des Dorfältesten von Börnecke. „Danke Paul", flüsterte sie erleichtert zurück, ihr seid alle sehr freundlich zu mir." Die Schöffen hatten sich mittlerweile beraten und nahmen auf der Gravenshöhe wieder ihren Platz ein. Mit feierlichen Schritten begab sich ihr Sprecher zum Richter und teilte ihm den Schiedsspruch mit. Darauf segnete der Graf vom Regenstein das Urteil ab. Es war entschieden! „Das Gericht hat sich beraten", rief der Richter der verstummten Menge zu, „Kaufmann Ernst aus Halberstadt wird des geplanten Mordes für schuldig befunden. Er wird mit dem Schwert vom

Leben zum Tod bestraft. Das Urteil wird noch heute vollstreckt." Lauter Jubel der Masse verschluckte die weiteren Worte. Mit einer energischen Handbewegung verschaffte sich der Rechtsbewahrer wieder Gehör. „Seinem Weib Irma konnte man keine Schuld nachweisen. Sie ist wieder auf freien Fuß zu setzen. Nehmt ihr die Ketten ab." Diesmal blieb der Jubel aus, nur ein unzufriedenes Murmeln schwappte über den Platz. Watelinde wurde blass, Angst machte sich endgültig in ihr breit. „Sei auf der Hut", sagte sie sich wieder und wieder und tauchte noch tiefer in die Gruppe der sie beschützenden Dorfgemeinschaft ein. Von nun an rannen die Stunden bis Mittag nur träge dahin. Immer wieder warf sie einen ungeduldigen Blick zum Himmel, um den Stand der Sonne zu erkunden. Unterdessen hatten sich Schneewolken vor die Lebensspenderin geschoben, so dass sie nur noch als matte, milchige Scheibe am Firmament sichtbar war. Zeitgleich mit dem einsetzenden Schneefall endete der Gerichtstag und Watelinde schlug dankbar ein Kreuz. Der Marsch zum Schafott glich einer schweigenden Prozession. Plötzlich wurde die Stille durch den Schrei einer Frau unterbrochen, deren Stimme inzwischen jeder kannte. Ohrenzerreißend schrie die Kaufmannsfrau: „Du Hexe, du Diebin, du Lügnerin, ich bringe dich an den Galgen! Watelinde, am Galgen sollst du enden!" Schneefall setzte ein, was Watelinde dankbar registrierte. Er nahm weiteren hysterischen Wehklagen die Schärfe und machte sie unter seinem weißen Tuch alle irgendwie gleich. Inzwischen hatten sie den Galgenberg erreicht, doch die Frau des Kaufmanns fluchte und wütete noch immer. „Schweig endlich du elendes, verfluchtes Weib! Lass mich in Würde sterben!", schrie der Kaufmann plötzlich auf. „Hast schon genug Unheil gesät, deine Gier kennt keine Grenzen…" Der Rest seines Wutausbruchs ging in den Buhrufen des schaulustigen Volkes unter. Was darauf auf dem Richtplatz geschah, blieb Watelinde verborgen. Letztendlich erblickte sie den Scharfrichter in seiner schwarzen Kapuzenkutte, auf die sich bereits großflächig Schnee gelegt hatte. Mit ruhiger Hand wischte er die weiße Pracht von Mantel und Kapuze und hob darauf mit beiden Händen sein Richtschwert. Wieder trat gespannte Stille ein, die sich spontan, in einem Aufschrei, in dem Entsetzen und wollüstige Mordlust zu gleichen Teilen lagen, auflöste. Ja, sie hatten alle sehen wollen, wie ein Mörder stirbt! Watelinde schloss dankbar die Augen und richtete ein Stoßgebet an die Heilige Mutter Maria für die gewonnene Gerechtigkeit. Dennoch blieb eine Sorge und die war nicht zu unterschätzen! Es war die Furie, die neben der geköpften Leiche ihres Mannes unentwegt Flüche über Watelinde ausschüttete. „Geh in die Klusberge", hatte ihr im Sommer Otto geraten, „dort wird man dir helfen."

Die Klusfelsen bei Halberstadt

Dieser Satz hämmerte nun unentwegt in ihrem Kopf, denn jetzt brauchte sie dringend einen mächtigen Beistand. Nachdem sie für die Nacht Unterschlupf in Börnecke gefunden hatte, machte sie sich am nächsten Morgen in die Klusberge auf. „Bleib hier bei uns", hatte ihr der Dorfälteste mehrfach geraten, „hier bist du auf jeden Fall sicher und außerdem wirst du hier gebraucht!" Aber Watelinde hatte nur verneinend mit dem Kopf geschüttelt und erklärt: „Erst wenn ich meine beiden Mädchen gefunden habe, kann ich mich hier wieder niederlassen." Enttäuscht musste sie der Alte am Morgen ziehen lassen. Bereits nach einer halben Wegstunde begann Watelinde ihren Beschluss zu bereuen, denn der Schnee vom Vortag war geschmolzen und hatte die Wege vollständig aufgeweicht. Nur mühsam kam sie vorwärts, wobei sich ihre Gedanken bereits restlos von ihrem Tun gelöst hatten. Sie dachte wieder an Otto und an seinen Rat, zum Rittergut in die Klusberge zu gehen. Doch wenn sie nicht zurück in das Haus des Kaufmanns ging, musste sie mit einer neuen Klage rechnen, schlimmstenfalls mit dem heimlichen Gericht, der Feme. Dann lautete das Urteil nur Freispruch oder Tod. Blieb sie aber dem geheimen Gerichtsverfahren dreimal fern, galt sie als verfemt und musste jederzeit mit ihrer Ermordung rechnen. Ging sie jedoch nach Halberstadt zurück, stand ihr gewiss eine schwere Zeit in den Fängen der Kaufmannsfrau bevor. Nur zu deutlich hörte sie Irma immer noch Flüche und Verwünschungen über sich aussprechen. Über Watelindes Gesicht liefen Tränen, sie sah keinen Ausweg. Wie sie es auch anstellte, es würde sich immer nur alles gegen sie wenden. Verzweifelt hob sie den Blick und war fassungslos.

Vor ihr lagen die Klusfelsen, eine stark zerklüftete Felsformation aus Sandstein, versteinerte Riesen, die ihr ihren Schutz anboten. Ein schmaler gewundener Pfad brachte sie zum Fuß der Felsengruppe, in der sie zahlreiche, von Menschenhand geschaffene Hohlräume entdeckte. „Meine Festung, meine Burg", jubelte sie laut und streichelte dabei die mit vielen unbekannten Zeichen verzierten Wände der Höhle. Bedächtig trat sie in die nächste Felsenkammer ein. Aber auch sie war leer. Jedoch atmete der Raum eine tiefe, beruhigende Stille, die Watelinde zum Verweilen einlud. Sie setzte sich in seine Mitte, schloss die Augen und sog tief und bewusst die Luft ein. Eine vollkommene Ruhe erfasste sie; die Magie des alten Kultplatzes hatte sie ergriffen. Sie wusste nicht, wie lange sie so in dieser Lage verharrt hatte, als sich ein schlurfendes Geräusch näherte. Erschrocken riss Watelinde die Augen auf. Vor ihr stand ein abgemagerter alter Mann mit langen grauen Haaren, der mit einer grobgewebten Kutte bekleidet war. Er stützte sich auf seinen Stock und sah die eingeschüchterte Frau aus seinen blassblauen Augen fragend an. „Bist du ein Klausner? Wohnst du hier etwa?", erkundigte sich Watelinde überrascht und zugleich entzaubert. Der Alte kam näher und reichte ihr dabei seine Hand. „Ja, das ist meine Einsiedelei, genehmigt vom Quedlinburger Kloster auf dem Münzenberg, und nicht deine Burg! Aber du zitterst ja am ganzen Leib. Komm mit, du kannst dich bei mir aufwärmen." Die Aussicht auf Wärme ließ sie die Enttäuschung vergessen. Sie folgte ohne erneute Aufforderung dem Klausner in seine karge Wohnstatt. Dort gab es ein kleines Feuer, welches der Alte sogleich kräftig anschürte und mit neuem Holz belebte. Darauf ergriff er einen kleinen eisernen Kessel. „Ich hole schnell Wasser vom Goldbach für einen stärkenden Tee. Gleich bin ich wieder zurück", erklärte er aufmunternd. Sie nickte nur dankbar und kroch noch weiter an die Feuerstelle heran. Mit sich allein gelassen kehrten bald die zermürbenden Gedanken zurück. Doch etwas war jetzt anders. Watelinde fühlte, dass ihr dieser magische Ort helfen würde, die richtige Entscheidung zu treffen. Mit diesem Trost im Herzen fand sie ihre Ruhe wieder und schlief auf der Stelle ein.

Speyer

– 6. Dezember 1080 –

or ihnen lag endlich Speyer. Wie eine Landmarke wies ihnen der Dom, der eigentlich doch eher eine Kirche war, den Weg. Dieser Ort war dem König an diesem Tag mehr als ein Reiseziel, er war wieder einmal Zufluchtsort. Den Weg nach Goslar hatte ihm der Northeimer mit einer eiligst aufgestellten Streitmacht verstellt. Es würde demnach wieder kein Weihnachten im Harz geben, an dem Ort, an dem das Herz seines Vaters ruhte. Also blieb Heinrich IV. nur der Weg nach Speyer, um dort mit den Seinen Weihnachten zu feiern. Aber der König war zu stolz, um diese innere Trauer nach außen zu zeigen. Die Anstrengungen der letzten Tage und Wochen hatten ihren Tribut gefordert. Doch trotz offensichtlicher Erschöpfung ritt Heinrich mit seinen Begleitern erhobenen Hauptes in Speyer ein. Die Stadtbürger hatten sich zu beiden Seiten der Straße aufgestellt und grüßten ihren König mit einer ehrfurchtsvollen Verbeugung. Jubel brandete auf und wärmte tröstend seine Seele. Am Ende der Straße, zu Füßen des Doms, hatte sich die höhere Geistlichkeit sowie der ortsansässige Adel versammelt. Den gekrönten Abschluss, im Portal des Gotteshauses, bildete souverän und formvollendet wie immer Königin Bertha. Ihre letzte Begegnung lag nun schon einige Zeit zurück, trotzdem wirkte Bertha wie versteinert, maskenhaft. Wiedersehensfreude fehlte in ihrem Blick. Zwar knickste sie artig vor ihrem Gemahl und König, begrüßte ihn als unwiderruflichen Sieger und als Held im Ringen um die Macht im Reich, doch in ihren Augen lag Rebellion. „Ich möchte heute jedem deiner engsten Mitstreiter meinen Dank und meinen Glückwunsch aussprechen", erklärte sie Heinrich, als er ihr den Arm bot, um sie in das Innere der Kirche zu führen. Mit Unbehagen fügte sich der König in die ihm zugewiesene Rolle des Wartenden, während Bertha ausgelassen

plauderte und scherzte. Befremdet verfolgte Heinrich ihr Treiben, dann begriff er. Vor der Königin stand ein junges Mädchen, das ihn ungezwungen anlächelte. „Jetzt kämpfen auch schon Weiber für unsere Krone?", spöttelte Bertha feindselig. Sie hob das Kinn der jungen Frau, sah ihr prüfend ins Gesicht und sprach sie mit eisigem Unterton an: „Worin also liegt dein Verdienst?" Während das erschrockene Mädchen zu Heinrich sah, erklärte der: „Vor dir steht die polnische Prinzessin Marinka. Vielleicht kannst du sie im Kreis deiner Hofdamen aufnehmen?" Berthas Augen sprühten kleine Teufel, als sie erwiderte: „Ich habe keinen Bedarf an weiteren Hofdamen. Aber darüber können wir uns nach der Messe ausgiebig unterhalten." Hierauf ließ sie sich von Heinrich in den Dom führen, ohne auch nur noch ein weiteres Wort an die Polin gerichtet zu haben. Heinrich bebte vor Zorn, doch kaum, dass er den Dom seiner Väter betreten hatte, nahm ihn dessen erhabene Atmosphäre gefangen. Langsam durchschritten sie Seite an Seite den Chorraum, blieben vor dem Altar stehen, knieten nieder und Heinrich richtete ein inniges Dankesgebet an die Gottesmutter. Er war sich sicher, dass er ihr den Sieg über Rudolf von Rheinfelden verdankte, dass sie auf dem Schlachtfeld den tötenden Arm gelenkt hatte. Maria hatte ihm geholfen und ihm so die Schenkung der beiden Güter an den Dom zu Speyer gedankt. Jetzt beabsichtigte er, das gute Werk der Heiligen zu belohnen, jetzt würde sein langgehegter Plan endlich Gestalt annehmen. Der darauffolgende Gottesdienst fand dementsprechend zu Ehren der heiligen Maria, der Gottesmutter und Beschützerin des salischen Königshauses seit Konrad II., statt. „Gott, wir loben dich", jubilierte die versammelte Gemeinde euphorisch. Nachdem der König in der Krypta des Doms vor den Sarkophagen seines Vaters und Großvaters Gebete gesprochen hatte, eröffnete er im Kaisersaal das von allen lang herbeisehnte Festmahl. Gleichwohl, eine Person teilte die allgemeine Freude nicht. Wie versteinert saß Königin Bertha auf ihrem Platz, nippte lustlos an den aufgetragenen Speisen und Getränken und antwortete auf Fragen sehr einsilbig. Bislang hatte Heinrich sie nur ein einziges Mal so erlebt, damals, als er von den Fürsten des Reiches seine Scheidung gefordert hatte. Er ahnte, dass ihr die Angelegenheit mit der polnischen Prinzessin sehr nahe gegangen war. Doch zunächst hatte er keinen Sinn für diesen Weiberkram, jetzt gab es bedeutsamere, staatstragende Fragen zu klären. Heinrich erhob sich von seinem Stuhl und allein durch diese Geste machte er die Bedeutung des Augenblicks geltend. Bevor er zur Ansprache ansetzte, sah er sich in der Runde seiner Getreuen mit dankbarem Blick um. Darauf erhob er seinen Pokal und sprach dabei an Bertha gewandt: „Heute ist ein wahrhaft historischer Tag, ein Tag, für den wir lange gerungen haben. Er hat von uns viele Opfer gefordert und er hat uns auch viel Kraft gekostet. Gedenken wir heute derer, die in diesem Kampf ihr Leben lassen mussten." Die Anwesenden erhoben sich von ihren Stühlen, schlugen zum Gedenken ein Kreuz und gossen darauf den Wein in ihre durstigen Kehlen. „Mein Dank gilt nicht nur euch, die ihr tapfer an meiner Seite gekämpft habt", sprach er weiter, „er gilt gleichermaßen Königin Bertha, die in all der Zeit die Staatsgeschäfte mit umsichtiger Hand geführt und gelenkt hat. Und wir richten den Blick auf unseren himmlischen Beistand. Immer hat die Gottesmutter über uns gewacht und uns letztendlich über den Rheinfelder triumphieren lassen. Rudolf von Rheinfelden lebt nicht mehr. Seine Gebeine haben sie im fernen Merseburg königlich bestattet. Ich finde das nicht unanständig. Es wäre sogar begrüßenswert, wenn sich alle meine Feinde in einem so prachtvollen Grab befänden." Ein verstehendes Grinsen machte sich im Kaisersaal unter den Anwesenden breit. Nach einer kurzen Pause setzte der König seine Rede fort: „Für den Beistand und die Hilfe der Gottesmutter, der Beschützerin des salischen Königshauses, lasse ich zum Dank diesen Dom zu Speyer zu einer wahren Kaiserkirche umbauen. Dieser Dom soll noch schöner, noch größer werden und der Welt die Größe unseres Königtums vor Augen führen. Mit der Bauleitung habe ich meinen langjährigen Freund und Berater Bischof Benno II. von Osnabrück beauftragt!" Mit ihrem Jubel erklärten alle Anwesenden ihre Unterstützung für das Projekt und zur Wahl des Bauherren. „Der König hat gut daran getan, den Bischof von Osnabrück zu nehmen. Der hat schon beim Errichten der Harzburg sein Können bewiesen", raunte Otto seinem Nachbarn zu, der die Entscheidung ebenfalls befürwortete. Der sechzigjährige Bischof Benno stammte aus vergleichbaren wirtschaftlichen Verhältnissen wie der Ritter, doch mit Klugheit und Ausdauer war er im Laufe der Jahre zu einem der wichtigsten Berater des Königs aufgestiegen, der die Staatsgeschäfte stets mit umsichtiger Hand führte. Außerdem hatte er als geborener Schwabe einen ausgeprägten Hang zum Sparen, was seine Baukosten niemals in schwindelerregende Höhen trieb. Dazu kam sein Sinn fürs Organisieren und Überzeugen. Er würde eine wahre Kaiserkirche schaffen, auch wenn dazu der halbe Dom abgerissen werden musste, dessen waren sich alle Anwesenden sicher! Selbst Bertha gefiel die Wahl des Bischofs zum Bauherrn, weshalb sie ihm bestätigend zulächelte. Es war das einzige Mal, dass sich an diesem Abend Freude auf ihrem Gesicht zeigte. Bald darauf zog sie sich mit den Worten: „Mein Gemahl, ich erwarte Euch in meiner Kemenate", zurück. Sie wartete in dieser und gleichfalls in der folgenden Nacht vergeblich auf den König. Um seine

Angetraute nicht vollständig zu verprellen, schickte ihr Heinrich eine Botschaft, deren Überbringer sein erster Ritter Otto war. Der war sich darüber im Klaren, dass ihm damit die undankbare Rolle des Prügelknaben zuteil würde. „Mach nicht ein so überraschtes Gesicht", hielt ihm Heinrich vor, als er den Ritter den Auftrag erteilte, „ihr habt euch doch immer gut verstanden. Dir wird sie es am ehesten nachsehen. Sag, ich komme morgen!" Otto protestierte: „Herr, das waren aber immer andere Umstände!" Doch Heinrich ließ keine Einwände gelten und so machte sich Otto mit flatterndem Herzen auf den Weg. Ritter Otto von den Klusbergen wurde von der Königin auf eine harte Geduldsprobe gestellt. Bertha nahm sich Zeit, sie wollte den Ritter nicht mit einem unkontrollierten Gefühlsausbruch belasten. Also ließ sie sich frisieren und wertvolles Geschmeide anlegen. Erst als sie mit dem Werk ihrer Zofe vollauf zufrieden war, öffnete man Otto die Tür. Er, der schon gezweifelt hatte, jemals vorgelassen zu werden, verneigte sich verzaubert vor seiner Königin. „Tritt ein und leiste mir Gesellschaft", forderte sie ihn wohlwollend auf. Damit war das Eis gebrochen und sie konnten sich, wie in früheren Tagen, zwanglos über alles Mögliche unterhalten. Sie scherzten, lachten und fühlten wieder die alte Verbundenheit. Lange konnte Otto so die heikle Angelegenheit gekonnt umschiffen, bis ihn Bertha im nettesten Plauderton, eher nebensächlich, fragte: „Diese Marianka ist also eine polnische Prinzessin. Was machte sie im Böhmischen?" Otto verschluckte sich fast, als er mit unschuldsvollem Blick seine Antwort formulierte: „Der König nennt sie nur Maria. Vielleicht sieht er in ihr eine Wiedergeburt der Heiligen, vielleicht auch einen Wink des Schicksals. Sie verstehen sich beide fast ohne Worte." Aus Berthas Gesicht war alles Freundliche gewichen. „Antworte auf meine Frage", forderte sie Otto unverblümt auf. „Sie musste aus Polen fliehen und lebt seit über einem Jahr am Hof des böhmischen Herzogs", antwortete Otto, während in Berthas Mimik eine ungewöhnliche Härte trat. „Ihr Vater ist der vertriebene polnische König Boleslaw II.", setzte Otto seinen Bericht fort, „der in Konflikt mit dem polnischen Adel geraten war. Im April letzten Jahres ist die Lage im Land dann explodiert, denn der polnische König sah sich vom Krakauer Bischof Stanislaus verraten. In einem Anfall von Raserei hat Boleslaw diesen vor seinem Altar erschlagen und zerstückelt." Bertha konnte nicht mehr an sich halten: „Und dessen Tochter bringt der König zu mir?" Otto sah sie mit dem ich-weiß-noch-was-Blick an und setzte den Bericht fort: „Diese Tat hatte das Fass zum Überlaufen gebracht. Es kam zum Aufstand und der König musste mit seiner Familie fliehen. Marinka lebte seitdem mit ihrer Mutter bei ihrer Tante Swietoslawa, der Frau des Böhmenherzogs.

Dort ist sie uns begegnet. Der polnische König soll sich noch immer auf der Flucht befinden. Von ihm und seinem Sohn fehlt jede Spur." Berthas Blick zwang den Ritter zu schweigen. „So langsam verstehe ich, warum mir der König das nicht selber sagen konnte. Genau gegen diesen König Boleslaw wollten wir doch damals in den Krieg ziehen, was scheitern musste, weil uns die Sachsen den Gehorsam verweigerten. Nun ist also dessen Tochter Heinrichs Gespielin? Das geht nicht, selbst dafür ist ihr Ruf zu anrüchig", erklärte sie mit leiser und beängstigt ruhiger Stimme. Die Königin erhob sich und trat ans Fenster. Sie konnte in der Dunkelheit der Nacht nur einzelne Lichter wahrnehmen, doch diese Ansicht wirkte vertraut und beruhigte ihr aufgewühltes Herz. „In Drübeck gibt es doch dieses berühmte Kloster, welches der König zur Reichsabtei erhoben hat. Durch reichliche Zuwendungen haben wir den Ausbau des Klosters gefördert, weshalb wir unseren Anspruch auf eine freie Stelle geltend machen sollten. Soviel ich weiß, leben dort immer zwölf Kanonissinnen. Das wäre sicher ein passender Platz für unsere polnische Prinzessin!" Während sie sprach, war die Königin auf Otto zugegangen, hatte seine Hände ergriffen und beschwor ihn feierlich: „Ritter Otto, du reist in den nächsten Tagen in den Harz und musst direkt am Kloster vorbei. Dort wirst du vorsprechen und ein Schreiben vom König übergeben." „Vom König?", erkundigte der sich erstaunt. „Vom König! Ach so, diese Marianka nimmst du gleich mit. Die Mönche werden schon einen Platz für sie finden." Es war entschieden! Otto wagte keinen Widerspruch und hoffte im Geheimen, dass der König sich darauf nicht einlassen würde. Verstimmt verließ er wenig später die Kemenate seiner Königin. Hatte sich sein Traum von einer schnellen Heimreise gerade zerschlagen? Wenn er genau darüber nachdachte, war der Abstecher nach Drübeck eventuell das kleinere Übel, denn Otto wusste von Heinrichs Vorbereitungen einer weiteren, überaus speziellen Mission. In wenigen Tagen sollte eine Delegation mit einer weitreichenden Offerte, die endlich Frieden bringen konnte, zum Northeimer reisen. „Wählt meinen sechsjährigen Sohn zum König und ich werde nie wieder Sachsen betreten", ließ Heinrich den Sachsen ausrichten. Wie Otto später erfuhr, lehnten die sächsischen Edlen das Angebot rundherum ab. „Ein schlechtes Rind gebärt auch ein schlechtes Kalb. Ich habe weder Interesse an dem Sohn, noch an dem Vater. Außerdem kam mir zu Ohren, dass Heinrich bereits seine nächste Romreise vorbereitet. Was beabsichtigt der Salier wirklich?", lautete die Antwort des Northeimers.

Endlich hatte sich der König Zeit genommen, um Bertha den schon längst fälligen Besuch abzustatten. Er brauchte den Zeitaufschub, um für die Anwesenheit der polnischen Prinzessin am Hof eine plausible Begründung zu finden. Dementsprechend gab es eine Reihe verschiedener Erklärungen, die sich Heinrich zurechtgelegt hatte. Dabei war ihm seine eigene Motivlage selbst unklar. Sicher war nur, dass das Mädchen jung und recht hübsch anzusehen war und wie eine Klette an ihm hing. Das wollte er aber Bertha so auf keinen Fall erklären. Zu seinem größten Erstaunen stellte die Königin nicht eine Frage, sondern zeigte sich von ihrer liebenswürdigsten Seite. Sie plauderten über den neuesten Hoftratsch, über den furchtbaren Tod des Rheinfelders und schlussendlich über ihre beiden Kinder. Dabei bekannte Bertha mit Trauer in ihrer warmen Stimme: „Seit Adelheids Tod wünsche ich mir nichts sehnlicher als ein weiteres Kind. Es würde mir in den vielen einsamen Stunden Trost geben und es könnte die Thronfolge doppelt sichern." „Aber nur, wenn es ein Junge wird!", bemerkte Heinrich und grinste, dabei zog er Bertha bereits zu sich heran. Er konnte sein Glück kaum fassen! Sollten ihm wirklich all ihre Vorwürfe erspart bleiben? „Du hast mir gefehlt", flüsterte Bertha zärtlich und gab sich ihm hin. Für den König war es ohne Belang, dass in seinem Bett Marinka auf ihn wartete. Als sich Heinrich endlich erhob, kündigte sich längst der neue Tag an. „Wartet noch einen Moment", hielt ihn Bertha zurück, „ich habe da etwas vorbereiten lassen." Erstaunt setzte er sich auf die Bettkante und sah sie fragend an. „Ihr solltet es lesen und unterzeichnen", sprach sie weiter, „es wird Mariankas Zukunft sichern und auch im Interesse unseres Königtums liegen." Für einen Moment stockte Heinrich der Atem. Dann las er das an Kloster Drübeck gerichtete Schriftstück. „Meinst du das allen Ernstes?", erkundigte sich Heinrich zögerlich. „Es ist das Beste, was ihr widerfahren könnte. Sie braucht eine sichere Bleibe und Drübeck mit seinen Kanonissen ist bestens dafür geeignet!" Heinrich unterschrieb, immer noch erstaunt, mit wie viel Raffinesse seine Königin die Rivalin aus dem Weg geräumt hatte. „Wie ich lese, wird Otto sie begleiten. Eine untadelige Wahl! Da wissen wir sie doch in sicheren Händen." Mit unschuldigen Augen nickte ihm Bertha bestätigend zu.

Halberstadt

– 22. Dezember 1080 –

„G eh zurück nach Halberstadt", hatte ihr der Einsiedler vom Klusfelsen geraten, „es hilft nicht wegzulaufen. Stelle dich der Situation und vertrau auf das gerechte Urteil Gottes!" Zweifel plagten sie, doch nach längerem Grübeln hatte Watelinde dem Alten Recht gegeben. Sie sollte sich stellen und in das Mörderhaus zurückgehen. Aber welchem Gott konnte sie vertrauen, welcher würde ihr in der Not beistehen? Watelinde entschied sich für Biel, dem Wächter des Waldes. „Biel, steh mir bei! Nimm dich meiner an. Beschütze mich vor der verruchten Irma, der Frau des Kaufmanns", flüsterte sie, als sie wieder vor der Tür des Hauses in der Kaufmanngasse stand. Sie näherte sich mit schleppenden, schweren Schritten. Angst schnürte ihr die Kehle zu. Mit äußerster Vorsicht schob Watelinde die Haustür auf und schlich nach längerem Warten auf Zehenspitzen in das Haus hinein. Nur Stille, tiefste Stille umfing sie. Ein unerwartetes Klopfen an der Haustür entlockte ihr einen ohrenbetäubenden Schreckensschrei und ließ sie ungewollt zusammenfahren. Sie atmete bewusst mehrfach tief ein, bevor sie so laut wie möglich herausschrie: „Ich komme, bin ja schon unterwegs!" Spätestens jetzt wusste ein jeder, dass sie wieder zurück war! Als sie die Tür öffnete, stand im müden Licht des Wintertages der greise Kaufmann aus ihrer Gasse. Aufgeregt mit den Armen gestikulierend forderte er die junge Frau auf, ihn eintreten zu lassen. Ihr Mut schrumpfte in diesem Moment auf einen winzigen Punkt zusammen, weshalb sie in der Kaufmannsstube zunächst Halt suchend nach einem Stuhl griff. „Mädchen", brummelte der Greis, wobei er alle Frauen gewohnheitsgemäß so anredete, „wo warst du nur so lange?" Watelinde versuchte vergeblich, in seinem Gesicht zu lesen, somit antwortete sie ausweichend: „Ich brauchte Zeit für mich, ich musste Entscheidungen

treffen!" Der Graukopf nickte billigend. „Ich verstehe schon, aber hier sind wichtige Dinge passiert, während du nicht da warst", schwatzte er aufgeregt weiter. Watelinde fiel es schwer, seine Aufregung nachzuvollziehen. „Was ist passiert?", erkundigte sie sich ängstlich. Ein zufriedenes Schmunzeln überzog das Gesicht des Mannes. „Du weißt es noch nicht? Der Richter hat sein Urteil gegen Irma, die Frau des Kaufmanns, noch auf dem Richtplatz revidiert. Im Angesicht des Richtschwertes hat sie ihr Mann der Beihilfe beschuldigt. Sie wurde wieder in Ketten gelegt und befindet sich allem Anschein nach im Verlies auf der Burg Regenstein. Dort hat bisher niemand lange überlebt", verkündete er aufgeräumt. „Oh Gott", stöhnte Watelinde, „im Verließ! Für immer?" Der Alte zog unsicher die Schultern hoch. „Anscheinend! Auf jeden Fall sollst du vor dem Richter erscheinen. Der wird dir alles Nötige erklären. Vielleicht bekommst du dann auch deine Kinder zurück." Die Stube hatte sich inzwischen mit Leuten aus der Nachbarschaft gefüllt. Alle nahmen großen Anteil am Schicksal der einstigen Heilerin und Kräuterfrau. „Geh zum Richter! Wir haben alle für dich gesprochen, denn dein Mut hat den Truppen des Königs im Sommer Einhalt geboten und die Stadt gerettet. Vielleicht kannst du sogar das Haus behalten", sprach die Nachbarin wohlwollend auf sie ein. Der Beifall der Umstehenden bestätigte die Nachricht, Schulterklopfen und tröstende Umarmungen folgten. Sprachlos sah sich Watelinde um, denn mit so viel Zuspruch hätte sie nie zu rechnen gewagt. Trotzdem erwiderte sie: „Ich danke euch allen für eure warmen Worte, aber dieses Mörderhaus will ich auf keinen Fall besitzen."

Nach einer unruhigen Nacht, in der sie von schweren Albträumen geplagt wurde, war Watelinde bereits mit den ersten Sonnenstrahlen auf dem Weg zum Richter. Ihre Gebete hatte sie an Maria gerichtet, denn als Mutter und Heilige würde sie ihre Nöte verstehen und ihr in den schweren Stunden zur Seite stehen.

Wie erwartet ließ sie der Richter lange warten. Halberfroren betrat sie endlich seine Stube, deren warme Luft ihr fast den Atem nahm. Doch Watelindes Herz glühte vor Hoffnung und Aufregung. Nur ein einziger Wunsch brannte in ihrer Seele: endlich ihre Mädchen zurückzubekommen. Im Halbdunkel des Raumes erfasste sie von dem Richter nur seine ausladenden Konturen. Wie eine Statue saß er hinter dem Tisch, wogegen ein Rest von Lebendigkeit in seinen kleinen Augen lag. Sie spürte seinen ausforschenden Blick, spürte die Kälte seines Herzens. Erst nach einer gefühlten Ewigkeit begann er sie anzusprechen. „Du hast dir viel Zeit gelassen, um meiner Aufforderung nachzukommen. Noch einen Tag länger hätte ich nicht gewartet!", blaffte er ihr zur Begrüßung entgegen. Watelinde versuchte sich zu erklären, doch er schnitt ihr das Wort mit einer energischen Handbewegung ab. „Ich habe Erkundigungen eingeholt", eröffnete er ihr nach längerem Warten, „ich wollte wissen, wie du in die Schuldknechtschaft geraten bist. Das war schon eine üble Sache! Da uns nun bekannt ist, dass der Kaufmann alles von langer Hand vorbereitet hatte und dir keine Schuld nachzuweisen ist, bist du aus der Schuldknechtschaft entlassen! Aber!" Das ‚Aber' des Richters klang unheilschwanger und erstickte schlagartig die aufkeimende Hoffnung auf Erlösung. „Es geht um deine Mutter", setzte er das Gespräch mit anklagendem Tonfall fort, „sie war Kräuterfrau und eine Anhängerin des alten Götterglaubens. Das ist bewiesen, denn die Heimburger haben sie immer wieder am Bielstein aufgegriffen. Wie ist das nun mit dir? Betest du auch zu den heidnischen Gottheiten?" Entsetzt starrte sie den Richter an. Wusste er etwa Bescheid? „Der verschwundene Hausknecht hat uns das zugetragen. Doch seitdem ist er unauffindbar. Er hatte wohl ein schlechtes Gewissen", sprach der Richter im bereits milderen Tonfall. „Glaubt mir, beim Seelenheil meiner Kinder, erst heute Morgen habe ich meine Gebete an die Heilige Maria gerichtet. Sie ist es, die mich auf meinen Wegen stützt!", rief Watelinde verzweifelt unter Tränen. Es war keine richtige Lüge! „Schon gut", brummte die Rechtsinstanz, „ich glaube dir. Die Leute haben alle nur gut von dir gesprochen." Dieser Satz ermutigte die Mutter zu fragen: „Was ist mit meinen Töchtern? Gebt Ihr sie mir zurück?" Für einen Moment sah der Richter gedankenverloren zu dem kleinen Fenster, durch das bereits die Abendsonne ihr rötliches Licht schickte; dann sprach er weiter: „Du kennst den Bischof Burchard wohl persönlich? Auch er hat ein gutes Wort für dich eingelegt und wird dir die Mädchen zukommen lassen. Bete eifrig für sein Wohlergehen, danke ihm, denn er macht gerade sehr schwere Zeiten durch!" Watelindes Gefühlslage glich einer Berg- und Talfahrt. Selbst Bucco hatte sich für sie eingesetzt und sogar ihre Töchter sollte sie zurückbekommen? „Danke Herr, Ihr seid sehr gnädig mit mir. Wie soll ich Euch nur danken?", sprach sie bewegt. Dem Richter war so viel seelische Regung unheimlich, weshalb er zurückhaltend knurrte: „Du kannst wieder in das Haus des Kaufmanns Jörg einziehen. Es gehört jetzt dir. So hat es der Bischof bestimmt, denn die Schulden haben ja alle nur auf Betrug beruht!" Darauf entließ er die junge Frau mit einer kurzen Handbewegung. Watelinde stolperte fassungslos aus dem Haus, Tränen liefen ihr übers Gesicht. Dann richtete sie ihren Blick himmelwärts. „Danke, Maria!", formten ihre Lippen und dabei bewegte sie sich wie in Trance weiter. Erst vor der Pforte des Doms kam sie wieder zu sich. Watelinde wischte sich die Tränen aus dem Gesicht und betrat das Gotteshaus voller Dankbarkeit.

Kloster Drübeck

– 22. Dezember 1081 –

eit Goslar hatten Otto und seine Begleiter von den Höhenzügen des Bergwaldes nichts mehr sehen können. Zu schwer und zu tief hingen die Wolken bis weit in die Täler hinein. Das wenige Licht, das die Erde erreichen konnte, erhellte kaum die Landschaft. Alles um sie herum war in ein gleichförmiges Grau gehüllt. „Dort oben im Harz schneit es bereits. Es wird Zeit, dass wir das Kloster erreichen", rief Ottos Knappe Adalbert seinem Ritter zu. Die Soldaten des Begleitschutzes sahen sich ebenfalls um. Auch ihnen missfiel dieses trübe Wetter, dessen Nässe unvermeidlich durch jede Ritze der Kleidung kroch. Einzig Otto schien nichts gehört zu haben, denn in seinen Gedanken war er, nach so langer Abwesenheit, im Geiste längst zu Hause. Der Knappe wiederholte seine Beobachtung und vermochte endlich zu ihm durchzudringen. „Wir haben es gleich geschafft! Der Gebäudekomplex dort vor uns gehört schon zum Kloster!", rief er beschwichtigend. Alle atmeten erleichtert auf. Selbst Marianka, die augenblicklich erlöst ein Stoßgebet an den Himmel richtete: „ChwaBa Bogu na wysokim miejscu!" Otto sah sie genervt an. „Sprich gefälligst deutsch, wenn du was zu sagen hast", blaffte er sie frostig an. Die Prinzessin überhörte seine Nörgelei, dafür lächelte sie Adalbert belustigt an. Der Knappe errötete und fühlte sich erwischt. Seit ihrer Abreise aus Speyer hatte ihm die polnische Schönheit immer wieder verführerische Blicke zugeworfen und ihn dabei in der Tiefe seiner Seele getroffen. Wie ein waidwundes Tier hing er seitdem an ihrer Seite, beobachtete jede ihrer Gesten und bemühte sich krampfhaft, in ihrer Mimik zu lesen. Er, Adalbert von Haimar, war zu allem bereit!

Klosterkirche Drübeck

Schon öfter war Otto an diesem Kloster vorbeigeritten, aber erst jetzt erfasste er die immense Größe und die schlichte Schönheit der Anlage. Neben der Klosterkirche mit ihren Klausurgebäuden gab es weitere Gebäude, die der Selbstversorgung dienten. Dazu zählten Ställe, Scheunen, eine Mühle, sowie eine Brauerei. Außerdem standen auf dem Gelände Wohngebäude für die hier arbeitenden und lebenden Menschen, die nicht zum Kloster gehörten. Einer dieser Männer, offensichtlich der Pferdeknecht, sprang dienstwillig auf die Gruppe zu. „Ich komme mit einer Nachricht vom König", sprach ihn Otto an, „führe mich zum Abt des Klosters." Weitere Knechte eilten ihnen zu, um sich um die Versorgung der Pferde und Menschen zu kümmern. Während sich der Ritter zum Abt begab, rief ihm Adalbert nach: „Wir sehen uns schon mal etwas um!" Dabei zwinkerte er seiner Prinzessin verführerisch zu. Mit trotzigem Blick sah diese sich um, betrachtete das in ihren Augen viel zu mickrige Kirchlein und sah abfällig zu den Unterkünften der Kanonissinnen hinüber. Schweigend marschierte sie los, spazierte zwischen den Gebäuden umher und blieb fragend hinter der Klosterkirche vor einer langen Mauer stehen. Dahinter entdeckte sie mehrere kleine gepflegte Gärten, an deren anderem Ende sich jeweils ein Paviollon als Ort der Sammlung und Einkehr befand. „Hier soll ich also vor der Welt versteckt werden", flüsterte sie leise. Verbitterung überflog ihre Mimik. „Womit habe ich das verdient?", klagte sie bereits lauter. Der Knappe versuchte sie zu trösten: „Es ist doch nicht für immer." Weiter kam er nicht, denn Marianka schrie empört: „Nicht für immer? Ich kann hier überhaupt nicht bleiben! Ich will zurück!" Sie packte entschlossen die Hände des Jungen und beschwor ihn von ganzem Herzen: „Lass uns fliehen! Bring mich von hier weg, zu meinem Vater oder auch zu meinem Bruder!" Erschrocken stieß sie Adalbert von sich. Erneut versuchte sie ihn festzuhalten. Jetzt wurde der Knappe ebenfalls laut: „Du bist verrückt! Du weißt doch überhaupt nicht, wo sich dein Vater aufhält. Er ist wie vom Erdboden verschwunden. Auch von deinem Bruder weißt du nichts. Sei dankbar, dass dich der König hier untergebracht hat!" Adalbert drehte sich um und ging in die Richtung, in der er Otto vermutete. Allein gelassen folgte ihm das Mädchen nach einer Weile missmutig. Eine junge Frau, offenbar eine der Kanonissinnen, stellte sich ihr plötzlich in den Weg und sprach sie mit warmer Stimme an: „Ihr seid die Neue, die uns der König selbst gesandt hat. Seid herzlich begrüßt." Die junge Polin warf der Fremden einen feindseligen Blick zu und versuchte, grußlos weiter zu trotten. „Warum seid Ihr so ungehalten? Es hat bisher jeder hier gefallen", bemühte sich die junge Frau zu beschwichtigen. Jetzt war Marianka zu einer Antwort bereit: „Ich habe andere Pläne, größere! Da kann ich mich hier nicht vor aller Welt verstecken, stara czarownica." Verständnislos sah sie die Kanonissin an, vermutete aber hinter den zwei polnischen Wörtern eine Beleidigung, weshalb sie erwiderte: „Habt wohl ähnlich hochfliegende Pläne wie Euer Vater? Denkt daran, Hochmut kommt stets vor dem Fall!" Aus der Tür des Klausurgebäudes trat Otto. An seiner Seite schritten Abt Liemar und Adalbert. „Zum Weiterreisen ist es bereits zu spät. Wir bleiben alle heute Nacht hier, da kannst du dich bereits an deine neue Umgebung gewöhnen", erklärte der Ritter seiner Schutzbefohlenen, die erlöst aufatmete und dem Knappen dabei einen vielsagenden Blick zuwarf. „Ist etwas zwischen euch beiden?", erkundigte sich Otto alarmiert. „Sie will mit mir fliehen", antwortete Adalbert genervt, „weiß aber selber nicht, wohin und warum." Otto grinste unwillkürlich. „Wie sich im Leben alles wiederholt", sprach er amüsiert und ließ dabei seine schwere Hand auf die Schulter seines Knappen krachen. „Sie will fliehen, nicht ich", schrie Adalbert auf, was ihm einen vernichteten Blick der Prinzessin einbrachte. Darauf ließ sie sich ohne weitere Sperenzchen zu ihrem Domizil führen.

Als am nächsten Tag die Männer beizeiten weiterritten, hatten sie Marianka nicht noch einmal zu sehen bekommen. Es war ihnen Recht so, denn ihren Auftrag hatten sie erfüllt. Für die Gemütslage des Mädchens fühlte sich keiner verantwortlich.

Vor den Toren Roms

– 28. Mai 1081 –

nter dem großzügigen Sonnensegel ließ sich die Hitze des Tages besser ertragen. Zur Untätigkeit verdammt beriet dort Heinrich IV. mit seinem Gefolge, wie man die Römer überzeugen konnte, ihnen die Tore der Stadt zu öffnen. Bislang standen die immer noch zu ihrem Papst, der sich hinter den dicken Mauern seiner Engelsburg verschanzt hatte. Wie anders war die Lage im April gewesen, als der Zug des Königs über den Brenner zu den Lombarden gezogen kam. Nachdem man das Osterfest in Verona gefeiert hatte, begaben sie sich bald darauf nach Mailand. Mit offenen Armen empfing sie die Stadt und setzte ihrem König die Eiserne Krone der Lombarden auf. Das Pfingstfest sollte in Rom zelebriert werden. Stattdessen verweilte Heinrich IV. unfreiwillig auf den neronischen Wiesen vor den Toren der Stadt Rom. Eine über elf Meter hohe Backsteinmauer umschloss beschützend das Stadtgebiet, ergänzt durch Wachtürme, die im Abstand von 30 Metern standen. So starrten sie aus ihrem befestigten Lager misstrauisch auf die Mauern Roms, wie auch die Römer mit ebensolchen Gefühlen ihr Treiben überwachten. Otto sah sich suchend um. Wieder einmal vermisste er sowohl seinen Knappen als auch seinen Vetter Eckehart. Beide hatten sich auf ihrem langen Marsch bis zu den Toren Roms angefreundet. Als Eckehart Weihnachten von den Plänen König Heinrichs erfahren hatte, im Frühjahr nach Italien zu ziehen, um seinem Papst die Tiara aufzusetzen, war er in Euphorie entflammt. „Du musst mich mit euch ziehen lassen", beschwor er Otto wieder und wieder, „ich muss mir endlich vom Papst die Lossprechung von meinen Sünden holen." Ungläubig hatten ihn der Ritter und sein Knappe angestarrt. „Du, ein Missetäter vor dem Herrn? Bist du unter die Mörder geraten?", hatte Otto ihm zugeraunt.

Stadtmauer Rom

„Meine Sünden sind anderer Natur! Immer wieder habe ich die alten Götter angerufen, habe mich auf berauschende Tinkturen eingelassen. Sogar Flugsalbe habe ich benutzt! Ich bin ein großer Sünder. Nur vom Papst kann ich noch Vergebung erhoffen.", lautete die erschütternde Antwort des frommen Mannes. Doch Otto hatte diese Erklärung mit Neugier erfüllt: „Rauschmittel, Tinkturen, Flugsalbe, was bedeutet das?" Verschwörerisch beugte sich der Heiler vor, was Otto ihm gleichtat, und flüsterte: „Letztes Jahr zur Walpurgisnacht habe ich ein altes Rezept ausprobiert. Hexensalbe! Es war fürchterlich! Das Fliegen war nicht mal das Schlimmste, aber der Blick in die Hölle war grauenhaft! Ich habe den Gehörnten gesehen!" Otto hatte beim Zuhören große Augen bekommen. „Was hast du denn da zusammengebraut?", erkundigte er sich voller Interesse. „Das willst du nicht wissen. Alles giftige Pflanzen, wie Schierling und Nachtschattengewächse. Die Salbe streicht man sich auf empfindliche Hautpartien, etwa die Stirn oder die Oberschenkel. Dann fängt der Höllentrip an. Zunächst hast du Herzrasen und Sehstörungen, doch letzten Endes fällst du in einen alptraumartigen Schlaf. Erst nach drei Tagen bin ich wieder zu mir gekommen. Da lag ich mitten im Wald." Die Erzählung hatte bei der Zuhörerschaft ein eisiges Frösteln ausgelöst, weshalb sich Otto die letzte Frage, wie der Teufel ausgesehen habe, verkniff. Er hatte verstanden, wie sehr dieses Erlebnis seinen Vetter belastete. Nach einer gedanklichen Verschnaufpause antwortete er deshalb: „Eckehart, was ist aber, wenn wir in Rom nichts erreichen können, wenn der Gegenpapst nicht in den Petersdom einziehen kann?" Über das Gesicht des Vetters floss unversehens ein breites Grinsen, denn Ottos Antwort deutete er als Zusage. „Wenn es so kommen sollte, werde ich vor Rom ausharren. Heinrich IV. wird das schon schaffen. Er will doch Kaiser werden", gab er zufrieden zur Antwort.

Nunmehr, in Italien angekommen, streifte er mit Ottos Knappen durch die Natur, immer auf der Suche nach guten Heilkräutern. Otto nahm sich vor, mit Adalbert ein klärendes Gespräch zu führen, ob er Heiler oder dann doch lieber Ritter werden wollte. Eine leichte Brise wehte über das Land und ließ alle für einen Moment aufatmen. Obwohl sie sich seit Wochen in Italien aufhielten, hatte er sich noch immer nicht an die Gluthitze der Mittagsstunden gewöhnt. Er stöhnte innerlich auf und sehnte sich nach dem immer kühlen Brockenwind. Dabei rauschte das Gespräch des Königs mit seinen Beratern ungehört an ihm vorbei. Er bewunderte Heinrich. Zum einen für die Energie, mit der er unermüdlich agierte, und außerdem für die feste Entschlossenheit, die Italiener für sich zu gewinnen. Noch in Norditalien waren ihm die Herzen zugeflogen, und nun scheiterte er an der Sturheit der Römer. Der Grund dafür lag auf der Hand! Niemand hatte diese souveränen und sich ihrer gehobenen Stellung bewussten Bürger von Rom in die Wahl des neuen Papstes einbezogen. Genau das war aber ein eindeutiger Verstoß gegen das Papstwahldekret von 1059. Das ließen sie Heinrich nun spüren, obwohl man sich auch bei der Wahl Gregors VII. zum Papst über gültiges Recht hinweggesetzt hatte. Otto vernahm, wie Wibert von Ravenna, der Gegenpapst, das Wort ergriff: „Lesen wir den Aufruf an die Römer nochmals vor und prüfen, ob wir ihren Ansprüchen damit gerecht werden." Der König stimmte zu, anschließend erklärte er: „Gebt Otto das Schreiben zum Lesen, dann hat er an der Beratung auch irgendwie teilgenommen." Der Ritter bemerkte die Kritik, weshalb er seinem König entschuldigend zulächelte. Dann begann er zu lesen: „Römer! Nun haben wir unsere wildesten Feinde durch Gottes Kraft völlig vernichtet und das zerrissene Reich zum größten Teil wieder zusammengefügt. Jetzt wollen wir zu Euch kommen, um die uns zustehende Kaiserwürde mit Eurer Zustimmung und Gunst von Euch zu empfangen. Den Euch zustehenden Dank werden wir auf jede erdenkliche Weise abstatten..." Heinrich nickte beim Zuhören zufrieden. „Genauso soll es den Römern überreicht werden. Herzog von Bouillon wird die Delegation anführen. Seine Kühnheit und sein diplomatisches Geschick werden uns die Tore der Stadt öffnen. Hat er Erfolg, übergebe ich ihm drei Güter aus königlichem Besitz." Schon wieder hörte Otto nur mit einem Ohr zu. In seinen Gedanken war er in die Vergangenheit gereist, zurück in die Kaiserpfalz Bodfeld im Harz, wo er als Kind seinem König zum ersten Mal begegnet war. Mitten in den tiefen Wäldern des Harzes hatten sie einander lebenslange Freundschaft geschworen. Seitdem teilten sie ihren Lebensweg, hatten in vielen Schlachten Seite an Seite gekämpft und dabei zahlreiche Schicksalsschläge gemeinsam überwunden. In diesen Jahren hatte ihre Freundschaft Risse bekommen, denn Heinrich hatte sich in der Zeit der Sachsenkriege verändert. Misstrauisch zweifelte er die Entscheidungen seiner Ratgeber an, skeptisch überprüfte er ihre Informationen, handelte eher vorsichtig. Das Leben hatte ihn jeder Illusion auf Treue und Glauben beraubt. Er setzte lieber auf die Macht des Geldes, verteilte Güter, beschenkte Günstlinge. Otto fiel auf, dass er außer ein kleines Rittergut keine weiteren Geschenke vom König erhalten hatte. Dieser Gedanke versetzte den Ritter in eine erhabene Stimmung. Heinrich sah in ihm offenkundig immer noch den ersten Freund, den ersten Verbündeten in diesem Spiel um die Macht. Feierlich erhob sich Otto. Auch er hatte jetzt etwas zu sagen: „Wenn die Römer sich nicht überzeugen lassen ihren König zu empfangen, ihn wie einen Bettler vor den Toren Roms stehen lassen, sollten wir nicht länger warten, sondern entschlossen handeln. Papst Gregors treuster Vasall, der Normanne Robert Guiscard, ist auf dem Weg nach Griechenland. Von anderer Seite ist für den Papst keine militärische Hilfe in Sicht. Schlagen wir zu! Nehmen wir die Stadt mit Gewalt ein!" Die Ritter in der Runde stimmten ihrem ersten Ritter zu, doch Heinrich erwiderte: „Wozu wollt ihr euch an der Stadtmauer eine blutige Nase holen? Nein, hier ist Diplomatie gefragt, nicht pure Gewalt." Überrascht starrten alle den König an. Lediglich Wibert von Ravenna, der als Gegenpapst den Namen Clemens III. trug, teilte seine Ansicht: „Wenn Roms Tore verschlossen bleiben, feiern wir das Pfingstfest genau hier, hier auf der Wiese des Nero am Fuße des Vatikans. Soll Gregor sich in seiner Engelsburg verschanzen, wir schaffen hier ein neues Rom, unser Rom!" Heinrich strahlte erlöst auf. „Ein neues Rom, richtig! Wo wir sind, ist der Heilige Geist. Errichten wir Zelte für die Feierlichkeiten! Eines soll für die Krönungszeremonie sein; ein zweites nutzen wir für die sich anschließende Messe. Wir ernennen Würdenträger, wie es nach altrömischen Recht Brauch ist. Weiterhin soll eine päpstliche Kurie symbolhaft bestimmt werden, ebenso Senatoren, Tribunen und was sonst noch dazu gehört. Lasst uns mit den Vorbereitungen zügig beginnen! Sollten wir letztendlich unser Rom nicht brauchen, umso besser." Die Aufgaben waren schnell verteilt, wobei auf Otto der Aufbau des Krönungszeltes fiel. Voller Eifer stürzte er sich in die

Arbeit, aber immer noch in der Hoffnung, dass die Kaiserkrönung seines Königs in der Stadt stattfinden konnte. Erst als sich die Dämmerung auf die Wiesen des Nero legte, registrierte er, dass sich sein Vetter und sein Knappe immer noch nicht bei ihm gemeldet hatten. Erneut sah sich Otto um. Dabei fiel sein Blick auf die schmale Mondsichel, die in ein blassgrünes Licht gehüllt war. „Ist das ein Vorbote kommenden Unheils", fragte er sich bestürzt. Hastig stellte der Ritter einen Suchtrupp zusammen. Nach einem langen Arbeitstag unter der Sonne Italiens zogen die Männer mit nur mäßiger Begeisterung los und kamen Stunden später, erschöpft und erfolglos, zurück. „Keine Spur von den beiden", meldete man Otto. „Fünf Freiwillige für eine Suche", rief dieser ungeduldig, diesmal führe ich selbst den Suchtrupp an. Allem Anschein nach war dieser Hinweis Motivation genug, um eine größere Anzahl von Männern zusammen zu bekommen. Sie entzündeten Fackeln, die ebenso grünlich wie der Mond leuchteten und zogen in nördlicher Richtung los. „Diese Straße haben die beiden heute Morgen genommen. Daran werden wir uns halten", begründete Otto seine Entscheidung. Die Straße war breit und zur Entwässerung leicht nach oben gewölbt angelegt. Auf beiden Seiten wurde sie von Straßengräben begrenzt. Das Pflaster aus Kopfsteinen glänzte im Licht ihrer Fackeln und des Mondes und wies ihnen so den Weg. „Eckehart!", rief Otto in regelmäßigen Abständen und seine Begleiter machten es ihm nach. Mit jedem Meter, den sie sich weiter von ihrem Lager entfernten, wuchs in dem Ritter die Anspannung. Liefen sie etwa in eine Falle hinein? Inzwischen lag Rom, mit seinen im Mondlicht glänzenden Dächern, schon eine Wegstunde entfernt. Auf schnelle Hilfe im Fall eines Angriffs brauchten sie nun nicht mehr zu hoffen. Auf einer Anhöhe entdeckte Otto die Silhouette eines Landhauses. Riesigen Pinien in seiner Umgebung zeichneten sich düster am Horizont ab. Die rund um das Gebäude aufgestellten Fackeln glühten hell und Fetzen von Musik und Lachen wehten zu ihnen herüber. Dort wurde offensichtlich gefeiert, vor allem aber waren dort Menschen, die man fragen konnte. Die Fackeln beleuchteten eine Gruppe Männer, die sich in der angenehmen Kühle der Nacht im Freien vergnügten. Otto stockte der Atem, als er zwischen ihnen seinen vermissten Vetter Eckehart entdeckte. „Seid alle willkommen in unserer Weinstube und seid unsere Gäste", begrüßte sie der Hausherr im gebrochenen Deutsch. „Ihr sprecht unsere Sprache?", wunderte sich Otto, doch anstelle einer Antwort lächelte ihn der Mann vielsagend an. Um ein Vielfaches stärker fiel das Lachen des Heilers aus. „Wir haben euch schon längst gehört", lallte er erklärend, „aber wir konnten uns nicht von unseren Freunden trennen." Otto schäumte vor Wut und stürmte empört auf Eckehart zu, wobei ihm zwei Römer in die Arme fielen. „Wo hast du deinen Verstand gelassen?", schrie er seinen Vetter an, „mit wie vielen Sünden willst du deine arme Seele noch beladen? Wie viele Päpste sollen dir Absolution erteilen? Und außerdem, wo hast du meinen Knappen gelassen?" Aus einer der Ecke erklang schüchtern: „Herr, ich bin hier. Ich konnte Euren Verwandten nicht dazu bewegen, ins Lager zurückzukehren." Otto sah gereizt zu ihm hinüber. Adalbert trat langsam aus seinem Versteck und kam auf den besorgten Ritter zu. „Ich habe auch nicht mitgetrunken", beschwichtigte er weiter. Zufrieden und anerkennend klopfte ihm Otto auf den Rücken. „Gut gemacht, Knappe", lobte er ihn. „Herr, Ihr müsst verstehen", sprach ihn in diesem Augenblick der Eigentümer des Lokals an, „Eckehart und ich, wir kennen uns schon sehr lange. Auf seiner ersten Italienreise sind wir uns erstmals begegnet. Aber da war er noch nicht so trinkfest!" In schweigender Anspannung lauschte die eben noch so fröhliche Runde. „Schon gut", antwortete Otto, „ich wusste auch nicht, dass mein Vetter ein so unkeusches Leben führt. Jetzt bringen wir ihn erst einmal ins Lager zurück." Erleichtert lächelte ihn der Wirt an. Doch unversehens betrachtete er Otto besorgt und verschwörerisch, während er ihm zuraunte: „Sie öffnen Euch die Stadttore nicht und werden die Entscheidung hinter ihren dicken Mauern aussitzen. Ich weiß es aus erster Hand. Noch hat Papst Gregor genug Geld, um sie zu kaufen. Doch er kann nicht ewig in der Engelsburg ausharren. Glaubt mir, bald werden wir einen neuen Papst haben und König Heinrich wird unser aller Kaiser sein!" Otto verstand, dass sie auch hier im Süden Freunde hatten und alles nur eine Frage der Zeit war. „Wir können warten! Eines ist jedoch sicher: morgen wird der König zum Kaiser erhoben! Das geht auch vor den Toren der Stadt!", entgegnete er zufrieden. Dann ergriffen sie den lautstark protestierenden Heilkünstler und zogen mit ihm auf der Via Aurelia nach Rom zurück. Erst als sie in der Ferne die Umrisse der Stadtmauer erblickten, atmete Otto erleichtert auf. Nur der Mond leuchtete weiterhin unheilverkündend blassgrün.

– Pfingstsonntag, 29. Mai 1081 –

ie schon erwartet kam der Herzog von Bouillon mit seiner Gesandtschaft mit leeren Händen zurück. Unbeirrt standen die Honoratioren der Stadt zu Papst Gregor VII., der sich nach wie vor hinter den dicken Wänden seiner Schutzburg verborgen hielt.

Vor der Aurelischen Mauer, der Stadtmauer Roms, herrschte emsiges Treiben, denn die letzten Vorbereitungen für die Krönung liefen. „Heute schreiben wir Geschichte", erklärte Otto seinem verkaterten Vetter, der an diesem Morgen das Erscheinungsbild eines Hundertjährigen hatte. Sein leerer Magen hatte ihm das Saufgelage mehr als übelgenommen und bestimmte nun sein Missempfinden. Aus diesem Grund reagierte er nicht im Geringsten auf Ottos feierliche Erklärung. Der betrachtete den hilflosen Eckehart mitleidlos. Gleich darauf stellte er ihm eine Frage, die ihm seit dem Vortag auf der Seele lag: „Woher kennst du eigentlich diesen Mann, der aus lauter Gastlichkeit aus dir eine wandelnde Leiche gemacht hat?" Der Sinn für Humor war Eckehart an diesem Morgen vollkommen abhandengekommen, weshalb er knurrend erwiderte: „Ich war auf meiner ersten Wanderung krank geworden. Ihm verdanke ich mein Leben. Mehr erzähle ich dir vielleicht später einmal." Otto hatte inzwischen mit Adalberts Hilfe seine besten Kleider angelegt und zupfte aufgeregt an den Ärmelenden. „Wir müssen unsere Plätze einnehmen", erklärte er voller Ungeduld seinem Knappen. Ein gereizter Blick traf Eckehart. Schlussendlich riet er ihm doch noch, sich einen Platz in der letzten Reihe zu sichern, obwohl er nicht glaubte, dass der auch nur einen Schritt aus dem Zelt machen konnte.

Den Römern war das hektische Schaffen auf den neronischen Wiesen nicht verborgen geblieben. In Gruppen standen sie auf der Stadtmauer und beobachteten genau das Geschehen. Otto jagte dieser Auflauf einen Schreck ein. Sofort befürchte er einen Überfall und ließ umgehend die

Wachen verstärken. Nochmals kontrollierte er die Befestigung des Lagers. Unter Umständen genügte den Beobachtern schon die Gewissheit, dass Heinrich IV. sich nicht mit Gewalt den Zugang zur Peterskirche verschaffen wollte.

Versteckt vor den Blicken der Zaungäste begann die Zeremonie. Mit würdevollen Schritten bewegte sich der König auf den Gegenpapst Clemens III. zu, der ihn am Eingang des Krönungszeltes erwartete. Weihevolle Chorgesänge wehten über den Platz und ließen jedes Gespräch augenblicklich verstummen. Seite an Seite schritt Heinrich mit seinem Papst durch die mit Bändern und Blumen geschmückte Zeltöffnung, dreimal sprach der Pontifex über ihn Gebete, reinigte seine Seele und bereitete sie auf ihre neue Stellung im Erdenkreis vor. Die im Zelt herrschende Anspannung wuchs. Sowohl Heinrich IV. als auch seine Gäste spürten diesen außerordentlichen Moment fast schmerzhaft, denn es war keine Krönung wie jede andere. So etwas hatte es vor den Toren Roms noch nicht gegeben. Die feierliche Stille wurde nur durch Gesänge und Gebete unterbrochen. Alles blieb friedlich, selbst als der Gegenpapst Heinrich das Schwert überreichte und ihm zum Schluss die Kaiserkrone aufsetzte. Erst jetzt brandete Jubel auf, glückliche Freudenausbrüche. Die Hochrufe: „Es lebe Kaiser Heinrich!", fluteten aus dem Zelt, über die Wiesen bis hin zum Rand der Stadt. Ritter Otto von den Klusbergen erlebte einen Moment der Euphorie. Er bebte vor Freude und Erleichterung, in seinen Augen standen Tränen. Es war geschafft! Heinrich trug den Kaisertitel und war damit Herrscher von Burgund, Deutschland und Reichsitalien. Also hatte die Norne der Zukunft Recht behalten, dass sich ihr Tatendrang auszahlen würde. Otto nahm sich vor, ihr zu danken, sobald sie wieder in der Heimat wären.

Inzwischen hatte sich Kaiser Heinrich erhoben und verließ mit Clemens III. das Krönungszelt. Auch außerhalb des Zeltes war es bis dahin geräuschlos geblieben, niemand hatte die Prozedur gestört. Doch als das hohe Paar hinaustrat und sich den Wartenden zeigte, erschollen erneut Hochrufe. Mittlerweile bewegte sich der Festzug zum zweiten Zelt, in dem der Gottesdienst stattfinden sollte. Doch den ersten Ritter trieb es weiter. Er benötigte ein genaues Bild von der Lage. Skeptisch warf Otto einen Blick auf die Stadtmauer. Würden die Römer jetzt das Lager stürmen? Doch außer den Stadtsoldaten verweilte niemand mehr dort oben. Dafür strömten aus dem halbseitig geöffneten Tor einige hundert Menschen, direkt auf ihr Lager zu. „Wachen verstärken!", befahl Otto, „zieht eure Schwerter, stellt die Schilde auf!" Unter den Männern wuchs die Anspannung, bis Ottos Begleiter feststellte: „Ich sehe keine Waffen bei den Leuten! Die wollen doch wohl nicht mit bloßen Händen kämpfen?" Auch Adalbert trat voller Ungeduld hinzu, um einen Blick auf die Menschen zu werfen. „Seht Herr, mit denen dort haben wir doch gestern gefeiert. Sie kommen gewiss als Freunde." Nun erkannte auch Otto die Männer wieder. „Hol meinen Vetter her", rief er Adalbert zu, „er soll mit ihnen sprechen!" Der Knappe überschlug sich fast, um in das Zelt des Heilers zu kommen. „Herr, schnell! Kommt mit!" rief er ihm zu, „Eure Freunde sind da und wollen Euch sprechen." Eckehart sah mürrisch auf. Er war beim Bündeln seiner Kräuter und hasste es, dabei gestört zu werden. „Was für Freunde sollen das sein?", grummelte er vor sich hin. „Mit denen Ihr gestern Nacht gezecht habt, auch Giovanni ist dabei", erhielt er zur Antwort. Unversehens hellte sich sein Gesicht auf. Alle Beschwerden und all die guten Kräuter waren augenblicklich vergessen. Er schlüpfte in seine Alltagskutte und folgte aufgelöst dem Jungen. Wenig später standen sich die Kumpane, getrennt durch eine Mauer aus schwerbewaffneten Kriegern, gegenüber. Kurzentschlossen bahnte sich Eckehart einen Weg durch den menschlichen Wall und tauchte auf der anderen Seite in der Volksmenge unter. Gebannt und mit angespannten Sinnen verfolgte Otto das Geschehen. „Wo bist du so lange geblieben? Und was wollen die hier?" rief er seinem Vetter bei seiner Rückkehr schon von Weitem entgegen. Der hob beschwichtigend die Arme, aber auch sein Gesicht glühte vor Anspannung. Dabei lächelte er Otto an und erklärte: „Sie wollen ihrem neuen Kaiser huldigen, deshalb sind sie gekommen." Ottos Verblüffung schlug für einen Moment in Sprachlosigkeit um. Hoffnungslos sah er zu dem Zelt, in dem vor kurzem Heinrich mit seinem Papst verschwunden war. „Sag ihnen, sie müssen das Ende des Gottesdienstes abwarten. Dann sollen sie ihren Kaiser zu sehen bekommen", klärte er seinen Vetter auf. Während Eckehart den Freunden die Botschaft überbrachte, zog sich Otto ebenfalls zur Andacht zurück. Ein Gedanke beflügelte ihn dabei: Es war goldrichtig gewesen, nicht mit Gewalt in Rom einzudringen. Aus diesem Grund hatten sich ihre Herzen geöffnet. Die Tore würden folgen!

Diese Tage hatte viele glückliche Menschen gesehen. Nur einer haderte mit dem Schicksal! Eckehart hatte die Anstrengungen der Reise auf sich genommen, um die Lossprechung seiner Sünden vom Papst zu erwirken. Aber nach wie vor gab es zwei davon! Aber welcher von beiden war unter diesen Umständen dazu autorisiert? Niemand hatte damit gerechnet, dass Gregor so vehement an seinem apostolischen Stuhl festhalten sollte. Dabei entsprach ebendieses Verhalten genau seinem Charakter, der von Härte und Kompromisslosigkeit geprägt war. Genau aus diesem Grund trug er im Geheimen den Beinamen die Zuchtrute Gottes. Jeder Widerstand gegen ihn war zwecklos, jeder offene Einspruch gefährlich. „Was soll ich nun tun?", beklagte sich der Heiler bei seinem Vetter, „Da komme ich bis nach Rom mit und dann ist kein Papst da, der sich um seine Schäfchen kümmert." Otto legte mitfühlend seine Hände auf seine zarten Schultern und versuchte es mit tröstenden Worten: „Hab Geduld! Es wird nicht mehr lange dauern und diese Stadt öffnet uns freiwillig ihre Pforten. An diesem Tag vertreiben wir diesen diabolischen Hildebrandt von seinem Thron!" Doch Eckehart schüttelte den Kopf: „Du träumst Vetter. Mein Freund Giovanni hat mir berichtet, dass die Menschen in der Stadt bis zum heutigen Tag fest zu Hildebrand, alias Papst Gregor, stehen. In zwei, drei Wochen müssen wir aber abziehen, weil dann aus den Sümpfen die Fieberdünste aufsteigen. Deshalb sieht der Mond so blassgrün aus." „Warten wir es ab. Vermutlich geht alles sehr viel schneller, als wir heute ahnen", antwortete Otto, immer noch unbeeindruckt von Eckeharts Bedenken. Darauf wandte er sich an seinen Knappen: „Komm Adalbert, drehen wir unsere Runde. Vergewissern wir uns, dass alles in Ordnung ist." Aber Eckehart fühlte sich nicht verstanden und rief ihnen hinterher: „Habt ihr denn nicht auch das grünliche Mondlicht gesehen? Das ist ein böses Vorzeichen." Trotzdem ging Otto unbeeindruckt weiter. Hatte er jetzt nicht relevantere Fragen zu regeln? Erstaunt sah ihm der Heiler nach. Kurzentschlossen folgte er den beiden im Schutze der Nacht und fand seine Vermutung bald bestätigt. Mit Händen und Füßen unterhielten sich Otto und sein Knappe mit zwei hinreißenden Römerinnen. Ungefragt stiefelte er auf die Gruppe zu. „Soll ich eure Gespräche übersetzen?", erkundigte er sich spöttelnd und verdarb damit allen schlagartig die Stimmung. „Geh weiter", zischte ihm Otto zu, „ein richtiger Mann braucht das!" Beleidigt trottete Eckehart in sein Zelt zurück, wo er beim Bündeln seiner Heilpflanzen zu der ihm innewohnenden Gelassenheit zurückfand.

Ende Juni waren die angenehmen Tage vor Rom vorbei. Das Malariafieber kroch aus den Sümpfen und suchte sich die ersten Opfer. Während Heinrich mit seiner Armee nach Norden zog und dabei die Gebiete der päpstlichen Anhänger verwüstete, hielt Wigbert von Ravenna als Gegenpapst die Belagerung der Stadt aufrecht. Darin sah Eckehart eine Chance und blieb ebenfalls zurück. Der Harzer setzte auf den Zufall oder auf ein Wunder. Die Zeit des endlosen Wartens wurde ihm keinesfalls lang, denn als Heiler bekam er bald jede Menge zu tun.

Bäder von Pisa

– Juli 1081 –

Die Mittagshitze hatte die Straßen der Stadt leergefegt. Wer es sich leisten konnte, verbrachte die heißesten Stunden des Tages schlummernd in der Kühle der Häuser. Bertha genoss die Ruhe der Mittagsstunden auf ihrer Liege und ließ sich von ihren Gedanken treiben. Glücklich streichelte sie ihren runden Leib, streichelte das neue Leben, das in ihr gedieh. Inständig betete sie jeden Tag dafür, dass es ein Junge und somit ein weiterer Thronfolger werden würde, war das doch ihrer beider Herzenswunsch gewesen. Seit Wochen wartete die Königin darauf, dass Heinrich wieder aus Rom zurückkehrte. Jedes ungewöhnliche Geräusch ließ sie elektrisiert auffahren, jedes Mal hoffte sie auf sein Eintreffen. Meist aber waren es nur seine Boten, die sich nach ihrem Wohlbefinden erkundigten und ihr kleine Geschenke übergaben. Bertha nippte an der gut gekühlten Limonade und schloss wieder die Augen. Schon kurz darauf fiel sie in einen sanften Dämmerschlaf. Sie träumte von Heinrich, sah ihn vor sich stehen und als er ihr einen Kuss auf die Lippen drückte, wusste sie nicht, ob es Traum oder Realität war. Ungläubig riss sie die Augen auf. Heinrich stand wahrhaftig in voller Größe neben ihrem Lager. „Geht es dir gut?", erkundigte er sich besorgt. „Ja, alles ist gut. Schön, dass mein Held wieder zurück ist", erwiderte sie und griff dabei nach seiner Hand. Ihr Lächeln wärmte sein Herz, war ihm Trost. „Mein halber Kaiser! Es wird schon werden.", ergänzte Bertha tröstend. Heinrich erwiderte ihr Lächeln. „Wenn diese Römer ihrem Hildebrand, diesem falschen Papst, nicht mehr folgen, dann haben wir es geschafft", antwortet Heinrich siegesgewiss. Vorsichtig erhob sich die Königin von ihrem Ruheplatz und lud ihren Gatten zu einem kleinen Imbiss auf der Veranda des Landsitzes ein. Sie hatten einander viel zu berichten. Niemand stand inzwischen dem König näher als sein ihm angetrautes Weib, als die Mutter seiner Kinder, als Bertha, seine Königin. Sie war ihm der wichtigste Mensch geworden. Er mochte gar nicht daran denken, welch schweren Start sie eins gehabt hatten, wie viel Ungerechtigkeit sie hatte ertragen müssen. Während Heinrich von seinen Erfolgen und Rückschlägen in Italien erzählte, kannte Bertha die neuesten Nachrichten aus Deutschland: „Bucco und der Northeimer bereiten eine neue Königswahl vor. Das Treffen soll am 6. August in Ochsenfurt stattfinden. Der einzige Kandidat ist Hermann von Salm aus dem Hause Luxemburg." Heinrich war nicht überrascht. „Es wundert mich nicht, dass sie einen neuen König suchen", antwortete er, „Bucco hat sich in diese Idee verbissen, er kann nicht anders! Was hast du über den Luxenburger in Erfahrung bringen können?" Bertha lächelte verschwörerisch: „Er stammt aus einem begüterten Haus. Sein Vater Giselbert ist seit 1047 Graf von Luxemburg. Er selber ist äußerst unerfahren in der Politik, ist bisher kaum in Erscheinung getreten." Beide wechselten einen verstehenden Blick. Sie amüsierte die Tatsache, dass man aus der Vielzahl an Fürsten den schwächsten auserkoren hatte. Bertha sprach nach einer kurzen Pause weiter: „Was macht eigentlich dein erster Ritter? Ich möchte ihn, dein Einverständnis vorausgesetzt, mit einer wichtigen Mission nach Deutschland schicken." „Frag ihn am besten gleich selbst, denn wenn er nicht gerade italienischen Frauen nachsetzt, dann steht er gewiss hinter der Mauer dort und wartet auf seinen Auftritt", antwortete Heinrich mit deutlicher Ironie in der Stimme. Beschämt und mit hochrotem Kopf trat Otto aus seinem Versteck heraus. Nichtsdestotrotz hielt er eine Erklärung parat: „Bis zum heutigen Tag konnte ich mir das Versteckspiel nicht abgewöhnen, vor allem wenn es um eine so hochedle Dame geht!" Bertha streckte ihm begrüßend ihre Arme entgegen. „Die Schwangerschaft und die Sonne Italiens bekommen Euch ausgezeichnet, meine Königin", charmeurte der Ritter weiter, „in welcher Angelegenheit kann ich Euch zu Diensten sein?" Jetzt richteten sich auch Heinrich Augen interessiert auf Bertha. „Otto, finde heraus, wie es um die kleine Polin steht. Informiere dich im Kloster Drübeck. Sprich mit dem Abt und gleichfalls mit ihr. Sie hat einen Bruder in Polen, der wieder aufgetaucht sein soll. Vermutlich will sie lieber zu ihm? Regele das für mich mit deiner unvergleichlich herzerfrischenden Art!", erläuterte sie, ohne Heinrich auch nur mit einem einzigen vorwurfsvollen Blick zu bedenken. Dankbar nahm er die Geste zur Kenntnis und küsste sie zärtlich auf beide Augen.

Am 11. August 1081 wurde Bertha in Italien von einem gesunden Jungen entbunden, auf dem in gleicher Weise alle Hoffnungen und Wünsche für das salische Königtum ruhten. Er sollte den Namen seines Vaters tragen und sich eines fernen Tages Heinrich V. nennen.

Goslar

– Weihnachten 1081 –

s war ein großes Weihnachtsgeschenk, das Heinrich IV. all seinen Gegnern bereitete, als er auch über die Feiertage in Italien verharrte. Unter der milden Wintersonne des Südens genoss er das Fest gemeinsam mit der Familie in Ravenna, während sich in der Goslarer Kaiserpfalz große Ereignisse anbahnten. Bucco kannte in dieser Stadt jede Gasse, jedes Haus. Hier hatte seine Karriere ihren Anfang genommen. Er liebte diese Stadt fast wie sein Halberstadt! An den nordwestlichen Ausläufern des Harzes gelegen erbrachte Goslar, mit seinem Schatzberg und dem Rammelsberg, genügend Geld für ihre teuren Feldzüge gegen den König! Deshalb war es so wichtig, Goslar im Besitz zu halten. Im Süden der Stadt thronte der Pfalzbezirk, der im Westen vom Kaiserhaus, dem zentralen Bau, überragt wurde. Dorthin lenkte der Bischof seine Schritte, nachdem er in der Stiftskirche St. Simon und Judas gebetet und seinen Gott um Beistand in ihren Plänen angerufen hatte. Der Halberstädter Bischof war sich sicher, dass niemand hier im tiefsten sächsischen Land die Krönungszeremonie stören würde. Gleichwohl wollte er Gott fest auf seiner Seite wissen. Bis zum jetzigen Tag dachte er immer wieder mit Schrecken an die Krönung des Schwabenherzogs in Mainz. Das durfte sich nicht wiederholen! Bedächtig nahmen Bucco, Erzbischof Hartwig von Magdeburg sowie Bischof Werner von Merseburg Stufe für Stufe der Treppe, die zum Kaiserhaus führte, eindeutig dem größten Profanbau seiner Zeit. Der zweigeschossige Saalbau, auf den sie zustrebten, lag im Zentrum und beherbergte einen luftigen Sommer- und einen beheizbaren Wintersaal. Im Letzteren, der einst zur Präsentation der salischen Macht angelegt worden war, würde an diesem hohen Feiertag die Krönung des neuen Gegenkönigs stattfinden. Bucco musste unwillkürlich feixen, denn die Wahl

des Ortes hatte er festgelegt. Auf diese Weise würde er Heinrich IV. mitten ins Herz treffen!

Vor dem Eingangsportal des Kaiserhauses warteten auf ihn in unterwürfiger Haltung drei Mönche. Ihre Kapuzen waren tief ins Gesicht gezogenen und ihre Hände hielten sie voller Demut gefaltet. Bucco erkannte in dem ältesten den Abt des Klosters Drübeck und sprach ihn sogleich aufgeräumt an: „Bruder Liemar, was führt Euch nach Goslar?" Der Abt war erleichtert, dass sich die Kontaktaufnahme so unkompliziert gestaltet hatte, und antwortete in seiner bescheidenen Art: „Euer bischöfliche Gnaden, wie uns zugetragen wurde, soll heute in Goslar ein neuer König gekrönt werden. Als unmittelbare Nachbarn gestattet uns, an der Zeremonie teilnehmen zu dürfen." Bei diesen Worten verneigten sich die Begleiter des Abts ergeben, wodurch ihnen die Kapuzen noch weiter ins Gesicht rutschten. „So, so", erwiderte Bucco geschmeichelt, „Ihr wollt bei diesem historischen Augenblick dabei sein? Na gut, ich werde sehen, was sich machen lässt. Wartet hier auf meinen Boten." Werner von Merseburg mahnte Bucco zur Eile, doch bevor der davonstürmte, warf er noch einen argwöhnischen Blick auf die zwei Begleiter des Abtes. Er war sich sicher, einem von beiden bereits begegnet zu sein. Kurz darauf verschwand Bucco mit den beiden Würdenträgern hinter der großen Saaltür. Leicht rauchige Luft wehte den Mönchen aus der Halle entgegen, ein untrügliches Zeichen dafür, dass man die Luftschleusen der Heizung geöffnet hatte. Wieder warteten die drei Mönche stumm und in devoter Haltung. Nach und nach zogen die verschiedensten weltlichen und kirchlichen Würdenträger an ihnen vorbei, um darauf schnell in der wohligen Wärme des Wintersaals einzutauchen. Als Welf von Bayern mit seiner Gefolgschaft an ihnen vorüberging, verschmolzen die beiden Mönche mit dem Schatten des Korridors. Es folgten weitere sächsische und schwäbische Fürsten, ebenso Bischöfe aus verschiedenen Teilen des deutschen Landes. Wieder wurde vor ihnen die Tür verschlossen und echohafte Stille trat ein. Ratlos sahen sich die Männer an. Hatte Bucco sie vergessen? Aus dem Innern des Wintersaales drangen längst erste Choräle, als endlich ein Bediensteter auf sie zukam, um sie abzuholen. Leichtfüßig wie Phantome schlichen sie in den völlig überfüllten Saal. Enttäuscht erkannten die drei, dass sie von der Krönungszeremonie kaum etwas zu sehen bekamen. Vor allem Graf Hermann von Salm, der sich bald König Hermann I. nennen würde, war nicht zu entdecken. Trotzdem machte es Ritter Otto stolz, in der Verkleidung eines Mönches in das Zentrum des Gegenkönigtums eingedrungen zu sein. Alles hatte sich durch puren Zufall so ergeben.

Kirchenraum Kloster Drübeck

Seine ursprüngliche Order der Königin hatte zwar der hübschen Polin Marianka gegolten. Um ihr Wohlergehen sollte sich Otto kümmern und in Erfahrung bringen, ob sie sich im Kloster Drübeck eingelebt hatte. Er fand die Prinzessin in einem jämmerlichen Zustand vor. Das umtriebige Kind war nicht bereit, sich hinter festen Klostermauern vor dem Leben verstecken zu lassen. Mehrfach hatte sie Boten nach Polen geschickt, die herausfinden sollten, wohin es die Mitglieder ihrer Familie verschlagen hatte. Doch alle kehrten unverrichteter Dinge wieder zurück. Da traf Ende August Otto mit seinem Knappen in Drübeck ein. Marianka schöpfte neue Hoffnung und bestürmte den Ritter, sie nach Polen zurückzubringen. So stellte Otto einen Begleittrupp von zwölf Reitern zusammen und Anfang September begann nach längerem Warten ihre Reise ins Ungewisse. Nach mehreren Anläufen und mit Mariankas Hilfe gelang es ihnen, den Bruder ausfindig zu machen. Zu seinem größten Bedauern konnte er das Mädchen nicht aufnehmen, da er sich selbst in einer Notlage befand. Seit der Flucht seines Vaters lebte er in ständiger Angst um sein eigenes Leben. So gab es für die Prinzessin nur noch einen letzten Unterschlupf; zurück zum Hof des Böhmenherzogs, dessen Eheweib ihre Tante war. Otto schlug drei Kreuze der Erleichterung, als er endlich der Bürde der Verantwortung für dieses Kind ledig war.

Auf ihrer Rückreise nach Deutschland erreichten den Ritter zwei wichtige Mitteilungen. Da war zum einen die Botschaft von der Geburt von Heinrichs zweitem Sohn, der auch den Namen Heinrich tragen sollte. Die andere Nachricht bezog sich auf die geplante Krönung in Goslar. „Da werden wir dabei sein", versprach Otto seinem Knappen großspurig, eine Bemerkung, die er im selben Moment bereute. Um nicht vollends als Maulheld zu erscheinen, standen sie nun inmitten ihrer Gegner und erklärten Feinde und verfolgten, so gut es eben ging, wie man aus einem unbedeutenden Grafen einen machtlosen König machte. Als Erzbischof Siegfried von Mainz ihm die Krone aufsetzte, hörte Otto seinen Nachbarn etwas tuscheln. „Im Volk nennen sie Hermann schon den Knoblauchkönig. Das ist gewiss kein gutes Vorzeichen für seine Herrschaft!", grummelte der Mann ahnungsvoll. Darauf lächelte der Angesprochene verlegen. Nach einer kurzen Pause erwiderte er mit hoffnungsfroher Stimme: „Aber davon abgesehen plant er einen Feldzug nach Italien, um Papst Gregor zu helfen, die Armee Heinrichs vor Rom zu vertreiben." Sein Gesprächspartner antwortete mit einem skeptischen, ungläubigen Blick. Otto hatte genug erfahren, nur eine Frage blieb, mit der er sich an seinen Nachbarn wandte: „Ich entdecke nirgends Graf Otto von Northeim. Ist er nicht erschienen?" Der Angesprochene hob vielsagend die Stirn, als er zur Antwort gab: „Zweimal haben sie ihn bei der Königswahl beiseitegeschoben. Mit dem Northeimer können sie unter diesen Umständen nicht mehr rechnen." Ritter Otto nickte verstehend und äußerst zufrieden mit dem Kopf. Selten hatte es eine bessere Kunde gegeben! So hatte sich das Risiko des Kommens für ihn ausgezahlt. Wenn sie jetzt unerkannt wieder aus der Pfalz herauskamen, war alles gut! Vorsichtig sah sich der Ritter um, denn die Krönung war zum Schlusspunkt gekommen. Feierlich war der Erzbischof zum abschließenden Gebet zur Seite getreten und gab damit die Sicht auf Hermann I. frei. Neben dem Gegenkönig entdeckte Otto den päpstlichen Legaten Bischof Otto von Ostia, der sich in einigen Jahren Papst Urban II. nennen würde. Ottos Blick wanderte voller Neugier weiter, bis er geschockt die Augen senkte. Mit unverkennbarer Schadenfreude hatte ihn Bucco angegrinst. Sie waren entdeckt! Alle Mühen, wie echte Mönche in Erscheinung zu treten, waren vergebens gewesen. Dafür kannten sich die beiden nach all den Jahren viel zu gut. „Wir sollten sofort verschwinden", zischte Otto seinen Begleitern zu. „Da werden wir nicht weit kommen", antwortete Abt Liemar und zeigte hinter sich. Blitzartig drehte Otto sich um und verstand: Sie waren umstellt! Bucco griente sie weiter unverholen an. Mit einem einzigen Kopfnicken erteilte er den Befehl zum Zuschlagen und wenig später fanden sich Ritter und Knappe in einem luftigen Turmzimmer der Pfalz wieder. Was mit dem Abt des Klosters Drübeck geschehen war, konnten sie nicht sagen. Otto fluchte, schimpfte, grübelte, hatte er doch alle durch seinen Vorwitz in Gefahr gebracht und seiner Familie das Weihnachtsfest verdorben. Welch glückliche Tage genoss dagegen sein König im fernen Ravenna! Der Knappe schwieg, musste er doch in der Tat seinem Ritter in allen Punkten Recht geben. Er beobachtete das Treiben außerhalb der Turmmauern, das Kommen und Gehen, und lauschte den Klängen der Musik, die das königliche Festmahl begleiteten. Nur durch eine einzige Mauer von den beiden getrennt, erging sich auch der Abt in schweren Selbstvorwürfen. Er kniete nieder und bat seinen Gott, ihm den Hochmut zu verzeihen. Wieso nur hatte er sich zu diesem Unternehmen hinreißen lassen? Wurde er in seinem Alter nun noch leichtsinnig?

Zwei Tage schmorten die Arrestanten in den Turmzimmern. Erst dann führte man Liemar zu Bucco, der ihn äußerst leutselig und aufgeräumt empfing. „Verzeiht mir die Unannehmlichkeiten, aber Ihr habt mir keine andere Wahl gelassen", begrüßte er den Abt, „und die Feierlichkeiten haben mich voll in Anspruch genommen." Darauf bot er dem Drübecker einen Stuhl und einen Kelch Wein an. Liemar fühlte sich in seiner Haut nicht wohl, weshalb er das Angebot des Bischofs nur zögerlich annahm. „Wie mir zu Ohren kam, geht es dem Drübecker Kloster wirtschaftlich recht gut", eröffnete der Bischof leutselig die Unterhaltung, „Ihr seid ein achtbarer Mann

Liemar, Ihr kennt Euch aus. Aber dass Ihr den Ritter Otto von den Klusbergen zur Krönung begleitet habt, war ein schwerer Fehler." Der Abt senkte schuldbewusst die Augen und ließ die Schultern kraftlos nach unten fallen. Er spürte mit der Erfahrung eines langen Lebens, dass es jetzt angebrachter war, reumütige Zerknirschung zu zeigen. Es wirkte! Bucco war mit seinem Gebaren in jeder Hinsicht zufrieden. Nach einer wirkungsvollen Pause erklärte der Bischof: „Ihr könnt für Euch und den Ritter etwas tun, auch wenn Otto nicht zu meinen Freunden zählt." Mit zur Schau getragener Hoffnung sah der Abt auf. Bucco schien es ehrlich zu meinen. „Ich habe eine Mission für Euch. Gelingt sie Euch, lasse ich den Ritter wieder zu seinem König ziehen." Dann erklärte er dem Abt in aller Ausführlichkeit sein Problem. Zwei Stunden später saß Liemar auf seinem Pferd und zog in Begleitung von sechs Wachleuten des Halberstädters auf Burg Ilseburg zu. Kurz vor Einbruch der Dunkelheit erreichten sie ihr Ziel, das ihnen aus der Höhe des Ilsesteins entgegenleuchtete. Sie entzündeten Fackeln und nahmen den langen Anstieg bis zur Bergkuppe, auf der die Burg in luftiger Höhe thronte, in Angriff. Erst ein schroffes: „Halt, wer seid Ihr?", verriet ihnen, dass sie endlich das Ziel erreicht hatten. „Ich bin der Abt vom Kloster Drübeck mit sechs Begleiten. Ich muss dringend den Burgherren sprechen!", rief Liemar zurück. Dabei schlotterten ihm die Knie, sowohl aus Angst als auch vor Hunger. Seit den Morgenstunden hatte er keinen Bissen zu sich nehmen können. Nein, derartige Strapazen waren nichts mehr für den Sechzigjährigen. Ihm verlangte es nach den Annehmlichkeiten des Klosterlebens. „Wartet vor dem Tor. Ich muss erst Erkundigungen einholen", brummte der Wachsoldat verdrossen zurück. Daraufhin trat eine imaginäre Stille ein, die durch das monotone Rauschen des Flüsschen Ilse unten im Tal noch verstärkt wurde. Ein Nachtvogel glitt über ihre Köpfe und stieß dabei einen seltsamen Ruf aus. Liemar gruselte es. Als endlich das Burgtor geöffnet wurde, preschte er auffallend hastig in den Innenhof, sprang von seinem Pferd und ließ sich augenblicklich zum Burgherren führen. Um die Männer seiner Bewachung sorgte er sich kaum. Ohne ihn würden sie kaum den Ilsestein verlassen. Gleichwohl, hier oben pflegte man Gastlichkeit, weshalb sich die Burgmannschaft ihrer annahm. „So später Besuch, mein lieber Abt? Das müssen ja zwingende Gründe sein, die Euch zu mir führen", begrüßte der Burgwart seinen Gast. „Das ist wohl wahr. Man hat mich mit einer delikaten Mission betraut", antwortete der Abt mit klagender Stimme. Der Ilsesteiner klopfte ihm Mut machend auf die Schulter: „Stoßen wir erst einmal auf unsere gute Nachbarschaft an, bevor Ihr von Euren Sorgen berichtet." Dankbar für die unverhoffte Atempause ließ sich Abt Liemar das dünne Bier genüsslich durch seine Kehle laufen. Sodann musterte er kritisch die Tischrunde, doch es ließ sich nichts Verdächtiges ausmachen. „Auf dieser Burg soll ein Mönch aus dem Kloster festgehalten werden. Sein Name ist Bruder Enzo", erklärte er mit Bestimmtheit und betrachtete dabei nochmals prüfend die Gesichter der Männer. Im Raum hielt augenblicklich jeder den Atem an. Liemar sprach weiter: „Andererseits befindet sich der erste Ritter des Königs, Otto von den Klusbergen, in Goslar in der Gefangenschaft des Bischofs von Halberstadt. Bruder Enzo soll gegen den Ritter ausgetauscht werden." Als Liemar nun schwieg, sahen sich alle in der Runde betroffen an. „Enzo gegen Ritter Otto?", vergewisserte sich nach einer peinlichen Pause der Burgherr. Der Abt nickte nur bestätigend und leerte dabei seelenruhig seinen Krug. Am Ende der Tafel erhob sich Ilse, die Tochter des Ilsesteiners. Tränen standen in ihren Augen, als sie den Raum überstürzt verließ. Zurück blieb verlegene Bestürzung. „Enzo, was ist an den Vorwürfen dran?", erkundigte sich der Burgwart, „bist du in Wahrheit ein Mönch?" Der Angesprochene erhob sich umständlich und hielt dabei den Blick gesenkt. Leise, ungewöhnlich leise erklärte er: „Ja, das stimmt. Als mich meine Eltern ins Kloster schickten, war ich begeistert. Aber da kannte ich die Liebe noch nicht. Im letzten Sommer lernte ich Eure Tochter kennen und seitdem möchte ich alles Mögliche sein, nur nicht Mönch." Dabei sah Enzo beschwörend den Burgwart an. Abt Liemar rang wie ein Ertrinkender nach Luft und starrte den jungen Mönch an. „Du hättest dich dem Bischof anvertrauen sollen! Das wäre klüger gewesen! Jetzt denken deine Brüder im Kloster, dass du hier gefangen gehalten wirst. Dem Verhältnis zwischen Burg und Kloster war das eher hinderlich", belehrte ihn der Abt gereizt. Augenblicklich mischte sich auch der Burgherr ein: „Unter diesen Umständen kannst du hier nicht bleiben. Du wirst morgen mit Abt Liemar die Burg für immer verlassen. Das ist mein letztes Wort!" Der Mönch antwortete nicht. Die Verzweiflung hatte ihm seiner Stimme beraubt. Die Tür öffnete sich und mit erhobenem Kopf betrat Ilse wieder den Raum. Trotz und Aufmüpfigkeit sprühten aus ihren Augen, während sie ihrem Vater zurief: „Ihr habt nicht das Recht, ihn wegzuschicken! Wir lieben uns." Der zornige Blick des Burgherrn ließ Ilse geradewegs verstummen. „Er wird gehen! Ich werde wegen ihm meinen Freund Otto nicht im Stich lassen!", lautete sein Schiedsspruch. Zugleich ergriff Liemar, in einem Tonfall, der keinen Widerspruch duldete, erneut das Wort: „Bei Tagesanbruch ziehen wir morgen los. Wir reisen zurück nach Goslar, wo uns Bischof Burchard von Halberstadt erwartet." Da geschah etwas Unerwartetes. Ilse schritt zur Tafel zurück und setzte sich demonstrativ neben Enzo. Sie ergriff seine Hand und umklammerte sie mit festem Griff. Bestürzt sah sie der Erwählte an. Als sich ihre Blicke trafen, erstarrte Ilse, denn in seinen Augen flackerte pure Angst. Es war nur zu deutlich, dass er sich bereits aufgegeben hatte! Angewidert zog sie ihre Hand zurück. „Du verdienst es nicht anders", zischte sie enttäuscht und verließ fluchtartig die Ritterstube. Bald darauf löste sich die Gesellschaft auf und jedermann suchte sich einen brauchbaren Schlafplatz innerhalb der winzigen Burg. Liemar war zu aufgekratzt, um sofort einschlafen zu können, denn er fand es schon beachtlich, wie geschickt er den Grund für Ottos Inhaftierung umschifft hatte. Aus dem Tal drang überdeutlich das Plätschern des Flüsschens Ilse zu ihm, und auf der Burg weinte immer noch ein Mädchen. Mit Wehmut im Herzen schlief er endlich ein, dem neuen Tag und neuen Herausforderungen entgegen. Mitten in der Nacht wurde er aus seinem tiefsten Schlaf gerissen. Rufe, Schreie drangen an sein Ohr, Menschen hetzten über den kleinen Burghof. Kurz darauf kehrte die Stille zurück. Noch eine ganze Weile lauschte Liemar mit angespannten Sinnen in das Dunkel der Nacht hinein, bis ihn der Schlaf endlich unbemerkt übermannte. Der neue Tag begann wie immer zeitig auf der Burg und auch der Abt stand längst vor dem ersten Hahnenschrei reisefertig bereit. „Euer Mönchlein beabsichtigte heute Nacht, sich heimlich aus dem Staub zu machen", erklärte ihm der Burgwart zur Begrüßung, „aber die Wachen konnten ihn zurückhalten. Wir werden doch nicht riskieren, dass unser Freund Otto in den Klauen des Halberstädter bleibt." Der Abt bedankte sich und zog wenig später mit Enzo, dem Ausreiser, in Richtung Goslar los.

Die Wände im Turmzimmer funkelten im frostigsten Weiß, als Otto am Morgen die Augen aufschlug. Wäre dieser Winterzauber nicht mit der bitteren Kälte des Wintertages verknüpft gewesen, hätte sich der Ritter gewiss daran erfreut. So allerdings zog er die dünne Schlafdecke nur noch fester um seine Schultern. Von draußen vernahm er schwere, von Ächzen und Stöhnen begleitete, Schritte. Alarmiert erhob er sich von seinem Lager. „Adalbert, steh auf! Wir bekommen hohen Besuch, den wir in aller Würde empfangen werden", flüsterte er seinem Knappen zu. Schon schob man den schweren Riegel geräuschvoll zur Seite und im Türschloss krachte metallisch ein Schlüssel. Geräuschvoll öffnete sich die Tür und eine massige Gestalt quetschte sich seufzend durch den Eingang. Bischof Burchard von Halberstadt, auch Bucco genannt, betrat mit einigen Gefolgsleuten das zugige Turmzimmer. Nachdem er sich interessiert umgesehen hatte, stellte er sich vor das kleine Fenster. Doch die Düsternis, die er dabei im Raum erzeugte, zwang ihn diese von ihm stets geschätzte Position aufzugeben und einen Schritt zur Seite zu treten. Abschätzig studierte er alsdann seine beiden Gefangenen, um sie darauf übergangslos im besten Plauderton anzusprechen. „Es ist lange her, dass ich dieses Zimmer betreten habe. Damals, zu Zeiten Heinrichs III. hatte man hier Adelheid, seine Tochter, untergebracht. Sie sollte zur Sühne eine Altardecke mit allen bekannten Tieren dieser Welt sticken. Ich war der Einzige, der ihr in jenen schweren Tagen beistand." Mit unbewegter Miene starrte Otto den Bischof an. „Warum erzählt Ihr mir das? Ich kenne die alten Geschichten genauso gut wie Ihr! Sagt mir lieber, warum ich hier festgehalten werde!", knurrte er Bucco an. „Sagt Ihr mir lieber, was Euer Auftritt hier in Goslar am Krönungstag zu bedeuten hatte!", erwiderte der unterkühlt, denn der Ritter hatte mit seiner Frage den Gefühlsüberschwang, den die Erinnerungen in ihm ausgelöst hatten, verscheucht. Die Frage selbst blieb unbeantwortet, denn Otto war zu stolz, um eine Ausrede zu erfinden. „Na gut", erklärte der Bischof, „dann ist offenbar mal wieder das Temperament mit Euch durchgegangen. Das war doch nicht das erste Mal, dass Ihr ebendarum Kerkermauern von innen gesehen habt!" Otto verharrte weiterhin im Stillschweigen, während ihn sein Knappe mit verklärter Bewunderung betrachtete. „Dabei beabsichtigte ich nur, Euch eine erfreuliche Botschaft persönlich zu überbringen. Ihr seid frei und dürft Eures Weges ziehen, aber möglichst weit weg von Goslar!" Augenblicklich horchte der Ritter auf: „Warum darf ich jetzt gehen?" „Euer Begleiter, Abt Liemar, ist gestern zurückgekommen und hat mir einen entlaufenden Bruder aus dem Kloster zurückgebracht. Es hatte den Anschein, dass man ihn auf Burg Ilsestein festgesetzt hatte. Deshalb planten wir, ihn gegen Euch auszutauschen." „Es hatte den Anschein?", erkundigte sich Otto voller Neugier. Leutselig plauderte der Bischof weiter: „Der Esel hatte sich in die reizende Tochter des Burgwarts verguckt und vermutlich deshalb als Wachmann auf der Burg gedient. Nun weilt er wieder unter dem Dach der Kirche und somit ist der Austausch vollzogen. Ihr seid frei Ritter Otto von den Klusbergen!" Bucco lächelte zufrieden und Otto bedankte sich mit einer ehrerweisenden Verbeugung. Gleich darauf sah er den ehemaligen Erzieher seines Königs fragend an: „Sagt mir Bischof, warum habt ihr damals die Seite gewechselt, warum kämpft Ihr gegen Heinrich? Ich finde dafür keine Erklärung, vor allem, weil Ihr in der Tat zum engeren Kreis des Herrscherhauses gehört habt." Das Gesicht des Halberstädters erstarrte zur Maske, aus seinem Körper entschwand die Gelöstheit und in seinen Augen loderte ein bedrohliches Feuer. Er antwortete nicht, stattdessen verließ er eiligst das Turmzimmer. Die Tür, durch die er kurz zuvor siegesgewiss gekommen war, quietschte dabei in ihren Angeln und schlug heftig gegen den Rahmen. Doch das Tor zur Freiheit blieb offen, sie waren nach Lage der Dinge frei! Otto und Adalbert ließen sich nicht lange bitten, sie hatten es eilig, denn im Rittergut in der Nähe der Blankenburg wurden sie lange schon erwartet. Allerdings erforderte es der Anstand, dass sie sich zuvor bei ihrem Retter bedankten. So zog sich die Heimreise ein weiteres Mal in die Länge!

Buccos Wut verrauchte erst nach und nach. Später, als ihm bewusst wurde, dass Ottos Frage ehrlicher Art gewesen war, konnte er ihm vergeben. Dieser Ritter hatte doch keine Ahnung davon, mit welcher Vehemenz Papst Gregor in einem Brandbrief von ihm Unterwerfung und Gehorsam eingefordert hatte. Wollte Bucco nicht sein Amt als Bischof einbüßen, dass er einst vom König empfangen hatte, musste er sich Gregors Forderungen bedingungslos beugen!

Rom

– 2. Juni 1083 –

Brütende Mittagshitze hatte die Menschen gezwungen, sich nach schattigen Plätzen umzusehen. Unter einem, nur durch die Thermik der aufsteigenden Luft bewegten Sonnensegel, saßen die Ritter des Königs und reinigten schweigend ihre Waffen. Sie lagerten nun bereits das dritte Mal vor Rom und waren mit den Strapazen der italienischen Sommer bestens vertraut. Seit Tagen lieferten sie sich unentwegt und an den verschiedensten Stellen der Mauern Roms Scharmützel mit den städtischen Verteidigern, aber alle Sturmanläufe waren erfolglos geblieben. Umso mehr genossen sie die Ruhe der Mittagsstunden unter der gleißenden Sonne. Graf Wiprecht von Groitzsch trat unter das Sonnensegel, und suchte sich ebenfalls ein geruhsames Plätzchen. Ohne zu zögern rückten die Ritter zusammen, denn der Groitzscher zählte zu den Helden dieses Feldzuges. Bei einem der Scharmützel mit den Verteidigern Roms hatte er ihrem König das Leben gerettet. Heinrich kämpfte auch an jenem Tag wie ein Gleicher unter Gleichen und drosch mutig auf seine Gegner ein. Jedoch der Schwerthieb eines Römers schlug ihm sein Schwert aus der Hand. Wiprecht, der an seiner Seite kämpfte, reichte dem König seine eigene Waffe und verteidigte sich selber nur mit seinem Schild, bis die Ritter des Königs rettend eingreifen konnten. Fluchtartig verließen daraufhin die Römer das Schlachtfeld. Seitdem klopften ihm die Männer dafür immer wieder anerkennend auf die Schulter.

Mittlerweile war es Juni geworden und die Unruhe unter den Rittern wuchs erneut. Es wurde Zeit, Rom einzunehmen, denn mit jedem neuen Waffengang starben Männer, die beim finalen Angriff fehlen würden. Otto legte den Bogen zur Seite und ließ seinen Blick nach draußen schweifen. In der Ferne entdeckte er seinen Knappen, der vor der Stadtmauer eifrig Pfeile einsammelte. „Seltsam, wie weit der Junge sich vorwagt", wunderte er sich. Auch Uldarich, ein langjähriger ritterlicher Freund des Königs, sah auf. „Du hast recht, das ist ungewöhnlich", kommentierte er seine Beobachtung. Das war der Augenblick, in dem Knappe Adalbert ebenso überrascht aufblickte. Auch er begriff es nicht; er stand am Fuße der Mauer und niemand störte sich daran. In geduckter Haltung trat er den Rückweg an und noch immer blieb alles ruhig. Argwöhnisch starrte er nach oben, um gleich darauf ins Feldlager zurückzustürmen. „Die Wachen sind weg, Rom gehört uns!", rief er mit glänzenden Augen den Rittern des Königs zu. Ungläubig sahen sich die Männer an, um gleich darauf emporzuschnellen. Die Glut der Mittagssonne, alle bisherigen Strapazen und Waffengänge waren vergessen, die Römer hatten ihnen zugegebenermaßen symbolisch die Tore geöffnet! „Ruft das Heer, wir stürmen Rom!", befahl Heinrich IV., nachdem man ihm die gute Nachricht gebracht hatte. Unwillkürlich musste Otto an seinen Vetter Eckehart denken, der nach der zweiten erfolglosen Belagerung von Rom im Februar 1082 die Heimreise angetreten hatte. Den Glauben, dass er jemals von einem Papst von seinen Sünden losgesprochen wurde, hatte er da längst verloren.

Schon stellten die sächsischen und mailändischen Ritter, unter der Führung des Mailänder Erzbischof Tebald und Wigbert von Thüringen, die Leitern auf, schon kletterten die ersten ameisengleich Sprosse für Sprosse nach oben. Mit gezogenen Schwertern sprangen sie kampfbereit auf das bis dahin unbezwungene Bollwerk. Und noch immer stellte sich ihnen kein einziger Römer in den Weg. „Geschafft!", rief Gottfried von Bouillon, der als erster seinen Fuß auf römischen Boden setzte. Unter diesen Umständen durfte er auf die Liste der Heldentaten eine weitere setzen, nachdem er in der Schlacht bei Hohenmölsen dem Gegenkönig Rudolf von Rheinfelden den tödlichen Stoß versetzt hatte. Gottfried war durch und durch hungrig nach Ruhm und glühte vor Tatendrang. Otto hatte Not, dem jungen Helden zu folgen, doch auch er wollte so schnell wie möglich auf den Mauern der Leostadt stehen. Dort prüften die Ritter erneut die Lage. „Von den Wachen ist weit und breit nichts zu sehen", stellte Otto beruhigt fest, „womöglich können wir Rom ohne Blutvergießen einnehmen." Gottfried erteilte längst neue Anweisungen: „Die Hälfte der Männer sichert die Umgebung, die anderen öffnen das Stadttor!" Während sich die Ritter aufteilten, verharrten Otto und Uldarich mit weiteren Couragierten auf der Stadtmauer. „Von hier aus haben wir den besten Überblick. Wir sollten auf jeden Fall mit einem Hinterhalt rechnen", erklärte Uldarich seinen Begleiter und sah sich dabei wieder prüfend um.

Die Engelsburg in Rom

„Hinter uns ist eine Gruppe des Wiprecht von Groitzsch", stellte er hierauf fest. „Achtung, vor uns sind Römer", rief Otto laut genug, um alle zu alarmieren. Erste Kämpfe entschieden die Ritter für sich. Auch auf der Straße gab es Angriffe, die von Heinrichs Heer erfolgreich abgewehrt wurden. Alarmiert warf Otto einen Blick auf den Zug des Königs, der im Kreis seiner Unterstützer und mit seinem Gefolge abwartend vor dem Tor stand. In dem Maße, wie sich das Tor zur Stadt öffnete, wuchs in den beiden Rittern wieder die Unruhe. „Wenn das nicht ein weiterer Hinterhalt ist und die Römer uns in eine Falle gelockt haben?", befürchtete er jetzt besorgt. „Wir werden die Lage weiterhin von hier oben beobachten", entschied Uldarich, „die ersten Angriffe haben wir immerhin siegreich pariert." Endlich war es soweit! König Heinrich IV. betrat römischen Boden und eilte voller Tatendrang zur Kaiserpfalz, ins Zentrum der Stadt. Immer noch skeptisch, schlossen sich ihm die Ritter auf der Stadtmauer an, doch niemand stellte sich ihnen erneut in den Weg. „Sie haben aufgegeben. Der Hunger hat sie in die Knie gezwungen", beurteilte Otto die Lage. „Du kannst recht haben. Sieh nur, wie sie mit mürrischen Mienen den Zug des Königs anstarren. Eine mehr als heikle Lage!", antwortete Uldarich ebenso nachdenklich. Und wirklich, immer wieder stellten sich ihnen römische Soldaten beherzt in den Weg und forderten den Zug der Ritter zum Kampf heraus. So säumten Tote und Verwundete aus beiden Lagern den Weg Heinrichs IV. durch Rom. „Komm, schließen wir uns jetzt den anderen an. Es wird höchste

183

Zeit!", entschied Otto. Sie erreichten die Brücke des Tiber, von wo aus sich ihnen der Blick auf die Engelsburg öffnete. Das stattliche, das prunkvolle Rom lag vor ihnen und erzeugte bei den Rittern Sprachlosigkeit. Sie begriffen urplötzlich, hier schlug das Herz der ihnen bekannten Welt. Uldarich musste ungewollt grinsen, als er Otto erklärte: „Sieh, dort drüben, in dem Steinhaufen, den sie Engelsburg nennen, hockt derselbe Papst, der Heinrichs Untergang bis Peter und Paul 1080 geweissagt hatte. Jetzt sind bald wieder die Tage des Peter und Paul, und wir haben das Jahr 1083. Jedoch König Heinrich steht vor seiner Tür!" Otto lachte ebenfalls amüsiert auf. „Ja, er ist ein wahrer Prophet, dieser Papst Gregor. Im letzten Jahr hat er sich doch sogar der Wasserprobe ausgesetzt, um seine Prophezeiung zu stützen." Die Ritter starrten entschlossen zur Engelsburg, als ob sie den Pontifex maximus allein mit ihren Blicken daraus vertreiben könnten. „Was bedeutet das, Wasserprobe?", hörte Otto seinen Knappen fragen. Der Ritter setzte eine feierliche und belehrende Miene auf und erklärte: „Bei einer Wasserprobe holt man einen Ring mit seiner Schwurhand aus einem Kessel mit kochendem Wasser heraus! Danach wird der Arm verbunden. Wenn die Wunde nicht eitert, hat man die Probe bestanden. Gott hat dann einem vergeben." Nachdenklich kniff der Knappe die Augen zusammen, wobei nun auch sein Blick auf dem kolossalen Steinhaufen ruhte. „Und, wurde der Papst freigesprochen?", erkundigte er sich äußerst interessiert. „Offenkundig nicht", erwiderte Uldarich, „sonst würden wir doch nicht hier stehen." Ein befreiendes Lachen rollte durch die Reihen der Ritter.

Bald nach ihrer Ankunft krönte Heinrich IV. seinen Papst Clemens. Es war die Antwort auf seine erneute Bannung durch Gregor, dessen Machtbereich sich inzwischen auf eine einzige Burg beschränkte.

Wieder bedauerte Otto, dass sein Vetter Eckehart diesen bedeutsamen Tag nicht miterleben konnte. Er überlegte ernsthaft, ob er ihm einen Boten schicken sollte. Gleich darauf verwarf er den Gedanken, denn bislang waren die Machtverhältnisse im Reich nicht endgültig geklärt!

Heinrich hatte sein Lager in der Kaiserpfalz auf dem Palatin aufgeschlagen und trat damit in die Fußstapfen der römischen Kaiser. Jetzt verweilte er im einstmals wichtigsten Zentrum des Reiches. Seine Ritter realisierten erst am zweiten Tag, nachdem sich ihre Kampfbereitschaft in alltägliche Routine zu wandeln begann, vollkommen die Größe und die Schönheit des Forum Romanum mit seinen Markthallen, Tempeln, Triumphbögen und dem Palatin. In jeder freien Minute, die ihnen durch die Errichtung ihres befestigten Feldlagers blieb, streiften sie voller Bewunderung durch die Straßen Roms. Keiner wagte einen Vergleich mit den Städten im heimatlichen Deutschland, deren Wirkung eher von profaner Art war. Nach Beendigung ihrer Streifzüge stürzten sie sich unverzüglich wieder in ihre wichtigste Tätigkeit - in die Errichtung eines befestigten Lagers. Der Grund war die immer noch präsente feindselige Haltung der Römer gegenüber Heinrich IV. Der hatte verstanden, dass er, selbst hier in Rom, seiner Kaiserkrone nur wenig nähergekommen war. So begannen die Tage der Diplomatie. Die Vertreter der römischen Kurie und Bürgerschaft, des italienischen Adels wurden zu Verhandlungen einbestellt. Heinrich brauchte ihre Unterstützung. Von den Kardinälen verlangte er eine Synode, mit dem Ziel, Gregors Verhalten zu verurteilen.

Währenddessen saß der in seiner Fluchtburg, die einst als Mausoleum für Kaiser Hadrian und seine Nachfolger erbaut worden war, und fühlte sich darin längst lebendig begraben. Doch sein ganzes Wesen begehrte dagegen auf, ruhelos versuchte er, die Fäden des Handelns wieder zu ergreifen. Bis Mitte Januar hatte er auf Hilfe aus Deutschland, vom Gegenkönig Hermann, gehofft. Einen Boten nach dem anderen hatte er nach Goslar geschickt und wurde doch immer wieder nur vertröstet. Mitte Januar erreichte Gregor dann eine rabenschwarze Nachricht! Hermann I., den sie zu Hause den Knoblauchkönig nannten, sagte seinen Feldzug endgültig ab. Sein größter militärischer Stratege, Graf Otto von Northeim, war am 11. Januar verstorben. Mit dem Tod des Northeimers verlor die deutsche Fürstenopposition ihre wichtigste Säule. So war Gregor gezwungen, sich auf die von Heinrich geforderte Synode im November einlassen, denn andere militärische Hilfe war nicht in Sicht! Infolgedessen rief er alle seine Anhänger für November nach Rom. Aber bis dahin würde noch viel Wasser durch den Tiber fließen, viel Zeit vergehen, die Gregor nutzen wollte. In ihm reifte ein Plan, in den er nur seinen Sekretär Petro Leone einweihte. Der ansonsten vom Papst nur verhöhnte und gescholtene Mann sah seine Chance gekommen und stürzte sich mit Feuereifer in die Umsetzung des Handstreiches.

Wie jeden Abend patrouillierten die Ritter des Königs durch die Straßen der Leostadt. Die Sonne begann schon hinter den Hügeln in die Nacht einzutauchen und vergoss dabei ihr rotgoldenes Licht auf das Land. Berührt blieb Otto stehen, um den Anblick in seiner Seele aufzubewahren. Mit der Frage: „Otto, siehst du dich schon wieder nach Weibern um?", neckte ihn Uldarich. Selbst ihm war Ottos Hang zu schönen Frauen nicht verborgen geblieben. Die Frage des Freundes setzte Otto unversehens in die Wirklichkeit zurück. Aus der Ferne näherte sich ihnen lachend und scherzend eine Gruppe junger, reizender Römerinnen. „Verdammt, sehen die himmlisch aus. Kommen die etwa auf uns zu?", antwortete er verwundert. Ottos Verwunderung stieg, denn die Schönen blieben in der Nähe der Ritter stehen. „Sprich sie an, mach schon", forderte Uldarich seinen Freund ungeduldig auf. „Was soll ich denn sagen, ich verstehe ihre Sprache nicht?", sinnierte Otto. Dessen ungeachtet ließ er die Begehrenswerten nicht aus den Augen. Uldarich stöhnte genervt auf, dann ergriff er selber die Initiative. „Buonasera Signorina, hallo!", rief er ihnen zu. Wieder kicherten und tuschelten die Mädchen und versuchten sich mit Zeichensprache verständlich zu machen. Schnell wurde man sich einig. „Vino!", lautete ihre Botschaft. Doch als die Männer eine Cantina anvisierten, deuteten die Mädchen auf das Heerlager der deutschen Ritter. „Wenn das man gut geht!", stöhnte Otto, ergriff aber längst zwei von ihnen und zog glückstrahlend los. Der euphorische Empfang im Lager verwehte seine letzten Bedenken und binnen kürzester Zeit saßen sie gemeinsam in geselliger Runde zusammen. Ohne sich lange zu zieren, prosteten die Mädchen den Rittern zu und aus ihren Augen strahlte dabei verführerisch die Sonne Italiens. Offensichtlich genossen sie die Umarmungen und die heißen Küsse ihrer Verehrer. Ein Musikant sang in nächster Nähe zu seiner Laute wehmütige Lieder, wodurch sich der Harzer auf eine Insel der Glückseligen versetzt fühlte. „Wo ist Heinrich?", erkundigte sich in diesem sinnverwirrenden Augenblick die Venus, die er in seinen Armen hielt. Otto starrte sie einen Moment irritiert an. Immerhin antwortete er: „Heinrich kommt später, der hat Wache." Die Römerin hatte zwar die Antwort nicht verstanden, doch begriffen, dass Heinrich nicht unter ihnen weilte. Ein weiterer Ritter gesellte sich zur Gemeinschaft. „Heinrich?", erkundigte sich das Mädchen wieder. Otto verneinte. Kurze Zeit darauf erschien Ritter Heinrich von Trier. „Heinrich", rief ihm Otto befreit zu, „du wirst von diesem Frauenzimmer erwartet." Dabei schob er sie bereits resigniert von sich weg. Der Angesprochene, ein junger Ritter von hünenhafter Gestalt, sah sie prüfend an. „Du gefällst mir", rief er der Römerin zu. Mit einer unmissverständlichen Geste signalisierte er ihr sein Interesse und kurz darauf lag sie bereits in seinen Armen. Während Ritter Heinrich Otto voller Schadenfreude angrinste, sah der seiner Eroberung stumm nach. Daraufhin leerte er, wohl aus Verlegenheit, in einem Zug einen Becher Wein und als er wieder aufsah, war Ritter Heinrich mit der römischen Schönheit verschwunden. „Wo sind die beiden hin?", erkundigte er sich bei Uldarich, der mit einer weitausholenden Armbewegung eine Richtung andeutete. Otto erhob sich von seinem Platz. Für ihn war die Angelegenheit nun doch noch nicht erledigt! So simpel ließ er sich nicht eine Frau ausspannen. Eine der Schönen schenkte den Rittern lachend Wein in ihre

Krüge nach. Die Stimmung war ausgelassen, doch Otto ließ sich jetzt nicht beirren, er wollte den beiden folgen. Er war gerade ein paar Schritte gegangen, als der gequälte Aufschrei einer Frau alle aufschrecken ließ. Getrieben von Neugier und Panik riss es etliche von ihren Plätzen, um kurz darauf verstört stehen zu bleiben. „Sie wollte mich mit ihrem Dolch umbringen", stöhnte Ritter Heinrich. Blutend kniete er am Boden, gebeugt über die Römerin, die jeden mit ihren gebrochenen Augen noch trotzig anstarrte. „Ich habe mich bemüht, ihr den Dolch zu entreißen, doch im Handgemenge erhielt sie einen tödlichen Stoß in die Brust", berichtete der Ritter weiter. Vorsichtig erhob er sich, wobei er eine Hand schützend gegen seinen Körper drückte. Otto begriff! Dieser Anschlag hatte nicht dem Ritter, sondern seinem König gegolten. Der hatte sie aber vergeblich warten lassen, da er immer noch mit den Römern tagte, um sie von seinem Anrecht auf die Kaiserkrone zu überzeugen. Als Otto die Vermutung aussprach, erwiderte Uldarich: „Fragen wir doch mal die anderen Mädchen, die wissen bestimmt mehr." Eine Vorahnung durchfuhr Otto. Die Männer hetzten zurück, aber die jungen Frauen waren spurlos verschwunden. Dafür lagen die zurückgebliebenen Ritter regungslos auf ihren Plätzen. „Sind sie tot?", erkundigte sich Uldarich bei den anderen. Otto roch an einem Becher, der halbausgetrunken auf der Tafel stand. „Gift, alle sind vergiftet worden!", sprach er fassungslos. „Mindestens zehn davon sind meine Männer", bemerkte Graf Wiprecht von Groitzsch verzweifelt, „jetzt habe ich nur noch ein gutes Dutzend Ritter unter meinem Befehl." Alle starrten sich paralysiert an. Zu keiner Zeit hatten sie mit einem solch heimtückischen Anschlag gerechnet! „Ich habe mich benommen, wie ein Tölpel", richtete Otto sich selber. Lange fand er in dieser Nacht keine Ruhe. Er hatte ein schlechtes Gewissen, denn nur zu gern hatte er sich von den Römerinnen ansprechen lassen. Erst der Gedanke, dass in zwei Tagen der Abzug des königlichen Heeres geplant war und er als Bote in die deutschen Lande ziehen sollte, beruhigte sein Gemüt. „Diese Römerinnen sind wahrhaft außergewöhnlich", waren seine letzten Gedanken, bevor ihn der Schlaf übermannte.

Derweil brannte in der Engelsburg in einer abgeschiedenen Kammer noch Licht. Aufgewühlt rannte Gregor unentwegt von einer Ecke des Raumes zur anderen. Selbst das kleinste Geräusch ließ ihn alarmiert aufhorchen. Erst gegen Mitternacht öffnete sich behutsam die Tür und Petro Leone, der langerwartete Sekretär, erschien zum Report: „Der Anschlag ist missglückt. Heinrich lebt, die Hure ist tot. Sie hat sich offenkundig selbst gerichtet. Doch dreißig Rittern hat der Anschlag das Leben gekostet." Papst Gregor tobte, fluchte und ließ an dem armen Mann kein gutes Haar. Für

Petro war das nichts Neues. Er wartete mit stoischer Gelassenheit darauf, dass sich der Pontifex an ihm ausgetobt hatte. Anschließend würde sich der Gottkönig Gregor zu einem Zwiegespräch mit seinem Gott in die kleine Kapelle zurückzuziehen. Händeringend würde er für das Seelenheil von Herzog Robert Giscard beten, auf dessen Normannenheer er seit langem inständig wartete!

In dieser Nacht sah sich Sekretär Petro, bevor er das Licht löschte, nochmals ahnungsvoll um. Waren Gregors Tage hinter diesen Mauern gezählt, hatte er überhaupt eine Chance?

Es war Juli geworden und wieder waren die krankmachenden Fieberdünste aus den Mooren in die Stadt zurückgekehrt. Das königliche Heer stand zum Abzug bereit. Ein letztes Mal fand der Monarch mit seinen Getreuen zusammen, letzte Absprachen waren nötig: „Die Römer haben mir versichert, dass sie den Papst bis November zu einer endgültigen Entscheidung zwingen werden", eröffnete Heinrich seinen Anhängern, „als Garantie für ihre Bemühungen ziehen heute sieben römische Geiseln mit uns. Im November, zur Synode, kehren wir verstärkt zurück. Ritter Otto von den Klusbergen wird unsere Verbündeten in Deutschland mobilisieren. Wir müssen den Druck auf den Papst erhöhen." Zustimmendes Geraune der Anhänger des Königs lief durch die Reihen, worauf der seine Ansprache fortsetzte: „Mein Freund Uldarich von Godesheim wird mit dreihundert Rittern unsere Wehranlage in dieser Stadt bewachen. Ebendieses Lager ist die vorderste Stellung unseres Kaisertums! Ich selber statte mit dem Heer den Freunden Gregors in Norditalien einen Besuch ab, um sie von der Rechtmäßigkeit unserer Ansprüche auf die Kaiserkrone mit Nachdruck zu überzeugen!" Der aufflammende Jubel der Ritter bestärkte Heinrich in seinen Plänen. In jedem einzelnen von ihnen brannte die Überzeugung, dass sie unwiderruflich vor dem Erreichen ihrer Ziele standen. In vier Monaten sollte ihr König, Heinrich IV., der Kaiser des deutsch-römischen Reiches sein! Der König ging auf Otto und Uldarich zu: „Macht eure Sache gut, ich brauche euch noch! Im November feiern wir gemeinsam unseren Triumph." Nach einer Pause gab er seinem ersten Ritter Otto noch einen guten Rat mit auf den Weg: „Falls dich wieder schöne Frauen verführen wollen, sei auf der Hut. Schließe die Augen und renne, sonst nimmt es noch einmal ein schlimmes Ende mit dir!" Otto verstand und sah seinen Freund reumütig an. „Eigentlich waren wir alle schwer begeistert, als sich uns die Schönheiten anboten", entschuldigte Uldarich seinen Kampfgefährten, „es hatte doch niemand mit solch einem perfiden Hinterhalt gerechnet." Heinrich sah die beiden nachdenklich an: „Genau das unterscheidet uns!", sprach er desillusioniert, „ich rechne immer damit hintergangen, verraten und belogen zu werden." Betreten sah Otto auf. „Herr, wir beide stehen loyal an Eurer Seite! Wir halten unseren Eid!", beteuerte er inständig. „Ich weiß eure Freundschaft zu schätzen. Hintergangen wurde ich von Bischöfen, Herzögen und Fürsten. Sie alle glaubten, ich wäre zu schwach, zu unerfahren als Regent. Eure unbedingte Treue, euer Rat und euer Handeln waren mir in diesem Ringen mit den Mächtigsten immer die bedeutsame Stütze." Freundschaftlich klopfte Heinrich seinen Getreuen auf die Schulter. Die Stunde des Abschieds war gekommen und erneut sollte ihre Ergebenheit auf eine schwere Prüfung gestellt werden.

Halberstadt

– August 1083 –

in Tross von gut zwanzig Reitern näherte sich der Domstadt am Rande des Harzes, der Stadt Buccos, der einst mit seinen Geschenken die Kinderherzen hatte höherschlagen lassen. Seit zwei Jahren erschallte der Ruf: „Bucco kommt, Bucco kommt!", nur noch selten. Der Bischof hatte sein Betätigungsfeld auf Goslar verlegt. Inzwischen tuschelten die Leute hinter vorgehaltener Hand: „Seit dem Tod des Northeimers ist Bucco der erste Berater des Knoblauchkönigs geworden." Dabei grienten sie einander amüsiert zu.

Der Reitertrupp, angeführt von Ritter Otto, ließ die Stadt nördlich liegen und zog westwärst auf die Klusberge zu. Sie hatten vor, dort zwei Tage zu rasten, bevor sie in ihrer Mission als Boten des Königs weiterritten. Nach und nach zeichneten sich die Gebäude des Herrenhauses in der Ferne ab, ein Ort, in dem Otto eine glückliche Kindheit erleben durfte. Anspannung und Vorfreude auf das Wiedersehen mit Oheim Hubert und der Seele des Hauses, Tante Gudrun, wuchsen, je näher sie ihrem Ziel kamen. Wie würden sie ihn nach so langer Zeit aufnehmen? Noch weit wichtiger war es ihm zu erfahren, wie es seiner Schwester Edda und ihrem Kind ging, die seit ihrer Rückkehr aus Köln auf dem Gut in den Klusbergen wohnten. „Wir sind da!", rief Otto seinen Männern zu, als sie vor dem großen Tor des Anwesens standen, das sich in all den Jahren kaum verändert hatte. Ihre Ankunft war nicht unbemerkt geblieben, denn schon öffneten sich die Torflügel und gaben den Blick auf den Innenhof, die Wohngebäude und Stallungen frei. Auf der großen Freitreppe hatten sich die Edlen von den Klusbergen zum Empfang aufgereiht. Otto fühlte sich an seinen ersten Besuch erinnert, an die Großeltern, deren Begrüßung recht unterkühlt ausgefallen war. „Die Ritter des Königs grüßen und bitten für zwei Tage um Kost und um einen Platz zum Aufschlagen des Lagers", rief Otto den Verwandten zu. Mit diesen Worten sprang er schon von seinem Pferd und eilte den Wartenden entgegen. Tränen standen den beiden Alten in den Augen, während Schwesterchen Edda glücklich strahlte. „Wir dachten schon, dass du uns völlig vergessen hast.", sprach Hausherr Hubert mit bewegter Stimme, „Sei herzlich begrüßt, wie auch die anderen Ritter des Königs." Es wurde ein bewegendes Wiedersehen, das Edda letztendlich vor Freude weinen ließ. „Hier, das ist dein Neffe Arno", erklärte sie feierlich und schob dabei den Vierjährigen auf Otto zu. „Bist du Otto, der Freund des Königs?", erkundigte sich das Kind interessiert. „Ja, deshalb bin ich auch ständig unterwegs und kenne kaum noch meine Familie", stöhnte der Ritter. „Das kann man ändern", rief Edda und fiel dabei ihrem Bruder um den Hals. „Woher kommt ihr? Wie man mir berichtete, befindet sich der König derzeit in Italien", erkundigte sich Hubert. Sie sind alt geworden, stellte Otto berührt fest, aber aus ihren Augen leuchtet nach wie vor ein wacher Geist. „Wir kommen aus Rom. Wir sind zusammen mit Graf Wiprecht von Groitzsch gereist. Der Graf muss neue Männer ausheben. Im November wollen wir wieder in Italien sein", berichtete Otto aufgekratzt. Hubert von den Klusbergen nickte zufrieden: „Es ist an der Zeit, dass wieder Frieden in dieses Land einzieht. Aber unser Bischof hört nicht auf, Ränke zu schmieden. Reden wir lieber über Erfreulicheres und feiern heute Abend deine Heimkehr. Ich lass uns ein Schwein schlachten, denn ihr seht alle recht ausgezehrt aus!" Mit einem einstimmigen Hallo nahmen die Männer die Einladung an.

Es war eine feuchtfröhliche Nacht gewesen, trotzdem weckte Otto seinen Knappen beim ersten Hahnenschrei: „Steh auf, wir unternehmen beide einen Ausritt. Ich zeige dir den Klusfelsen. Sei still und weck die anderen nicht." Wie Diebe schlichen sich beide vom Hof, wo sie der Morgengesang der aufsteigenden Feldlerchen begrüßte. An den Gräsern klebte noch der Morgentau, den die Sonne bald begierig verzehren würde. Otto sog die frische Morgenluft wie ein Ertrinkender tief ein. Diese Frische und diesen Duft nach Wiese und Heu hatte er vor, für immer in seinen Erinnerungen einzuschließen. Dabei fielen ihm die Fieberdünste in Rom und ihre todbringende Fracht wieder ein. Ritter Uldarich kam ihm in den Sinn, der in der Ewigen Stadt zurückgeblieben war. Otto fühlte plötzlich Schuld, dass er hier in der Heimat sein durfte. Mit einem mauen Gefühl gab er seinem Pferd die Sporen und stürmte auf dem Pfad in Richtung Halberstadt weiter. Er war gewillt an nichts mehr zu denken, stattdessen nur noch die Freiheit und den Frieden der Landschaft zu genießen. Sein Knappe hatte Not, ihm zu folgen. Er begriff die Eile nicht. „Herr", rief er ihm besorgt zu, „Ihr reitet wie von Teufeln getrieben. Was wollt ihr denn in der Stadt?" Jetzt wusste der Ritter, was ihn antrieb: Watelinde! Er drosselte das Tempo und ließ Adalbert aufrücken. „Ihr habt im Sinn, sie zu besuchen", vermutete der Knappe enttäuscht. Ein wütender Blick seines Ritters brachte ihn zum Schweigen. Wortlos trabten sie Seite an Seite durch die engen Gassen der Stadt, in die längst die übliche morgendliche Betriebsamkeit eingezogen war. Erst in der Nähe des Doms machten sie Halt. Otto sah sich aufmerksam um. „Die Menschen sind auf dem Weg zum Gottesdienst", stellte er fest, „wir bleiben hier und warten." Der Knappe nickte nur zustimmend und sprang ebenfalls von seinem Pferd. Kurz darauf hatte Otto sich umentschieden: „Versorge du die Pferde, ich gehe ebenfalls in das Gotteshaus." Adalbert hob enttäuscht die Schultern und zog verdrießlich mit den Pferden davon, während Otto sich einen günstigen Platz im Eingangsbereich des Doms sicherte. Jetzt hieß es warten! Ein Weib trat aus dem Gegenlicht des Tores in das Dämmerlicht des Gotteshauses ein. Watelinde? Aber gleich darauf wandelte sich Ottos Euphorie in Enttäuschung um; er hatte sich geirrt. Er musste weiter warten. Schließlich erschien sie, er war sich sicher. Es war ihre Art zu Laufen, ihre Gestalt, ihr Gesicht, die ihm verrieten, dass seine kleine Waldelfe den Dom betreten hatte. Zwei Mädchen folgten ihr, Anna und Amalia. Bestürzt stellte Otto fest, dass er die beiden seit Jahren nicht gesehen hatte. Sie hatten sich verändert, waren zu jungen Frauen gereift. Nur mit Mühe bezwang er den Drang, auf sie zuzugehen, um sie in seine Arme zu nehmen. Auch Watelinde hatte ihren Ritter entdeckt und schritt mit klopfenden Herzen weiter. Für einen kurzen Moment standen sie sich schweigend gegenüber, worauf sie höflich knickste und ihn mit den Worten grüßte: „Mein Herr." Darauf setzte sie ihren Weg unbeirrt fort. Sprachlos blieb der Ritter zurück, um zu begreifen, dass sich seine Waldelfe zu einer selbstbewussten Städterin gewandelt hatte. Ohne auch nur ein Gebet gesprochen zu haben, verließ er schwermütig das Gotteshaus. „Geh, verschwinde, sie braucht dich nicht", riet ihm seine innere Stimme. Einzig der Gedanke an Anna und Amalia ließ Otto zaudern. Draußen wurde er bereits aufgelöst von seinem Knappen erwartet. „Herr, habt Ihr sie ebenfalls gesehen und auch ihre Töchter? Unvergleichlich liebreize Dinger!" Otto warf ihm einen tadelnden Blick zu, worauf Adalbert für die Dauer eines Atemzuges verstummte. „Warten wir hier auf sie? Es wäre bitter, wenn wir uns nicht mit ihnen unterhalten könnten." Otto sah den Jungen eindringlich an und maßregelte ihn am Ende: „Du wirst dich schön zurückhalten! Verstanden!".

Watelinde bebte immer noch vor Aufregung. Die unerwartete

Begegnung mit ihrem Ritter hatte sie mit einer Flut von längst vergessen geglaubten Gefühlen überschüttet. Zu keiner Zeit hatte sie zu hoffen gewagt, ihn eines Tages wiederzusehen. Nur mit Mühe gelang es ihr, dem Gottesdienst zu folgen. Dabei gehörte das tägliche Gebet, in das sie alle Segenswünsche für den Bischof Bucco einband, inzwischen zu ihrem Leben. Amalia bemerkte als Erste, dass ihre Mutter sich sonderbar verhielt. „Ist dir nicht gut, Mutter?", erkundigte sich das Mädchen besorgt. Watelinde antwortete mit einem geheimnisvollen Lächeln, was die Tochter weiter verunsicherte. Endlich war das letzte Gebet gesprochen, alle Choräle verklungen und die Menschen strömten wieder zielstrebig ins Freie, um mit ihrem Tagewerk zu beginnen. Nur Watelinde ließ sich Zeit. Im betont gemächlichen Tempo, mit den Töchtern an ihrer Seite, trat sie aus dem Gotteshaus. Angespannt wartete der Ritter am Brunnen auf dem Domplatz. Seine gesellschaftliche Stellung verbot ihm, ihr entgegenzulaufen. Doch als sie nur noch wenige Meter voneinander trennten, hielt es ihn nicht mehr auf seinem Platz. Ausschließlich Watelindes Worte verhinderten, dass er die drei Frauen im Überschwang der Gefühle stürmisch umarmte: „Herr, erlaubt, ich möchte Euch Eure Töchter vorstellen, Anna und Amalia." Die beiden Mädchen knicksten fügsam vor dem Mann, an den sie nur blasse Erinnerungen hatten. „Sie haben sich bereits zu kleinen Frauenzimmern gewandelt", antwortete Otto peinlich berührt. Gibt es schon einen Bräutigam?" Anna und Amalia verneinten zaghaft, da sie sich unsicher waren, ob die Frage an sie gerichtet war. An ihrer Stelle antwortete Watelinde: „Amalia wird ins Kloster gehen und Anna tritt mein Erbe als Heilerin an. Ich danke Euch, dass Ihr Euch auf den Weg nach Halberstadt gemacht habt, um uns zu besuchen. Die Mädchen haben immer wieder nach Euch gefragt." Mit einem verlegenen Lächeln erwiderte der Ritter: „Ich bin ständig unterwegs. Im November muss ich bereits wieder in Rom sein. Trotzdem trieb es mich hierher zu euch, um zu sehen, ob ihr Hilfe nötig habt." Die Mutter lächelte Otto dankbar an, als sie erklärte: „Herr, wie Ihr seht, geht es uns ausgezeichnet. Ich hatte mich in meiner Not an den Bischof gewandt. Mittlerweile lebe ich wieder im Haus des Kaufmanns Jörg und diverse Schuldner wurden gezwungen, ihre Zahlungsrückstände zu begleichen. In der Zwischenzeit bete ich jeden Tag für die Gesundheit des Bischofs." Otto überhörte den letzten Satz, über Bucco würde er nicht reden. „Ich bin froh, dass alles so gekommen ist. Trotzdem, für den Fall, dass du in Not gerätst, geh in die Klusberge. Dort wird man dir helfen." Darauf zog er aus seinem Wams zwei kleine Geldbeutel hervor und übergab sie den beiden Mädchen. „Das ist für euch. Ihr werdet es gewiss gebrauchen können", erklärte er mit tiefer Zuneigung in der Stimme.

Auf dem Heimweg in die Klusberge weihte er seinen Knappen ein: „Die Mädchen sind das Ebenbild ihrer Mutter. In genau ihrem Alter haben wir uns einst kennengelernt. Da war ich Knappe auf der Burg Regenstein." Adalbert betrachtete seinen Ritter mit einem enthusiastischen Gesichtsausdruck, um darauf mitfühlend zu erklären: „Ich kann das verstehen Herr. Ihr liebt sie noch immer, alle drei." Otto antwortete nicht mehr; in Gedanken weilte er bereits bei seiner zweiten Familie, in seinem Zuhause am Rande des Harzwaldes.

Wie abgesprochen verabschiedeten sich die Ritter des Königs von den Edlen von den Klusbergen am zweiten Tag und während Otto auf sein Gut zusteuerte, zog der restliche Trupp zur Heimburg, um dort für eine Woche zu kampieren. „Seht den Männern mal auf die Finger. Ihre Besatzungen haben hier schon für allerlei Ärger gesorgt", ordnete Otto beim Abschied an. In Linzke trennten sich ihre Wege, wobei die Ritter an dem am Weg liegenden Wirtshaus nicht vorbeikamen.

Ottos Pferd trabte gemächlich den langen Anstieg hoch, der am letzten Felsengebilde der Teufelsmauer vorbeiführte. Ab und an gaben die Bäume einen Blick auf die Blankenburg frei. Uneinnehmbar thronte sie auf einer steilen Felswand, während hinter der Burg der Bergwald seinen Anfang nahm. Zu ihren Füßen lagen verteilt mehrere kleine Ansiedlungen. Ihr größter Vorteil lag in einer atemberaubenden Weitsicht ins Umland. Otto erkannte, dass von dort oben keine feindliche Bewegung unentdeckt bleiben konnte. Bald war der Berg genommen und schon ließen Vorfreude und Anspannung sein Herz schneller schlagen. Er sehnte sich nach ihren erstaunten Gesichtern, nach den herzlichen Umarmungen und zärtlichen Küssen. Mit Schwung stieß er das Tor seines Rittergutes auf, betrat den Hof und blieb unvermittelt stehen. Alles erschien ihm plötzlich fremd; er hatte die Bindung zu seinem Besitztum verloren. Hier gebot nicht er! Während der herbeigeeilte Knecht sein Pferd übernahm, schritt Otto zögerlich auf das Wohnhaus zu. Lange war er diesmal weggewesen, zu lange und nun fürchtete er sich vor dem Wiedersehen. Genau im Moment seiner größten Zweifel wurde die Tür weit aufgerissen und mit einem Jubelschrei flog ihm sein Weib entgegen. „Das du wieder da bist! Wir hatten schon das Schlimmste befürchtet", sprach sie mit Freudentränen in den Augen. Otto schob das Tuch, welches sie als verheiratete Frau zu tragen hatte, vom Kopf und gab ihr einen langen, innigen Kuss. „Ich habe mir eine Woche frei genommen, danach muss ich schon wieder los", verriet er mit vor Aufregung belegter Stimme. Aus der offenen Tür kam ihnen mit tapsigen Schritten ein kleines, munteres Wesen entgegen. Fragend sah Otto sein Weib an. „Das ist deine Tochter, dein Geschenk vom letzten Aufenthalt", erklärte sie aufgeregt. Aus Ottos Augen leuchtete wahres Glück, als er sein Kind emporhob. „Du sollst den Namen meiner Schwester tragen. Marie! Du heißt Marie", rief er ausgelassen. Er reichte das Kind an seine Mutter weiter. „Wo befinden sich denn meine Söhne?", erkundigte er sich irritiert, als sie gemeinsam das Haus betraten. Susanne setzte Marie auf dem Boden der Ritterstube ab und erzählte dabei: „Bruno ist als Page auf der Ilseburg überaus glücklich. Er hat schon eine Menge gelernt, fühlt sich dort gut aufgehoben und hat wohl denselben Ehrgeiz wie sein Vater." Otto grinste ungewollt. „Egbert macht mir Kummer. Er ist seit ein paar Tagen krank und liegt hinten in der Kammer. Komm mit", sprach sie von Sorge erfüllt. Der Sechsjährige lag in einer abgedunkelten Ecke des Raumes und schlief. „Weck ihn nicht auf", mahnte Susanne, „gönn ihm den Schlaf. Er braucht ihn." Dem Ritter, der in den Jahren eine Menge Tod und Elend gesehen hatte, schossen Tränen in die Augen. „Er sieht so zerbrechlich aus. Wir müssen was tun!" Susanne berichtete unter Tränen: „Zuerst hatte Egbert nur Kauschwierigkeiten, doch binnen kurzem stellten sich Schmerzen im Nacken ein. Von nun an wurde es täglich schlimmer. Er schrie vor Kopfschmerzen und das Licht machte alles noch viel schlimmer. Wenn wir ihn anfassten, bereitete ihm das unerträgliche Schmerzen." Ottos Blicke ruhten erschüttert auf seinem Sohn. „Hast du Eckehart um Hilfe gebeten? Kennt er eine Medizin, die dem Kind Heilung bringt", sprach er bewusst leise. „Ja, er kommt täglich vorbei. Als sich vorhin das Tor öffnete, nahm ich an, dass er es sei. Eckehart flößt ihm einen Heiltrank ein. Seitdem schläft der Junge und braucht nicht mehr so leiden." Sie verließen die Kammer, um gemeinsam auf den Vetter zu warten. „Hol mir einen Krug Bier", stöhnte Otto erschöpft und nahm dabei das Nesthäkchen zu sich hoch. Es wurden drei Krüge Bier, bis Eckehart seinen Kopf zur Tür reinsteckte. „Welche Überraschung", rief er überrascht, „der Vetter ist aus Italien zurück!" Nach einer herzlichen aber kurzen Begrüßung versorgte der Heiler das erkrankte Kind, während Otto ungeduldig auf sein Urteil wartete. „Erzähl schon,", bedrängte er Eckehart, als der in die Ritterstube zurückgekommen war, „was hat der Junge? Hast du für ihn eine Medizin?" Die Sorgenfalten auf Eckeharts Gesicht ließen Otto das Schlimmste vermuten. Endlich, nach längerem Zögern eröffnete ihm der Heiler: „Ich habe die Krankheit schon oft beobachtet, bei Kindern wie bei Erwachsenen. Sie nimmt stets einen solch schweren Verlauf und niemand konnte bislang vollständig geheilt werden.

Umland von Rom

Sie muss ihren Sitz im Gehirn haben, denn einige sind danach gelähmt, andere können nicht mehr sprechen oder sehen. Oft bringt die Krankheit eine Verdummung der Menschen mit sich. Das Schlimme ist, niemand kennt ein Kraut dagegen." Otto starte seinen Vetter fassungslos an. „Bislang hast du doch für alles ein Kraut gefunden, sogar zum Fliegen. Und nun?" Eckehart griff nach Ottos Händen. Er sah ihn eindringlich an und erst danach offenbarte er ihm in flehendem Tonfall: „Wir sollten für Egbert beten, beten für ein Wunder." In Ottos Augen leuchtete ein Hoffnungsschimmer auf: „Du hast so Recht! Wir brauchen ein Wunder. Du bist Heiler und kennst die alten Rituale. Lass es uns noch einmal versuchen!" Schockiert zog Eckehart seine Hände zurück. „Du weißt sehr gut Otto, was du von mir verlangst. Ich wollte dem alten Glauben endgültig abschwören, meine Sünden bereuen und bin mit euch dafür bis Rom gereist. Leider war alles umsonst", stöhnte er resigniert. „Eckehart, merkst du es nicht? Das war ein Zeichen! Gott hat mit dir was vor. Bis zum heutigen Tag bist du frei und somit steht einem Ritual nichts im Wege! Verstehst du?" Ottos Argumente leuchteten dem Heiler ein. „Abgemacht, aber in diesem Fall ist nur eine Feuerzeremonie möglich, die bei Voll- oder Neumond ausgeführt

wird. Neumond ist aber erst in neun Tagen. Solange heißt es warten",
machte er, bereits mit Euphorie in der Stimme, klar. Susanne hatte mit zum
Gebet gefalteten Händen und tiefer Angst im Herzen das Gespräch verfolgt. „Ich bin mir auch sicher, dass das Gottes Wille ist", bestärkte sie die
Entscheidung der beiden Männer. „Vetter, so lange kann ich nicht warten.
In sechs Tagen bin gezwungen, weiter zu reiten. Ziehe einen anderen Weg
in Erwägung!", bat Otto. „Du kennst dich doch in diesen Dingen aus.
Wenn man nicht den richtigen Zeitpunkt wählt, war alles umsonst. Ich
brauche dich dabei nicht. Ziehe weiter und vertraue mir. Sollte es Egbert
besser gehen, bin ich ebenfalls im November im Rom. Abgemacht?", antwortete der Heiler entschieden. Der Ritter war einverstanden, doch ein un-
gutes Bauchgefühl blieb trotzdem zurück.

Zur gleichen Zeit hatten auch die dreihundert Ritter im Zentrum Roms
einen Heilkundigen bitternötig, denn täglich holte sich das Fieber aus den
Sümpfen seine Opfer. Wie in den Jahren zuvor, waren die Männer machtlos
gegen das Sterben. Niemand kannte eine Medizin. Ritter Uldarich musste
ohnmächtig zusehen, wie sich die Reihen seiner Krieger lichteten. Der
Krankheitsverlauf war stets derselbe und nahm seinen Anfang mit Schüt-
telfrost und starken Zittern. Dabei stieg das Fieber der Todgeweihten rasant
an. Binnen kurzem folgten Übelkeit und Erbrechen. Wenn nach sechs
Stunden die Körpertemperatur wieder sank, hofften alle, dass die Krankheit
überwunden sei, doch die Anfälle kehrten wieder und nur wenige überlebten die Tortur. Uldarich war am Leben geblieben und kam nun nicht umhin,
der physischen Auflösung seines Kommandos ohnmächtig zuzusehen.
„Wenn der König nicht bald Ersatz schickt, überlebt das keiner von uns.",
vertraute er Ritter Heinrich an, „Die Römer werden von Tag zu Tag dreis-
ter. Jeden Moment rechne ich mit einem finalen Überfall!" Ritter Heinrich,
der sich inzwischen von seiner Verwundung erholt hatte, erhärtete
Uldarichs Beobachtung: „Wir sind bereits viel zu wenige, um dieses Lager
erfolgreich zu verteidigen. Wir sollten einen Boten zum König schicken.
Wir brauchen Ersatz!" Zwei Tage später trat ein, was alle befürchtet hatten.
Das befestigte Lager wurde von römischen Truppen gestürmt, eingenommen und zerstört. Von den Rittern des Königs überlebte keiner.

Kampanien / Italien

– Ende Oktober 1083 –

or dem großen Kriegszelt plätscherte monoton der Landregen, während im Inneren die Männer des Königs zur Beratung zusammengekommen waren. Es gab wichtige Entscheidungen zu treffen, denn die Informationen, die man Heinrich zugespielt hatte, machten alle seine bisherigen Pläne zunichte. Wieder wurde das Zelt geöffnet und mit einem Schwall kühlfeuchter Luft traten Graf Wiprecht von Groitzsch und Ritter Otto von den Klusbergen ein. Mit großem Hallo wurden sie von der Runde empfangen, denn jeder war froh, sie wieder in ihren Reihen zu wissen. Mit den Worten: „Endlich aus dem kalten Deutschland zurück", begrüßte Heinrich die beiden Helden. Mit einem unverkennbar hämischen Grinsen antwortete der Groitzscher: „Viel ungemütlicher als hier war es im Norden auch nicht", worauf er den Regen aus seinem Mantel schüttelte. „Setzt euch, ihr Recken", forderte der König die beiden auf, „wir sind in einer dringenden Beratung." Otto setzte eine bedeutende Miene auf, als er entgegnete: „Wir wussten doch, dass es ohne uns nicht geht. Aus diesem Grund haben wir auch Verstärkung mitgebracht." Nachdem die beiden Männer sich einen Platz an der Tafel gesichert hatten, ließen sie einen Becher mit vollmundigen Rotwein durch ihre Kehle laufen. „Also", begann der König, „aus sicherer Quelle habe ich erfahren, dass Papst Gregor das Ende dieses Monats dazu benutzen will, um nun unwiderruflich über mein Königtum zu richten. Er ist wahrlich ein Fuchs, der vorhat, einfach den Spieß umzudrehen. Unsere Aufgabe wird es deshalb sein, alle Gregorianischen Gesandten abzufangen, soweit wir ihrer habhaft werden können. Dieses Novemberkonzil soll das am schlechtesten besuchte Konzil aller Zeiten werden. Unter diesen Umständen können sie auch keine Beschlüsse fassen." Mit dem Aufschlagen ihrer Becher auf die Tischplatte signalisierten

die Getreuen des Königs ihre Zustimmung. „Bedeutet das, alle wichtigen Straßen, die nach Rom führen, zu belagern?", erkundigte sich der Groitzscher. „Genauso wird es geschehen. Sehen wir uns das genau auf der Karte an. Dann wissen wir, um welche Straßen es sich handelt und wie viele Mannschaften ausrücken müssen. Alle abgefangenen Gesandten werden nach Rom ins Feldlager gebracht. Ich rücke morgen mit meinem Heer aus, um dort, vor der Leostadt, die restlichen Gesandten abzupassen.", antwortete Heinrich, wobei ihm anzusehen war, wie sehr ihm ein Gedanke dabei Behagen bereite: Er würde alle seine Gegner um sich versammelt wissen! Wicbert von Ravenna, der sich durchaus als der neue Papst sah, kannte den internen Kreis um den Stellvertreter Gottes am besten, weshalb er betonte: „Es ist unverzichtbar, die treusten Anhänger Gregors auszuschalten. Dazu zähle ich Hugo von Lyon, der aus Frankreich einreisen wird, Anselm von Lucca sowie Rainald von Como. Ohne die drei kann er keine tragenden Beschlüsse fassen." Heinrich musste ihm zustimmen. „Also, was ist zu tun? Sehen wir uns die Karte an", forderte er seine Bündnispartner auf. Wenig später stand bereits fest, welche Straßen zu besetzen und welche Gesandte abzufangen waren. Otto hatte sich mit seinen Rittern für die Via Imperia entschieden. So hoffte er, dort auch auf Eckehart zu stoßen. Schließlich wollte der, gemäß ihrer Absprache, ebenfalls im November in Rom eintreffen. Dabei bevorzugte dieser auf seinen Reisen stets den Brennerpass, eine der uralten Handelsstraßen. Ihre Entscheidungen feierten die Männer abschließend mit einigen Bechern Wein. Erst spät in der Nacht schlichen sie in ihre Zelte zurück. Da hatte sich der Regen inzwischen gelegt, doch eine feuchtkalte Luft lag noch immer über der Ebene. Fröstelnd sah Otto zum Firmament, von wo aus ihm altbekannte Himmelskörper entgegen blinkten. „Maries Stern sieht auf mich herab", durchfuhr es Otto. „Schwesterchen, sei ohne Sorge! Mir geht es gut!", rief er ihr zu.

Otto hatte mit rund zwanzig Rittern sein Lager in der Nähe eines einsamen Landhauses aufgeschlagen, weit genug von der Römerstraße entfernt, um nicht gleich entdeckt zu werden. Doch gleichzeitig auch nah genug, um in der Lage zu sein, jeden Passanten schnell zu erreichen. Seit vier Tagen kampierten sie schon in der Nähe von Verona, in der reizvollen Landschaft Venetiens. Doch der erneute Regen hatte dem Land den Liebreiz genommen, ihm einen nordischen Charakter aufgedrückt. Jeder sehnte sich nach einer festen, warmen Bleibe. Im steten Wechsel patrouillierten bei Tag und bei Nacht jeweils zwei Reiter auf der Via Imperia. Keinem Reisenden sollte es gelingen, im Verborgenen seines Weges zu ziehen. Im gleichen öden Trott zogen die Tage dahin, aber außer wenigen reisenden Händlern, die noch vor Wintereinbruch über die Alpen wollten, blieb die Straße leer. Langsam zweifelte Otto, ob sie ihre Mission überhaupt noch erfolgreich zu Ende bringen würden. „Vielleicht warten wir hier völlig umsonst, wo doch alle Wege nach Rom führen", vertraute er sich seinen Rittern an. „Warum sollten die Legaten bei diesem Wetter lange Umwege in Kauf nehmen?", erhielt Otto zur Antwort. Das Argument leuchtete ihm ein, trotzdem, mit jedem Tag, der verging, wuchsen seine Qualen. Immer wieder fragte er sich, ob Eckehart seinem Jungen hatte helfen können. Möglicherweise war sein Sohn längst geheilt? Das Zelt öffnete sich und zwei durchnässte Ritter traten mit steifen Gliedern ein. Seit Stunden hatten sie sich nach Wärme gesehnt, weshalb sie an der kleinen Feuerstelle unverzüglich die nassen Sachen ablegten. „Gab es besondere Vorkommnisse?", erkundigte sich Otto gereizt. „Nein, es ist nicht besonderes passiert. Nur vereinzelte Bauern und einige Kaufleute sind uns begegnet", erhielt er mürrisch zur Antwort. „Du vergisst den Pilgersmann", ergänzte der andere. Otto horchte auf: „Ein Pilger, auf dem Weg nach Rom? Wie sah er aus?" Die beiden Wachen sahen sich fragend an. „Wie soll er schon ausgesehen haben?", antwortete der gesprächigere von beiden, „wie ein frommer Wanderer eben, mit langer Kutte und einem weißen Stab. Das war gewiss keiner von den gesuchten Bischöfen!" Otto war nicht mehr zu halten. „Wie sah sein Gesicht aus?", erkundigte er sich aufgeregt. „Na, wie schon? Alt, entstellt und voller Narben! Eben, wie ein Gespenst", antwortete der Ritter ungehalten. Da stürzte Otto schon aus dem Zelt und rief Adalbert zu: „Schnell zu den Pferden. Das ist gewiss mein Vetter!" Kurz darauf jagten sie im Galopp auf die Römerstraße zu. Die Wolken hingen immer noch tief und schwer über der Landschaft, aber zumindest hatte es aufgehört zu regnen, so dass sich ihnen der Blick ins Umland wieder geöffnet hatte. Aber die von Pinien gesäumte Via Imperia war menschenleer. Dafür dominierte absolute Stille den Landstrich. Kurzentschlossen entschied sich Otto, südwärts zu reiten, getrieben von der Hoffnung, Eckehart am Horizont zu entdecken. Das Donnern der Hufschläge hallte pausenlos in seinem Kopf wider und ließ keinen anderen Gedanken zu. Endlich, nach einer gefühlten Ewigkeit zeichnete sich eine hagere Gestalt am Horizont ab. Otto war sich vollkommen sicher, dass das nur der Vetter sein konnte. Deshalb trieb er sein Pferd zu noch größerer Eile an, was der Gestalt vor ihm nicht verborgen blieb. Erschrocken drehte sie sich um und trat einen Schritt zur Seite. Schon wenig später lagen sich die beiden Vettern in den Armen. „Welch ein Glück", stöhnte Otto erleichtert, „ich hatte schon die Hoffnung aufgegeben, dich hier zu sehen! Wie geht es Egbert? Ist er geheilt?" Der Heiler packte Ottos Arme und hielt sie mit festem Griff umklammert, dabei sah er ihm in die Augen: „Das Fieber ist endlich verschwunden, weshalb es ihm schon besser geht. Doch er ist nicht mehr der, der er mal war. Immer wieder wird er von Kopfschmerzen geplagt und ist ungewöhnlich schnell reizbar. Er wird sein Lebtag jemanden brauchen, der sich um ihn kümmert." Otto begriff, das fröhliche unbeschwerte Kind von einst würde es nie wieder so geben! Der Ritter schwieg, er war nicht in der Lage, darüber weiter zu reden. „Komm mit in unser Lager", forderte er Eckehart übergangslos auf, „wir warten hier nur noch auf die Gesandten des Gegenkönigs zum Konzil in Rom. Dort werden wir bereits vom König erwartet." Eckehart sah seinen Vetter erstaunt an: „Hat der König ihnen nicht freies Geleit versprochen?" Otto grinste verschwörerisch, als er erklärte: „Manche Pläne ändern sich eben!" Für eine längere Erklärung war er nicht in Stimmung. Letztendlich trotteten sie zu dritt die Straße zum Lager zurück, denn Eckehart hatte nichts gegen eine Schlafstatt am wärmenden Feuer einzuwenden. Zu ihrer Überraschung wurden sie dort euphorisch empfangen, weshalb sich die Männer fragend ansahen. „Komm mit, auf dich wartet eine Überraschung", riefen sie dem Ritter schon von weitem zu. Er folgte ihnen zu einem strengbewachten Zelt. Als er eintrat, starrten ihn fünf bleiche Gestalten furchtsam an. „Wer sind die Männer?", erkundigte sich Otto ohne besonderes Interesse. „Die kommen aus Goslar, vom Knoblauchkönig", offenbarte ihm sein Vetter. Otto starrte ihn ungläubig an: „Eine Abordnung vom Gegenkönig ohne unseren hochverehrten Bucco? Unmöglich!" Die Gesandten Hermanns I. klärten Otto gern auf: „Der Bischof ist zurzeit unabkömmlich, weil sich des Königs päpstlicher Berater, Otto von Ostia, in Rom aufhält." Otto grinste die Ritter schadenfroh an, als er diese Aussage kommentierte: „Es ist nicht auszuschließen, dass uns auch mein Namensvetter über den Weg läuft. Da hätten wir schon eine Menge gewonnen." Die Abordnung des Gegenkönigs protestierte aufs Heftigste: „Uns allen wurde eine freie Reise nach Rom zugesagt! Deshalb erwarten wir, umgehend freigelassen zu werden!" Der in Otto aufsteigende Zorn offenbarte sich in einem scharfen Tonfall: „Euer Papst hat es versäumt, auch die von ihm gebannten Bischöfe zu laden. Wie soll unter diesen Umständen ein gerechtes Urteil zustande kommen? Wer hat hier demzufolge gegen alle Absprachen gehandelt?" Die Männer des Gegenkönigs schwiegen trotzig und bestätigten auf diese Weise die These des Ritters.

Bis spät in der Nacht saßen die beiden Vettern an einem wärmenden Feuer. Es gab viel zu besprechen, vor allem was die Zukunft von Egbert, Ottos Sohn, betraf. „Ich verstehe nicht, dass du kein weiteres Mittel kennst, das meinem Sohn helfen könnte", stichelte Otto uneinsichtig. Dann hatte er eine völlig neue Idee: „Wie wäre es den mit Bädern? Die schwefelhaltige Quelle in Börnecke hat schon oft wahre Wunder vollbracht." Ottos Knappe Adalbert, der seit geraumer Zeit müde und lustlos in der Asche rumstocherte, sah fragend auf. „Eine Wunderquelle? Welche Wunder hat sie den vollbracht?", erkundigte er sich interessiert. Während Otto die Frage mit einer energischen Handbewegung wegwischen wollte, sah Eckehart die Gelegenheit gekommen, mit seinem geheimen Wissen zu prahlen: „Der Schwefel im Wasser lindert Schmerzen und lässt Entzündungen abklingen. Aber mit einem einzigen Bad ist das nicht getan und ob es bei Egbert anschlägt, kann ich nicht sagen." Aufgeregt sprang Otto auf. „Wenn wir es nicht probieren, werden wir es nie erfahren. Hilf meinem Jungen! Er trägt den Namen meines Vaters, eines Helden und aufrichtigen Kämpfers", sprudelte es aufgeregt aus ihm heraus. „Du hast wohl Recht, aber dann müsste ich den Jungen für eine längere Zeit zu mir nehmen. Doch wer wird ihn umsorgen, wenn ich unterwegs bin?", erwiderte Eckehart nachdenklich. „Nimm dir endlich ein Weibsbild ins Haus oder hast du vor, deinen Lebensabend als einsamer Wolf zu beschließen?", brummte Otto. Der Heiler sah mit einem verschmitzten Lächeln seinen Vetter an: „Jetzt habe ich dich durchschaut! Ich soll nicht nur deinem Jungen helfen, nein, nebenbei willst du sogar noch Schicksal spielen und mich an eine Frau binden." Mittlerweile schmunzelte auch Otto, denn er war mit sich und seiner Idee in hohem Maße zufrieden. „Ich wüsste ein Weib, das ich sofort ehelichen würde", stöhnte der Knappe mit verträumtem Blick, „aber leider ist sie von zu niedrigem Stand." „Leg du erstmal deine Schwertleite ab, Grünschnabel", murrte Otto, „danach nimm sie dir! Wer sollte dir das verübeln?" Adalbert sah verstimmt auf, als er zur Antwort gab: „Herr, Ihr würdet es mir verübeln!" Otto starrte ihn irritiert an.

Vor den Toren Roms

– November 1083 –

iesmal hielten die Römer nicht nur ihre Tore vor dem König verschlossen, sie hatten außerdem aus dem näheren Umland sämtliches Vieh und alle Nahrungsmittel zusammengetrieben und in ein geheimes Versteck verbracht. Diesmal sollte der Hunger das Heer in die Knie zwingen und Heinrich zum Aufgeben bewegen. „Das sind keine erfreulichen Nachrichten. Für wie viele Tage haben wir noch Proviant?", erkundigte sich Heinrich, nachdem man ihm die prekäre Lage geschildert hatte. „Wenn wir sparsam sind, reichen die Vorräte zwei Tage", erhielt er zerknirscht zur Antwort. „Wenn wir für unser Gold nichts kaufen können, müssen wir uns die Verpflegung auf anderen Wegen beschaffen. Ruft den Wiprecht von Groitzsch, der weiß in jeder Lage, was zu tun ist!"

Mit einem Trupp aus böhmischen und sächsischen Soldaten zog der Groitzscher los, um im Umland Roms versteckte Lager ausfindig zu machen. Er wusste, dass der König sich im Erfolgsfall wieder sehr großzügig zeigen würde. Mittlerweile hatte er ihm bereits das eine und andere Gut im sächsischen Raum für seine treuen Dienste zugesprochen.

Die anderen Aufgebote benötigte Heinrich IV., um möglichst viele der gregorianischen Bischöfe vor den Toren Roms abzufangen. Besonders stolz waren des Königs Männer, dass es ihnen wahrhaft gelungen war, Gregors treuste Anhänger, Hugo von Lyon und Anselm von Lucca in ihre Gewalt zu bringen. Wenn es nun noch dem Groitzscher gelingen sollte, ausreichend Verpflegung aufzutreiben, würde sich alles andere schon finden.

In der Zwischenzeit näherte sich aus dem Norden die Gruppe Ritter, die von Otto angeführt wurde. Ihren besonderen Fang, die Gesandten des Gegenkönigs, hielten sie wohlweislich in ihrer Mitte gefangen. Die tiefhängenden Regenwolken hatten sie längst hinter sich gelassen, weshalb nach und nach das von seiner mächtigen Stadtmauer umschlossene Rom am Horizont auftauchte. Otto ließ einen dankbaren Blick über die Pontische Ebene schweifen und sog die kühle Luft tief ein. Er sehnte sich nach Ruhe und Erholung, denn die letzten Tage hatten allen jede Menge Kraft gekostet. Plötzlich bemerkte er in einiger Entfernung einen Reitertrupp, der abrupt zum Stillstand gekommen war, um gleich darauf querfeldein die Flucht zu ergreifen. „Alles Halt", rief Otto ohne langes Überlegen, „sechs Reiter verfolgen den Trupp. Wir warten hier." Im Gegensatz zu den Flüchtigen waren die Männer des Königs schnelle Reiter, weshalb sie nach kurzer Zeit mit ihren Arrestanten zurückkamen. Otto bebte vor Anspannung. Wer hatte Grund genug, um vor den Rittern des Königs die Flucht zu ergreifen? Auf dem Weg zur Synode waren sie offensichtlich nicht! Die von ihnen festgesetzte Delegation des Gegenkönigs starrte ebenso fragend auf die Gruppe, die sich im leichten Trab der Pferde näherte. Niemand sagte ein Wort, doch mit deutlicher Anspannung sahen sie sich aufgewühlt an. Erst recht schwiegen die aufgegriffenen Männer bei ihrer Ankunft. „Untersucht sie", befahl Otto, „dann werden wir schon wissen, wer sie sind!" Jetzt schien die Luft zwischen den Menschen zu glühen, hasserfüllte Blicke trafen die Kämpfer. Otto bestand unbeirrt auf seinen Befehl. „Wagt es", rief plötzlich ein großer, hagerer Mann mittleren Alters, aus dessen schmalem Gesicht eine lange Nase herausfordernd herausragte. „Wagt es, wir sind Gesandte des Papstes." Jetzt wusste Otto, wen sie vor sich hatten. Dieser kirchliche Würdenträger war ihm schon einmal begegnet, in Goslar, zur Krönung des Gegenkönigs Hermann. „Kardinal Otto von Ostia", rief er ihm zu, „Ihr mögt wohl ein hilfreicher Freund des Papstes sein, aber damit steht ihr auf der falschen Seite. Gewiss wollt Ihr zum Knoblauchkönig Hermann, aber zur gütlichen Belehrung behalten wir Euch zunächst an unserer Seite. Wir werden in Rom einiges zu besprechen haben." Amüsiert vom giftigen Blick des päpstlichen Legaten ergänzte der Ritter: „Hier seid Ihr auch in guter Gesellschaft mit den restlichen Anhängern Eures Königs. Nur zu schade, dass unser Bucco daheim geblieben ist!" Ottos Bemerkung war nicht dazu angetan, das Gesicht des Kardinals aufzuhellen.

Heinrich war froh, wieder Otto in seinen Reihen zu wissen, denn seitdem der Groitzscher auf der Suche nach Proviant war, befürchtete er jeden Moment einen militärischen Ausfall der Römer. Doch die Lage blieb ruhig und einen Tag vor Beginn der Synode erschien eine Abordnung des Papstes. Ihr Sprecher war Petro Leone, der Vielgescholtene des Pontifex maximus. „Der Heilige Vater ist erzürnt!", begann Sekretär Petro seine Anklage, „warum habt Ihr Euch nicht an die Absprachen, an das gegebene Wort gehalten und die Gesandten zum Konzil abgefangen?" Der König betrachtete die päpstlichen Legaten mit einem abschätzigen Blick, um darauf mit einer ungewohnten Schärfe in der Stimme zu antworten: „Wieso wagt es dieser Papst, mir Unredlichkeit vorzuwerfen? Wieso wurden nicht die von mir eingesetzten Bischöfe geladen? Warum waren Roms Tore schon wieder verschlossen und warum hat man in aller Eile alle Vorräte beiseitegeschafft? Sieht so etwa ehrenhaftes Handeln aus?" Der Legat war auf diese Vorwürfe vorbereitet, ging aber davon nur auf den ersten ein: „Wie kann der Heilige Vater Bischöfe zum Konzil laden, die er vorher selbst gebannt hat? Herr, das hättet Ihr wissen müssen!" Noch bevor Heinrich zu antworten vermochte, schlug der päpstliche Vertreter versöhnlichere Töne an: „Es gibt einen Weg, um diese Verdrießlichkeiten zu lösen. Papst Gregorius wäre bereit, Euch die Kaiserkrone aufzusetzen, wenn Ihr Euch ihm unterwerft und vollkommen auf die Investitur von Bischöfen und Erzbischöfen verzichtet." Otto registrierte, wie das Gesicht des Königs bei dieser erneuten Erniedrigung vor Zorn bebte. Mit gefährlich leiser Stimme antwortete er nach längerem Warten: „Dieser Hildebrand möchte mich wieder auf den Knien sehen, möchte ein zweites Canossa! Er dünkt sich als das Oberhaupt dieser Welt! Dabei beschränkt sich sein Machtbereich auf eine Fläche, die nicht größer ist als ein Handtuch zum Abtrocknen seiner Füße. Sagt Hildebrand, alias Papst Gregor, dass seine Zeit abgelaufen ist. Er soll seinen Zufluchtsort umgehend verlassen, er wird nicht mehr gebraucht!" Alle hatten bei der Gegenrede des Königs den Atem angehalten, auch die Legaten, die nach einer flüchtigen Verbeugung ohne Zeitverzug wieder hinter die schützende Stadtmauer eilten. Heinrich atmete nach dem überhasteten Abgang der Unterhändler tief durch, wobei sein Blick letztendlich auf Otto fiel. „Ruf deine Männer zusammen! Wir reiten aus, in die Berge!", rief er ihm befreit zu. Zu diesem Zeitpunkt näherte sich nach mehrtägiger Abwesenheit Graf Wiprecht von Groitzsch mit seinen Männern dem Lager des Königs vor Rom. Vor sich her trieben sie eine Herde aus Kühen und Schafen, denen Wagen mit Proviant folgten. Blökend, muhend und ratternd bewegten sie sich unüberhörbar durch die Landschaft und zogen dabei viele Blicke auf sich. Der Groitzscher hatte es mal wieder geschafft, obwohl er dafür bis in das Albaner Gebirge ziehen musste. Dort gelang es ihm, durch Verbündete und die Macht des guten Goldes aus Byzanz, die geheimen Lager ausfindig zu machen. Seit Heinrich aus dem Rom des Ostens eine Zuwendung von 144000 Goldtalern erhalten hatte, konnten sie in der Entlohnung ihrer Getreuen großzügig sein. Bewusst führten die Männer ihren Zug in Sichtweite Roms vorbei, wo man das Signal genau verstand. Gregor begriff, dass sein

Plan erneut nicht aufgegangen war. Wieder wurde Petro Leone von ihm gescholten und als Versager und Nichtskönner verunglimpft.

Im Heerlager war die Freude groß, denn jetzt hatte das Hungern ein Ende! Trotzdem hoffte Otto inständig, dass er Weihnachten gemeinsam mit seinem Vetter Eckehart wieder zu Hause, im Harz, sein würde. Doch wider allen Erwartungen öffneten die Römer nach der erfolglosen Synode Ende November die Stadttore. Erneut wurde das Lager auf dem Palatin Hügel errichtet, das nach dem Überfall auf die letzten Männer des Uldarich von Godesheim völlig zerstört worden war. „Die Stimmung der Römer hat sich zu unseren Gunsten gewandelt", stellte Otto fest, als er mit Heinrich und seinen Männern wie jeden Morgen auf den Aventiner Berg zur Kirche Sankt Marien ritt. Mit verschmitztem Lächeln antwortete ihm der König: „Ich würde mich aber trotzdem nicht von den bezaubernden Weibern dieser Stadt verführen lassen." Bereits etwas nachdenklicher ergänzte er wenig später: „Man kann nicht vorsichtig genug sein. Überall rechne ich mit einem Hinterhalt. Im Besonderen ist es in Gregors Nähe gefährlich. Selbst mein Zaumzeug überprüfe ich jeden Morgen persönlich, bevor ich in den Sattel steige." Otto waren Heinrichs Sorgen um seine Sicherheit nur zu gut bekannt. Es gab nur wenige Menschen, denen der König tatsächlich vertraute. Otto zählte sich dazu, doch selbst Graf Wiprecht von Groitzsch, Heinrichs Retter und entschlossenster Kampfgefährte, sah sich immer wieder skeptischen Fragen des Königs preisgegeben. Auf diese Weise entstand wohl die Geschichte, dass der Graf auf Heinrichs Anweisung als Beweis seiner Treue waffenlos mit einem Löwen kämpfen sollte. Wiprecht nahm die Herausforderung an und zauste dem König der Tiere so lange die Mähne, bis der genervt den Kampfplatz verließ. In der Erzählung wurde er für seine Tat daraufhin vom König mit Gütern überschüttet.

Die Männer hatten die kleine, schmucke Kirche erreicht und genossen von der Anhöhe aus die weite Aussicht über die Stadt. Nur der König hatte an diesem Morgen keinen Blick dafür, ihn zog es zum Gottesdienst. Während draußen die Pferde von einem Knecht versorgt wurden, kniete Heinrich bereits vor dem Altar zum Gebet nieder. Er richtete seine Fürbitten an Maria, an seine Heilige und hoffte, bei ihr Zusprache und Beistand zu finden. Besonders in diesen schweren Tagen, in denen Papst Gregor nach wie vor mit eisernem Willen an seinem göttlichen Thron festhielt, war sie sein Stab und seine Stütze. „Maria, sag mir, auf was für ein Wunder wartet dieser Mann noch! Gib ihm ein Zeichen, dass er seine selbstgewählte Isolation aufgibt. Gib ihm Einsicht in seine ausweglose Lage!", flehte Heinrich die Gottesmutter an. Doch auf ein göttliches Zeichen wartete der Herrscher an diesem Morgen vergeblich. So verließ er mit seinen Getreuen nach den letzten Segenswünschen des Priesters die Kirche, wo ein gemeinsamer Ausritt in das Umland von Rom lockte. Alle liebten diese morgendlichen Ausflüge, da sie in das eintönige Lagerleben stets etwas Abwechslung brachten. Den Ritter Otto von den Klusbergen zog es jedes Mal weiter, in den Norden, in das heimatliche deutsche Land. Aber Vernunft und verschneite Alpenpässe dämpften seine Sehnsüchte. An diesem Morgen ritten sie zu den neronischen Wiesen, die ihnen aus der Zeit ihrer ersten Belagerung noch gut bekannt waren. Sobald sie die gepflasterte Römerstraße verlassen hatten, stürmte der gesamte Trupp im vollen Galopp querfeldein. Dabei ließ es sich der König nicht nehmen, den Reitertrupp anzuführen. Er liebte das Reiten, liebte sein Pferd und verschmolz mit ihm in solchen Momenten zu einem Ganzen. Den Oberkörper weit vorgelegt, jagte er mit dem Tier allen anderen voraus. Plötzlich zwang ein Graben das Pferd zu einem Sprung, den der Reiter über die Steigbügel abzufedern versuchte. Heinrich stemmte sich gegen sie, doch in diesem Moment rutschte der Sattel unter ihm haltlos weg. Instinktiv umklammerte er den Hals des Tieres und brachte es kurz darauf zum Stehen. Auch die anderen Ritter stoppten und scharrten sich schützend um ihren König. „Der Sattel", rief ihnen Heinrich atemlos zu, „das verstehe ich nicht!" Otto reichte ihm das nutzlose Fragment, worauf es Heinrich sorgsam überprüfte. „Eindeutig, hier hat sich jemand dran zu schaffen gemacht. Ein sauberer Einschnitt. Für den Rest hat der Sprung gesorgt!", stellte er letztendlich frustriert fest. Die Ritter traten näher, um sich persönlich davon zu überzeugen. „Herr", erklärte Otto entgeistert, „hattet Ihr das nicht selber überprüft?" Der König nickte zur Bestätigung nachdenklich. „Das kann nur vor der Kirche geschehen sein. Knöpfen wir uns diesen Pferdeknecht doch mal gründlich vor!", forderte empört der Groitzscher. Doch Heinrich dämpfte seine Erwartungen: „Von dem gibt es gewiss keine Spur mehr! Für den hat sich heute die Hölle aufgetan und da soll er auch ewig schmoren." Der König sollte Recht behalten, der gekaufte Spion war und blieb verschwunden. Doch fünf Tage später fischte man seine Leiche aus dem Tiber.

Dieser Zwischenfall bewirkte, dass Heinrichs Vertrauen in die Menschen seiner Umgebung weiter gesunken war. Kaum waren die Weihnachtstage vorbei, die er noch gebührlich im Petersdom gefeiert hatte, zog er sich wieder nach Kampanien zurück. Dort gab es noch immer genügend Anhänger Papst Gregors, deren Unterstützung er verbindlich einfordern wollte. Eckehart, der Heiler aus dem kalten Harz, hatte für sich beschlossen, in der Nähe Roms zu bleiben. Das ständige Umherziehen mit der Armee des

Königs, das Leben in den Zeltlagern, widerstrebten ihm zu sehr, sie hatten mit ihm, dem in sich gekehrten Heiler, nichts gemein. Am Tag des Abzugs des Heeres mahnte Otto nochmals seinen Vetter: „Sobald der Alpenpass im Frühjahr frei ist, geh zurück und sorge dich um meinen Sohn. Nimm dir endlich ein Weib ins Haus! Eine tüchtige Witwe wird sich wohl finden lassen." Auf Eckeharts Stirn zeigten sich Unmutsfalten. Dazu klopfte er seinem Vetter auf die Schulter. „Geh, ich werde mich schon kümmern!"

Rom, Peterskirche

– Ende Januar 1084 –

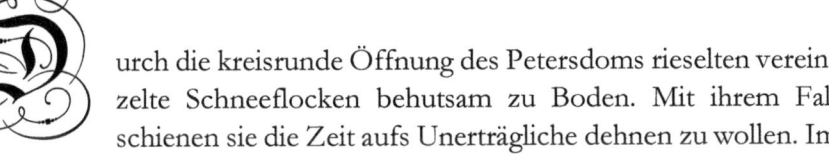urch die kreisrunde Öffnung des Petersdoms rieselten vereinzelte Schneeflocken behutsam zu Boden. Mit ihrem Fall schienen sie die Zeit aufs Unerträgliche dehnen zu wollen. Im mittleren Rund des Doms stand bewundernd ein Mann von kleiner, hagerer Gestalt, den genau diese Vorstellung faszinierte, denn was er jetzt brauchte, war Zeit! Dabei hatte sich die Welt um ihn herum auf eine unerklärliche Art und Weise verändert. Flüchtige, glänzende Schatten umkreisten ihn, ebenso langsam und zeitgedehnt. Gregor verstand! Seit seiner Papstweihe hatte er sich kaum die Zeit genommen, um die Schönheit und Prächtigkeit dieser Kirche zu bestaunen. Erst der erzwungene längere Aufenthalt in der Engelsburg hatte ihm wieder die Augen für diese Pracht geöffnet. Mit gemächlichen Schritten näherte er sich dem Altar, kniete zu einem langen Dankesgebet nieder und nahm letzten Endes in seinem Sessel Platz. In dem Bewusstsein, dass er mittlerweile in Rom wieder alle Macht in den Händen hielt, sog er die Luft des Gotteshauses tief und lustbetont ein. Er war wieder zu Hause! Bei dem Gedanken an Heinrich IV. flog ein spöttisches Lächeln über sein Gesicht. Selbst diesmal hatte er den römischen Stadtadel nicht von seinen Ansprüchen auf die Kaiserkrone überzeugen können. Der Papst sah zu seinem Sekretär Petro Leone, der wie stets geduldig darauf wartete, von ihm angesprochen zu werden. „Ist Heinrich diesmal mit allen Truppen abgezogen, oder hat er eine Besatzung zurückgelassen?", erkundigte sich der Pontifex im scharfen Ton. Petro schwitzte vor Aufregung, denn jede Lüge, jede Ungenauigkeit durchschaute dieser Papst blitzschnell mit seinem messerscharfen Verstand. „Heiliger Vater", berichtete er stotternd, „diesmal sind alle Männer des Königs abgezogen. Nur ein einziger Mann ist zurückgeblieben, ein ungemein frommer, eigenartiger Heiliger.

Kuppel des Petersdom in Rom

Er wandelt stets in einer langen grauen Kutte umher und führt einen weißen Wanderstock mit sich." Der Sekretär wusste lange vorher, dass diese Antwort Gregors Misstrauen aufstacheln würde. „Bringt den Mann sofort zu mir! Ich werde mir mit eigenen Augen ein Bild von ihm machen. Spione kann ich in Rom nicht gebrauchen!" Zwischen dem Papst, der von allen Kirchenmännern unbedingten Gehorsam erwartete, und dem Sekretär trat für einen Augenblick gefährliche Stille ein. Dabei schweifte der Blick des Pontifex wieder durch seinen Dom, was seiner Seele offensichtlich gut tat und seinen Kampfesgeist erneut anfachte. Völlig unvermittelt erging eine neue Anweisung an den Sekretär: „Ruf alle Kardinäle und den Stadtadel für morgen zusammen! Es gilt weitreichende Entscheidungen zu treffen." „Gewiss Heiliger Vater", antwortete Petro dienstbeflissen. Dabei war er sich dessen bewusst, dass Gregor längst alles entschieden hatte und auch seinen Kardinälen keinen Widerspruch einräumen würde.

Die letzten Ritter des Königs hatten Rom bereits seit Tagen verlassen, was Eckehart bewegte, ebenfalls sein Bündel zu schnüren. Auch er wollte die Straße nach Norden nehmen, allein, ohne ritterliches Geleit, zum Land-haus seines guten italienischen Freundes. Von der Anhöhe Palatiolus, einem der sieben Hügel Roms, gönnte er sich einen letzten Blick auf die unter ihm liegende Leo-Stadt. Ein scharfer, kalter Wind hatte die Straßen leergefegt. Nur dringende Angelegenheiten vermochten die Menschen aus ihren Häusern zu treiben. Auch der Heiler schwankte, ob er bei diesem Wintersturm das schützende Feldlager verlassen sollte. Eine Brigade von sechs Stadtsoldaten fiel Eckehart auf, die im forschen Schritt die Straße heraufkam. „Kaum ist der König weg, versuchen sie schon wieder, ihre Hände nach seinem Eigentum auszustrecken", überlegte er belustigt. Ihm war es egal. Sollten sie das Lager doch wieder verwüsten! Doch dafür waren es zu wenige, stellte er geradewegs fest. Vielmehr suchten sie etwas! „Findet den Spion! Seht überall nach. Der Papst erwartet von uns, dass wir diesen Heiden um jeden Preis finden", hörte er den Anführer anordnen. Aus seiner Deckung heraus beobachtete Eckehart, wie die Männer Stück für Stück das gut befestigte Lager durchstöberten. Da ließ ihn ein Gedanke, eher ein Verdacht für einen Moment den Atem anhalten: „Sie suchen dich, du selbst bist der Erwählte!" Der Heiler fluchte leise. Warum war er nicht gleich mit dem sicheren Tross der Königlichen abgezogen? Augenblicklich fühlte er sich schutz- und hilflos, denn er hatte keine Vorstellung davon, warum man nach einem armseligen, bedeutungslosen Heiler wie ihm suchen sollte. Sein Instinkt riet ihm, trotzdem vorsichtig zu sein. Wie ein Geist schlich er zwischen den Mauern hin und her, immer auf der Hut vor den Häschern des Papstes. Ein euphorischer Schrei versetzte Eckehart in Todesangst. Da hob einer der Soldaten triumphierend ein sorgfältig verschnürtes Packen in die Höhe. „Ich habe das Bündel des Heiden gefunden! Er kann nicht weit weg sein!", rief er den anderen aufgeregt zu. Aufmerksam sahen sich die Männer wieder um, lauschten angestrengt in den aufbrausenden Wind hinein. Doch offensichtlich waren sie mit ihrer Beute fürs Erste zufrieden. Mit einer langgezogenen Handbewegung forderte der Anführer sie zum Abzug auf. Eckehart sah ihnen aus seinem Versteck heraus eine Weile unschlüssig hinterher. Sicher war nur, er musste Rom so schnell wie möglich verlassen. Doch wie konnte er unerkannt eines der Stadttore passieren?

Man hatte es bereits Papst Gregor zugetragen, dass der deutsche König die Absicht hatte, im März, wenn die Alpenpässe wieder frei waren, nach Norden, über die Alpen nach Hause zu ziehen. Jetzt war der Moment gekommen, wo er zum endgültigen Schlag gegen Heinrich ausholen konnte. Jetzt brauchte er für die Umsetzung seiner Pläne nur noch die Zustimmung der Kardinäle und des römischen Adels. Er erwartete keinen Widerspruch und sah sich dementsprechend siegesbewusst in der Runde rum. Gregor genoss die Anspannung, die er in ihren Gesichtern lesen konnte. Noch hatte er niemanden in seine Pläne eingeweiht, denn es sollte auf die Anwesenden wie ein Gottesurteil wirken, sollte endgültig und unabänderlich sein! Für einen winzigen Moment ergoss sich über seine harten Gesichtszüge ein dämonisches Grinsen, dass den Beobachter frösteln ließ. Letzten Endes, nach einer Reihe von Gebeten und sich wiederholenden Chorälen, enthüllte er in der ihm eigenen, keinen Widerspruch duldenden Art seine Pläne: „Der Salier ist bekanntlich wieder nach Norden abgezogen, weil er hier in Rom nichts gegen uns ausrichten konnte. Damit haben wir wieder einmal einen Sieg gegen ihn erringen können. Anscheinend gehen ihm nun endgültig die Mittel aus, weshalb er sich in Kürze nach Deutschland zurückziehen will. Das ist der geeignete Moment, um ihm den Todesstoß zu versetzen! Vernichten wir ihn! Endgültig! Rüsten wir ein Heer, das dazu in der Lage ist! Rom ist reich. Wenn uns die Römer ihr Gold geben und die Kurie ihren kostbaren Kirchenschatz stehen uns genügend Mittel zur Verfügung!" Erneut sah Gregor prüfend in die Gesichter der Anwesenden und war sogleich erschrocken. Zustimmung, geschweige denn Begeisterung, vermochte er darin nicht lesen. Im Gegenteil, schon regte sich erster Protest! In seiner aufbrausenden Art schrie er empört auf: „Wollt ihr etwa den Ungläubigen, den Gebannten weiter gewähren lassen? Wollt ihr unsere größte Chance aus Geiz verspielen?" Doch sein Aufschrei, der keinen Widerspruch dulden wollte, bewirkte genau das Gegenteil. Nach einer kurzen Beratung erklärte der Sprecher der Kardinäle: „Heiliger Vater, Eure Ansprüche und Eure Behauptungen erweisen sich als absurd. Wir, dreizehn Kardinäle, sind nicht weiterhin bereit, Euch auf dem Weg der Selbstzerstörung zu folgen. Hiermit entziehen wir Euch unser Vertrauen, fortan als Gottes Stellvertreter auf Erden zu dienen." Mit diesem Satz erlosch im Saal jede Bewegung. Jeder starrte nur gebannt zu Gregor und erwartete einen seiner gefürchteten Tobsuchtsanfälle. Der Papst fixierte den Sprecher mit seinem Blick gnadenlos, um ihm darauf sein vernichtendes Urteil ins Gesicht zu schreien: „Die Verweigerung des Gehorsams ist ein Verbrechen. Es kommt dem Tatbestand des Götzendienstes gleich. Nicht seine Zustimmung zu meinen Beschlüssen zu geben, entspricht der Sünde des Irrglaubens! Ich erwarte von allen Männern der Kirche unbedingten Gehorsam!" Ein vielstimmiger, tumultartiger Protest regte sich und übertönte Gregors Rede, der ungerührt davon weitersprach und die Protestler mit fürchterlichen Flüchen belegte. Daraufhin erhob sich der Kardinalssprecher von seinem Platz und verließ mit aufrechtem Haupt die Versammlung. Weitere zwölf Kirchenmänner und ein Großteil des Adels folgten ihm. Fassungslos sah ihnen Hildebrandt, alias Papst Gregor, nach. War er nun noch überhaupt das

Oberhaupt der Kirche, fragte er sich im Stillen? Gleich darauf wischte er derartige Bedenken energisch zur Seite. „Ihr alle seid auf dem Weg der Sünde, des Irrglaubens! Um euer Seelenheil willens kommt zurück in den Schoss der allumfassenden Mutter Kirche!", rief er lautstark und trotzdem ungehört.

Eckehart, der Heiler, hatte die Absicht, Rom möglichst unentdeckt zu verlassen. Aber dazu war er gezwungen, sich möglichst überzeugend in einen Römer zu verwandeln. Aus diesem Grund hatte er bereits zum Sonnenaufgang sein Versteck verlassen, um sich in einem der römischen Bäder auf diesen Gestaltwechsel einzulassen. Für seinen treuen Wanderstock und langjährigen Wegbegleiter hatte er in dem befestigten Lager ein offenkundig sicheres Versteck gefunden. Er hatte sich nur schwer von ihm trennen können, aber die Gefahr, durch ihn enttarnt zu werden, war einfach zu groß. Jetzt musste er nur noch seinen langen Bart, wie auch das lange Haupthaar loswerden. In der von ihm gewählten Frisurstube herrschte das übliche laute und geschäftige Treiben. Der Parrucchiere, der sich seiner angenommen hatte, gehörte zu den redseligsten Menschen, denen Eckehart je begegnet war. Jeden, der den Laden betrat, überschüttete er mit den Neuigkeiten des Tages. Er schnitt das Haar und redete gleichzeitig mit wahrem Feuereifer, dass der Heiler befürchtete, am Ende kein einziges Haar mehr auf dem Kopf zu behalten. Aber was der rechtschaffene Mann zu berichten hatte, verschlug allen die Sprache: „Dreizehn Kardinäle und der Stadtadel haben sich gestern vom Papst losgesagt. Er forderte von ihnen unser Gold und das der Kirche, um damit eine Armee gegen Heinrich IV. zu finanzieren. Von allen Römern forderte er Geld für seine Pläne!" Ein empörter Aufschrei der Unwilligen rollte durch das Stübchen. Der Parrucchiere beschwichtigte und erzählte weiter: „Ihr wisst noch nicht alles! Morgen zieht der Adel zum Lager des Königs. Sie werden alles tun, um ihn zurückzuholen und Rom zu übergeben." Eckehart wagte kaum zu atmen. Gebannt lauschte er dem Mann und saugte jedes Wort wie ein Ertrinkender auf. Bedeutete das jetzt die Wende in diesem mehrjährigen Gerangel? War der König endlich am Ziel seiner Wünsche angelangt? „Geschafft Herr", erklärte der Haarkünstler übergangslos und hielt dabei dem Heiler einen kleinen Handspiegel vor das Gesicht. Geschockt sah Eckehart den Meister der Rede- und Haarkunst an, denn aus dem Spiegel starrte ihn ein völlig fremdes Konterfei an. Doch schon der zweite Gedanke zauberte ihm wieder ein Lächeln ins Gesicht, denn so würde ihn niemand mehr erkennen. Jetzt brauchte er nur noch ein, seinem schmalen Geldbeutel angepasstes, römisches Gewand. Eine Patrouille betrat überfallartig den Laden und sah sich prüfend um. „Wir suchen einen Spion des Königs, einen unansehnlichen Heiler mit einem langen weißen Bart. Er ist uns sofort zu melden, wenn er hier auftaucht!", klärte der Patrouillenführer die Anwesenden übellaunig auf. Alle nickten eifrig, worauf die Soldaten sich nach und nach wieder zurückzogen. Ein tiefes Durchatmen schwebte durch den kleinen Laden. „Du bist der Gesuchte", raunte der Parrucchiere Eckehart ins Ohr, „gehörst somit zu den Deutschen!" Eckehart, der Heiler mit der Frisur eines Römers, wurde noch bleicher, Angst kroch durch seinen mageren Leib. Würde man ihn jetzt, so knapp vor dem Ziel, noch verraten? Er kannte die Strafe nicht, die auf Spione wartete; allein der Gedanke an die notpeinliche Befragung trieb ihm den Angstschweiß auf die Stirn. „Fliehe!", rief er sich, von panischem Schrecken gepackt, selber zu. „Keine Angst", tuschelte der Römer weiter, „wir verraten dich nicht. Bevor du aber auf die Straße gehst, empfiehlt es sich, die Kleider zu wechseln. Folge mir in die Hinterräume." Auf schwankenden Beinen kam der Heiler der Einladung nach und tauchte bereits zehn Minuten später im geschäftigen Trubel auf Roms Straßen in der Menge unerkannt ein. In der Hand hielt er fest ein Bündel umklammert, seinen wertvollsten Schatz, seine lange Kutte, die ihm einst Dorfbewohner geschenkt hatten. Er war fest entschlossen, auch sie in dem geheimen Versteck für die nächste Zeit sicher zu verwahren. Als er zum Palatinus-Hügel eilte, täuschte er, wie ein normaler Bürger der Stadt, hektische Betriebsamkeit vor. Doch mit jedem Schritt, mit dem er sich dem befestigten Heerlager näherte, wuchs seine Verunsicherung und Furcht griff nach seinem Herz. Eckehart fühlte sich beobachtet. Daraufhin änderte er kurzentschlossen seinen Plan und machte die Dunkelheit zu seiner Verbündeten. Bis dahin verkroch er sich in der Nähe in einem geeigneten Unterschlupf.

Die kümmerliche Februarsonne war bald hinter dem Horizont untergetaucht und erlaubte Eckehart sein Versteck vorsichtig zu verlassen. Ein weiteres Mal wählte er den Weg zum Lager seines Königs auf dem Hügel, dabei jede mögliche Deckung, jeden Halbschatten ausnutzend. Er musste ungesehen bleiben! Alle seine Sinne waren aufs äußerste angespannt; die Augen verfolgten jede noch so kleine Bewegung, die Ohren registrierten jedes ungewöhnliche Geräusch. Doch für alles fand sich immer eine simple Deutung, wie der Ruf eines Vogels oder über die Straße huschende Ratten. Ungeachtet dessen sah er sich erneut vorsichtig um. Da tauchte hinter der Mauer der Befestigungsanlage für einen Atemzug ein Kopf auf. Eckehart erstarrte. Er war doch nicht allein, dort oben trieb jemand sein Unwesen! Die Zeit rann in einem endlosen Strom dahin, trotzdem beobachtete der Heiler beharrlich die Anlage, in die inzwischen nächtliche Ruhe eingezogen war. Alles in allem wollte er nicht länger warten, weshalb er sich zu einem neuerlichen Versuch entschloss. Diesmal tauchte keine Schattengestalt auf, rief kein Käuzchen sein „Kiwit, kiwit!" in die Nacht und die Welt um ihn herum schien erstarrt und ungreifbar. Mit einer Entschlossenheit, die er an sich selbst noch nie beobachtete hatte, betrat er das verwaiste Lager. Wieder sah sich der Heiler sorgfältig um und schlich dabei geduckt auf sein Versteck zu. Endlich hatte er die Stelle wiedergefunden, was sein Herz mit einem kleinen Freudenhüpfer quittierte. Eckehart schob seinen Mantel in die Mulde zwischen den Steinplatten und begann sogleich hektisch den Freiraum abzutasten. Aber seine Hand griff beständig ins Leere, sein Wanderstab war und blieb verschwunden. Zum Nachdenken blieb ihm keine Zeit, denn aus der Ferne näherten sich erneut Schritte. Er hatte nicht die Absicht, seinen Häschern doch noch in die Hände zu fallen; so blieb ihm nur die Flucht. Mit rasenden Herzen und zitternden Knien überwand er die Mauer und schlug sich darauf zum Ufer des Tibers durch. Als er sich später an einer gutbeschützten Stelle zur Ruhe legte, bedeckte er seinen zitternden Körper dankbar mit der Kutte, die er unter diesen Umständen bei sich behalten wollte. Schon der Verlust des Stockes schmerzte ungemein, da er seit langem zu seinem Leben gehörte! Zur Ruhe gekommen kamen ihm wieder die Ratten in den Sinn. Gewiss huschten sie in der Nacht nach Futter suchend auch über seinen Körper. Bei diesem Gedanken wickelte er sich umso fester in die schützende Hülle ein.

Als ihn die Sonne am neuen Morgen mit ihren ersten Strahlen weckte, fühlte sich Eckehart entsetzlich elend. Die Kälte der Nacht steckte noch in seinen Knochen und der leere Magen machte sich knurrend und schmerzhaft bemerkbar. Mühsam erhob er sich, streckte dabei die steifen Glieder und setzte sich darauf Fuß für Fuß in Bewegung, bis er am Ende wieder in Roms quirlige Straßen eintauchte. Aber an diesem Morgen war alles anders! Die Menschen strebten offensichtlich alle auf einen gemeinsamen Punkt hin und Eckehart schloss sich ihnen an, denn auf ihren Gesichtern lag eine freudige, eine ansteckende Entschlossenheit. In der Ferne hielt jemand eine Rede, die vom Jubel der Massen begleitet wurde. „Sie verabschieden die Delegation zum König. Er soll zurückkommen", erklärte ihm sein Nebenmann bereitwillig. „Durch welches Tor werden sie die Stadt womöglich verlassen?", erkundigte er sich voller Neugier. Der Römer sah ihn wutschnaubend an, während er schrie: „Du bist vermutlich ein Spitzel? Willst die Nachricht an unsere Geisel Gottes weitertragen? Hoffst auf eine fette Belohnung? Ich rate dir, verzieh dich!" Eilig tauchte Eckehart wieder in der Menschenmenge unter, ehe man ihn womöglich für einen Spion des

Papstes hielt. Ohne lange zu überlegen bewegte er auf das St. Johann-Tor zu, dem Tor, durch das einst Gotenkönig Totila in Rom eingezogen war. Möglicherweise halfen ihm noch einmal seine alten Götter, Rom unerkannt zu verlassen. Er entschloss sich zu einem innigen Gebet: „Odin, allmächtiger Gott und Rückversicherer Jesus Christ, steht mir bei! Macht mich vor meinen Feinden unsichtbar!" Da entdeckte Eckehart über dem Stadttor zwei Krähen, die dort in luftiger Höhe ihre Kreise zogen. Ein zuversichtliches Lächeln legte sich auf ein Antlitz und verlieh ihm etwas Erhabenes.

Kampanien

– Anfang März 1084 –

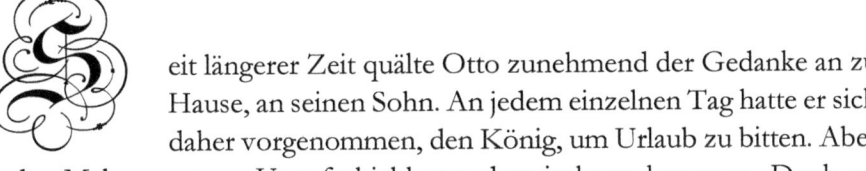eit längerer Zeit quälte Otto zunehmend der Gedanke an zu Hause, an seinen Sohn. An jedem einzelnen Tag hatte er sich daher vorgenommen, den König, um Urlaub zu bitten. Aber jedes Mal war etwas Unaufschiebbares dazwischengekommen. Doch an diesem Morgen sollte alles anders sein, nachdem er in der Nacht von Egbert, seinem Sohn, geträumt hatte. Mit flehender Geste hatte der nach ihm gerufen. Um sich an sein Wort, das Wort eines Ritters zu binden, erklärte er seinem Knappen Adalbert: „Ich bitte heute Heinrich IV. um Urlaub. Wir werden nach Deutschland reisen." Zu Ottos Überraschung strahlte das Gesicht des Jungen vor Freude auf. „Besuchen wir dann auch Eure Familie in Halberstadt?", erkundigte der sich postwendend. Otto warf einen kritischen Blick auf Adalbert. „Unter Umständen", antwortete er darauf kurz angebunden. Das Leuchten auf dem Gesicht des Jungen wurde noch eine Spur heller. Sie verließen gemeinsam ihr Zelt, wobei Otto fest entschlossen war, gleich nach der morgendlichen Lagebesprechung Heinrich sein Anliegen vorzutragen.

Wie erwartet hatten sich die meisten Männer des Königs bereits versammelt. Otto sah sich beim Eintreten prüfend um und registrierte zu seiner Überraschung diesmal neben Heinrich auch die Königin. Auf ihren Gesichtern lag eine tiefe Ernsthaftigkeit. Was sollte das bedeuten, fragte sich Otto, hatten die beiden weitreichende Beschlüsse gefasst? Dem Ritter schossen die wildesten Vermutungen durch den Kopf, doch nur eine einzige Antwort entsprach der Logik ihrer jetzigen Lage: Sie beabsichtigten heimzukehren, ohne die Kaiserkrone errungen zu haben. Doch das käme einem verlorenen Krieg gleich! Wäre Heinrich allen Ernstes dazu bereit? Otto hielt die Luft an, die Anspannung schien seine Lungen sprengen zu wollen. Da trafen sich die Blicke der beiden Freunde und Otto berührte die Wehmut, die Traurigkeit, die in Heinrichs Augen lag. In diesem Augenblick wurde das Zelt ungestüm aufgerissen und ein fassungsloser Bote erschien im Eingang. Verwirrt sah er sich suchend um, bis seine Augen beim König haften blieben. „Herr", rief er atemlos, „draußen steht eine Gesandtschaft aus Rom. Sie wünschen Euch zu sprechen!" Nach einer devoten Verbeugung starrte der Mann seinen König fragend an, der ebenso sprachlos zurückstarrte. „Sag etwas", raunte Bertha ihrem Mann zu, „der Bote wartet auf eine Antwort." Heinrich raffte sich zu einer einladenden Geste auf, um sich unverzüglich demonstrativ in seinem Stuhl zurückzulehnen, Abstand symbolisierend. Die Zeltöffnung wurde von zwei Bediensteten angehoben und in einem feierlichen Aufmarsch traten die Großen des römischen Adels ein, wobei ihre Gesichter Vorfreude und Optimismus ausstrahlten. Die Verwirrung des Königs wuchs mit jedem Schritt, mit dem sich die Römer näherten. Letztendlich ging ihre Bewegung in einen demütigen Kniefall über. „Herr", begann darauf ihr Ältester, „Rom ist Eure Stadt! Kommt zurück! Ab heute wird Rom fest an Eurer Seite stehen!" In diesem historischen Moment hielt jeder den Atem an und ein unsagbares Schweigen hatte die Menge ergriffen. Erst als sich Heinrich IV. von seinem Stuhl erhob und auf den Senator zuging, brandete ein Freudensturm auf. Nach alter Sitte schlugen des Königs Ritter ihre Schwerter im rhythmischen Takt auf die Schilde und Bischöfe wie Priester schickte Dankesgebete gen Himmel. Auch Otto, soeben noch erfüllt von Vorfreude auf die baldige Heimreise, jubelte ausgelassen mit. Diese Römer! Selig sah Otto von einem zum anderen. Er wollte sich ihre Gesichter einprägen, wollte diesen Moment fest in seiner Seele verankern. Während der König mit den Gesandten über Details sprach, der Bischof Wibert von Ravenna eine Predigt über die Güte und Barmherzigkeit des Herrn hielt, war Ottos erwartungsvoller Blick an einem der Männer hängengeblieben. Dieser Römer gab ihm Rätsel auf! Irgendetwas an ihm stimmte nicht. Die Augen, erkannte Otto, diese Augen waren ihm nur zu gut vertraut! Inzwischen sah auch der Fremde zu ihm rüber und nickte ihm freundlich grüßend zu. Ottos Verwirrung stieg. Der Unbekannte näherte sich vorsichtig und sah dabei Otto unverwandt an. „Erkennst du deinen einzigen Vetter nicht?", flüsterte der endlich mit strahlender Miene. „Eckehart, wie siehst du aus? Was ist passiert?", rutschte es Otto lauter raus, als es in diesem feierlichen Moment angebracht war. Damit hatte er die Blicke aller Umstehenden auf sich gezogen, die ihn durchweg vorwurfsvoll ansahen.

Für Heinrich IV. stand fest, dass er so schnell wie möglich nach Rom zurückkehren musste, um der Gefahr eines erneuten Meinungsumschwungs der Römer zu begegnen. In Eilmärschen bewegte er sich mit seinem gesamten Gefolge, wozu diesmal auch Königin Bertha und der Gegenpapst Clemens (Wibert von Ravenna) gehörten, auf die Stadt auf den sieben Hügeln zu.

Diesmal hatten die Römer Wort gehalten. Schon lange vor der Stadt wurde der Zug von den Bewohnern der Umgebung feiernd begrüßt.

Dann, am 21. März, am Fest des heiligen Benedikt, war es so weit. In einem weihevollen Akt öffneten die Römer das St. Johann-Tor und übergaben dem König ihre Stadt. Diesmal gedieh der Marsch bis zum Lateranpalast zum Triumphzug. Sprechchöre forderten lauthals die sofortige Erhebung Victors von Ravenna zum Papst. Dazwischen aber auch die Rufe: „Viva il re, es lebe der König!" Überrascht registrierte Heinrich, wie enorm sich die Stimmung im Volk gewandelt hatte. Von Wogen der Hochstimmung getragen, zog der deutsche König in den Palast ein. „Ich kann es immer noch nicht fassen, was hier geschehen ist", vertraute Heinrich am Abend Bertha an. „Ich schon", antwortete sie weise lächelnd, „deine Geduld, deine Zuversicht haben die Menschen beeindruckt." „Ich kenne einen weiteren Grund", flüsterte er geheimnisvoll, „meine schöne Königin. Mit einer solch liebreizenden Person wie dich, kann der vergrämte Gregor nicht aufwarten." Beide lachten befreit auf und milderten damit die Anspannung und inneren Kämpfe der letzten Jahre. „Bald setzte ich dir die Kaiserinkrone auf, eine Krone, um die du dich mehr als verdient gemacht hast. Außerdem wirst du die wunderbarste Kaiserin aller Zeiten sein." Bertha sah ihren Gatten versonnen an. „Und du wirst mit 34 Jahren der weiseste Kaiser sein", erwiderte sie glücklich. Beide sahen sich gedankenschwer an. Sie spürten den Gleichklang ihrer Herzen und fürchteten den Moment, wenn sie sich einst verlieren würden.

Ein Bote erschien: „Die Einladung zur Synode wurde Papst Gregor ordnungsgemäß übergeben. Sein Erscheinen hat er offengelassen." Heinrich war es inzwischen gewohnt, von Gregor hingehalten zu werden, weshalb er ungerührt antwortete: „Dann laden wir ihn wieder und wieder ein, bis die Geduld der Synode erschöpft ist!" Abermals tauschte das Herrscherpaar verstehende Blicke aus. Es war nicht mehr nötig, auf die Launen des Selbstgefangenen in der Engelsburg einzugehen.

Auch Otto feierte im Kreis der Ritter und seines neuartigen Vetters die Ereignisse des Tages. Eckeharts ungewohntes Äußeres verwirrte jeden Uneingeweihten. Sein Kopfhaar war zwar etwas nachgewachsen, doch die römische Schnittführung war noch immer gut erkennbar. Dafür trug er wieder, und das mit einem gewissen Stolz, seinen grobgewebten Kittel und stützte sich bei jeder erdenklichen Gelegenheit demonstrativ auf seinem neuen Wanderstock ab. Er hatte ihn auf der Rückreise nach Rom erworben, einen Stab aus dem Holz der Säulenpappel. „Wann wirst du dich endlich auf den Heimweg machen?", bohrte Otto wieder und wieder. Allerdings nahm der Heiler sich diesmal viel Zeit. Er hatte in Rom noch etwas Wichtiges zu erledigen! „Auf ein paar Tage wird es nicht ankommen", vertröstete er Otto ein um das andere Mal und mit einem Augenzwinkern ergänzte er: „Ich denke, ich sollte deinen Rat befolgen und mir ein Weib ins Haus holen. Ich habe da sogar schon etwas im Auge." Der Ritter konnte seine Überraschung nicht verbergen: „Du hast ein Weib gefunden? Hier in Rom? Da lass dir nur keinen falschen Wein von ihr einschenken. Der Groitzscher hat zehn gute Ritter auf diese Weise verloren." Den Heiler beeindruckte Ottos Mahnung kaum, denn zu leuchtend und hoffnungsvoll sahen seine Pläne aus. „Stell dir vor, der neue Papst vergibt mir meine Sünden und diese Römerin wird mein Weib, was für ein vollkommen neues, fantastisches Leben erwartet mich dann!" Otto knurrte nur missgelaunt zurück: „Dir ist nicht zu helfen. Aber ich spreche morgen mit dem König. Du sollst der erste Christ sein, der vom neuen Papst die Absolution erhält. Danach machst du dich aber endlich auf den Weg nach Hause. Du wirst dort gebraucht! Schwöre es mir!" Eckehart sah seinen Vetter mit glücklichen Augen an, klopfte ihm darauf zustimmend auf die Schulter und erklärte mit einer Stimme, die keinen Widerspruch duldete: „Ich muss jetzt gehen. Auf mich wartet da jemand!" Sprachlos starrte ihm der Ritter nach.

Engelsburg

– 24. März 1084 –

chon lange fühlte sich Papst Gregor in seiner Zufluchtsstätte lebendig begraben. Umso mehr verzehrte er sich nach Neuigkeiten, gierte nach Informationen. Jedes Detail war für ihn wichtig, jede auch nur so belanglose Kleinigkeit. Natürlich wusste er, dass an diesem Tag in der Laterankirche Wibert von Ravenna zum neuen Papst Clemens III. geweiht wurde. Seit drei Tagen waren die euphorischen Rufe des römischen Pöbels zu ihm durchgedrungen. Immer wieder hatte das Volk die Erhebung Wiberts auf den Apostolischen Stuhl lautstark gefordert. Ungeachtet dessen hatte er, Gregor, die Teilnahme an der Synode kategorisch abgelehnt. Nun war es entschieden! Nicht nur das Volk, auch alle seine Kardinäle hatten ihn für abgesetzt erklärt. Während draußen die Menschen feiernd durch Roms Straßen zogen, blieben ihm genügend Mußestunden, um zum endgültigen, vernichtenden Schlag gegen Heinrich auszuholen. Nein, er würde nicht ohne gewaltigen Knall aus seinem Amt scheiden! Mit einem kurzen Gebet um Gottes Beistand beschloss Gregor seine Überlegungen. Endlich erschien Petro Leone, auf den er bereits seit Stunden gewartet hatte. „Hast du dich vom Pöbel anstecken lassen und meinen Untergang fröhlich mitgefeiert?", blaffte der Papst seinen Sekretär an. Aus dessen Augen leuchtete ein Hauch von Glückseligkeit, als er seinem Brotherrn antwortete: „Heiliger Vater, es ist schwer, unter diesen Umständen einen Mann zu finden, den man für den Auftrag gewinnen kann. Letztendlich hat mir nur die Macht des Goldes geholfen." Petro verbeugte sich voller Demut und wartete auf die Antwort seines Herrn. „Gut, gut", entgegnete der noch immer gereizt, „bis wann kann er es schaffen?" Hoffend danach von weiteren Fragen verschont zu werden, antwortete Petro dienstbeflissen: „Bis Mittwoch wird er fertig sein. Der Mann ist sein Geld wert!"

Gregor nickte zufrieden. „Bis Mittwoch ist gut. Für Sonntag ist die Krönung geplant, aber das werden wir gründlich zu verhindern wissen. Da können sie bereits Heinrichs Totenmesse singen!" Gregor sprach mit leiser Stimme, in der etwas Bedrohliches mitschwang, was bei seinem Sekretär eine Gänsehaut erzeugte. Offensichtlich fürchtete sich Petro vor diesem Mann. Von draußen schwappte wieder der Gesang fröhlicher Menschen in das Gemäuer ein. „Sie alle werden ihre Strafe bekommen.", flüsterte der Papst im selben, unheilvollen Tonfall.

Nach den ausgiebigen Feierlichkeiten zur Inthronisation seines Papstes Clemens war Heinrich froh, wieder etwas Normalität in den Alltag zurückzubekommen. Dazu gehörten auch die täglichen Morgengebete in der Sankt-Marien-Kirche auf dem Aventiner Berge. Umgeben vom engsten Kreis seiner Ritter, wozu neben Otto inzwischen gleichfalls sein ergebener Freund Wiprecht von Groitzsch gehörte, zogen sie unbeschwert plaudernd dem Gotteshaus entgegen. Lediglich der Groitzscher hielt sich augenfällig aus dem Gespräch heraus. Mit verkniffenem Gesicht trottete er schwerfällig neben dem König einher, denn am letzten Abend hatte er unstreitig zu viel von dem köstlichen italienischen Wein genossen. An seiner Seite hielt sich sein Weggefährte Ritter Otto von den Klusbergen. Otto fühlte sich beschwingt und erleichtert, denn am Nachmittag sollte sein Vetter Eckehart die langersehnte Audienz bei Papst Clemens erhalten. Völlig versunken in die eigene Gedankenwelt hielt er sich in der unmittelbaren Nähe seines Freundes auf, der nun bald Kaiser sein würde! Da forderte Heinrich Otto mit einem Wink auf, näher zu kommen. „Ich kann es nicht glauben, dass in vier Tagen die Krönung sein soll", vertraute er seinem Ritter an, „alles geht jetzt so schnell, dass einem schon schwindlig werden kann." Otto spürte, dass sein König danach trachtete, etwas loszuwerden, weshalb er erwiderte: „Wir haben doch lang genug auf diesen Tag hingewirkt. Was bereitet Euch jetzt Sorgen?" Heinrich schob sein Pferd weiter an Ottos heran, um darauf im verschwörerischen Ton zu berichten: „Ich hatte heute Nacht einen seltsamen Traum. Wir sind, so wie jetzt auch, durch die Straßen Roms zur Sankt-Marien-Kirche geritten. Die Wege waren menschenleer und es herrschte eine tiefe Dunkelheit. Nur in der Kirche brannte ein spärliches, kaum wahrnehmbares Licht, weshalb wir uns beeilten, dorthin zu kommen. Als wir eintraten, stand dort vor dem Altar unser alter Freund Bucco neben Papst Gregor und beide grinsten uns schadenfroh an." Otto hatte bei Heinrichs Erzählung ein eigenartiges Gefühl beschlichen. Trotzdem bemühte er sich darum, seinen Freund aufzumuntern: „Unser guter alter Bucco ist Euch mal wieder begegnet? Na, da sehen wir doch prompt mal nach!" Beide grinsten sich verstehend an und stiegen wenig später auch zeitgleich von ihrem Pferd. Sie hatten ihr Ziel erreicht. „Mutter Maria hat man hier ehemals in der Kirche gesehen", berichtete Otto aufmunternd, „sie wird Euch bei der Begegnung mit dem Halberstädter bestehen!" Der König fühlte sich in Ottos Nähe ungewollt an alte Zeiten erinnert, als beide als Kinder in Buccos Obhut durch die Wälder des Harzes gezogen waren und Otto sich als aufmerksamer Führer erwiesen hatte. In diesem Moment vertrauter Gefühle aus Kindertagen drang ein ohrenbetörender Lärm aus dem Gotteshaus, gefolgt von einer dicken Staubwolke, die durch die halbgeöffnete Tür kroch. „Die Kirche stürzt ein!", rief Wiprecht von Groitzsch panisch, „geht alle zurück." Die Staubwolke zog über die Köpfe der Männer und wurde letzten Endes vom Wind auseinandergerissen. Wie gebannt starrten alle auf das Gotteshaus, eine weitere Katastrophe erwartend. Doch nichts geschah, die Mauern hielten. Passanten waren stehengeblieben und beobachteten mit sichtlicher Neugier den Zwischenfall, um ihn später als Clou des Tages haarklein weitererzählen zu können. Nach und nach senkte sich im Innern der Kirche der Staub und gab den Blick auf ein großes Trümmerfeld in der Nähe des Altars frei. Vorsichtig betraten einige Ritter des Königs den Innenraum der Sankt-Marien-Kirche, während andere ihren Herrn umsichtig mit ihren Leibern beschützten. Eine bedrückende Stille lag über dem Schauplatz. „Lasst uns den Schutthaufen untersuchen", ordnete Otto an. Ein Berg aus zerborstenen Brettern, größeren und kleinen Steinbrocken hatte sich im Kircheninnern verteilt. Allerdings befand sich mittendrin die geschundene Leiche eines Mannes. Ein Blick nach oben verriet, dass die gesamte Ladung vom Boden des Gotteshauses heruntergestürzt war. „Diese dünnen Dielen konnten doch eine solche Last aus Steinen niemals halten", stellt der Groitzscher erschüttert fest, wobei er seine eigenen Beschwerden bei dem Anblick vollkommen vergessen hatte. „Tragt den Mann ins Freie", rief Otto. Behutsam befreiten sie den Leichnam vom Schutt. „Der hat aber einen prallgefüllten Geldbeutel", stellte dabei der Groitzscher verwundert fest, „das muss ja ein Vermögen sein!" Aus dem hinteren Kirchenschiff rief eine Stimme: „Das ist gewiss der Judaslohn." Erst jetzt wurden sie gewahr, dass sich dort der Priester der Kirche mit seinem Messdiener aufhielten. „Was ist hier geschehen?", erkundigte sich Otto sofort bei ihnen, nachdem er die beiden mit beruhigenden Worten nach draußen begleitet hatte. „Dieser Mann hat sich hier seit Tagen herumgetrieben. Gerade hatte ich auf dem Boden ein ungewöhnliches Geräusch gehört, dem wir beide nachzugehen gedachten. Aber ehe wir die erste Stufe der Treppe betreten konnten, stürzte über uns alles in die Tiefe." Der Priester wischte sich Staub von seinen Kleidern und starrte dabei auf den Leichnam. „Er hat hier also nichts verloren? Ihr kennt diesen Mann gar nicht?", erkundigte sich Heinrich überrascht. „Nein", antwortete der Gottesmann aufgebracht, „der hatte wohl was Übles im Sinn. Er hat gewiss auf euch gewartet, Herr und wurde selber Opfer seines Tuns!" Es gab keine Zweifel, dieser Mann war nicht nur Opfer, er war auch der Täter. „Gott hat ihn für seinen Verrat gerichtet!", urteilte der Messdiener erleichtert. „Schafft mir den gedungenen Mörder aus den Augen", befahl der König mit gepresster Stimme, „damit wir den Gottesdienst vor der Kirche abhalten können!" Zwei Römer, die den Vorgang aus nächster Nähe beobachtet hatten, nahmen sich des Toten an und zogen ihn hinter die Kirche. „Verteilt sein Geld an die Armen! So soll es von der Bluttat gereinigt werden!", rief ihnen der Priester hinterher.

Wie ein Lauffeuer verbreitete sich in der Stadt die Nachricht vom missglückten Mordanschlag auf den König. Dafür sorgte auch eine johlende Menge, die den Leichnam des Attentäters wie ein Bündel Lumpen durch Roms Straßen und Gassen zerrte und folglich das Verbrechen belegte.

Auch durch die dicken Mauern der Engelsburg drang die Botschaft vom gescheiterten Mordkomplott auf den König. Mit zur Maske erstarrtem Gesicht nahm Gregor den Bericht seines Sekretärs entgegen. „Der Mann muss sich verschätzt haben, was die Bodenbretter als Last aushalten können. Er ist nur um weniges zu früh mit den Steinen in die Tiefe gestürzt. Heinrich hatte die Kirche bereits erreicht, als das Unglück geschah", berichtete Petro Leone aufgewühlt. Wie immer erwartete er, für die üble Mitteilung aufs heftigste beschimpft zu werden. Doch Gregor schwieg! Sein Gesicht war eine Spur weißer als gewöhnlich, sein Körper wirkte kleiner, zarter, fast zerbrechlich und hatte jede innere Anspannung verloren. Papst Gregor war wieder zu Hildebrandt geworden, dem Mönch, der einen großen Traum, sein Lebenswerk in diesem Moment endgültig begrub. „Heiliger Vater", sprach Petro mit eindringlicher Stimme, „die Römer schleifen den Leichnam unseres Mannes bereits den ganzen Tag grölend durch die Stadt. Offensichtlich liegt ihnen Heinrichs IV. Wohl doch in hohem Maße am Herzen." Dieser Satz traf Gregor wie die Spitze eines Dolches mitten ins Herz. Mit einem vernichtenden Blick bestrafte er Petro, worauf er sich mühsam zu seinem Stuhl schleppte. Sein Atem ging schwer, sein Körper zitterte, als er sich, von seinem Diener gestützt, auf den Sitz des Sessels fallen ließ. „Ruf nach einem Arzt und schließe alle Fenster! Ich will von alledem nichts mehr hören.", hauchte er mit dünner Stimme. Noch nie zuvor hatte der Sekretär seinen Papst so hinfällig erlebt. Dann schreckte ihn schließlich ein Gedanke auf, ließ ihn losstürmen, um einen Arzt zu holen:

„Beeile dich, sonst stirbt er gerade jetzt!"

Wibert von Ravenna hatte es geschafft! Nun trug er offiziell den Namen Papst Clemens III. In der Laterankirche hatten sie ihn zum Stellvertreter Gottes auf Erden gewählt, nachdem Gregors Absetzung beschlossene Sache war. Doch kaum, dass die Feierlichkeiten abgeschlossen waren, erwarteten ihn die mannigfaltigen Verpflichtungen eines Papstes. Eine der Notwendigkeiten war der Empfang von Bittstellern. Es war früher Nachmittag und vor der Petri Kirche hatte sich eine lange Menschentraube gebildet, die geduldig und voller Demut auf den neuen Papst wartete. Trotzdem mussten die Wachen immer wieder eingreifen, um Streitigkeiten und Rangeleien um einen besseren Platz in der Reihe zu schlichten. Unbeeindruckt davon wartete Eckehart vor dem Portal der Kirche und hoffte, dass es sich bald öffnen würde. Otto hatte Wort gehalten und ihm diesen allerersten Platz unter den Bittstellern gesichert. Unentwegt legte sich der Heiler im Geiste die Worte zurecht, mit denen er Papst Clemens von seinem Gesuch zu überzeugen trachtete. Es sollte eine klug gefasste Rede werden. Noch während er in seinen Überlegungen vertieft war, öffnete sich das Portal und Eckehart stolperte, geschoben von den nachfolgenden Gläubigen, in das Halbdunkel der Kirche. Benommen taumelte er vorwärts, bis sich ihm letztendlich Details erschlossen. Vom Licht der Kuppel in eine goldene Aura gehüllt, erblickte er den Papst in seinem prächtigen, glanzvollen Festgewand, als Teil der Vollkommenheit dieses Gotteshauses. Aufs tiefste beeindruckt stolperte der Heiler wie im Rausch weiter; bewegte sich zitternd auf den Stellvertreter Gottes zu. Plötzlich fiel Eckehart auf die Knie und küsste den Boden, auf dem der Papst noch vor kurzen gestanden hatte. Darauf sah er ihn mit verklärtem Blick an. Auf Papst Clemens Gesicht zeigten sich erste Unmutsfalten. Nach längerem Warten forderte er Eckehart zum Sprechen auf. Zunächst stockend eröffnete der Heiler seinen Bericht: Von seiner einstigen Anbetung der alten, heidnischen Götter, über die magischen Rituale, über seine vielfältigen spirituellen Erfahrungen bis zu der unheimlichen Flugreise aufgrund der Benutzung von Hexensalbe. „Ich kann so nicht mehr leben und habe deshalb vor, mich endgültig dem einzig wahren Glauben zuzuwenden. Gibt es für mich vor Gott noch Vergebung?", hauchte er verzweifelt. Clemens schwieg. Die Betroffenheit, die Eckeharts Bericht in ihm ausgelöst hatten, stand ihm ins Gesicht geschrieben. „Gott beabsichtigt, mich zu prüfen", war sein erster Gedanke, nachdem Eckehart verstummt war. „Du bist ein seltsamer Heiliger", antwortete der Papst endlich, „seit wann treibt es dich, mich um Vergebung zu bitten?" Der Heiler sah den Stellvertreter Gottes mit den unschuldigen Augen eines Kindes an, als er ihm offenbarte: „Heiliger Vater, vor Jahren hatte ich eine Begegnung mit Bischof Burchard von Halberstadt. Er war damals aus der Gefangenschaft des ungarischen Königs geflohen und suchte eine Begleitperson. Auf unserem Marsch hatte ich ihn ins Vertrauen gezogen und erwartete seine Absolution. Allein, er verweigerte sie mir. Meine Sünden wären einfach zu gewaltig. Nur der Papst könne mir womöglich helfen, lautete sein Ratschlag." Bis zum jetzigen Zeitpunkt sah Eckehart immer noch hoffnungsvoll den Pontifex an. „Also der Rat stammt von Bucco?", knurrte der sichtlich verstimmt, „derselbe Bucco, der der Anführer der Opposition gegen Heinrich IV. ist?" Eckehart bemerkte schmerzlich den ablehnenden Unterton in der Stimme des Heiligen Vaters, weshalb er nur bejahend mit dem Kopf nickte. Dann fühlte er es: Dieser Papst würde ihm nicht vergeben. Clemens registrierte, wie das Feuer der Hoffnung in den Augen des Heilers erlosch, wie er tief enttäuscht in sich zusammenfiel. Es lag nun an ihm, seine erste Audienz als Papst doch noch zu einem hoffnungsfrohen Ende zu führen. Dabei wollte er weder seine Prinzipien verraten, noch sich von der bösartigen Rachsucht seines Vorgängers leiten lassen. Wo lag der goldene Mittelweg? Da fiel Clemens Blick auf den Wanderstab des Heilers und er erinnerte sich an ein überliefertes Ritual. „Du hast Recht getan, zu mir zu kommen", lautete sein Urteilsspruch, „doch wie dem Bischof steht es auch mir nicht zu, dir deine schweren Sünden zu vergeben." In Eckeharts Augen traten Tränen, Tränen der Verzweiflung. „Kann mich also niemand freisprechen? Muss ich nach meinem Tod demnach ins Feuer der Verdammten?" Clemens lächelte milde und legte seine Hand auf das Haupt des knienden Sünders. „Nur Gott selber ist dazu in der Lage mit einem Gottesurteil. Geh zurück in deinen Harz und stecke den Wanderstab in heimatliche Erde. Wenn dieser Stock im nächsten Frühjahr erneut austreibt, dann hat dir der Allmächtige vergeben. Wenn nicht ..." Clemens brauchte den Satz nicht zu beenden, Eckehart hatte verstanden. Von tiefster Demut ergriffen küsste er dem Heiligen Vater die Hand und schlich, aufs höchste verunsichert, nach draußen, wo er von seinem Vetter längst erwartet wurde. Otto brauchte nicht zu fragen. Er konnte das Urteil des Papstes aus Eckeharts Gesicht ablesen. „Ich reise ab. Hier kann ich nichts mehr ausrichten, da mir bestimmt ist, mich einem Gottesurteil zu stellen", erklärte der Vetter mit entmutigter Stimme, wobei in seinen Augen Tränen schimmerten. „Wirst du das Weib mitnehmen?", erkundigte sich Otto irritiert, worauf der Heiler nur verneinend abwinkte. Seite an Seite schritten sie ein letztes Mal durch die Stadt auf den sieben Hügeln. Sie sprachen nicht viel, denn was gab es nun noch zu sagen! Otto kaufte auf ihrem Streifzug Geschenke für die Lieben im fernen Deutschland, die er vorhatte, seinem Vetter mitzugeben. Eckehart lief unterdessen planlos und still an seiner Seite, bis ihn der Gedanke an das ewige Höllenfeuer antrieb, nochmals das Unmögliche zu versuchen. „Lass uns in der Sankt-Marien-Kirche zum letzten Mal gemeinsam beten", bat er Otto, „die Heilige hat immer schützend ihre Hände über unseren König gehalten, möglicherweise hat sie auch Mitleid mit einem armen Heilkünstler." Otto stimmte zu: „Wir sollten es auf jeden Fall versuchen, denn du bist ein guter Mensch. Auch ich werde Marias Beistand für dich erflehen." Lautstarker Lärm schnitt ihm das Wort ab, denn eine rasende Menschenschar zog einen Leichnam hinter sich her. Andere blieben stehen und applaudierten ihnen frenetisch zu. „Versteh einer die Römer", stöhnte Eckehart, „noch vor wenigen Wochen mussten wir vor ihnen auf der Hut sein. Jetzt schleifen sie den toten Attentäter des Königs jubelnd durch ihre Stadt. Dabei ist der doch gewiss Römer!" Gedankenschwer sahen die beiden Harzer dem Treiben noch eine Weile zu, bis sie sich letzten Endes auf den Weg zur Kirche machten.

Mit leichtem Gepäck, aber schmerzbeladener Seele verließ Eckehart der Heiler am Ostersonntag durch das St. Johann-Tor die Ewige Stadt. Diese Heimreise kam einer Flucht gleich, wobei seine letzte Hoffnung auf seinem Wanderstab ruhte.

Nur Stunden später zog Heinrich IV. an der Spitze eines Festzuges vom St. Johann-Tor aus in Rom ein, seiner Kaiserkrönung entgegen! Neben ihm ritt Königin Bertha, anbetungswürdig schön und mit einem unlöschbaren Lächeln im Gesicht. Die Römer umjubelten die beiden, denn schon längst hatte Heinrich durch sein diplomatisches Geschick ihre Herzen erobert. Und schließlich waren beide auch Kaiser und Kaiserin der Italiener!

Der Jubel, der die Krönungsfeierlichkeiten begleitete, drang bis in den letzten Winkel der Stadt, bis in die Engelsburg, wo der abgesetzte Papst Gregor noch immer auf ein Wunder hoffte. Er litt seelisch und die Folgen des Schwächeanfalls hielten ihn in seinem Bett gefangen. Doch er hatte an den Normannenherzog Robert Guiscard Eilboten mit der Bitte um Hilfe entsandt. Möglicherweise gab es doch noch für ihn Rettung? Doch der Tag zog dahin und vom Normannenherzog gab es wieder keine Antwort.

Zu erwähnen wäre noch das neue, unscheinbare Grab vor den Toren der Stadt am Tag der Krönung. In ihm hatte der Attentäter für seinen geschundenen Leib eine letzte Ruhestatt gefunden. Es war auf ausdrücklichen Wunsch des Kaisers geschehen!

Rom

– Mai 1084 –

ie im Rausch waren die Wochen des Aprils verflogen, wie im Nebel lagen seine kurzen Tage und langen Nächte, die mit festlichen Empfängen nur so angefüllt waren. Erst in den Tagen des Monats Mai zog wieder der Alltag auf dem Kaiserhof ein. Dabei riefen die ersten heißen Tage in der Stadt bei den Kriegern die unangenehme Erinnerung an das Fieber wach, das aus den Sümpfen kam. Aber es bedeutete auch, dass folglich die Tage der Abreise aus Rom näher rückten. Zu den ersten, die die ewige Stadt schon vorher verließen, gehörte der Groitzscher Graf samt seinen Männern. Er war gehörig stolz darauf, diesmal mit der kompletten Mannschaft heimkehren zu können, denn er hatte seine Männer eindringlich vor den heimtückischen Verführungskünsten der Römerinnen gewarnt. Otto bedauerte seinen vorzeitigen Rückzug, besonders weil der Graf bei den abendlichen Männerrunden so herrlich über ihre Abenteuer bei der Einnahme Roms plaudern konnte. Bei jeder Erzählung des Groitzschers fragte sich der Harzer, ob er überhaupt selber bei den Feldzügen dabei gewesen war. Nun trieb den Grafen ein besonders glücklicher Umstand in die heimatlichen Gefilde zurück. Graf Wiprecht von Groitzsch wollte heiraten, aber nicht irgendeine Fürstentochter! Nein, seine Angebetete entstammte dem höchsten Adel, war die Tochter des Böhmenherzogs. „Ich werde unsere abendlichen Runden vermissen", erklärte Otto seinem Freund am letzten Tag. Es lag ehrliches Bedauern in seiner Stimme. „Wie heißt die Erwählte eigentlich? Wie ich hörte, ruft man sie Jutta", erkundigte sich Otto, von Neugier getrieben. Über das Gesicht des Bräutigams lief ein breites, stolzes Grinsen. „Stimmt, Jutta! Aber tatsächlich heißt sie Judith, die schöne Judith von Böhmen.", erhielt Otto zur Antwort. Der Ritter fragte sich, ob der Groitzscher mit seiner Schilderung mal wieder

maßlos übertrieb, weshalb er mit einem Augenzwinkern nachhakte: „Na ja, als Tochter des Böhmenherzogs und mit einer entsprechend fetten Mitgift muss sie ja einmalig liebreizend sein!" Augenblicklich wich aus Wiprechts Gesicht jede Freundlichkeit, verlor er jegliche Farbe aus seinem Antlitz. Doch schon einen Herzschlag später schlug er Otto versöhnlich auf die Schulter und erklärte: „Sie ist wahrhaftig ein schönes Weib und die beiden Gaue Meißen und Bautzen als Mitgift machen sie noch viel liebenswerter." Darauf ließ er sein schallendes Lachen hören, in das Otto nicht so recht einstimmen konnte. So überspielte er seine Unsicherheit mit einem Trinkspruch: „Trinken wir alle auf das Wohl des Brautpaares, auf ein langes gemeinsames Leben und reichen Kindersegen!" Wiprecht strahlte sein herzlichstes, sein ehrlichstes Lachen, als er erwiderte: „Danke Bruder! Danke für die vielen Jahre aufrichtiger Freundschaft!" Und wieder wurde es eine lange Nacht, in der sie ihr Leben und das Leben überhaupt in gebührender Weise begossen.

Aufgewacht, noch im Überschwang der nächtlichen Gefühle, brachte der neue Morgen eine beunruhigende Nachricht. Ein Bote war vor dem Tor des Palastes erschienen und forderte umgehend, zum Kaiser vorgelassen zu werden. „Ich bin nicht Tag und Nacht geritten", rief er Heinrichs Leibwächtern zu, „um jetzt stundenlang warten zu müssen. Informiert den Kaiser umgehend über mein Kommen." Letztendlich siegte die Beharrlichkeit des Mannes. Heinrich kannte das Bild, das Boten schlechter Nachrichten abgaben, zu Genüge. Sie waren meist übermüdet, verschwitzt und verstaubt und in ihren Augen lag stets ein unruhiges Flackern. Doch diesen Mann hätte er zuletzt erwartet. „Abt Desiderius", sprach er ihn überrascht an, „was hat sich zugetragen, dass Ihr Euch selbst von Monto Cassino auf den Weg gemacht habt?" Der Angesprochene atmete tief und erleichtert auf. Endlich konnte er sein Wissen weitergeben! „Kaiserliche Hoheit, es braut sich im Süden etwas zusammen. Eben noch hatte der Normannenherzog Robert Guiscards in seiner Provinz Apulien einen Aufstand blutig niedergeschlagen, da zog er schon wieder alle seine Kräfte zusammen. Mittlerweile befindet er sich auf dem Weg nach Rom, um seinem Lehnsherrn, Papst Gregor, zu Hilfe zu kommen." Über Heinrichs Gesicht huschte ein verstehendes Lächeln. „Ich frag mich nur, was Gregor nun noch erreichen will?", sprach er, mehr zu sich selbst. Das war der Moment, indem Bertha, gefolgt vom zehnjährigen Sohn Konrad, den Empfangsraum betraten. Die Kaiserin griff haltsuchend nach seiner Hand. „Dieser Mann kann nicht aufgeben! Das würde seinem Wesen widersprechen. Deshalb hat er die Normannen gerufen!", versuchte sie zu erklären. „Ihr solltet Rom verlassen", riet der Abt, „das Heer des Herzogs wird in wenigen Tagen die Stadtmauer erreicht haben." Heinrich konnte dem Abt, der für ihn sein Leben riskiert hatte, nur zustimmen. Beschützend legte er seine Arme um seine Familie, die beide diese Geste dankbar annahmen. Mit neuer Zuversicht erklärte er letztlich: „Es wird sowieso Zeit, dass wir heimkehren und dort nach dem Rechten sehen. Aber, dass Gregor jetzt noch militärischen Beistand bekommt, damit habe ich wahrlich nicht gerechnet. Womit will er eigentlich den Normannenherzog bezahlen? Seine Kassen sind doch schon lange leer!" Bei diesen Worten sah er Abt Desiderius fragend an, der darauf jedoch nur ratlos die Arme hob. „Die Römer werden dafür zahlen müssen, so wie es Gregor von Anfang an geplant hatte", erwiderte darauf Bertha mit sorgenschwerer Miene. Konrads Blicke wechselten bekümmert von einem zum anderen Elternteil. „Können wir gar nichts für die Römer tun?", erkundigte er sich bei seinem Vater. „Es ist für diese Menschen furchtbar, sie jetzt allein lassen zu müssen. Aber gegen die Streitmacht des Normannen hat unser kleines Heer keine Chance", stöhnte der Herrscher ungewollt auf, „wenn wir bleiben, setzten wir alles bisher Erreichte wieder aufs Spiel. Bertha legte tröstend ihre Arme um seinen Hals. „Kommt, lasst uns alle gemeinsam für Rom beten. Sie brauchen jetzt mehr denn je den Beistand Gottes. Nicht umsonst eilt dem Herzog ein übler Ruf voraus, ist er für seine barbarischen Gräueltaten berüchtigt. Nennt er sich doch selber der terror mundi, der Schrecken der Welt!"

Am selben Tag begann man bereits die Vorbereitungen zur Abreise des Hofes zu treffen und trotzt aller Eile nahm sich der Kaiser noch die Zeit für eine emotionale Abschiedsrede an die Römer. Er musste ihnen danken und sie auf das Kommende vorbereiten. Die Stadt war folglich gewarnt und verriegelte nach dem Abzug des Kaisers ihre Tore nach bewährter Manier.

Am 21. Mai 1084 verließ Heinrich IV. die Stadt auf den sieben Hügeln, die ihm seinen größten Triumph geschenkt hatte. In Begleitung von Papst Clemens III. nahm er die Flamische Straße nach Civite' Castellana und begab sich von dort aus nach Norden. Sie zogen schweren Herzens ab, da inzwischen klar war, dass der Herzog mit sechstausend Reitern und dreißigtausend Mann Fußvolk in drei Tagen in Rom sein würden. Waren sie persönlich entkommen, eilten ihnen die schwer zu ertragenen Meldungen aus der Ewigen Stadt nach. „Am 24. Mai hatte der Normannenherzog die Stadt erreicht", begann der Bote seinen Bericht, „Dort schlug er vor den Stadtmauern sein Lager auf und wartete geschlagene drei Tage, um einem möglichen Hinterhalt des Kaisers zu entgehen. Schon schöpften die Bürger der Stadt Hoffnung, dass er unverrichteter Dinge wieder abziehen würde.

Jedoch vergeblich! Am 27. Mai drangen seine Truppen gewaltsam in Rom ein und befreiten Papst Gregor aus seinem selbstgewählten Asyl. Daraufhin versuchte der Normanne Gregor wieder als Papst einzusetzen, stieß aber auf den entrüsteten Widerstand der Römer. Nun fackelte der Herzog nicht lange und gab die Stadt zum Plündern und Brandschatzen frei." Gebannt starrten die Mitglieder des kaiserlichen Hofes den Unglücksboten an. „Er hat Rom in Brand gelegt?", vergewisserte sich Bertha nochmals ausdrücklich. „Ja, er hat!", erzählte der Mann weiter, „Wie eine Todeswalze zog das Heer aus Normannen, Kalabriern und den gefürchteten Sarazenen Siziliens über Rom her und holte sich mit Feuer und Schwert ihren mörderischen Lohn. Rom hat einen hohen Preis für ihre Treue zum Kaiser zahlen müssen. Am nächsten Tag, als noch immer die Feuer in der Stadt schwelten, die zu gut Dreiviertel zerstört wurde, zog der Normanne wieder ab. Mit ihm Papst Gregor, der nun nicht mehr in Rom bleiben konnte, da er die Zerstörung der Ewigen Stadt billigend in Kauf genommen hatte." Unter den Zuhörern herrschte noch immer eine beklemmende Stille, die Papst Clemens letztlich mit den Worten beendete: „So viele Tote, so viel Leid! Ich kehre zurück nach Rom, dort werde ich jetzt gebraucht!" Niemand widersprach ihm, jeder verstand seinen Beschluss.

Nachdem der Kaiser nochmals seinen italienischen Städten Siena, Pisa, Lucca und Verona einen Besuch abgestattet hatte, zog es ihn endgültig über die Alpen ins Deutsche zurück, aber nicht, ohne noch einen letzten Entschluss gefasst zu haben. „Konrad, du bist nun in dem Alter, in dem du staatsmännische Verpflichtungen übernehmen kannst. Deshalb haben deine Mutter und ich beschlossen, dass du mit einem eigenen Hof in Italien zurückbleiben wirst. Du repräsentierst ab heute auf italienischen Boden unser salisches Königshaus, du bist hier ab sofort mein Stellvertreter. Mit deiner Schwertleite, deiner Mündigkeit sollst du auch die Königskrone Italiens empfangen." Im Gesicht des Thronfolgers zuckte es, Tränen stiegen ihm in die Augen. Unwillig stieß er Heinrichs tröstende Hand zur Seite, bevor er aus dem Raum stürmte. „Er wird es später einmal verstehen", tröstete der Kaiser sich selber. Bertha guckte ihn skeptisch an, bevor sie erklärte: „Er wird dir das nie verzeihen, denn er will mehr, als König von Italien sein. Er ist der Erstgeborene!" Der Kaiser nickte zustimmend. Darauf lautete sein Resümee: „Es ist gut, wenn er Ehrgeiz zeigt, wenn ihm die Größe des Reiches am Herzen liegt!"

Harzvorland

– Sommer 1084 –

tto führte sein Pferd an der Leine, denn der lange, steile Anstieg aus dem Bodetal forderte dem treuen Tier alles ab. Auch ihm selber fiel es schwer einen Fuß vor den anderen zu setzen. Nach wochenlangen Ritten hatten seine Beine das Gehen fast verlernt. Dafür entschädigte der Duft des Sommerwaldes die beiden müden Reiter für die überstandenen Strapazen. „Gleich sind wir oben", erklärte Otto seinem Knappen, um nörgelnden Fragen auszuweichen. Trotzdem erwiderte Adalbert: „Schon, aber danach geht es ebenso steil und lang wieder runter." „Du wirst es schon schaffen", knurrte Otto darauf nervös zurück. Er hatte nicht vor, sich seine Heimreise durch einen quengelnden Knaben vermiesen zu lassen. Schweigend ritten sie wenig später talwärts und lauschten dabei der Melodie des Waldes, bis sich dieser endlich öffnete und ihnen den Blick auf das Harzvorland freigab. „Endlich zurück", stöhnte in diesem Moment Otto befreit auf, „jetzt nehmen wir uns erst einmal eine Auszeit!" Adalbert konnte sich ein Grinsen nicht verkneifen, knüpfte er doch an einen längeren Aufenthalt eigene Hoffnungen, die vor seinem inneren Auge bereits Gestalt annahmen. „Das letzte Stück Weg geht es im Galopp weiter!", rief Otto und eilte bereits davon. Mitten aus den schönsten Tagträumen gerissen, trabte ihm Adalbert missmutig nach, um sich bei seiner Ankunft erstaunt umzusehen.

Auf dem Rittergut war es still, gespenstisch still! Die Tür zum Wohnhaus stand sperrangelweit offen, doch auch aus den Zimmern drang kein einziger Laut. „Susanne!", brüllte Otto laut und mit Angst in der Stimme. Eine Antwort blieb aus. Dafür betrat Johann den Hof, gefolgt von seiner Frau und seiner Kinderschar. „Herr kommt! Johann ist hier!", rief der Knappe seinem Ritter lautstark hinterher. Mit bleichem Gesicht erschien

Otto in der Tür und starrte seinen einstigen Weggefährten fragend an: „Was ist hier passiert? Wo ist meine Frau?" Wie immer in heiklen Situationen knetete Johann zunächst seine Mütze zwischen den Händen, bis er endlich die Sprache wiederfand: „Herr, hier sind schlimme Dinge geschehen." Ungefragt berichte dessen Frau Heidrun: „Herr, wir wurden überfallen." Johann schob sein Weib zurück und erzählte weiter: „Seit einiger Zeit überfallen marodierende Ritter immer wieder die Umgebung. Sie rauben Vieh, Geld, sie morden. Vor drei Wochen haben sie Euren Hof überfallen. Die Herrin und der alte Hofknecht waren allein hier. Sie hatten gegen die Übermacht keine Chance. Sie ist tot!" Bei diesen Worten starrte Otto ihn ungläubig an. „Tot?", murmelte er schließlich erschüttert. „Was ist mit den Kindern?", erkundigte sich Adalbert. Wortlos trat Heidrun näher. In ihren Augen schimmerten Tränen und auf dem Arm hielt sie einen Säugling, während ihr die kleine Marie allein gefolgt war. „Hier sind die Kinder", sprach sie mit tränenerstickter Stimme. Otto schien in diesem Moment aus seiner Betäubung zu erwachen und lief den zwei Menschenkindern entgegen. „Meine Kinder", stöhnte er auf und hob dabei Marie in die Höhe, während er dem kleinen Bündel auf Heidruns Armen einen liebevollen Blick schenkte. „Wo ist Egbert? Hat Eckehart ihn zu sich genommen?", erkundigte er sich mit suchendem Blick? Johann bestätigte seine Vermutung und ergänzte außerdem: „Euer Sohn Bruno ist nach wie vor auf der Ilseburg. Er wird von alledem noch nichts wissen." Otto nickte nur bestätigend. „Kommt mit in die Stube und erzählt mir genau, was passiert ist. Heidrun möchte uns inzwischen ein Essen bereiten", erklärte er und ging dabei auch schon voraus. Wenig später war in der Ritterstube jeder Platz belegt, doch alle saßen mit hängendem Köpfen am Tisch und hielten dabei die Hände zum Gebet fest umschlossen. Otto verstand. „Lasst uns für die Seele der verstorbenen Herrin beten", forderte er sie mithin auf. Sie beteten mit Inbrunst und bezeugten so ihre große Zuneigung zur einstigen Herrin des Rittergutes. Otto berührte diese Geste doppelt. Schließlich schickten sie die kleineren Kinder nach draußen und Johann berichtete in allen Einzelheiten, was sich an jenem verhängnisvollen Tag zugetragen hatte: „Heidrun war an diesem Tag mit den Kindern im Heu, denn es musste nochmals gewendet werden. Ich war in Halberstadt zum Pferdemarkt um einen neuen Hengst zu erwerben. Nur die Herrin und der alte Stallknecht waren zu Hause geblieben. Er konnte sich noch rechtzeitig verstecken, als die Bande den Hof überfiel." Johann konnte nicht weitersprechen, zu sehr hatten ihn die Gefühle übermannt. Otto legte beruhigend seine Hand auf Johanns Arm, der diese Geste dankbar annahm. „Als wir am Abend heimkehrten", berichtete er schließlich weiter, „bot sich uns ein schreckliches Bild. Überall hatten die Räuber gehaust. Nichts war ihrer Gier entgangen. Allem Anschein nach hatten sie nach Geld gesucht, weshalb sie auch die Herrin ermordeten. Zum Glück hatte Frau Susanne die beiden Kinder noch beim Stallknecht verstecken können." Wieder schwieg Johann. „Komm mit, zeig mir das Grab meiner Frau. Ich möchte jetzt bei ihr sein", forderte Otto seinen treuen Freund auf, „den Rest kannst du mir unterwegs erzählen." In diesem Moment drang aus der Ferne Donnergrollen zu ihnen in die Stube. „Beeilen wir uns", ergänzte daraufhin Otto, „Donar lädt uns zu einem Tänzchen ein." Inzwischen erhellte draußen bereits ein Wetterleuchten den Himmel und ließ jeden Anwesenden das heranziehende Unwetter erahnen.

In der nun folgenden Nacht fand Otto keinen Schlaf. Wie sollte es nun weitergehen? Diese Frage stellte er sich wieder und wieder. Er wollte den Mörder seiner Frau am Galgen sehen, er musste für seine Kinder ein neues Heim finden und er sollte entscheiden, wie er seinen Gutshof künftig führen wollte. Und über all seinen quälenden Gedanken thronte eine schwer auszuhaltende Trauer. Dabei wurde ihm bald klar, dass er ohne die Hilfe anderer Menschen nichts erreichen würde.

Als der neue Morgen seine ersten Sonnenstrahlen durch das kleine Fenster schickte, in dessen Lichtkegel feiner Staub lebhaft auf- und niederschwebte, hatte Otto seinen ersten Beschluss gefasst. Zunächst würde er für seine Kinder sorgen. In der Obhut von Johann und Heidrun konnte er sie nicht lassen. Also verließ er am frühen Morgen mit Heidrun, den beiden Kindern und Adalbert den Hof in Richtung Börnecke, wo er seinen Vetter Eckehart vermutete. Und Otto wurde nicht enttäuscht. Vor seiner Hütte saß rauchend sein Vetter, den Blick fest auf einen in die Erde gerammten Stock gerichtet, seinen Wanderstock. „Oh Gott", erschrak Otto bei seinem Anblick, „er ist alt geworden in der kurzen Zeit." Ihr Kommen blieb nicht lange unentdeckt. Trotzdem sah Eckehart überrascht auf. „Endlich bist du angekommen", rief er Otto erleichtert zu, „aber seit wann hast du weiße Haare?" Otto schluckte seine Trauer herunter und antwortete: „Seit heute Nacht." Wortlos umarmten sich die beiden Männer. Was hätten sie auch sonst noch sagen sollen? Hinter ihnen machte sich der Säugling mit lautem Geschrei bemerkbar. „Er hat Hunger. Darf ich ins Haus?", erkundigte sich Heidrun schüchtern und löste damit die seelische Erstarrung der beiden Vettern. Im Haus wurden sie bereits erwartet. Eckehart hatte wirklich eine Frau zur Pflege Egberts gefunden. Sie war eine mittellose Witwe, von Not und Gram gezeichnet, die nur zu gern auf Eckeharts Angebot eingegangen war. Nun war sie es, die mit Umsicht und Verstand die Dinge in seinem

Haushalt regelte. „Setz dich dort in die Ecke", forderte sie sogleich Heidrun auf, „dort kannst du den Säugling stillen." Heidrun lächelte sie dankbar an, erklärte aber: „Ich bin nicht die Mutter. Habt ihr vielleicht Milch im Haus?" Während sich die beiden Frauen des Säuglings annahmen, stürmte Otto auf seinen Sohn Egbert zu. Dieser saß still in einer abgeschirmten Ecke des Raumes und sinnierte vor sich hin. „Helfen die Bäder? Geht es ihm schon besser?", bedrängte Otto den Vetter. Eckehart warf einen prüfenden Blick auf die beiden Frauen, doch die waren viel zu beschäftigt, um zuzuhören. Schließlich klärte er Otto auf: „Wie du siehst, geht es ihm ganz gut, wozu auch die warmen Bäder mit dem Heilwasser beigetragen haben. Trotzdem wird er nie wieder derselbe sein. Er lebt jetzt in seiner eigenen Welt, er weiß schon lange nicht mehr, wer wir sind. Lass ihn ruhig bei mir. Es soll ihm hier an nichts fehlen." Ottos Blick wechselte zweifelnd zwischen Eckehart und seinem Sohn Egbert, während sein Unterbewusstsein die Tatsachen zu akzeptieren begann. „Wieviel Trauer kann ein Mensch ertragen?", stöhnte er verzweifelt auf. Eckehart legte seinen Arm um Ottos Schulter, während er ihn tröstete: „Sieh, Gott hat dir einen weiteren Sohn geschenkt. Sorge dich um ihn, wie auch um deine anderen Kinder." Otto stimmte ihm zu und fühlte dabei eine kleine Hand, die nach der seinen griff. Es war Marie. Gerührt nahm er das Kind auf den Arm, weil er fühlte, wie sehr das Mädchen ihn jetzt brauchte und wie sehr auch er sie brauchte.

Es war bereits später Nachmittag geworden, als Otto mit den Seinen weiterzog. Beim Abschied warf er noch einen prüfenden Blick auf Eckeharts in die Erde gerammten Wanderstab. „Glaubst du wirklich, dass er einst wieder Blätter tragen wird?", erkundigte er sich mit unüberhörbarer Skepsis in der Stimme. Der Heiler grinste ihn verlegen an und flüsterte dabei: „Ich gieße ihn jeden Tag und im Winter bekommt er noch einen schönen Schutz aus bestem Stroh. Der Rest liegt in Gottes Hand." „Wie wahr! Er hat immer das letzte Wort", erwiderte Otto ebenso leise.

Edda hatte sich längs darauf eingestellt, dass ihr Bruder Otto ihr seine Kinder bringen würde. Nun war es also soweit und nach einer ebenso herzlichen wie warmen Begrüßung übergab ihr Otto seinen jüngsten Nachwuchs. „Welchen Namen hast du denn deinem Sohn gegeben?", erkundigte sich die betagte Hausherrin Gudrun, die das Kind sofort in ihre Arme nahm und behutsam hin- und herwiegte. Ratlos sah Otto sich in der Runde um. An einen Namen für seinen jüngsten Sohn hatte er bislang nicht einen einzigen Gedanken verschwendet. „Lass ihn uns auf den Namen Martin taufen, Martin der Kämpfer, das wäre eine gute Wahl.", schlug Onkel Hubert mit glänzenden Augen vor. „Bei deinem Sohn Eckehart hat das auch nicht funktioniert. Er hat bis heute nichts mit Schwertkämpfen im Sinn", mahnte Gudrun ihren Gatten. Doch Otto lenkte ein und erklärte feierlich: „Lasst nur, Martin ist eine gute Wahl. Er soll ein echter Kämpfer werden, denn er muss ohne Mutter aufwachsen. Nächste Woche wollen wir seine Taufe feiern. Bis dahin habe ich noch einiges zu regeln."

Zwei Tage später verließ der Ritter mit seinem Knappen das Anwesen in den Klusbergen. Jetzt sollte die Suche nach den Meuchelmördern seines geliebten Weibes Susanne beginnen.

Ihr Weg führte sie zurück, nach Linzke, einem kleinen Dorf zu Füßen der Blankenburg. Hier wollten sie sich zunächst im Wirtshaus umhören, denn dort liefen erfahrungsgemäß alle Gerüchte und Neuigkeiten zusammen. Vor dem Betreten der Wirtsstube warf Otto nochmals einen Blick hoch zur Burg, auf deren Mauern Wachsoldaten patrouillierten. „Ja, hier unten waren sie sicher", überlegte Otto. Sein Rittergut jedoch lag auf der anderen, der nicht einsehbaren, Seite der Burg. So war der Überfall für die Räuber ein Kinderspiel gewesen. „Gehen wir hinein, Herr", mahnte Adalbert seinen Ritter und sah dabei ebenfalls prüfend zur Burg hoch. Otto nickte und schob schließlich die schwere Tür auf. Beim Eintreten in das Halbdunkel des Raumes, in dem es nach Schweiß und saurem Bier roch, fühlte Otto, wie sich zig Augenpaare fragend auf sie richteten. Fast zeitgleich verstummten die lauten Gespräche und ein unterdrücktes Tuscheln setzte ein. „Hier bin ich richtig", dachte Otto, „diese Leute wissen Bescheid." Devot eilte auch schon der Wirt herbei und führte die beiden Männer zu einem abgeschirmten Tisch, den er stets für edle Herrschaften freihielt. „Bring uns zwei Bier, aber kein saures!", rief Otto dem Wirt zu und ließ sich dabei auf den Hocker fallen. Jetzt hatte er Zeit, in aller Ruhe die Gäste dieses Hauses zu studieren. Neben freien Bauern entdeckte er auch an einem Tisch mehrere reisende Kaufleute, die hier eine Rast eingelegt hatten. Anscheinend waren sie gemeinsam unterwegs, um so den Gefahren der Landstraße gemeinsam trotzen zu können. Als der Wirt mit dem Bier zurückkam, hielt ihn Otto am Arm fest. „Was weißt du über den Überfall auf mein Gut? Was erzählt man sich?", sprach er den armen Mann mit einem bedrohlichen Unterton in der Stimme an. Jedoch der Wirt blieb ruhig. Er war auf die Frage des Ritters gefasst gewesen und antwortete schließlich: „Ritter Otto, es gibt einen Zeugen. Ihn solltet ihr fragen. Zufällig ist auch er gerade anwesend." Otto konnte sein Glück kaum fassen, weshalb er schon viel versöhnlicher erwiderte: „Hol ihn her und bring gleich ein Bier für ihn mit." Der Zeuge, so stellte sich heraus, war der freie Bauer Johannes, der seine Wiese in der Nähe des Rittergutes hatte. „Es war um die

Mittagszeit, als die Ritter kamen", berichtete er Otto mit verschwörerischer Stimme, „wir hatten uns deshalb zu einer Pause unter den Holunderbüschen niedergelassen. Mein Weib öffnete gerade den Vesperkorb, als eine größere Gruppe Reiter zielgerichtet auf Euer Gut zuritt. Als sie mit brachialer Gewalt das Tor öffneten, wussten wir, dass dort etwas nicht stimmte. Bald darauf hörten wir Schreie, Weinen und das Flehen um Erbarmen. Doch die Herren Ritter mussten sich wohl sehr sicher sein, dass sie nichts zu befürchten hatten. Eine gute Stunde hielten sie sich im Gehöft auf. Als sie wieder erschienen, waren sie mit getötetem Vieh schwer beladen. Der Raub scheint sich für sie gelohnt zu haben." Johannes machte eine Pause, wobei er einen tiefen Schluck aus seinem Bierkrug tat. Doch Otto bohrte weiter: „Ich muss wissen, wer die Mörder waren. Hast du jemanden erkannt?" Noch ehe er zu einer Antwort fähig war, nickte der Bauer Otto mehrfach bestätigend zu. „Mein Schwager kommt aus Westerhausen. Er war an dem Tag bei uns, um zu helfen. Er war sich sicher, Ritter Eugen erkannt zu haben. Seit der Halberstädter Bischof nicht mehr in den Krieg zieht, hat sich Ritter Eugen aufs Rauben und Morden verlegt. Das Arbeiten hat die Ritterschaft wohl in den vielen Jahren des Krieges verlernt." Erschrocken sah Otto auf. Sollte dieser einfache Bauer Recht haben? Gab es in diesem Land kein Recht und Gesetz mehr? Eingeschüchtert von Ottos Blick schwieg Johannes auf der Stelle. Inzwischen aber hatte sich Otto wieder im Griff. Er schob seinem verängstigten Gegenüber ein Silberstück zu und ließ sich noch den Namen des Schwagers aus Westerhausen geben. Unter mehrfachen unterwürfigen Verbeugungen zog sich daraufhin sein Zeuge zurück. Nun konnte Otto sein letztes Vorhaben in die Tat umsetzen.

Mit dem Satz: „Jetzt reiten wir zum Regenstein und erheben Anklage!", machte der Ritter seinen Knappen mit dem nächsten Ziel vertraut. „Ich dachte, Ihr seid dort nicht mehr erwünscht", lenkte Adalbert irritiert ein. „Das war einmal! Jetzt ist Heinrich IV. Kaiser und somit haben viele Sachsen die Seite gewechselt, auch der Regensteiner Graf", antwortete Otto, nicht ohne einen gewissen Stolz in der Stimme.

Der Weg führte die beiden am ehemaligen Kloster vorbei, an das nur noch die zwei Linden erinnerten, deren Kronen noch weiter ineinander gewachsen waren. Vereinzelt lagen einige Steine in der Landschaft herum, aus denen man einst das Kloster errichtet hatte. Alle anderen hatten die Bewohner der Umgebung bereits einem neuen Nutzen zugeführt. „Das war einmal ein Nonnenkloster", klärte Otto seinen Knappen auf, „doch bei einem schweren Gewitter ist es vollkommen abgebrannt." Adalbert betrachtete die Stelle unaufgeregt. Ihn interessierte vielmehr eine andere Frage: „Wo steht den nun die Burg Regenstein?" Otto schwieg darauf und ritt einfach weiter. Der Knappe musste noch einen längeren Weg auf sich nehmen, bis er endlich vor den Mauern der Burg stand. Umso mehr war er von der Anlage beeindruckt. Auf dem Burghof herrschte hektische Betriebsamkeit, die den Knappen sogleich in seinen Bann zog. „Warte hier auf mich. Du wirst dich bestimmt nicht langweilen", ordnete Otto an, bevor er in der Menschenmenge verschwand. Wie gewohnt ließ der Graf seinen Besuch warten. Er hatte genug von den vielen Klagen der Bauern und übrigen Bewohner der Umgebung über die ständigen Überfälle. Wen sollte er bestrafen, wem den Prozess machen, wenn die Anzeigen stets keinen Täter namentlich benennen konnten.

Burg Regenstein

ndlich ließ er Otto eintreten, nachdem dessen Geduld fast am Ende war. Aber auch der Empfang fiel sehr unterkühlt aus, der Graf sprach ihn sofort gezielt an: „Wie ich hörte, hat man Euer Gut in Eurer Abwesenheit überfallen und ausgeraubt. Jetzt wollt Ihr sicher Klage führen." Sein Gesicht drückte Gleichgültigkeit und Langeweile aus. Er hasste diese Verpflichtungen über alle Maßen. „Ja, ich beschuldige den Ritter Eugen von Westerhausen des Raubes meines Eigentums und des Mordes an meinem Weib." Überrascht sah der Graf auf. „Ihr kennt den Namen des Mörders?", entfuhr es ihm unwillkürlich, denn nun hatte er ein Ziel, ein Jagdziel! „Ihr habt also auch einen Zeugen der Untat, der das alles vor Gericht bestätigen kann?" Otto erzählte, was er kurz vorher in Erfahrung gebracht hatte und heizte damit das Interesse des Regensteiners weiter an. Jagdfieber flackerte bereits in dessen Augen. Schwungvoll erhob er sich von seinem Sitz, bewegte sich mit wenigen Schritten auf Otto zu und legte dabei seine Hand auf dessen Schulter. „Wir sollten schnell handeln Ritter Otto. Nicht dass der Verbrecher noch das Weite sucht." Der Graf schwieg einen Moment, bevor er Otto plötzlich fragte: „Stimmt es übrigens, dass Ihr mit dem Kaiser in Rom gewesen seid? Davon müsst Ihr mir unbedingt erzählen!" Überrumpelt vom Themenwechsel starrte Otto den Grafen an, denn er erinnerte sich in diesem Moment, dass ihre letzte Begegnung eher unfreundlich ausgefallen war. Worauf er entschied, dass dies an der Jugend und Unerfahrenheit des Regensteiners gelegen haben könnte. Letztlich verabredeten sie sich für den nächsten Tag zur Mittagsstunde, um die Gerechtigkeit walten zu lassen.

„Darauf trinken wir einen Schoppen Wein", schlug der Graf schließlich vor und verließ für kurze Zeit den Raum. Otto nutzte die Gelegenheit, um sich in dem Raum genauer umzusehen. Den Fußboden bildeten derbe Holzplanken, mit denen man den unebenen Felsboden begradigt hatte, während die Decke und die Wände aus purem Sandstein bestanden. In diesem Zimmer lebte die Vergangenheit. Niemand vermochte genau zu sagen, wann diese Felsenwohnung entstanden war und wer sie einst mit viel Geschick geschaffen hatte. Otto lief eine Gänsehaut über den Rücken, denn im Raum wurde es plötzlich dunkel. Der Regensteiner war zurückgekehrt und füllte mit seiner massigen Gestalt die Türöffnung vollkommen aus. Eine Magd folgte ihm mit zwei Bechern und einem riesigen Krug in ihren zittrigen Händen. „Schenke uns schon ein, stell dann den Krug ab und verschwinde", herrschte sie der Graf ungehalten an. Letztendlich prosteten sich die Männer zu und nahmen einen tiefen Schluck des edlen Getränks zu sich. Sofort spürte Otto, wie ihm der Alkohol ins Blut schoss und seine Sinne zu benebeln begann. Erschrocken über die schnelle Wirkung des Weines hielt er sich von nun an zurück, während ihn der Gastgeber immer wieder zum Trinken animierte. So floss die Zeit schnell dahin. Otto erzählte vom Italienfeldzug, vom Widerstand der Römer und von der Kaiserkrönung Heinrichs. Interessiert lauschte der Graf, während die Anzahl der Zuhörer ständig wuchs, da sich inzwischen auch einige Gefolgsleute eingefunden hatten. „Nun habe ich schon so viel berichtet und dabei wird es Zeit, dass ich wieder aufbreche", erklärte der Ritter und erhob sich von seinem Platz. Es war der Moment, in dem die Tür weit aufgerissen wurde und weitere Männer in den Raum traten. „Hier ist der Gesuchte", meldete man dem Grafen, „Eugen von Westerhausen!" Otto drehte sich um und betrachtete die angekommenen Ritter genauer, doch kein einziger von ihnen trug Fesseln. Dafür hatten sie aber alle noch ihre Waffen. „Was soll das jetzt?" Wollt Ihr mich zum Narren halten?", rief Otto empört und richtete seinen Blick auf den Landesherren. Mit einem unverhohlenen spöttischen Grinsen erwiderte dieser: „Ritter Otto von den Klusbergen, ich biete Euch hiermit die Möglichkeit, selber Rache am Tod Eures Weibes zu nehmen. Deshalb habe ich Ritter Eugen zu uns bringen lassen." Jetzt zitterte Otto innerlich vor Wut und vor Scham und spürte gleichzeitig die in der Luft liegende Mordlust. Jeder aus der Runde des Grafen schien zum Mord an ihm bereit zu sein. „Ihr wisst genau, warum ich gekommen bin. Ich fordere Gerechtigkeit. Dieser Mann soll mit seinen Gefolgsleuten am Galgen hängen, nachdem man ihm unter Eurem Vorsitz den Prozess gemacht hat", erwiderte Otto. „Lass dich zu nichts provozieren", beschwor er sich dabei in Gedanken. Das feiste Grinsen des Regensteiners war verschwunden, Hass blitzte aus seinen Augen, ein bedrohlicher Hass, den der Ritter jedoch zu ignorieren versuchte. Stattdessen erklärte er laut und vernehmlich: „Doch Euren Eifer kann ich nur loben. Ich werde Euch beim Bischof von Halberstadt anerkennend erwähnen. Er lässt übrigens Grüße an Euch ausrichten. Da der Mörder gefasst ist, kann ich Eure Burg nun zufrieden verlassen." Otto verbeugte sich vor dem überraschten Regensteiner und zog sich augenblicklich zurück. Völlig sprachlos starrte ihm der Graf hinterher. „Grüße vom Bischof?", rätselte er, während Otto mit zügigen Schritten den Burghof überquerte. Das Tor war noch geöffnet, trotzdem musste er sich beeilen, da jeden Moment der Befehl zum Schließen gegeben werden konnte. Endlich erblickte er Adalbert, der mit dem Falkner in ein Gespräch vertieft war. Nichts durfte diesen Mann misstrauisch machen, weshalb Otto ihn wie einen alten Bekannten begrüßte: „Lange nicht gesehen. Was macht die Falknerei? Grüß doch mal den Ritter Hubert von mir. Muss jetzt aber leider schnell los." Während ihn der brave Mann erstaunt ansah, begriff Adalbert, dass sie die Burg sofort verlassen mussten. Mit zittrigen Händen löste er die Haltebänder der Pferde und kurz darauf ritten beide über die Hängebrücke. Nur einen Moment später wurde sie an rasselnden Ketten nach oben gezogen. „Glück gehabt", rief Otto, „jetzt nichts wie weg hier!" Adalbert stellte keine Fragen, denn er kannte bereits die Antwort. Er hatte sie in Ottos Augen gelesen, als dieser über den Burghof geeilt war. Angst, pure Angst! Das reichte, um jetzt im scharfen Galopp das Weite zu suchen. Sie wählten den kürzesten Weg, den sicher auch ihre Verfolger nehmen würden. Doch sie hatten keine andere Wahl, wenn sie Johann und seine Familie vor einem möglichen Überfall warnen wollten. Immer wieder sahen sich die Männer um, doch sie konnten keine Verfolger ausmachen. Trotzdem blieben sie auf der Hut und ritten im zügigen Tempo weiter, während sich der Abend mit einem feurigen Rot am Horizont ankündigte. „Wir fliehen in den Harzwald und ziehen dann morgen weiter", erläuterte Otto seine Pläne, als sie endlich sein Gut erreicht hatten. Johann sah die beiden erschöpften Männer verständnislos an. „Beeile dich!", trieb ihn Otto an, „wir haben keine Zeit zu vertrödeln." Noch immer war es hell genug, um in der Nähe oder Ferne etwas erkennen zu können. „Ich behalte die Straße im Auge", rief Adalbert, während Johann ins Haus zu seiner Familie stürzte. Otto kümmerte sich eiligst um die Pferde auf der Koppel. Sie waren zu wertvoll und mussten aus diesem Grunde unbedingt mit. Als schließlich die Nacht anbrach, verschwanden die Menschen im nahegelegenen Wald. Erneut stand dem Ritter eine Nacht bevor, in der er keine Ruhe finden konnte. Otto erkannte, dass er weitaus mehr Hilfe brauchen würde, als er zunächst vermutet hatte. Doch wer war mächtig genug, um ihn vor der Willkür des Regensteiner Grafen zu beschützen? Bucco, der Bischof von Halberstadt, hatte diese Macht! Aber wo hielt der sich derzeit auf und, was noch viel wichtiger war, konnte man ihm trauen? Als die ersten Sonnenstrahlen die erstarrten Glieder der Flüchtigen wärmten, erklärte Otto Johann seinen Plan: „Wir können nur mit den Kaiserlichen rechnen. Ich hole Hilfe von der Heimburger Burgbesatzung. Unter ihrem Schutz kehren wir ins Gut zurück. In ein paar Stunden bin ich mit Adalbert zurück." Johann betete, dass Ottos Pläne aufgingen und ebenso, dass sich der Regensteiner ruhig verhalten würde.

Doch der hatte inzwischen tatsächlich gehandelt und Eugen von Westerhausen samt seiner Gefolgsleute in seinem Verlieβ untergebracht. Wegen dieses berüchtigten Raufboldes und Mörders wollte sich der Regensteiner nicht mit dem mächtigen Bischof anlegen.

Zwei Tage beschützten Männer der Heimburger Wachmannschaft den Gutshof, doch alles blieb ruhig. Im Dorfkrug zu Litzke erzählte man sich bereits die Geschichte von der Verhaftung des Westerhäusers und lobte dabei immer wieder die Entschlossenheit des Grafen. So kam Otto letztlich zu dem Schluss, dass sein Rittergut zunächst vor weiteren Überfällen sicher wäre. Er übergab seinem ehemaligen Weggefährten Johann die Leitung des Gutes und zog darauf pünktlich zu seinem König zurück.

Reichssynode in Mainz

– Ostern 1085 –

bwohl das Osterfest in jenem Jahr erst im letzten Drittel des Aprils gefeiert wurde, zeigte sich das Wetter wieder von seiner tristesten Seite. Feuchtkalte Luft gepaart mit heftigen Windböen zogen durch die Straßen von Mainz und machten dabei auch nicht vor der Kaiserpfalz halt. Trotzdem störte sich Otto nicht an dem Wetter. Er hatte sich längst damit abgefunden, es so zu nehmen, wie es sich ergab. Langes Lamentieren machte es auch keinen Deut besser. Außerdem hatte Otto andere Probleme, denn jeden Moment erwarteten sie die Ankunft des Böhmenherzogs samt Gefolge, wozu auch Ottos langjähriger Freund Graf Wiprecht von Groitzsch gehörte.

Zum einen freute sich der Ritter auf das Wiedersehen, andererseits fiel es Otto schwer, die Handlungen des Grafen nach seiner Heimkehr aus Italien zu befürworten. Die rigorose Kriegsführung des Grafen, die man im fernen Italien als Selbstverständlichkeit angesehen hatte, irritierte ihn ungemein, wenn sie auch in der Heimat Anwendung fand. Zwar hatte der Kaiser vom Groitzscher erwartet, dass er sich im Osterland, einem Markflecken zwischen Elster und Elbe, als starker Mann etablierte, doch das Ausmaß der Zerstörung und des Mordens hatte auch Heinrich IV. entsetzt. Besonders hatte dabei Wiprecht von Groitzsch dem Vetter des Kaisers, Markgraf Ekbert von Meißen, geschadet, was diesen in die Arme von Bucco getrieben hatte. Otto war heilfroh darüber, dass diese Reichssynode dem Land endlich den heißersehnten Frieden bringen sollte.

Schließlich ertönten die Hörner und kündigten damit die Ankunft des Herzogs an. Ohne weiteres Zögern erhob sich Otto von seinem Lager und gesellte sich zu den anderen, die ebenso an der Begrüßungszeremonie teilnehmen wollten. Wie immer war ihm Adalbert wie ein Schatten gefolgt.

„Ich bin neugierig, ob das Weib des Grafen wirklich so schön ist, wie man sich erzählt", raunte er seinem Ritter zu. „Deine Sorgen möchte ich haben! Merke dir, dass vor allem ihr Reichtum ihre Schönheit ausmacht", erhielt der Junge belehrend zur Antwort. Trotzdem wartete er voller Ungeduld auf die berühmte Judith von Böhmen. Otto sollte aber Recht behalten, denn Judith war eine zierliche Person mit rötlichen Haaren, einer ungewöhnlich langen und schmalen Nase sowie hervorstehenden Augen. Doch die edlen Gewänder, der erlesene Schmuck und die Ausstrahlung ihrer Jugend gaben ihrer Person einen besonderen Reiz. Sie saß mit aufrechter Haltung auf ihrem Pferd und betrachtete ihre Umgebung mit einem abschätzenden, eingefrorenen Lächeln. Otto starrte die junge Frau entsetzt an und mit einem Schlag begriff er, wie machtbesessen sein ehemaliger Kampfgefährte Wiprecht von Groitzsch in Wahrheit war. Seine einstige Bewunderung zerrann wie ein Sandbild im Sturm. „Sieh dir den Groitzscher an", flüsterte er Adalbert zu, „vom mittellosen Ritter zum mächtigen Grafen. Der weiß genau, wie man es macht." Adalberts Blick blieb voller Bewunderung an Wiprecht hängen, bis der schließlich im Innenhof der Pfalz verschwunden war. Erst dann weihte er Otto in sein Geheimnis ein: „Eines Tages will auch ich ein Graf werden, ein Harzgraf!" Der Ritter erwiderte zunächst darauf nichts, nur sein Blick suchte im Gesicht des Jungen nach Zeichen, wie ernst es ihm damit war, Graf zu werden. „Du wirst es schon schaffen", antwortete Otto schließlich, „du bringst doch alle Voraussetzungen dafür mit!" Adalberts Augen leuchteten ihn voller Dankbarkeit an.

Wieder ertönte das Signal und kündigte die Ankunft weiterer Gäste an. Nach dem Markgrafen Konrad von Mähren und dem bayrischen Pfalzgrafen Ratpoto folgte Liutold von Kärnten. Nun wartete alles fieberhaft auf höchst erlesenen Besuch, auf Herzog Friedrich von Schwaben und seine dreizehnjährige Braut Agnes. Otto war gespannt, wie das Kind sich in seine neue Rolle hineingefunden hatte. Lauter Jubel der Mainzer kündigte schließlich ihr Kommen an, worauf Ritter Otto von den Klusbergen eine wahre Überraschung erlebte. Aus dem Wildfang von einst war eine echte Prinzessin geworden. Die Verwandlung des Mädchens war vollkommen, die Jahre der Erziehung im Stammhaus der Staufer hatten Agnes verändert. Mit dem Liebreiz der Jugend und ihrer natürlichen Schönheit gewann sie die Herzen der Menschen im Sturm. Der Ritter sah zum Kaiser rüber und entdeckte dabei in seinem Gesicht den Ausdruck von unsagbarem Stolz und väterlicher Zuneigung. „Sie wird ihren Weg erfolgreich gehen", las Otto in Heinrichs Mimik. Er gönnte ihm das Glück aus vollem Herzen.

Den Abschluss des Zuges bildeten die Erzbischöfe von Mainz, Trier und Köln, Bischöfe sowie drei päpstliche Legaten, die im Auftrag von Clemens III. den Verlauf der Reichssynode beobachten sollten. Man hatte wohl auch die Anhänger des Gegenkönigs eingeladen, doch erschienen war keiner von ihnen. Das vereinfachte den Ablauf erheblich, konnte man doch die Empörer leicht als Schismatiker und Meineidige exkommunizieren und ihres Amtes entheben.

Während die letzten Teilnehmer der Synode hinter den Mauern der Kaiserpfalz verschwanden, forderte Otto seinen Knappen zu einem Ausritt auf: „Da du ja bald Graf werden willst, sollten wir in deine Ausbildung zum Ritter mehr Zeit investieren. Schwing dich auf dein Pferd, wir reiten sofort los!" Adalbert sah Otto überrascht an. „Wolltet ihr Euch nicht mit Graf Wiprecht von Groitzsch treffen?", erkundigte er sich. „Das kann warten! Vorher möchte ich dir nämlich beibringen, was man als Graf tun und auch lassen sollte", erwiderte Otto mit ärgerlichem Unterton. Aus dem Augenwinkel sah er dabei schon den Groitzscher freudestrahlend auf sie zukommen. „Los jetzt, ab geht's", forderte er seinen Knappen nochmals energisch auf. Überhastet ritten sie vom Gelände und ließen dabei den Grafen verwundert zurück. Noch im Wegreiten erteilte Otto seinem Knappen die erste Lektion: „Nur im Frieden kann ein Land gedeihen. Sorge dich um ihn und beschütze deine Untertanen!" Adalbert verstand die Botschaft. Er sah, wie Otto noch immer unter dem Verlust seines Weibes litt, wie sehr der Überfall auf sein Rittergut ihn verändert hatte.

Sie blieben den ganzen Tag den Veranstaltungen fern und erst die anbrechende Dunkelheit trieb sie in ihr Quartier zurück. Auch für den zweiten Tag hatte der Ritter eine ähnliche Strategie geplant. Kurz nach dem ersten Hahnenschrei schlichen sich die beiden wie Diebe aus der Kaiserpfalz, aber sie sollten nicht weit kommen. Vor ihnen stand plötzlich Graf Wiprecht von Groitzsch mit seinem Gefolge. „Auch so früh schon unterwegs", rief ihm der Groitzscher zu, „da können wir doch gemeinsam ausreiten!" Otto erkannte, dass die Wiedersehensfreude des Grafen echt war, weshalb er es nicht fertig brachte das Angebot abzulehnen. Doch Wiprecht begriff recht schnell, dass sich sein Freund verändert hatte. Am auffälligsten waren neben seinem abweisenden Verhalten seine weißen Haare. „Du hast dich seit unserer letzten Begegnung in Italien sehr verändert. Was ist passiert?", erkundigte er sich ohne Umschweife während ihrer ersten Rast. Otto sah den Mann prüfend an, den er einst für seinen Freund gehalten hatte. Schließlich antwortete er ausweichend: „Wir sollten darüber heute Abend reden, am besten bei einem Humpen Bier." „Abgemacht", erwiderte Wiprecht, „heute Abend. Aber nicht wieder kneifen!" Otto fühlte sich ertappt, denn genau das hatte er vorgehabt. Wenig später trennten sich ihre Wege, die Reichssynode musste weitergehen und der Graf wollte unbedingt dabei sein. Als sie sich am Abend wieder begegneten, brachte er umwerfende Neuigkeiten mit und strahlte über das ganze Gesicht. Otto sah dieses Lachen, das Leuchten in seinen Augen, aber er sah auch eine neue Selbstherrlichkeit im Wesen des Groitzschers. „Stell dir vor, sie haben ihn zum König erhoben. Endlich ist es geschafft.", platzte es förmlich aus dem Grafen heraus. Ottos verständnisloser Blick brachte ihn zum Lachen. „Wer ist König geworden?", erkundigte der sich mürrisch. „Du hast wirklich keine Ahnung", lachte der Graf erneut auf, „also der Böhmenherzog wird König von Böhmen. Er lässt sich das auch was kosten. Dein Kaiser erhält dafür 4000 Mark Silber und 300 beste böhmische Kämpfer." Der Ritter unterbrach seinen Redefluss: „Wenn der Böhme stirbt, wird dann sein Sohn König von Böhmen? Oder sogar Ihr?" Ein Schatten huschte über das Gesicht des Grafen: „Nein, darauf hat sich der Kaiser nicht eingelassen. Du weißt doch selbst, wie misstrauisch Heinrich in solchen Angelegenheiten ist." Mit diesen Worten klopfte er dem Ritter wiederholt freundschaftlich auf den Arm, bis er seine Hand dort liegen ließ und im verschwörerischen Ton weitersprach: „Ich weiß inzwischen, was dir passiert ist und es tut mir aufrichtig leid. Hat man denn die Täter gefasst?" Otto sah prüfend in das Gesicht des Groitzschers und las darin echte Anteilnahme an seinem Schicksal, weshalb er antwortete: „Ja, aber erst nachdem ich mich selber auf die Suche gemacht hatte. Es waren Ritter, die sich ihren Unterhalt inzwischen durch Raub, Mord und Brandschatzung verdingen. Sie haben in den langen Jahren des Krieges ihren redlichen Broterwerb verlernt. Schlimm dabei ist jedoch, dass unser Landesvater, der Graf vom Regenstein, diesem Treiben sogar wohlwollend gegenübersteht. Unser Land versinkt in einem Morast aus Raub und Mord." Otto schwieg schließlich, doch sein vorwurfsvoller Blick galt seinem Gegenüber. Nachdenklich sah der Graf in die Leere, Ottos Worte hatten ihn allem Anschein nach schwer getroffen. Schließlich gab er sich einen Ruck und klopfte dem Ritter froh gelaunt auf die Schulter: „Da habe ich doch noch eine gute Nachricht für dich. Dein Kaiser hat heute den Gottesfrieden verkündet!" Otto starrte den Groitzscher fragend an: „Gottesfrieden? Was bedeutet das eigentlich?" Der Graf lachte und erklärte darauf: „Kirche und Adeln haben eine Vereinbarung getroffen, die für das ganze Reich gelten soll. Sie dient dem Schutz des Eigentums und der Wehrlosen und sie soll Fehdehandlungen unterbinden. Die Vereinbarung wird von Mittwochabend bis zum Montagmorgen gelten und verpflichtet die Herren für Frieden zu sorgen. Ansonsten drohen ihnen empfindliche Strafen." In Ottos

Augen trat ein skeptisches Leuchten, als er den Grafen unverblümt fragte: „Werdet Ihr Euch daran halten? Für Eure Überfälle und Raubzüge im Osterland seid Ihr ja inzwischen berühmt geworden! Oder berüchtigt?" Augenblicklich schnellte Wiprecht vor und umfasste mit eiserner Faust Ottos Arm: „Merk dir, du Hungerleider", zischte er Otto wütend ins Gesicht, „ich hatte dazu den Auftrag vom Kaiser höchstpersönlich! Einer musste ja den Sachsen das Fürchten lehren." Dabei hatte sich der Groitzscher bereits erhoben. Doch Otto hatte noch nicht alles gesagt, was ihn seit langer Zeit auf dem Herzen lag. Also hielt er nun den Grafen mit eiserner Faust zurück und sprach ebenso wütend: „Man hat Euch dafür auch gut entlohnt. Ich sage nur Burg Leisnig, Dornburg, Colditz, Grimma. Trotzdem seid Ihr zu weit gegangen, wart nicht besser als die Raubritter, die mein Gut überfallen haben!" Erst jetzt öffnete Otto seine Hand und ließ sein Gegenüber wieder frei. Um die beiden herum war es still geworden, ihr Streit war nicht unbemerkt geblieben. Gebannt verfolgten alle die Auseinandersetzung. Würde der Groitzscher gleich sein Schwert ziehen? Doch der dachte nicht daran. Ein Graf schlug sich doch nicht mit einem einfachen Ritter, weshalb er Otto nur mit einer verächtlichen Geste gegen die Brust stieß. Wie ein gespannter Bogen sprang daraufhin der Ritter von seinem Platz auf und zog sein Schwert. Aber der Groitzscher hatte die Reaktion vorausgesehen und hielt bereits sein Schwert an Ottos Kehle. „Steckt die Waffe schnell wieder zurück! Es wird keinen Schwertkampf geben. Allerdings werde ich gegen dich Beschwerde einlegen", heischte er den ehemaligen Freund feindselig an.

Da geschah das Unerwartete. Ein Ritter nach dem anderen erhob sich wortlos von seinem Platz und stellte sich hinter Otto. Fassungslos beobachtete der Graf die eindeutige Solidaritätsbekundung der Männer des Kaisers. Nach einem letzten wütenden Blick verließ er wortlos den Raum. „Herr, nun werdet Ihr auch noch Ärger mit dem Kaiser bekommen", sprach darauf Ottos besorgter Knappe, doch Otto lächelte ihn nur aufmunternd an.

Natürlich behielt Adalbert recht. Kaum war der Groitzscher abgereist, wurde der Ritter zu einem Ausritt mit Kaiser Heinrich gerufen. Mit stahlblauem Himmel und milden Temperaturen feierte die Natur sich selber. Frühling lag in der Luft und gab Menschen und Tieren ein erneuerndes Lebensgefühl. Lange ritten die Männer schweigsam am Ufer des Rheins entlang, bis Heinrich sein Pferd anhielt. So konnte er sich mit seinem ersten Ritter besser unterhalten. „Du hast ja dem Groitzscher tüchtig eingeheizt", begann Heinrich ohne jeden Groll in der Stimme das Gespräch. Otto antwortete mit einem verlegenen Grinsen: „Er hat mich gereizt. Ich konnte einfach nicht anders", erklärte er schließlich, bereit zur Reue. „Du musst dich nicht verstellen. Auch ich war über sein Unwesen im Osterland verärgert. Doch nun werde ich ihn, um sein wildes Gemüt zu dämpfen und mir seine weitere Treue zu sichern, mit noch weitaus mehr Gütern beschenken müssen. Graf Wiprecht ist ein treuer, ein teurer Freund und Verbündeter."

Otto begriff, dass er seinem König in diesem Fall einen Bärendienst erwiesen hatte und deshalb wagte er einen Erklärungsversuch: „Herr, ich sehe ein, dass es ein Fehler war den Grafen anzugreifen. Aber seit dem Tod meines Weibes bin ich sehr dünnhäutig geworden. Ich bete seitdem jeden Tag für etwas mehr Güte in dieser Welt. Auf Euren Gottesfrieden habe ich und haben die Menschen schon so lange gewartet. Er kommt zur rechten Zeit." Die beiden Freunde sahen sich in die Augen, in diesem Augenblick bereit, den Schwur von einst wortlos zu wiederholen. Ja, sie fühlten die Stärke ihrer Freundschaft auf Neue.

„Reit für ein paar Wochen zu deiner Familie, kümmere dich um deine Kinder und wenn es dir wieder besser geht, kehre zurück. Ich brauche dich noch. Auch der Gottesfrieden wird die Sachsen nicht freiwillig in unsere Arme treiben", erklärte der Kaiser seinem ersten Ritter. Otto musste nicht lange überredet werden, er spürte selber, dass es an der Zeit war zu gehen.

Börnecke

– Mai 1085 –

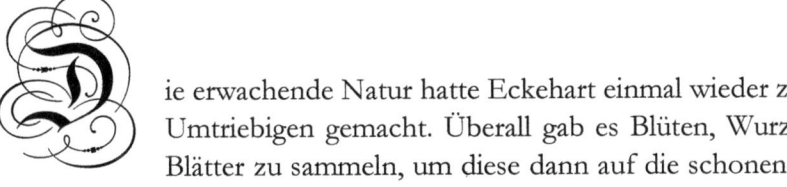ie erwachende Natur hatte Eckehart einmal wieder zu einem Umtriebigen gemacht. Überall gab es Blüten, Wurzeln und Blätter zu sammeln, um diese dann auf die schonendste Art und Weise zu trocknen und in wertvolle Salben, Tinkturen und Tees zu verwandeln. Eckehart liebte diese Zeit der Fülle und der Düfte, liebte es, aus dem Füllhorn der Natur schöpfen zu dürfen. Doch in diesem Jahr war alles etwas anders. Tagtäglich prüfte er voller Ungeduld, ob sich an seinem Wanderstock erstes neues Leben zeigte. Inzwischen war es Mai geworden, aber die Hoffnung des Heilers schien sich nicht erfüllen zu wollen. Gewiss hatte er bei der Wahl des Standortes einen Fehler gemacht, beklagte er sich täglich bei Mimi, seiner Magd und guten Seele des Hauses. In ihrer Not versuchte sie heimlich mit alten Beschwörungsformeln dem Stock wieder Leben einzuhauchen. Aber auch ihre Anstrengungen wurden nicht belohnt. Eines Nachmittags standen plötzlich zwei Reiter im Hof, die Mimi irgendwie bekannt vorkamen. „Ist der Heiler da? Ich bin sein Vetter Otto und würde ihn gern sprechen", erklärte der Fremde. „Eckehart ist noch unterwegs, aber die Herren können gern eintreten", gab Mimi zur Antwort. Während Adalbert sich um die Pferde bemühte, betrachtete der Ritter den Wanderstab mit skeptischen Blicken. Aber auch er konnte nichts erkennen, was auf ein neues Leben schließen ließ. In diesem Augenblick tat ihm sein Vetter unendlich leid. Wie viele Gewissensqualen, wie viele Nöte hatte ihm das Gottesurteil des Papstes eingebracht? Otto versuchte erst gar nicht, sich in Eckeharts Rolle einzufühlen. Er begriff das Gottesurteil als Fluch, aber das würde er seinem Vetter nicht sagen.

Otto sah zur Hütte, in der er seinen Sohn vermutete. „Wo ist Egbert?", erkundigte er sich bei der Magd, die hastig ihre dünnen grauen Haare unter ihrem Tuch versteckt hatte. „Eckehard hat Euren Sohn zum Kräutersammeln mitgenommen. Das macht dem Jungen immer riesigen Spaß", antwortet Mimi. Otto spürte, mit welch warmer Stimme sie von seinem Kind sprach. „Geht es ihm also besser, ist er wieder gesund?", wollte er darauf wissen. Doch die Alte wagte kein Urteil und antwortete mit der Weisheit einer sechzigjährigen Frau: „Herr, lasst Euch das besser von Eurem Vetter erklären! Ich koche jetzt lieber einen guten Tee und verschaffe euch eine warme Mahlzeit." Kurz darauf klapperte in der Hütte das Kochgeschirr, brodelte eine frische Rauchfahne aus der Esse, zog nach und nach der Duft eines schmackhaften Essens an Otto und Adalbert vorüber. „Sieh nach, ob die Alte endlich mit dem Kochen fertig ist", befahl der Ritter seinem Knappen, der gleich darauf mit einem riesigen Kochlöffel wieder von den Töpfen vertrieben wurde. Adalbert und Otto fügten sich in ihr Schicksal. Seite an Seite hockten sie auf Eckeharts Gartenbank im schönsten Sonnenschein, stierten dabei auf den Wanderstock, bis ihnen die Augen zufielen und sie ins Land des Schlafes und der Träume hinüberglitten. Otto sah sich in einem sonnigen Garten sitzen und fühlte dabei, wie eine Kinderhand versuchte, ihm die Lider zu öffnen. Empört riss er die Augen auf und starrte in das Gesicht eines Jungen, der ihn erwartungsvoll zulächelte. „Egbert", stotterte er überrascht, „bist du es wirklich?" Das Kind nickte stumm und streichelte ihm dabei zärtlich das Gesicht. Sofort war Otto hellwach, sprang auf, hob seinen Sohn in die Höhe und drehte sich mit ihm im Kreis. „Vater, Vater", stammelte Egbert mit schwerer Zunge und strahlte dabei sein schönstes Lächeln. Ottos Dankbarkeit galt seinem Vetter, der sich inzwischen auch zu ihnen gesellt hatte. „Danke Eckehart! Du hast ein Wunder an meinem Sohn vollbracht", rief Otto aufgeregt. Der Heiler lächelte bescheiden, als er erklärte: „Danke auch Mimi! Sie ist mir eine große Hilfe. Nun kommt aber erst einmal zu Tisch."

Als die beiden Vetter nach dem Essen mit einem Krug Bier in der Hand abermals ihren Platz auf der Gartenbank einnahmen, betrachteten beide schweigend das Stöckchen, aus dem wieder ein blühender Baum werden sollte. „Otto, ich habe die Hoffnung aufgegeben", vertraute ihm der Heiler entmutigt an, „hier wird nichts passieren. Euer Freund Papst Clemens hat mich noch tiefer ins Unglück gestoßen." Der Ritter wagte kaum zu atmen, noch sich zu bewegen. Er wollte keine falschen Signale aussenden. Schließlich antwortete er doch: „Eckehart, wenn es einer verdient hat, dann du! Gott wird dir wegen deiner vielen guten Taten verzeihen. Bedenke, es ist erst Anfang Mai. Sieh dir die anderen Bäume an, sie sind auch noch nicht viel weiter. In vierzehn Tagen komme ich wieder, da sieht alles viel besser aus." Der Heiler antwortete nicht, seine Verzweiflung saß zu tief.

Als der Ritter am nächsten Morgen in die Klusberge aufbrach, rief er Eckehart nochmals beim Abschied zu: „In vierzehn Tagen bin ich zurück. Das Wunder wird geschehen!" Heiler Eckehart lächelte nur müde, denn er war ohne Hoffnung.

Otto wusste die freie Zeit zu schätzen, die ihm sein Kaiser eingeräumt hatte. Er investierte viel Mühe und Kraft in die Ausbildung seines Knappen zum Ritter, sorgte sich um die beiden Gutshöfe und erwies sich einmal wieder als liebevoller Vater. Durch viele Ausritte ins Umland tat er auch etwas für seine geschundene Seele. An diesem Morgen wollten sie zum Selketal reiten, um dort die liebliche Natur an diesem herrlichen Frühlingstag zu genießen. Mit seinen Wassermühlen an der Selke, die jedem Reisenden gern eine deftige Mahlzeit anboten, war es immer wieder ein lohnenswertes Ziel. Sie ritten am Rand des Harzes zunächst auf Ballenstedt zu, bis vor ihnen eine Gruppe Ritter auftauchte. Alarmiert drosselte Otto das Tempo. „Wir müssen erst herausfinden, wen wir vor uns haben", klärte er Adalbert auf, „hier treiben sich viele unehrenhafte Gestalten rum." Der Knappe kannte die Vorgeschichte nicht, trotzdem stellte er keine Fragen und spannte stattdessen seine Sinne an. Besonders interessierte ihn die füllige Gestalt in der Mitte der Gruppe. Mit ihren Leibern schienen den Fremden die ihn begleitenden Ritter beschützen zu wollen. Ab und an drangen auch Wortfetzen zu ihnen, Worte gesprochen in einer lauten pastoralen Stimme. „Es ist Bucco", rief plötzlich der Knappe, „er scheint sich in Rage geredet zu haben." Otto musste dem Jungen Recht geben, weshalb er kurzerhand entschied: „Wir verlassen gleich die Straße und nehmen den Waldweg zur Selketalmühle. Das hatte ich sowieso vor." Als sie schließlich in den Buchenwald eintauchten, der sich bereits mit einem frischen Maigrün schmückte, atmeten die beiden erleichtert auf. Dafür stellte sich für Otto die Frage, was der Halberstädter Bischof mal wieder ausheckte. Doch wenig später war Bucco vergessen, denn der erwachende Wald mit seinen Teppichen aus Buschwindröschen, mit dem Konzert der Vögel und den durch die Zweige leuchtenden Lichtkränzen wirkte verzaubernd. Der Waldweg hatte mit seinem steten bergauf und bergab aber auch seine Tücken. Sie brauchten viel mehr Zeit bis zu ihrem Ziel und als sie es fast erreicht hatten, erwartete sie dort eine böse Überraschung. Auch Bucco war zur Waldmühle im Selketal gereist und allem Anschein nach dort bereits erwartet worden. Neugierig geworden versteckten Otto und Adalbert ihre Pferde etwas abseits im Gebüsch und schlichen gleich darauf zur Mühle zurück. Dort hatten die Herren inzwischen vor der Mühle an einer langen grob gezimmerten Tafel Platz genommen und löschten ihren gröbsten Durst mit einem Bier. In Otto war das Jagdfieber entbrannt. Er musste unbedingt herausfinden, mit wem sich Bucco hier in aller Abgeschiedenheit traf. Auffallend an Buccos Gast war das schmale Gesicht, in dessen Mitte eine lange dünne Nase thronte, die im starken Gegensatz zu einem fülligen wohlgeformten Mund stand. Doch das eigentlich Prägende in seinem Gesicht waren die Augen, kluge Augen mit einem Hang zur Überheblichkeit. „Wir müssen genau zuhören, was sie sagen", flüsterte Otto seinem Knappen zu, „dann wissen wir auch, wer der Fremde ist. Aufgrund seiner Kleidung muss er von edlem Blut sein." Adalbert nickte nur zustimmend, denn schon längst lauschte er auf jedes einzelne Wort, bedauerlicherweise mit wenig Erfolg. „Ich muss näher ran. So wird das nichts", entschied er nach einer Weile und robbte bereits über den Waldboden auf ein Gestrüpp aus jungen Buchen zu. Otto folgte ihm beinah lautlos. Wieder hielten sie fast den Atem an, um etwas verstehen zu können. Und endlich konnten sie große Teile des Gesprächs mitverfolgen.

Plötzlich schlug sich Otto an die Stirn und zischte seinem Knappen euphorisch zu: „Jetzt weiß ich, mit wem sich Bucco heimlich im Wald trifft! Es ist der Vetter des Königs, Markgraf Ekbert von Meißen, dessen Land der Groitzscher so unbarmherzig verwüstet hat. Ich kann mir denken, was die beiden vorhaben." Otto schwieg, denn der Blick des Grafen war auf ihr Versteck gerichtet. „Er hat etwas bemerkt", flüsterte Adalbert, ebenso erschrocken wie sein Ritter. Doch der Blick des Grafen ging über ihr Versteck hinaus, prüfend betrachtete er weiter sein Umfeld. Dann nahm ihn Bucco erneut mit seinen Fragen in Beschlag: „Denkt Ihr, dass wir noch weitere Unterstützer finden? Welche Fürsten werden den Kampf gegen Heinrich noch aufnehmen?" „Ich stehe erst am Anfang dieses Weges", erwiderte der Markgraf, der sich außerdem auch Graf von Braunschweig nennen durfte. „Vorher gibt es noch etwas zu klären. Wenn ich jetzt in den Feldzug gegen den Kaiser eintrete, möchte ich von Euch, Bischof, eine verbindliche Zusage auf die Krone des Gegenkönigs. Als nächster Verwandter Heinrichs steht mir dieses Recht zu." Bucco war nicht überrascht. Er kannte längst die Tagträume des Markgrafen und hatte nicht vor, ihm diese auszureden. Also antwortete er mit feierlicher Stimme: „Ich bin voll und ganz auf Eurer Seite. Wir brauchen nur noch einen triftigen Vorwand, um Hermann von Salm die Krone zu entreißen. Momentan plant auch er einen Kriegszug gegen Heinrich. Nach seinem Versagen werdet Ihr der Gegenkönig sein. Ihr müsst nur Geduld haben. Was ich Euch heute schon garantieren kann, ist dass die Bischöfe von Naumburg und Merseburg sowie der Magdeburger Erzbischof auf unserer Seite stehen werden. Auf der Reichssynode hat der

Kaiser, dieser Narr, uns mal wieder verbannt und gleichzeitig verkünden lassen, dass er selbst sich nicht im Bann befände. Wezilo, der Erzbischof von Mainz, hat sich alle Mühe gegeben uns davon zu überzeugen." Die beiden Männer grienten sich verstehend an. „Und wie habt Ihr darauf reagiert?", erkundigte sich Graf Ekbert. Buccos Grinsen wurde noch breiter: „Wir haben im April durch die Quedlinburger Synode den Kirchenbann über den Mainzer Erzbischof verhängt. Das war ein gutes Gefühl. Zum Wohl Graf!" Während die beiden Verschwörer einen tiefen Schluck aus ihren Krügen nahmen, fühlte Otto seine trockene Kehle. Dabei war es sicher, dass er hier, in dieser Mühle, seinen Durst nicht würde löschen können. Trotzdem verharrte er weiter auf seinem Platz aus, immer in der Hoffnung, weitere Details über den geplanten Kriegszug gegen seinen Kaiser zu erfahren. Doch als die Müllerin Speisen aufzutragen begann, war er mit seiner Geduld am Ende. „Komm", flüsterte er Adalbert zu, „wir wissen genug." Wieder beschlich Otto das Gefühl, dass der misstrauische Graf genau in ihre Richtung sah. Er erhielt in dem Moment eine Bestätigung, als der Graf einem seiner Rittern zurief: „Sieh dort hinten bei den jungen Buchen nach! Irgendetwas stimmt da nicht." Lustlos erhob sich der Angesprochene vom Tisch und schob dabei seinen Teller demonstrativ zur Tischmitte. Die Müllerin verfolgte den Vorgang und Widerspruch regte sich in ihr: „Herr, was soll dort hinten schon sein. Wir sind mitten im Wald. Lasst Euren Mann erst einmal aufessen", erklärte sie vorwitzig. Der Ritter nahm sogleich ihren Einspruch als Gelegenheit wahr, um weiter zu löffeln. Empört schlug der Graf die Faust auf den Tisch und schrie: „Beweg deinen Arsch und sieh sofort nach! Ringsherum! Die gesamte Umgebung!" So blieben Otto und Adalbert nicht viel Zeit, um im Dickicht des Waldes unterzutauchen. Nun regte sich aber auch im stahlharten Schwaben Bucco der Widerspruchsgeist: „Graf, wer soll sich hier schon rumtreiben? Selbst meinen eigenen Leuten habe ich kein Sterbenswörtchen von unserem Treffen verraten. Also, wer sollte uns hier beobachten?" Mit einem gewinnbringenden Lächeln sah er seinen Gesprächspartner an. Doch der ließ sich auch durch Bucco nicht dazu bewegen, seine Meinung zu ändern.

Trotzdem trennten sich am späten Nachmittag die beiden, zwar etwas übellaunig, aber dennoch als Verbündete im Kampf gegen Heinrich IV. Der Bischof konnte sein Glück kaum fassen, hatten ihn doch noch am Vortag aus dem fernen Italien einmal wieder schlechte Nachrichten erreicht. Papst Gregor, so ließ ihn sein Sekretär Petro Leone wissen, lag einsam und allein in Salerno im Sterben. Ob denn der treue Bischof nicht zu ihm eilen könnte, wollte die treue Seele von Bucco wissen. Dieser bedauerte zwar, es nicht zu können, aber er hatte nun einmal gerade eine Mission zu erfüllen. Er musste beenden, was Gregor nicht gelungen war.

Als Otto mit seinem Knappen wieder aus dem Wald herauskam, hatte auch er einen Plan. „Wir reiten sofort zu Eckehart", erklärte er kurzentschlossen und schon flogen sie wie die wilde Jagd durch das Harzvorland, angetrieben von Hunger, Durst und einem Bündel an Neuigkeiten. Zu ihrer Überraschung war der Heiler zu Hause. Er saß im Garten an einem großen Tisch, auf dem eine Unmenge Kräuter lagen und darauf warteten, fachgerecht gebündelt und zum Trocknen aufgehängt zu werden. Ungläubig sah Eckehart von seiner Arbeit auf und knurrte dabei seinen Vetter an: „Wolltest du nicht schon vor zwei Wochen kommen?" Otto schoss vor Verlegenheit die Röte ins Gesicht, doch eine plausible Erklärung wollte ihm partout nicht einfallen. „Musst dir nichts aus den Fingern saugen", brummte Eckehart wieder, „der Stock wird sowieso niemals blühen! Ich sehe schon gar nicht mehr hin, um mir neue Enttäuschungen zu ersparen." Und ohne Übergang brüllte er: „Mimi bring uns Bier raus!" Dabei schob er mit seinem Arm seine Kräuter zusammen. „Wo ist mein Sohn Egbert?", erkundigte sich Otto recht kleinlaut und nur, um das Thema zu wechseln. „Er nimmt mal wieder ein Heilbad. Kannst ja nach ihm sehen", antworte Eckehart immer noch missgelaunt. In Otto stieg nun selbst Ärger hoch, da er sich dieses Wiedersehen völlig anders vorgestellt hatte. Deshalb konterte er: „Ich kann nichts dafür, wenn dieser dämliche Stock nicht blühen will. Zieh ihn aus der Erde und vergiss ihn, den Papst und deine Sünden! Und wenn du es nicht kannst, mache ich es für dich." Die Wut trieb den Ritter an. Ohne sich umzusehen stürmte er los, direkt auf den Wanderstock zu. Mit einer Geschwindigkeit, die man dem gebrechlichen Heiler nicht zugetraut hätte, sprang der von seinem Platz auf und stürzte Otto nach. „Halt", rief er, „das ist nicht deine Sache!" Erst kurz vor dem Ziel konnte er Otto an den Schultern packen. Doch der Ritter war schon stehengeblieben. „Sieh nur, da! Kleine grüne Punkte! Das Wunder geschieht", stammelte er vor Überraschung. Vorsichtig trat nun auch Eckehart näher. „Du hast Recht", sprach der entgeistert, „das Wunder ist geschehen. Mimi, wo bleibt das Bier?" Bei diesen Worten stand die treue Seele mit strahlendem Gesicht und zwei Bierkrügen im Türrahmen. Sie hatte das Gotteswunder schon längst bemerkt. Egbert hatte es ihr zuvor gezeigt.

Goslar

– Juni 1085 –

Bucco schäumte vor Wut. Nur mit äußerster Beherrschung gelang es ihm, nicht restlos die Fassung zu verlieren. Da tagte sein ärgster Feind, Kaiser Heinrich IV., in Quedlinburg, also in unmittelbarer Nähe von Goslar und unterdessen strömte ihm aus allen Teilen des deutschen Landes ein riesiges Heer zu. Nein, so hatte sich der Bischof von Halberstadt seinen Feldzug gegen ihn nicht vorgestellt! „Schlimm genug, dass sich der Salier in das sächsische Zentrum wagt, nein er muss auch noch in Quedlinburg residieren", beklagte sich Bucco beim Markgrafen Ekbert von Meißen, der seine Nähe gesucht hatte. „Wir sollten die Gelegenheit nutzen und schnell zuschlagen. Noch können wir den Kaiser überrumpeln", erwiderte der Graf, wobei pure Angriffslust aus seinen Augen funkelte. Beschwörend sah er sich in der Runde um. Lange ruhte sein Blick auf dem Merseburger Bischof Werner und dem Naumburger Bischof Gunter, worauf er ebenso nachdrücklich die Bischöfe von Meißen, Verden, Paderborn und Minden und den Magdeburger Erzbischof Hartwig von Spanheim fixierte. Die wenigen sächsischen Fürsten, die Buccos Ruf gefolgt waren, waren unbedeutend, somit standen ihnen auch nur kleinste Heeresverbände zur Verfügung. Entsprechend wütend blitzte es in den Augen des Halberstädter, als er erwiderte: „Mit wem wollt Ihr die Schlacht führen? Die meisten sächsischen Edlen haben uns verraten und sich dem Kaiser bereits unterworfen. Ich kann nun nur noch auf Euer militärisches Talent und auf Eure Stärke setzen! Wir müssen es allein schaffen!" Der Markgraf schwieg betroffen. Tief enttäuscht und vorwurfsvoll sah er seinen Hoffnungsträger an. „Was ist?", brüllte der Bischof hemmungslos, „wollt Ihr nun König werden oder nicht?" Flammende Röte und tiefe Fassungslosigkeit starrten aus dem Gesicht des Markgrafen. Wie konnte Bucco nur so undiplomatisch agieren und in Anwesenheit des Gegenkönigs die Königsfrage wie einen Hundeknochen in den Raum werfen? Schon spürte er, wie der Blick des Gegenkönigs glühend in seinem Nacken brannte. Markgraf Ekbert erhob sich von seinem Platz und verließ zur allgemeinen Überraschung wortlos die Versammlung, während fragende Blicke der Teilnehmer von Bucco zum Gegenkönig Hermann I. wanderten. Man ahnte, hier lag Verrat in der Luft. Entsprechend empört reagierte der Knoblauchkönig. „Allen Anschein nach habe ich etwas verpasst! Da lade ich mir die sogenannten Verbündeten in mein Haus ein und die haben aus lauter Dankbarkeit schon mein Ende beschlossen! Dabei ist ihnen bereits ein Großteil des sächsischen Adels abhandengekommen. Aber ich bin noch hier und werde es auch bleiben", polterte er ungewohnt entschlossen los, „nur ich werde euch siegreich gegen den Salier führen." Nochmals ließ Hermann den Blick über die Männer schweifen, doch er las in ihren Gesichtern nur spöttische Ablehnung. Einzig Bucco starrte ihn ebenso entschlossen an. Aus den hinteren Reihen drang Lärm durch den Saal der Pfalz. „Was ist los?", rief Hermann, mehr empört als interessiert, den Männern zu. „Was ist denn nun mit Markgraf Ekbert von Meißen? Wird er mit uns gegen Heinrich ziehen?" „Seht aus dem Fenster, da habt ihr die Antwort", rief Bucco mit unüberhörbarer Stimme. Augenblicklich stürzten die Männer an die Fensterfront und verfolgten mit eigenen Augen, wie die Ritter des Markgrafen trotz vorgerückter Stunde ihre Zelte abbrachen und kurz darauf Goslar in östlicher Richtung verließen. „Er will mit seinem Heer gewiss dem Kaiser entgegenziehen und sich ihm unterwerfen! Dieser Verräter!", fauchte Bucco enttäuscht. In diesem Moment hatten sich alle Bemühungen um ein neues Bündnis endgültig zerschlagen. Mehr noch, jetzt schwebten sie alle in Gefahr! Gegenkönig Hermann sprach den Gedanken als Erster aus: „Von nun an müssen wir jeden Moment damit rechnen, in Heinrichs Fänge zu geraten. Uns bleibt nur noch die sofortige Flucht!" Schlagartig verstummten alle Gespräche, denn Flucht bedeutete Entbehrung, Ungewissheit, Angst und vielleicht auch Not. Erzbischof Hartwig von Magdeburg meldete sich, entgegen seinen sonstigen Gepflogenheiten, zu Wort: „Last uns nach Magdeburg ziehen. Dort können wir gewiss untertauchen." Doch Bucco hatte schon weitergedacht: „Wer soll uns dort beschützen, was für eine geheime Armee sollte dort auf uns warten? Wir werden wohl oder übel weiterziehen müssen, notfalls bis nach Dänemark. Mit dem dänischen König wird sich der Kaiser nicht auch noch anlegen wollen." Die Gemeinschaft aus Fürsten und Kirchenmännern stimmte dem Vorschlag zu. Wollten sie ihre Haut retten, blieb ihnen nur der vollständige Rückzug. Langsam fand auch Bucco seine Ruhe wieder. „Es ist daran nichts Unwürdiges vor dem Salier zu fliehen.", rief er seinen Männern zu, „Wie oft hat der Kaiser vor uns sein Heil in der Flucht gesucht? Ich möchte gar nicht mit der Aufzählung anfangen! Lasst uns lieber beten und Gottes Beistand sichern!" Er faltete die Hände, senkte demütig sein Gesicht zu Boden und wollte gerade ein Stoßgebet sprechen, als die Tür vehement aufgerissen wurde und ein Kurier den Saal betrat. „Endlich!", stöhnte der Bischof und über sein Gesicht floss pure Erleichterung. Endlich trafen die erwarteten Nachrichten ein. Aber der Bote nahm sich Zeit und zögerte den Bericht durch eine übertriebene Verbeugung hinaus. „Sprich schon", forderte Bucco, bereits misstrauisch geworden. Nach einem verlegenen Räuspern begann schließlich der Mann zu berichten: „Das Heer des Kaisers wird morgen bei Tagesanbruch aufbrechen. Es ist sehr stark und noch immer laufen ihm Truppen zu. Gegen Mittag steht der Kaiser vor den Toren Goslars. Dort soll es zur Schlacht kommen." Nervös wedelte der Bischof mit der Hand, so als versuchte er die Informationen wie lästige Insekten wegzuscheuchen. Doch sie standen wie in Stein gemeißelt im Raum und alle hatte sie gehört. Es war Gegenkönig Hermann, der sich als Erster aus der Erstarrung löste und das Wort ergriff: „Wir können hier nicht bis zum Morgen warten. Der Kaiser ist listig und kann seine Pläne schnell ändern. Es wäre nicht das erste Mal. Hier sind wir jedenfalls nicht mehr sicher. Lasst uns noch heute aufbrechen!" Die Männer sahen sich fragend an, aber das Schweigen blieb. Niemand wollte sich festlegen, bevor er nicht die Meinung des Halberstädter Bischofs gehört hatte. Doch der betete! Mit gefalteten Händen, kniend und in niedergebeugter Haltung sprach er das Vater-Unser. Schließlich schlug er drei Kreuze, erhob sich stöhnend und erklärte seiner Gefolgschaft: „In einer Stunde reiten wir los!" Bucco hatte gesprochen, es war alles gesagt! Schweigend und zügig leerte sich der Saal; jeder wusste, was nun zu tun war.

Eine Stunde später war die gesamte Mannschaft abmarschbereit. Es sollte eine laue Sommernacht werden, die vom Leuchten der Sterne und einem fast kompletten Vollmond erhellt wurde. Eine gespenstische Aura nahm der Nacht die Dunkelheit. Wie zum Hohn jubilierte dazu die Nachtigall und Käuzchen riefen nach den Geistern des Totenreiches. Kaum jemand der Anwesenden nahm Notiz davon, alle hatten sie nur eine möglichst schnelle Flucht im Sinn. Bucco ritt auf eine erhöhte Stelle und machte von dort aus auf sich aufmerksam. „Also", rief er mit seiner volltönigen Stimme über die Massen hinweg, „unser Ziel wird heute Nacht Osterwieck sein. Von dort aus reiten wir morgen nach Halberstadt weiter. Dann werden wir die Lage neu beurteilen müssen!" Er hob den Arm und gab damit das

Zeichen zum Aufbruch. Augenblicklich hallte das Dröhnen von einigen hundert Pferdehufen in den engen Gassen der Stadt wider und riss manchen Goslarer aus dem wohlverdienten Schlaf. Besorgt und neugierig geworden steckten einige ihre Köpfe aus den kleinen Fenstern oder Haustüren. Aber da an ihnen die Truppen des Gegenkönigs und seiner Verbündeten vorbeizogen, schlurften sie beruhigt wieder in ihre Betten zurück. Schon kurze Zeit später war der nächtliche Spuk vorbei.

Nachdem die Flüchtenden die Stadt verlassen hatten, fielen sie zeitweise in einen leichten Trab. Gegenkönig Hermann hatte es so eingerichtet, dass er neben Bucco reiten konnte. Indes war seine Wut auf den Bischof längst nicht verraucht. Überdeutlich hatte der ihn spüren lassen, was er von ihm hielt, seitdem sich ein weiterer Kandidat als Gegenkönig eingefunden hatte. Aus diesem Grund sprach er deutlich missgelaunt Bucco an: „Wozu soll dieses irre Tempo gut sein? Wir werden die Pferde noch zu Schande reiten!" Der Halberstädter nahm sich mit der Antwort bewusst Zeit, denn Hermann sollte wissen, wer hier der Königsmacher, der erste Mann im Staate war. Dementsprechend erwiderte er mit deutlichem Zynismus in der Stimme: „Wenn Euch die Flucht zu riskant ist, solltet Ihr nach Goslar zurückkehren. Ihr könnt Euch dann auch in Bälde reumütig Heinrich vor die Füße werfen!" Hermann gab darauf keine Antwort, dafür verfluchte er den Tag, an dem er sich auf die machtlose Rolle des Gegenkönigs eingelassen hatte.

Eine leichte, kühle Brise hatte sich aufgemacht, ausgelöst durch die von den Bergen des Harzes herabströmende kalte Nachtluft. Ganz in ihrer Nähe löste dieser Wind ein anhaltendes klapperndes Geräusch aus, was auf alle schauerlich wirkte. „Hört Ihr auch dieses Klappern? Ein grässliches Geräusch", erkundigte sich Bucco ungewollt. Hermann grunzte unfreundlich zurück: „Natürlich höre ich es auch! Vor uns liegt der Galgenberg und so grüßen uns die Gehängten schon von weitem." Dem Bischof lief ein eisiger Schauer über den Rücken. „Einen Gruß aus der Hölle schicken sie uns, diese Mörder und Verbrecher. Reiten wir schneller, um so früher sind wir in Osterwieck." Erneut trieben sie ihre Pferde an und hofften dabei auf einen guten Ausgang ihrer Flucht. Doch mit jedem Hufschlag kam ihnen der gigantische Galgen auf der Kuppe des Berges unbeirrt näher, zeichneten sich seine Konturen im Licht des Mondes immer deutlicher ab, verstärkte sich das Leuchten der pendelnden Knochen zu einem dämonischen Weiß. Das einzig Lebendige auf dem Berg waren die Raben und Krähen, die sich von den vorbeiziehenden Truppen in ihrer Nachtruhe gestört fühlten. Krächzend flogen sie auf und umrundeten mit lauten Kräh-Rufen den Galgenberg. Das war nun endgültig zu viel für den Halberstädter Bischof.

„Die sollen die Toten ruhen lassen!", schimpfte er übellaunig in Richtung der kreischenden Vögel, „Jetzt fehlt nur noch, dass Wolken vor den Mond ziehen und uns das Licht nehmen." Bucco hatte das Pech herbeigeredet, denn erste Wolken zogen bereits auf und bald umschloss sie stockfinstere Nacht. Um nicht vom Weg abzukommen, blieb ihnen nichts weiter übrig, als Fackeln anzuzünden. „Beeilt euch, keine Verzögerung", rief Hermann lautstark, was Bucco akzeptierte, denn inzwischen hatte er es sehr eilig. Wurden sie etwa schon verfolgt? Nur mit großer Mühe gelang es ihm, nicht panisch zu werden. Erst als der Kirchturm und die Stadtbefestigung mit ihren Feuern auf den Wachtürmen von Osterwieck auftauchten, wuchs wieder seine Zuversicht, es doch schaffen zu können. Aber erst hinter den Mauern der Stadt, aus der Anfang des 9. Jahrhunderts das Bistum Halberstadt hervorgegangen war, fühlte er sich wieder sicher. Völlig überrascht hatten die Wachen ihrem Bischof die Tore geöffnet und ihm so das erste Asyl auf seiner langen, gefährlichen und unfreiwilligen Reise gewährt.

Freilich war die Hetzjagd längst eröffnet. Von Stadt zu Stadt folgte ihnen von nun an der Kaiser mit seinem Heer, nahm die Städte ein, bannte die Bischöfe und setzte tags darauf eigene ein. Der einzige Unterschied zur bisherigen Praxis war, dass Heinrich in der Wahl der Amtsträger umsichtiger geworden war und ausschließlich kluge und integre Leute wählte. Nicht jedem, der ihm inzwischen folgte und seinen Treueeid erneuert hatte, vertraute der Kaiser, dafür war er zu oft verraten worden. Seine größte Skepsis galt aber seinem Vetter, Markgraf Ekbert II., der seit dem Tod von Rudolf von Rheinfelden unbeirrt zur Gegenpartei gehalten hatte. Die Versöhnung mit ihm war lediglich ein Zweckbündnis auf Zeit, was beiden sehr wohl bewusst war.

Inzwischen war es Juli geworden und das Heer des Kaisers hatte den großen Strom im Osten, die Elbe, erreicht. Die Elbe, Grenzfluss zu den Ungläubigen, konnte sich in Breite und Tiefe durchaus mit anderen großen Flüssen im Reich messen. Auch hier ragten langgestreckte Buhnen in den Strom hinein, geschaffen aus kieselartigen Ablagerungen, die der Fluss bereits in den Bergen mit auf die Reise genommen hatte. Hier ruhten die Steine aus, um mit dem nächsten Hochwasser weiter zu ziehen. Die Stadt Magdeburg lag am westlichen Hochufer auf einer Geländestufe aus verschiedenartigem Fels. Schon von weitem fiel sie dem Wanderer mit ihren zahlreichen Kirchtürmen auf, die ihre Spitzen keck zum Himmel streckten. Kaiser Heinrich interessierte sich jedoch nur für ein Bauwerk und erkundigte sich deshalb bei seinem ersten Ritter: „Otto, welcher der Türme gehört zum Dom, der Grabkirche Otto des Großen?" Ratlos betrachtete der

Ritter das vor ihm liegende Panorama der Stadt. „Das kann ich leider nicht mit Gewissheit sagen, Herr. Wir sollten uns sachgerechte Beratung holen. Schade das Bucco nicht an unserer Seite ist, der Mann für alle schweren Fälle", teilte Otto mit einer Mischung aus Ironie und Beschämtheit mit, denn bislang hatte er unverdrossen von Magdeburgs Bedeutung und Größe geschwärmt. Dabei war es sein erfolgloser Versuch, dem imposanten Rom etwas Gleichwertiges im Sächsischen entgegensetzen zu wollen. „Hier trifft sich die Welt zum Handel, hier kann man alles kaufen! Diese Stadt ist das Rom des Ostens", hatte er unentwegt geschwärmt. Trotzdem hatte ihm Heinrich nicht mehr als ein mitleidiges Lächeln geschenkt. Inzwischen hatte der Kaiser sein Bild von Magdeburg etwas revidieren müssen, denn allein die geografische Lage mit einer Vielzahl von Fernverbindungen sowie die Größe der Stadt machten sie zu einem bedeutenden Handelsort und Knotenpunkt. Nun kam es darauf an, dass auch diese Stadt ihrem Kaiser die Tore öffnete. Heinrich besaß dazu einen Plan. „Schlagen wir das Lager hier auf. Diese Stadt muss erst noch überzeugt werden, uns mit allen Ehren zu empfangen!", veranlasste er kurzerhand. „Ob sich Bucco auch noch in Magdeburg aufhält?", sinnierte Otto wieder besser gelaunt. Heinrich grinste ebenfalls: „Vielleicht wandert er aber auch schon auf der Lüneburger Land-straße Richtung Norden. Na, das werden wir in Kürze wissen. Schaffen wir erst einmal Tatsachen!" Noch am gleichen Tag schickte Heinrich eine Gruppe Unterhändler in die Stadt, um Fakten zu schaffen, um die Ansprü-che des Kaisertums auch in Magdeburg durchzusetzen. So wurde Erzbi-schof Graf von Spanheim, der sich mit Bucco immer noch auf der Flucht in den Norden aufhielt, per Dekret seines Amtes enthoben. Voller Anspan-nung wartete man anschließend im kaiserlichen Lager auf die Reaktion der Stadt, die im Osten von der Elbe und im Westen vom Heerlager einge-schlossen war. Soweit das Auge reichte, standen die bunten Zelte, wehten Wimpel, wimmelte es von einer Vielzahl von Kriegern eines ansehnlichen Heeres. So waren auch die verschiedenen Windmühlen auf dem Hochpla-teau Teil des Lagers geworden. Otto hatte sein Zelt in der Nähe einer sol-chen Mühle aufgebaut und nutzte nun seine vielen freien Stunden, um die Abläufe einer Mühle genauer zu studieren. Gleich am ersten Tag seiner aus-dauernden Beobachtungen war ihm eine junge Frau aufgefallen, die dem Müller stets zur Hand ging, die ständig organisierte und lenkte und deren selbstbewusstes Auftreten ihm unleugbar imponierte. „Das ist ein wahres Teufelsweib", vertraute er am Abend Heinrich an. „Schon wieder auf Frei-ersfüßen?", lachte der laut auf. Otto sah ein, wie unpassend seine Bemer-kung gewesen war, trotzdem konnte er seinen Blick nicht von der Frau lassen. Um wieder auf andere Gedanken zu kommen, rief er am nächsten Morgen seinem Knappen zu: „Adalbert, erhebe dich! Wir machen einen Ausritt und sehen uns die Umgebung an." Heinrich feixte. „Du musst nicht so brüllen, sie ist auch so schon auf dich aufmerksam geworden." Darauf lief ein hämisches Grinsen in der Runde der Ritter von einem zum anderen. Otto übersah die Reaktion geflissentlich, stürzte sich auf sein Pferd und verschwand mit seinem Knappen im Gewimmel des Lagers. Als sie nach Stunden zurückkamen, war von der schwarzhaarigen Schönen mit dem dunklen Teint nichts zu sehen. Verdrießlich zog sich Otto in sein Zelt zurück und warf sich jäh auf sein Lager. Gleich darauf steckte Adalbert seinen Kopf durch die Zeltöffnung: „Ritter Gunther möchte eintreten und Euch etwas erklären." Mit einem Knurrlaut gab Otto seine Zustimmung. „Der Müller ist zu mir gekommen und hat sich beschwert. Er war voller Wut, weil du seiner Frau nachstellst. Du sollst damit aufhören. Er hat sie auch geschlagen und in der Mühle eingesperrt." Nun war es Otto, der von Zorn erfasst wurde. „Das Schwein", brüllte er ungehemmt laut, „der soll sich vor meinem Schwert vorsehen!" Nur mit Mühe konnte ihn Gunther davon abhalten, nach draußen zu stürmen. „Schon gut", beschwichtigte Otto letztendlich, „ich werde mit dem Mann ein sehr persönliches Gespräch führen!" Doch zunächst unternahm er gar nichts, außer sich in seinem Zelt zu einem ausgedehnten Schläfchen zurückzuziehen.

Die nun folgenden Tage standen ganz im Zeichen der Unterhändler zwischen der Stadt und dem Kaiser. So konnten sie in Erfahrung bringen, dass sich Bucco, Erzbischof Hartwig und seine Anhänger bei Heinrichs Erscheinen über die Elbe abgesetzt hatten und geflüchtet waren. Keiner wollte vorzeitig das Gesicht verlieren. Doch da beide Seiten inzwischen sicher wussten, dass der Erzbischof und sein engster Verbündeter mit ihren Mannen auf dem Weg nach Norden waren, lag ein tragfähiger Kompromiss in Greifweite. Aus diesem Grund vertrieben sich die Männer die viele freie Zeit mit den verschiedensten Wettkämpfen im Reiten und Schießen. Otto hingegen hatte es eilig, seinen Knappen auf die baldige Ritterprüfung vorzubereiten, denn noch immer erinnerte er sich mit Trauer im Herzen an das Schicksal seines Knappen Siegfried. Um ungestört üben zu können, waren die beiden weit hinaus ins freie Land auf eine Anhöhe geritten. Ein leichtes Lüftchen, das über die Börde gezogen kam, vereitelte ihre Absicht, sich im Bogenschießen zu üben. „Wir hätten uns lieber eine seichte Stelle am Ufer der Elbe suchen sollen, denn mit dem Schwimmen bist du auch noch nicht weit gekommen", erkläre Otto enttäuscht. Adalbert griente verlegen, was seinem Gesicht einen dümmlichen Ausdruck verlieh. „Für den

Schwertkampf ist das Gelände aber bestens geeignet", befand kurz darauf der Ritter, nachdem er sich nochmals prüfend umgesehen hatte. Dabei entdeckte er ein auf sie zukommendes Pferdegespann, das anscheinend schwer beladen war, denn die Gäule kamen nur langsam voran. Halbherzig gab Otto weitere Anweisungen: „Steig vom Pferd. Wir üben am Boden ohne Rüstung die verschiedenen Schwertstreiche. Beginnen wir mit dem Ochs. Worauf musst du dabei achten? Erzähle!" Adalbert fühlte sich an diesem Tag sehr durch Ottos Art gegängelt. Allem Anschein nach beschäftigte sich der Ritter mit ganz anderen Problemen, wie beispielsweise dem auf sie zukommenden Fuhrwerk, das er unentwegt beobachtete.

Trotzdem antwortete der Knappe: „Also, der Ochs wird von schräg oben geführt. Man visiert dabei das Schlüsselbein des Gegners an." Sie begannen zu üben, ließen ihre Schwerter aufeinander krachen, ohne den anderen mit einem unkontrollierten Hieb zu verletzen. Schon nach kurzer Zeit lief ihnen der Schweiß über das Gesicht. „Wir sind nichts mehr gewöhnt. Wird Zeit, dass wir wieder mehr üben", stöhnte Otto.

„Welch ein Spektakel", rief plötzlich eine weibliche Stimme, „Ritterspiele nur für mich allein!" Der Ritter ahnte sofort, wem diese Stimme gehörte. Es konnte nur die Müllerin sein, die er in den letzten Tagen vermisst hatte. „Wohin des Weges, schöne Müllerin?", sprach Otto sie etwas zu forsch an. Die junge Frau lachte. Es gefiel ihr, von einem Ritter nicht nur wahrgenommen, sondern sogar angesprochen zu werden. Ungezwungen löste sie den Knoten ihres Kopftuches, welches ihren Ehestand auswies. Eine Mähne aus dichten schwarzen Locken breitete sich um ihr Haupt aus und gab ihr ein fremdländisches Aussehen. Sie lachte erneut, griff zur Peitsche und trieb ihre Pferde, ohne auch nur noch ein weiteres Wort zu sagen, erneut an. „Brrr", rief Otto, „ich bekomme doch noch eine Antwort von dieser schwarzhaarigen Schönheit", und griff dabei nach dem Kummet des ersten Pferdes, das erschrocken stehen blieb. Die Wagenführerin sah den Ritter für einen Moment überrascht an, lächelte darauf wieder auf die ihr eigene selbstbewusste Art und flüsterte schließlich: „Heute Nacht werde ich es Euch erzählen. Haltet Euer Zelt offen!" Mit einem erneuten Peitschenschlag setzte sie ihr Gespann wieder in Bewegung. Ohne sich auch nur einmal umzusehen, zog sie davon. Otto blieb sprachlos zurück. Seine Bewunderung für das Weib war inzwischen grenzenlos. Um nicht weiter darüber nachdenken zu müssen, stürzte er sich nun mit Feuereifer in das Training seines Knappen, das letztendlich mit dem Rossfechten seinen Abschluss fand. „Gut gemacht", lobte er Adalbert abschließend, „aber heute Nacht musst du dir trotzdem ein anderes Quartier besorgen." Der Knappe fragte nicht weiter nach, er hatte verstanden!

Als sie am Abend wieder im Zeltlager eintrafen, herrschte dort Hochstimmung. Otto erfuhr, dass die Unterhändler an diesem Tag den endgültigen Durchbruch erzielt hatten. Heinrich IV. würde Hartwig von Hersfeld als neuen Erzbischof in Magdeburg einsetzen. Im Gegenzug wollte ihn darauf die Stadt mit allen kaiserlichen Ehren empfangen. „Das muss gefeiert werden", riefen sich die Männer zu und begannen auch schon mit den Vorbereitungen. Otto ahnte, dass diese Nacht wohl lang werden würde und sah bereits seine schönsten Träume wie schillernde Seifenblasen zerplatzen. Adalbert erkannte Ottos prekäre Lage. „Herr, ich kann doch im Zelt auf Eure Schöne warten. Sobald sie erscheint, gebe ich Euch Bescheid", schlug er seinem Ritter dienstwillig vor. Anstelle einer Antwort griente ihn Otto nur spöttisch an.

Es wurde eine lange Nacht, doch irgendwann hatte auch der Letzte genug und zog sich volltrunken in sein Zelt zurück. Auch Otto gehörte dazu. Nach einem letzten Blick in den Sternenhimmel, von wo aus ihn Maries Stern zublinkte, tauchte er in das Dunkel seiner Behausung ein und schmiss sich ohne viel Federlesen auf sein Lager. Sekunden später war er tief und fest eingeschlafen. Von den Händen, die ihn zärtlich berührten, von den Lippen, die sich auf die seinen legten, spürte er schon längst nichts mehr. Selbst der warme weibliche Körper mit seinen verlockenden Rundungen vermochte nicht, ihn aus dem Land des ohnmächtigen Schlafes zu vertreiben. Otto lag wie ein Stück Holz auf seinem Lager und sägte schnarchend ganze Wälder ab. Als er endlich am Morgen, wieder allein, zu sich kam, hatte er keine Ahnung davon, was ihm in dieser Nacht entgangen war.

Dafür verlangten neue Ereignisse seine ganze Aufmerksamkeit. „Herr", rief ihm Adalbert atemlos zu, „die Stadttore wurden geöffnet und jetzt kommt eine Delegation direkt zum Lager des Kaisers. Beeilt Euch, Ihr werdet gebraucht!" Otto richtete schleunigst seine Kleider und stürzte dabei auch schon ins Freie. Der Zug aus geistlichen Würdenträgern und Räten der Stadt Magdeburg hatte bereits die Mühle erreicht. Aus deren obersten Fenster leuchtete ein weißes Kopftuch – die Müllerin – erinnerte sich Otto erschrocken. So schnell ihn seine Füße an diesem Morgen noch zu tragen vermochten, rannte er los, zu Heinrich, und gliederte sich in die Schar seiner Gefolgsleute ein. Trotzdem beobachtete er unentwegt den kleinen hellen Fleck im Fenster der Mühle. Inzwischen hatte die städtische Abordnung den Kaiser erreicht und mit allem ihm zustehenden Ehren wurde Heinrich IV. vom Ältesten des Rates begrüßt. Kleine Blumenmädchen verstreuten zarte Blütenköpfe und der Priester des gotischen Doms bat den Kaiser die

Grabkirche Otto des Großen mit seiner Anwesenheit zu beehren. Heinrich sagte zu und einen Tag später zog er in die Stadt ein. In den Tagen, die darauf folgten, gewann man im Lager des Kaisers zunehmend die Erkenntnis, dass sich diese große, wohlhabende Stadt an der Elbe, in der der Handel blühte, gern enger an die kaiserliche Macht binden würde. Doch bedauerlicherweise war der Kaiser meist sehr weit weg, während die Macht des Erzbischofs meist sehr präsent war.

Bald neigten sich die Tage in Magdeburg dem Ende zu, Heinrich IV. hatte seine Ziele erreicht, gleichwohl riefen ihn neue Herausforderungen nun in andere Zentren des deutschen Landes zurück. Nach und nach brach das Gefolge seine Zelte ab, verkleinerte sich das Heerlager des Kaisers, zogen sich erste Verbündete zurück. Lediglich der erste Ritter des Kaisers zeigte keine Eile. Hatte er nicht noch etwas zu erledigen? Doch so sehr er auch Ausschau hielt, er konnte nirgends die Schöne mit dem weißen Kopftuch entdecken. „Hast du in den letzten Tagen die Müllerin gesehen?", erkundigte er sich bei Adalbert. Aber auch dem Knappen war sie nicht unter die Augen gekommen. „Sie ist wie vom Erdboden verschwunden", stöhnte Otto tief enttäuscht. Der Junge war klug genug, die Seelenpein seines Ritters nicht zu kommentieren.

Der letzte Tag in Magdeburg begann für alle sehr früh, denn Heinrich IV. wollte vor seiner Abreise noch einmal im Dom, der Grabkirche seines großen Vorgängers Otto I., beten. Otto gehörte zu dem Trupp Ritter, die ihn dabei begleiten sollten. So zog der Kaiser ein weiteres Mal in einem festlichen Aufzug durch die Stadt, um am Ufer der Elbe die dreischiffige, romanische Basilika aufzusuchen. Das Volk begleitete den kaiserlichen Aufzug jubelnd, Hochrufe erklangen und Frauen warfen dem Kaiser, der über frisch gestreuten weißen Sand schritt, demutsvoll Blumen vor die Füße. Magdeburg verabschiedete sich angemessen von seinem Kaiser. Aus dem Chorraum des Doms wehten Heinrich IV. fromme Gesänge der Mönche entgegen, die von den Wänden reflektiert einen vielstimmigen Chor erzeugten. Ergriffen folgten die Ritter und Würdenträger ihrem Kaiser bis zur Krypta des Doms, in der sich der kaiserliche Sarkophag Otto des Großen befand. Dabei wunderte sich Otto über die Schlichtheit des Sarges, der aus einfachem Gussmörtel bestand und mit einer antiken Marmorplatte abgedeckt war. Heinrich IV. suchte die spirituelle Nähe zu einem der Großen der Geschichte. Hatten sie nicht ähnliche Kämpfe zu bestehen gehabt? Diese Einsicht wirkte sich auf den jungen Kaiser tröstend aus und bestärkte ihn in seinem Tun. Dabei musste er unwillkürlich an Bucco und dessen Begleiter denken, die nun in der Sicherheit des Nordens gewiss neue Pläne schmieden würden. Sollten sie nur! Auch er, Heinrich, dachte bereits über die nächsten Schritte nach, wie die Disziplinierung der aufmüpfigen Bayern. Erzbischof Hartwig sprach ein Gebet am Sarkophag Ottos I. und führte daraufhin seinen Kaiser durch den Dom, um ihm eine Vielzahl von antiken Artefakten zu zeigen, die Otto während seiner Herrschaft zusammengetragen hatte, um damit die Stellung als Kaiser des Heiligen Römischen Reiches zu untermauern. Tief beeindruckt verließen letztendlich die Männer den historischen Ort.

In der gleichen Zeit waren die Knappen damit beschäftigt das Lager abzubauen. Adalbert hatte an der Arbeit wenig Freude, denn als angehender Ritter wollte er sich nur ungern mit solch profanen Angelegenheiten rumschlagen. Plötzlich zerriss ein entsetzlicher Schrei die Stille. Neugierig sah der Knappe sich um, bis sein Blick an der Mühle hängen blieb. Dort entdeckte er den Müller, der ein mit einem Strick gefesseltes Weib hinter sich herzog. Sie war nur notdürftig mit einem Leinenhemd bekleidet, die Haare hatte man ihr geschoren und blutige Striemen bezeugten die Prügel, die sie hatte ertragen müssen. „Läufige Hündin! Ehebrecherin!", hörte Adalbert den Müller immer wieder brüllen, während ein Dutzend Menschen die erneute Tortur der Frau genüsslich verfolgten. „Schlag sie tot! Sie hat es nicht anders verdient", schrie mehrfach ein altes zahnloses Weib. Anscheinend war es die Mutter des Müllers. Unwillkürlich hatte sich auch Adalbert dem Ort des Geschehens genähert. Mit Schrecken erkannte er in dem geschundenen Weib die Müllerin, die inzwischen leise jammernd am Boden hockte. In diesem Moment erhob der Müller seine Stimme und rief: „Ich habe mehrmals deine Treue angemahnt, doch du hast nicht aufgehört, fremden Männern schöne Augen zu machen. Zu guter Letzt musstest du sogar den Müllerburschen verführen. Aus diesem Grund verstoße ich dich! All dein Vermögen geht auf mich über. Verschwinde von hier, für immer!" Dabei löste er die Fesseln von ihren Händen, zerrte sie hoch und mit einem kräftigen Tritt jagte er sie davon. Die junge Frau setzte sich in Bewegung, Schritt für Schritt, langsam und schwerfällig, stetig aber mit hoffnungslosem Blick. Bis auf das Leben war ihr in diesem Moment alles genommen worden. Sie sah sich nicht um, wagte keinen Blick zurück, wo die Alte wieder schrie: „Erschlagt sie! Sie verdient es!" Plötzlich begann die Müllerin zu laufen, hetzte wie ein angeschossenes Tier an dem Knappen vorbei, der ihr darauf, ebenso wie alle anderen, stumm folgte. Es entstand eine Art Prozession, deren Bewegung sich an der Delinquentin orientierte. Erst am Ufer des Stromes verlangsamten sich ihre Schritte, bis sie alle gänzlich zum Stillstand kamen. Einzig die Müllerin, kahlköpfig, mit blutendem Rücken und wunden Füßen blieb nicht stehen. Wie in Trance stieg sie in den Fluss, die Strömung zerrte sofort an ihrem Körper und nahm ihr für einen Moment das Gleichgewicht. Mit einer letzten Kraftanstrengung fand sie nochmals Halt, drehte sich mit einer einzigen Bewegung zügig um und sah dabei ihren Verfolgern ins Gesicht. Gleich darauf schloss sie die Augen, ließ sich nach hinten fallen und verschwand. Die Elbe hatte die arme Frau gnädig in ihr nasses Reich aufgenommen. Gebannt starrte alles auf die Stelle, an der die Müllerin verschwunden war. Da sie nicht wieder erschien, schlugen die Menschen ein Kreuz und beteten ein Vater-Unser, bevor sie sich wieder auf den Rückweg machten.

„Sie ist tot. Ich habe gesehen, wie sie starb", berichtete der Knappe seinem Ritter bei dessen Rückkehr aus der Stadt. Otto war die Erklärung viel zu diffus, um sie gleich zu verstehen. „Wer ist tot?", brummte er genervt. Adalbert war fassungslos, dass er nicht verstanden worden war. „Die Müllerin ist tot", begann er nochmals zu berichten. Dieselbe, die fast eine ganze Nacht auf Euch im Zelt gewartet hatte. Doch darauf muss sie es wohl mit dem Müllerburschen getrieben haben, der nun spurlos verschwunden ist."

Vor ihrer Abreise sah Otto trotzdem nochmals zum oberen Fenster der Mühle, allerdings wieder vergeblich. Kein schwarzer fröhlicher Wuschelkopf, kein weißes Kopftuch war zu erkennen. Lediglich schwarze, finstere Leere starrte ihn vorwurfsvoll an.

Otto, du bringst den Frauen kein Glück, schlussfolgerte er zum wiederholten Mal.

Heerlager an der Bode
– 06. Februar 1086 –

eit mehreren Tagen campierte das Heer Heinrichs an der Bode zwischen Weddersleben und Quarmbeck, zwei kleinen Ortschaften, die aber beide auf eine lange Geschichte zurückblicken konnten. Nun hatte sie der Kaiser zu seinem Handlungszentrum gemacht, sie auf die Bühne der Weltpolitik geholt. Allerdings verfolgten die Dorfbewohner das Geschehen vor ihrer Haustür mit großer Sorge und viel Skepsis. Täglich fragten sie sich erneut, ob es zu einer Schlacht kommen würde, weshalb sie alle Vorgänge im Lager Heinrichs mit Argusaugen verfolgten. Besonders das Kriegszelt des Kaisers, wo ein beständiges Kommen und Gehen herrschte, ließen sie nicht aus den Augen. Dort saß Heinrich im Kreis seiner Berater und Ritter und sah dem eintretenden Erzbischof Wezilo entspannt entgegen. „Setzt Euch zu uns", forderte er seinen Gast, dessen Gesicht Optimismus ausstrahlte, gut gelaunt auf. „Seid Ihr in den Verhandlungen mit den Sachsen und Thüringern weitergekommen? Wie ist der Stand der Dinge?", erkundigte sich Heinrich IV. zudem. Seine Exzellenz hatte inzwischen stöhnend auf der Bank Platz genommen und sah sich prüfend in der Runde um. „Mein Herr", begann er schließlich seinen Bericht, „der Fürstenspruch über Ekbert von Meißen ist gefällt. Die Sachsen und Thüringer stimmen der Acht wegen fortgesetzter Rebellion und Hochverrats zu. Somit verliert er seine sämtlichen Güter. Für einen Friedensschluss erwarten die Sachsen Sonderrechte, die wir im Einzelnen noch einmal besprechen sollten." Wezilo machte eine kurze Pause, da jedoch der Kaiser zustimmend nickte, sprach er weiter: „Zum Besiegeln des Vertrages zwischen unseren Parteien wünschen sie ein Treffen auf höchster Ebene im Kloster Wendhusen." Auf Heinrichs Gesicht hatte sich schlagartig eine abweisende Härte gelegt. Trotzdem schwieg er, denn die vielen vergeudeten Jahre des Krieges zogen an seinem geistigen Auge vorbei. Magdeburg hatten sie noch als Sieger verlassen, doch bereits im August hatte er die Schlacht von Blechfeld (Würzburg) gegen Hermann I. verloren. Es war ein unwirklicher Sieg mit wenigen Toten gewesen, da seine überlegenen Truppen aus einem unerfindlichen Grund ihr Glück in einer heillosen Flucht gesucht hatten. Im Herbst des letzten Jahres zogen Graf Ekbert von Meißen und Bucco gemeinsam gegen ihn zu Felde, um erneut im Januar dieses Jahres ein neues Heer zu sammeln. Somit hatte man ihn gezwungen mit seinem Heer nach Sachsen zu ziehen. Doch auch an den anderen Ecken des Reiches flammten immer wieder Rebellionen auf. Wollte er nicht ständig von einer Schlacht zur nächsten ziehen, brauchte er jetzt, genau jetzt und hier, einen ersten verbindlichen Frieden! Sollten die Sachsen doch ihre Sonderrechte erhalten! Man musste es ja nicht gleich an die große Glocke hängen. Schließlich antwortete er: „Niemand von Euch wird je ein Wort darüber verlieren, was wir mit den Sachsen und Thüringern ausgehandelt haben. Dieser Friedensvertrag und mein Treffen im Kloster Wendhusen unterliegen strengster Schweigepflicht." Die ungläubigen Blicke der Anwesenden blieben Heinrich nicht verborgen, weshalb er seine Anweisung noch einmal bekräftigte: „Egal welche Sonderrechte die Sachsen verlangen, wir gehen damit nicht hausieren und bringen dadurch noch die anderen auf dumme Gedanken! Aber was fordern denn die Sachsen nun? Reden wir darüber!" Erzbischof Wezilo verlas die Liste, die dem Kaiser sehr bekannt vorkam. So oder ähnlich hatten sie ihre Forderungen bereits vor 13 Jahren gestellt, was schließlich zum Sachsenkrieg geführt hatte. Heinrich lächelte weise. Natürlich würde er vielen Forderungen zustimmen und dann auf Gottes Gerechtigkeit, auf sein diplomatisches Geschick und auf die Zeit setzen. Sollten diese sturen Sachsen ihren Willen bekommen!

Nachdem der Erzbischof geendet hatte, übernahm wieder Heinrich das Wort: „Besonders wichtig erscheint den Sachsen zu sein, dass sie von der Heerfolge freigestellt werden. Dabei besteht schon seit Jahren ein Teil des Heeres aus Sachsen und Thüringern, denken wir nur an unseren tapferen Grafen Wiprecht von Groitzsch. Die Realität hat in vielen Teilen nichts mehr mit den Forderungen der Sachsen gemein. Stimmen wir zu und sichern wir so den Frieden." Otto erfasste bei der Namensnennung des Groitzscher wieder die alte Wut. Er hatte ihm sein Verhalten noch immer nicht verzeihen können. Nein, mit einem solch rabiaten Vorgehen konnte man sich nur neue Feinde schaffen. Militärisch konnte der Groitzscher wohl siegen, aber Frieden ließ sich so nicht schaffen. Adalbert trat an Otto heran. „Euer Vetter möchte Euch sprechen, Herr. Er wartet vor dem Zelt." Überrascht eilte Otto nach draußen. „Welch eine Überraschung, Eckehart mal wieder im Heerlager des Kaisers!" Befangen lächelte ihn der Angesprochene an, sein ganzer Körper drückte pure Verlegenheit aus. Trotzdem erwiderte er Ottos herzliche Umarmung. „Ist etwas geschehen? Stimmt mit Egbert was nicht?", platze es deshalb heftiger als beabsichtigt aus Otto heraus. „Nein, keine Sorge mein Vetter! Deinen Kindern geht es allen gut. Jeder von uns gibt sein Bestes, auch wenn wir dich so selten zu sehen bekommen. Auch die Geschäfte mit der Pferdezucht blühen. Johann ist ein begnadeter Pferdekenner und -züchter. Nun wollte ich einmal nach dir sehen!" Otto lächelte beschämt. Musste ihn sein Vetter erst daran erinnern, dass er Vater war und Kinder hatte, die auf ihn warteten. „Eckehart, du musst wissen, dass ich mich seit Susannes Tod davor fürchte nach Hause zu kommen. Aber ich will mich bessern. Heinrich beschließt gerade Frieden mit den Sachsen. Danach wird unsere Welt besser werden, werden Kriege, Raub und Mord der Vergangenheit angehören. Dann komme ich auch wieder öfter nach Hause." Dankbar lächelte der Heiler seinen Vetter an und zog ihn gleichzeitig mit sich. „Wo können wir in Ruhe sprechen?", erkundigte er sich dabei, „wo kann uns niemand belauschen." Otto sah seinen Vetter ratlos an. „Was hast du denn auf den Herzen?", wunderte er sich. Sie verließen das Lager und folgten dabei dem Lauf der Bode, bis sie sich auf einer schneebedeckten Wiese wiederfanden. „Einsam genug?", erkundigte sich Otto, worauf sie sich am Rand der Wiese auf einem umgeknickten Baumstamm niederließen. Eckehart nickte zustimmend. Nachdem er sich gesammelt hatte, begann er schließlich zu erzählen: „Otto, du musst es mir glauben, aber ich habe wahrhaftig dem alten Glauben und den alten Göttern abgeschworen. Nicht umsonst habe ich das Gottesurteil auf mich genommen. Doch seit einem Jahr habe ich wieder Visionen, ohne dass ich dafür etwas tue. Es reicht aus, dass ich in die Flammen meines Herdfeuers starre. Dann höre ich plötzlich Stimmen, sehe Bilder, versinke in eine andere Welt." Otto schwieg zunächst betroffen. Endlich antwortete er: „Weißt du, schon unser Großvater hatte solche Visionen und auch Heilige erfahren auf diesem Weg Gottes Wille. Sorge dich nicht. Führe weiterhin ein gottgefälliges Leben und vergiss die Furcht vor der Hölle." In Eckeharts Augen leuchteten Hoffnung und Dankbarkeit auf, Tränen der Erleichterung flossen über sein Gesicht. „Danke Vetter für deine weisen Worte. Du hast meine Seele wieder gestärkt. Übrigens", erzählte er nach einer kurzen Unterbrechung weiter, „habe ich in meiner letzten Vision einen alten Freund von dir gesehen, Graf Wiprecht von Groitzsch." Otto versuchte sich uninteressiert zu zeigen, doch schließlich gewann die Neugier. „Ach, der Groitzscher? Hatte er wieder Heinrich das Leben gerettet oder mit bloßen Händen gegen einen Löwen gekämpft?" Otto lachte nervös. Doch Eckehart sah ihn ungemein ernsthaft an, als er antwortete: „Ich sah den Grafen völlig allein mit einem Schwert in der Hand, von dem noch Blut tropfte. Um ihn herum war völlige Finsternis. Plötzlich schien der Graf zu bemerken, dass er knietief im Blut stand, er begann nach Hilfe zu schreien. Da öffnete sich der Himmel und ein Engel erschien. Er reichte dem Grafen die Hand und zog ihn auf einen Hügel. Doch gleich darauf nahm er ihm seine Waffen und Rüstung ab und ließ ihn im Büßerhemd zurück." Erleichtert schlug Otto seinem Vetter auf die Schulter. „Das möchte ich noch erleben! Graf Wiprecht von Groitzsch im Büßerhemd!", rief er lachend. Eckehart empfand Ottos Reaktion als unangemessen, wieso er ihn tadelnd ansah. Der Ritter allerdings bekräftigte nochmals seinen Standpunkt: „Glaub mir, du hattest keine Vision. Das war nur ein Wunschtraum. Der Groitzscher im Büßerhemd? Unmöglich!" Aber der Heiler war nicht zu belehren. Trotzig entgegnete er: „Er hatte es aber wirklich angezogen und sich auch sogleich mit einem Wanderstab auf den Weg gemacht." Ungläubig schüttelte Otto den Kopf: „Der Graf von Groitzsch als Heiliger? Das ist nicht möglich!" So beharrte jeder auf seine Denkweise. Wortkarg liefen sie am Ufer der Bode zum Lager zurück.

Inzwischen war die Wintersonne blutrot hinter dem Horizont verschwunden und hatte dem kühlen Nachtfrost das Zepter übergeben, weshalb die vereiste Schneedecke unter ihren Füßen bei jedem Schritt mit einem knirschenden Geräusch zusammenbrach. „Kein Wetter für Spitzel und Spione", wollte Otto seinem Vetter aufmunternd zurufen, als er hinter einer dicken Weide eine Gestalt entdeckte, die sich an den Stamm gepresst hatte. Sofort bereute er seine Sorglosigkeit, auch wenn es sich bei diesem Spitzel nur um Adalbert, seinen Knappen, handelte. „Komm vor", rief er ihm zu, „du bist schon längst entdeckt!" Mit verlegenem Gesicht tauchte der Knappe hinter der Weide auf. „Ich wollte das Anschleichen üben, aber bei diesem harschen Schnee ist das unmöglich", entschuldigte er sein Verhalten. „Wie willst du jemals die Ritterprüfung bestehen?", stöhnte Otto sichtlich genervt.

Kloster Wendhusen
– 07. Februar 1086 –

loster Wendhusen, erbaut um das Jahr 825, erwies sich als eine kompakte Anlage und bot deshalb seinen Stiftdamen ein hohes Maß an Schutz und Sicherheit. Die Gründung des Klosters ging auf Gisela, die älteste Tochter des ostfälischen Grafen Hessi, zurück. Diese war bereits frühzeitig verwitwet, weshalb sie ihr Leben dem Bau mehrerer Klöster gewidmet hatte.

Heinrich schritt im Schutz seiner Ritter auf die Stiftskirche zu, wo das vereinbarte Treffen mit einem Gottesdienst eröffnet werden sollte. Die Schritte der Männer hallten blechern von den steinernen Wänden zurück und übertönten dadurch fast den leisen Chorgesang der Damen. Interessiert sah sich der Kaiser in dem einschiffigen Saal, der von einer hufeisenförmigen Apsis abgeschlossen wurde, um. Zahlreiche brennende Kerzen spendeten dem Kirchenschiff etwas Wärme und verliehen dem Raum eine festliche Atmosphäre. Eine handbestickte Decke schmückte den Altar und erinnerte Heinrich unwillkürlich an seine Schwester Adelheid, die im nahen Quedlinburger Stift Äbtissin war. Vor dem Altar stand der Erzbischof Wezilo mit vor Stolz geschwollener Brust und begrüßte die kaiserliche Delegation. Kaum hatte er dem Kaiser seinen Platz zugewiesen, öffnete sich erneut die Tür und eine zweite Gruppe, nämlich die Vertreter der Sachsen, betrat das Kirchenschiff. Gleich darauf begann der Gottesdienst. Im müden Licht der Morgenstunden hatte er begonnen, im warmen Licht des Mittags sprachen sie das abschließende Amen und die Äbtissin lud ihre Gäste zu einem gemeinsamen Mahl ins Refektorium ein. Doch während die meisten Gäste der Einladung sofort nachkamen, zogen sich zwei von ihnen in den Kreuzgang zurück. Heinrich war froh, endlich wieder ein paar Schritte gehen zu können. Aber nicht nur sein Körper sehnte sich nach Bewegung, auch seine Seele rief nach Ablenkung, nach neuen Eindrücken. Fast hatte er den viereckigen Innenhof vollständig umrundet und mit Interesse die Bögen und das Gewölbe des Kreuzganges studiert, als er hinter einer Säule fast mit einem Mann zusammengestoßen wäre, der dort verharrte. Dem Anschein nach hatte der ihn erwartet, denn wie eine Säule stand er starr auf seinem Platz. Der Mann war von hoher Statur, gut beleibt und er trug das kostbare Gewand eines Bischofs. Am lebhaftesten an ihm waren seine klugen Augen, die den Kaiser von oben bis unten taxierten. Zu seinem Verdruss konnte der Bischof an seinem Gegenüber keinen Makel erkennen. Ebenfalls hochgewachsen, mit einer schlanken und trotzdem kräftigen Figur, sah ihn der Kaiser mit einem durchdringenden Blick prüfend an. Gewiss hätten sie beide ehemals gute Freunde werden können, aber dieser Salier traute den Herzögen, Grafen und Bischöfen nicht. Er hatte ihre Politik immer schnell durchschaut und ebenso schnell gehandelt. Aus diesem Grund standen sie nun auf verschiedenen Seiten. Heinrich brauchte nicht lange, um seinen einstigen Lehrer wiederzuerkennen. Für den Bruchteil einer Sekunde wollte sich bei ihm Freude einstellen, pure Wiedersehensfreude, doch die Last der vergangenen Jahre wog schwerer, weshalb er sein Gegenüber eher kühl begrüßte: „Bischof Burchard von Halberstadt, ein so überraschendes Wiedersehen mit Euch? Dabei waren wir uns in den letzten Jahren oft so nahe gekommen und sind uns doch nie begegnet. Ich sehe, Ihr seid bei bester Gesundheit." Bucco lächelte ein falsches, schiefes Lächeln, denn wieder einmal war ihm Heinrich zuvorgekommen. „Majestät", erwiderte er schließlich, „ich wollte mich persönlich bei Euch bedanken, dass Ihr dem Vertrag mit den Sachsen zugestimmt habt. Ich hoffe, dass nun endlich Eintracht einkehrt. Nur Euer Vetter, Markgraf Ekbert von Meißen, gibt immer noch keine Ruhe. Er stänkert heute hier und morgen dort herum." Nun ließ auch Heinrich ein zartes Lächeln in seinem Gesicht aufblühen. Er hatte durchaus verstanden, dass Bucco die Festsetzung des Markgrafen zu gern gesehen hätte. „Dem Grafen wurden sämtliche Güter entzogen, er wird jetzt kaum noch Verbündete finden.", antwortete er darauf. „Kommt, lasst uns lieber zur Tafel gehen." Bucco nickte zustimmend, auf seinem Gesicht aber lag eine große Nachdenklichkeit.

Bis vor kurzem hatte er den Friedensvertrag mit Heinrich als Sieg für die Sachsen gewertet. Allerdings hatte diese Begegnung alle Zweifel aufs Neue geweckt. Würde sich der Salier an Wort und Text gebunden fühlen? Ein schwerer Stoßseufzer glitt durch Buccos Brust. Wie viele gute, brave Männer hatten ihr Leben hingegeben, um diesen Mann vom Thron zu stürzen. Vergebens! Alles war vergebens gewesen, lediglich einen Friedensvertrag hatten sie erzwingen können! „Mit der Friedensvereinbarung haben die

Sachsen nun fast alle ihre Wünsche erfüllt bekommen. Das muss Euch doch sehr glücklich machen", erkundigte sich der Kaiser und sah dabei seinen einstigen Widersacher fragend an. „Natürlich stimmt mich das froh", antwortete Bucco, „allerdings hättet Ihr die Forderungen auch schon damals in Goslar akzeptieren können." In Heinrichs Augen traten kleine gefährliche Flämmchen, als er erwiderte: „Aber mein lieber Bischof, dann hättet Ihr alles verloren, wo doch die Sachsen sogar ihre alten Götter wiederhaben wollten. Habt Ihr das schon vergessen?" Entgeistert starrte Bucco seinen Gesprächspartner an. Er hasste Situationen, die ihn sprachlos machten, weshalb er verzweifelt nach einer passenden Antwort suchte. „Also habt Ihr die Sachsenkriege nur für mich geführt?", brummte er schließlich leise. „Nur für Euch, lieber Bischof! Gehen wir jetzt zur Tafel?", fragte der Kaiser lachend.

Endlich betraten beide, Seite an Seite, das Refektorium, in dem sie die versammelte Menge schon längst erwartete. Hoffnungsfrohe Blicke begleiteten Kaiser und Bischof zu ihren Plätzen und in allen wuchs die Zuversicht auf eine friedliche Zukunft.

Nur einer fehlte bei diesem Treffen. Otto bereute, nachdem ihn sein Vetter am Abend vorher tief geknickt wieder verlassen hatte, seine Worte. Kurzentschlossen teilte er Adalbert mit: „Ich reite heute in die Klusberge und bin gegen Abend wieder zurück. Du wirst dich wohl lieber auf deine Schwertleite vorbereiten wollen." Der Knappe verstand sehr wohl, was ihm sein Ritter damit sagen wollte. Trotzdem entschied er: „Ich habe mich nun lange genug auf diesen Tag vorbereitet, weshalb ich Euch lieber begleiten würde." Otto war einverstanden, da es auf jeden Fall sicherer war, zu zweit durch die Gegend zu reiten.

An diesem Morgen waren sie gemeinsam mit dem Tross des Kaisers bis zum Kloster Wendhusen gereist, wo sich schließlich ihre Wege trennten und Ritter und Knappe nordwärts weiter ritten. Bald tauchte vor ihnen eine Kette von bewaldeten Hügeln auf, hinter denen sich das Dörfchen Börnecke versteckte. Als sie bald darauf Eckeharts Hütte erreicht hatten, klopfte dem Ritter vor lauter Vorfreude das Herz heftig in der Brust. Wie würde ihn wohl sein Sohn Egbert empfangen? Würde er seinen Vater wiedererkennen? In diesem Augenblick öffnete sich die Tür der Hütte und ein Kind mit schlaksigen Armen und Beinen und großen fragenden Augen erschien im Türrahmen. Dieser fragende Blick ließ Otto stehen bleiben. „Egbert, bist du es?", sprach er das Kind verwundert an. Hinter dem Jungen erschien der Vetter, der bereits wieder ein Lächeln auf den Lippen trug. „Erkennst du deinen eigenen Sohn nicht mehr? Es wird wohl Zeit, dass wir wieder einen Familientag einlegen. Lasst uns gemeinsam in die Klusberge reiten!", rief er frohgelaunt. „Warum nur müssen Kinder auch so schnell groß werden?", stöhnte Otto, „da hat man es wirklich nicht leicht. Aber zu einem Familientag gehört auch noch Bruno. Ich werde ihn von Adalbert holen lassen." Eckeharts Lächeln hatte sich inzwischen zu einem breiten Grinsen gewandelt, als er erklärte: „Otto, ich habe bereits vorgesorgt. Als ich vom Kommen des Kaisers hörte, sind Egbert und ich sofort zur Burg Ilseburg aufgebrochen und haben Bruno abgeholt." Bei diesem Worten schob er den Zwölfjährigen durch die Tür. Für einen Moment blieb dem Ritter die Luft weg, fassungslos starrte er den Jungen an. „Mein Gott", stöhnte er, „komm zu mir, mein Sohn!" Und schon lagen sich die beiden in den Armen. „Wie gefällt es dir auf der Ilseburg?", erkundigte sich sogleich der besorgte Vater. „Sehr gut, Vater", schwärmte Bruno, „als Page kann ich dort viel lernen. Und jeden Abend erzählen sie auf der Burg Heldenge-schichten vom Kaiser und von Euch. Dann bin ich immer sehr stolz und glücklich." Otto streichelte seinem Sohn dankbar über den Kopf und zog dabei auch Egbert zu sich heran. Es war ein seltener Moment, den sie alle drei fest in ihre Herzen einschlossen.

„Auf in die Klusberge", rief Eckehart antreibend, „wir werden bereits erwartet!" Otto sah seinen Vetter erstaunt an: „Du hast mir gestern kein Wort davon gesagt und heute behauptest du, dass man uns bereits erwarte!" Das Lächeln im Gesicht des Heilers verschwand. Eindringlich beschwö-rend sah er nun seinen Vetter an: „Ich hatte noch eine weitere Vision, die hat sich soeben erfüllt. Also wird sich auch die andere Vision erfüllen. Es muss ja nicht gleich morgen sein." Nachdenklich wiegte Otto seinen Kopf: „Na gut, warten wir es ab. Aber wenn ich vorher sterben sollte, hast du verloren." Ein dröhnendes Männerlachen, das sogar Mimi aus dem Haus lockte, war die Antwort.

Gemeinsam ging es wenig später in die Klusberge zum Rest der Familie, wo sie zusammen einen glücklichen Tag verlebten. So brachte es Otto am Abend dann auch nicht übers Herz, zurück zum Lager des Kaisers zu reiten. „Gleich morgen früh, nach einer gemeinsamen Mahlzeit mit den Kindern", versprach er seinem Knappen Adalbert, „geht es wieder zurück." Als Adal-bert das Glück in den Augen des Ritters sah, verstand er und freute sich für ihn.

Sie blieben und als am nächsten Morgen der erste Hahnenschrei über den Hof flog, versammelte sich nochmals die ganze Familie in der guten Stube. „Danke liebe Schwester", raunte Otto Edda, der guten Seele der Fa-milie, zu, „ich wüsste nicht, wie ich das ohne dich schaffen könnte." Edda strahlte ihn an, als sie ihm zur Antwort gab: „Du hast mir eine Familie geschenkt und dafür danke ich dir. Und falls du wieder heiraten willst, können die beiden Jüngsten bei mir bleiben." Otto erstarrte für einen Moment. „Heiraten? Du hast ja Einfälle!", rief er ihr zu. „Ich kenne da einige gutgestellte Witwen in Halberstadt. Da ließe sich sicher was arrangieren", antwortete sie im tiefsten Ton der Überzeugung. Selbst Tante Gudrun hatte Eddas Vorschlag eifrig zugestimmt, obwohl sie altersbedingt sonst die meiste Zeit geistesabwesend auf die Tischplatte starrte. Allerdings ließ sich der Ritter nicht weiter in die Hochzeitspläne der Frauen einbeziehen. Bis zum heutigen Tag hatte er daran keinen einzigen Gedanken verschwendet und das sollte auch so bleiben. Und doch hatte seine Schwester eine kleine Tür geöffnet und in dieser erschien ihm Watelinde, seine kleine Waldfee. Wie ein störendes Spinnennetz wischte sich Otto den Gedanken mit einer Handbewegung von der Stirn. Darauf raffte er eilig seine Habseligkeiten zusammen, verabschiedete sich von den seinen und flog im Galopp wieder auf Thale zu. Nach einem letzten Ritt erreichten die beiden wieder das Heerlager, das sich bereits in Auflösung befand. „Brecht euer Zelt ab, wir müssen nach Bayern ziehen", erfuhr Otto postwendend von den anderen Rittern. Adalbert konnte seine Enttäuschung nicht verbergen. „Wieder wird es nichts mit meiner Schwertleite. Ich werde wohl der ewige Knappe bleiben", murrte er. „Du bist gerade mal 20 Jahre alt, also hast du noch genügend Zeit.", widersprach Otto im belehrenden Tonfall.

Einen halben Tag später, nachdem das Heer des Kaisers abgezogen war, fiel Neuschnee und löschte alle äußerlichen Spuren der Begegnung aus. Zurück blieb ein Bild tiefsten Winterfriedens.

Mainz

– 22. Dezember 1087 –

n wenigen Tagen sollte das Weihnachtsfest gefeiert werden, doch die Bewohner der Kaiserpfalz plagten Sorgen. Seit den frühen Morgenstunden tobte ein Wintersturm über Mainz und schien die Stadt unter einer Decke aus Eis und Schnee begraben zu wollen. Eiskristalle verzauberten die Wände im Dom sowie in den unbeheizten Räumen der Pfalz. In einem der Zimmer, in der Kemenate der Kaiserin Bertha, hüteten die Bewohner besonders achtsam das Feuer. Diese ruhte ausgestreckt auf ihrer Bettstatt. Seit einiger Zeit fesselten Fieberanfälle die 36-Jährige immer wieder ans Bett, die der Medicus mit Wadenwickel und Aderlass behandelte. Trotzdem wollte sich keine Heilung einstellen. Doch an diesem Morgen fühlte sie sich stark genug, um mit den Hofdamen ein wenig zu plaudern. Da erschien Tochter Agnes im Zimmer und trat an das Bett der Kranken. „Wie geht es dir heute Morgen, Mutter? Hast du schon gefrühstückt?", erkundigte sie sich besorgt. „Mir geht es gut", antwortete Bertha, „aber essen möchte ich nichts." Agnes lächelte weise: „Ich habe da aber etwas besonders für dich. Dazu kannst du nicht nein sagen!" Die Kaiserin versuchte es mit einem strengen Blick, als sie entgegnete: „Gewiss doch. Täubchenbrühe. Du meinst es gut mit mir, wie auch alle anderen. Aber ich kann nicht." Aber Agnes ließ nicht locker: „Stell dir vor, Mutter, du sitzt an einer großen Festtafel, wie im Oktober bei meiner Hochzeit, und wir essen jetzt gemeinsam das Menü – Täubchensuppe! Mach es mir zu Liebe!" Bertha lief eine Träne über die Wange: „Dir zu Liebe. Du warst eine wunderschöne Braut." Nach und nach gelang es Agnes, ihr einige Löffel Brühe einzuflößen. Dabei plauderte die junge Frau von ihren Plänen an der Seite des Schwabenherzogs Friedrich. Die Kaiserin unterbrach plötzlich ihre Tochter: „Du kennst doch bestimmt Ritter Otto von den Klusbergen?

Weilt er noch am Hof?" Aber Agnes hatte schon zu lange fern vom Hof gelebt, um die Antwort zu kennen. „Tut mir leid", antwortete sie enttäuscht, „aber da musst du andere fragen." Bertha begriff, dass sie ihre Tochter verletzt hatte, weshalb sie erklärend ergänzte: „Ich hatte eine Zeitlang die Schwester des Ritters als Hofdame. Nun würde ich gern wissen, was aus ihr geworden ist, denn ich habe einiges an ihr gutzumachen." Agnes verstand den Wunsch der Mutter, denn sie hatte sich immer sehr für ihre Untertanen eingesetzt. Viele Schenkungen im Reich gingen auf ihre Initiative zurück. „Du solltest Vater fragen. Bestimmt weiß er Bescheid.", riet sie der Mutter und streichelte dabei ihre Hände. Bertha schloss zufrieden die Augen und schlief im gleichen Moment ein. Als sie die Augen wieder öffnete, sah sie in Heinrichs besorgte Gesicht. „Du musst schnell gesund werden, damit wir alle gemeinsam Weihnachten feiern können", flüsterte er ihr zu. Bertha lächelte ihm mutig zu, sie wollte ihn nicht enttäuschen. Da fiel ihr wieder ihre Frage ein: „Ist Ritter Otto schon in Sachsen? Ich wollte von ihm wissen, was aus seiner hübschen Schwester Edda geworden ist. Gewiss braucht sie unsere Hilfe. Ich finde, sie sollte ihren Schmuck zurückerhalten, den ihr ihre Mutter, deine Schwester, vermacht hatte. Ich bin es dem Mädchen und Otto schuldig. Sie haben so viel für uns getan." Jetzt ergriff auch Heinrich ihre Hände und erklärte mit mahnender Stimme: „Du sollst dich nicht immer um andere sorgen! Ich kann dir aber berichten, dass es ihr gut geht. Sie lebt in den Klusbergen und umsorgt Ottos Kinder. Sie selber hat auch einen Jungen. Und wenn du es wünschst, soll sie den Schmuck zurückbekommen." Zufrieden drückte die Kaiserin die Hand ihres Gatten. „Das ist gut", sprach sie leise, „doch der Ritter sollte sich wieder ein Weib nehmen. Auch du darfst mal nicht alleine bleiben. Versprich es mir!" Verwundert sah sie der Kaiser an. „Alleine bleiben?", wiederholte er, „warum sagst du so etwas?" „Hast du nicht auch in den letzten Tagen die Krähen gehört? Sie sind die Boten des Todes." Darauf schwieg Heinrich, er konnte ihr schwer widersprechen. Erneut nahm sie das Gespräch wieder auf: „Was wollen wir klagen? Wir hatten eine gute Zeit. Unser Sohn Konrad ist seit Mai dein Mitregent und die Fürsten, auch die sächsischen, unterstützen dies geschlossen. Agnes ist vermählt mit Friedrich von Staufen, dem Schwabenherzog, deiner rechten Hand, wenn du unterwegs bist. Ja, du hast immer noch Feinde, aber die Städte und die Bauern stehen fest hinter dir, mein Gemahl. Was wollen wir mehr?" Heinrich begriff, dass Bertha ihn auf ihren Tod vorbereiten wollte. „Ich möchte, dass du mit mir alt wirst, dass wir uns gemeinsam an den Taten unserer Kinder und Enkel erfreuen können, dass wir nach den langen Jahren des Kämpfens und Ringens unseren Frieden genießen können", antwortete er mit Trauer und Zorn in der Stimme. Bertha versuchte sich aufzurichten, um ihren Gatten zu trösten. Doch die Kräfte versagten ihr. „Bleib liegen, du hast dir die Ruhe verdient", sprach er besorgt. Erschöpft schloss die Kaiserin die Augen, sie wollte sich nur einen Moment ausruhen.

Als sie sie wieder öffnete, war Heinrich verschwunden. Sie ahnte, dass sie lange geschlafen hatte. „Es hilft dem Körper, wenn er viel Schlaf bekommt", erklärte die Pflegerin und tupfte ihr dabei die Stirn mit einem Tuch ab. „Der Sturm hat nachgelassen, es ist so ruhig geworden", stellte Bertha fest, nachdem sie eine ganze Weile in die Stille gelauscht hatte. „Ja", antwortete die Pflegerin, „der Orkan ist vorbei und man kann jetzt sogar die Sterne sehen." „Ist es denn schon Nacht? Habe ich so lange geschlafen?" Die Pflegerin nickte und eilte darauf zur Tür. „Sag dem Kaiser Bescheid, dass die Kaiserin jetzt aufgewacht ist", flüsterte sie dort einem Wachsoldaten zu. Kurze Zeit später öffnete sich behutsam die Tür und Heinrich schlich zum Bett der Gemahlin. „Bist du endlich wieder munter? Ich war schon sehr besorgt", raunte er ihr zärtlich zu. Bertha lächelte, doch die grauen Schatten um ihre Augen zehrten das Lächeln auf und gaben ihrem entkräfteten Gesicht einen düsteren Ausdruck. „Trägst du mich zum Fenster? Ich möchte die Sterne und vor allem den Weihnachtsstern sehen", bettelte sie mit schwacher Stimme. Heinrich ließ sich eine warme Decke reichen, in die er sie warm einpackte und trug sie anschließend ans Fenster. „Wie leicht sie geworden ist", stellte er dabei erschrocken fest. „Zeig mir den Stern von Bethlehem!", bettelte Bertha erneut. Inzwischen zog die Winterkälte in den Raum. „Wir müssen uns beeilen, sonst hast du bald Eiszapfen an der Decke", erklärte er schon mit Panik in der Stimme. Doch endlich entdeckte er den Stern der Hoffnung am Firmament: „Sieh, dort ist er, ein Stern so schön wie du". Bertha sah gebannt zum Himmel. Dieses Bild wollte sie in ihrem Herzen bewahren. Sie schloss die Augen und flüsterte: „Trag mich zurück und lass den Erzbischof holen. Ich will die Beichte ablegen, bevor es zu spät ist."

Mit zitternden Knien trug er sie zu ihrem Bett, drückte dabei ihr Gesicht an das seine und flehte: „Du darfst nicht sterben. Bleib bei mir, meine Liebste!" Aus Berthas müden Augen flossen Tränen, die sich mit seinen mischten. „Danke für das Leben an deiner Seite, auch wenn du es eigentlich nicht wolltest. Trotzdem danke ich dir für alles", sprach sie mit leiser, brüchiger Stimme und mit einem Funkeln in den Augen riet sie abschließend, „Sei behutsam bei der Wahl der neuen Kaiserin. Du hast darin wenig Erfahrung! Ich denke dabei nur an Marianka, die schöne Polin." Eine leichte

Röte flog über Heinrichs Antlitz und um die peinliche Situation zu überspielen, erzählte er ihr: „Stell dir vor, ihr Vater, König Boleslaw, soll nach seiner Untat zum Papst gepilgert sein, um Vergebung zu erlangen. Doch Gregor war empört und hat erklärt, dass er erst dort Ruhe finden werde, wo das Wasser bergauf fließt. In Kärnten hat er darauf als stummer Diener bis zu seinem Ende in einem Kloster gelebt."

„Weil das Wasser dort aufwärts fließt?", erkundigte sich Bertha kaum hörbar, wobei im gleichen Moment der Erzbischof eingetroffen war. Sie beteten gemeinsam und im Anschluss sollte die Kaiserin die Beichte ablegen. Doch da war sie bereits wieder eingeschlafen. „Sie ist sehr schwach, wir können nur warten, bis sie wieder aufwacht", entschuldigte Heinrich die Kranke. „Es geht zu Ende", flüsterte der Medicus dem Kaiser zu, „sie hat nicht mehr lange zu leben." Heinrich strafte ihn mit einem bitterbösen Blick und rief: „Dann tut etwas, helft ihr! Sie darf nicht sterben!", worauf der Medicus nur hilflos die Arme hob. Als Bertha Stunden später wieder die Augen öffnete, atmeten alle Anwesenden erleichtert auf. Sie lächelte Heinrich tröstend an, ergriff seine Hände, die sie fest umklammerte und ließ sich dabei die Beichte abnehmen. Nach einem letzten kurzen Gebet schloss sie erschöpft die Augen, um sie nie wieder zu öffnen. Aber noch immer umklammerten sie Heinrichs Hände. „Ihr habt ihr Halt gegeben beim Eintreten in die Welt des Todes. Seht nur ihr glückliches Gesicht", offenbarte der Erzbischof seinem Kaiser. Erst jetzt begriff Heinrich, was geschehen war. „Lasst die Totenglocken läuten, um unsere Kaiserin zu ehren", ordnete er daraufhin an, „außerdem verkünden wir ihr zum Gedenken den Reichsfrieden!"

Darauf bedeckte er ihr Antlitz mit einem Leichentuch. Mit den Worten: „ich brauche jetzt mein Zwiegespräch mit Gott", verließ er verzweifelt das Sterbezimmer.

Als die Totenglocken im Land läuteten, weinte ein Volk um seine geliebte Kaiserin. Ihre letzte Ruhe fand Bertha im Dom zu Speyer.

Halberstadt

– Mitte Februar 1088 –

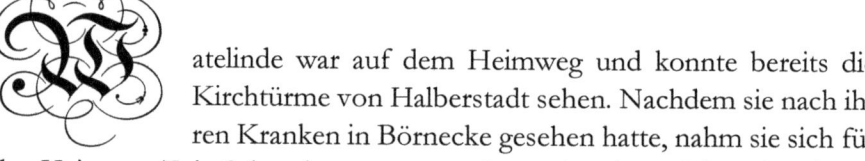atelinde war auf dem Heimweg und konnte bereits die Kirchtürme von Halberstadt sehen. Nachdem sie nach ihren Kranken in Börnecke gesehen hatte, nahm sie sich für den Heimweg Zeit. Schon lange wartete niemand mehr auf sie, schon lange hatten die Töchter ihr Heim verlassen. Anna hatte den Schleier genommen und lebte das Leben einer frommen Nonne, während Amalia den Sohn des Müllers der Regensteinmühle gefreit hatte. Sie hatte ihr sogar schon ein Enkelkind geschenkt, welches die Heilerin aber nur selten zu sehen bekam, und wenn, dann heimlich. Ihr Schwiegersohn wünschte keinen Kontakt zu ihr, der unheimlichen alten Kräuterhexe. Watelinde nahm es hin und fand ihre Erfüllung im Helfen und Heilen der Bedürftigen und Kranken. Sie musste eine Pause machen, weshalb sie stehen blieb und die schwere Kiepe, die mit Salben, Tinkturen und Kräutern gefüllt war, vom Rücken nahm. Obwohl es Fastenzeit war, holte sie ein Stück trockenes Brot hervor und biss ein großes Stück davon ab. Sollten doch die Pfaffen und Mönche fasten, sie brauchte ihre Kraft und konnte nicht den ganzen Tag hungern. Plötzlich lag ein Dröhnen in der Luft. Sie kannte das Geräusch nur zu gut! Ausgelöst vom Aufschlagen hunderter Pferdehufe näherte es sich ihr in eiligem Galopp. Schnell raffte sie ihre Sachen zusammen und suchte die Umgebung nach einem geeigneten Versteck ab. Doch außer einigen blätterlosen Büschen fand sich nichts Geeignetes. Dort hockte sie sich nieder, verschmolz dabei mit dem Grau ihrer Umgebung und wartete mit klopfenden Herzen auf den Reiterhaufen. Sie hatte Glück, niemand beachtete sie, alle hatten nichts anderes die nahe Stadt vor Augen. Bald wurde das Schlagen der Hufe leiser, bald erreichten die ersten Reiter Halberstadt. „Das geht nicht gut aus", ahnte die Heilerin und eilte bereits den Truppen hinterher.

Erste Rauchsäulen aus der Stadt bestätigten ihre Vermutung und ließen sie noch schneller laufen. Pure Angst und pure Verzweiflung trieben sie an. Sie musste nach Hause, nachsehen, ob dort noch alles in Ordnung war. Als sie schließlich die Stadt erreichte, erstarrte sie über das Ausmaß der Zerstörung. Panisch rannten die Menschen umher und versuchten ihre Habe zu retten, denn Feuer waren bereits dabei ein Haus nach dem anderen zu verschlingen. Nur die niedrigen Temperaturen und der überall herumliegende Schnee dämpften das Tempo der Ausbreitung, weshalb Watelinde den Eimer schleppenden Menschenketten eine Chance gab. Sie selber musste weiter. Doch sie kam nur bis zum Domplatz, denn die unbekannten Reiter hatten die Straßen abgesperrt. Hilflos sah sich die Heilerin um, aber es gab keinen Ausweg für sie, sie musste bleiben.

Währenddessen erschien Bischof Burchard II. auf der anderen Seite des Domplatzes, vor seinem Wohnsitz. Auch in seinem Blick lag eine gehörige Portion Fassungslosigkeit, die augenblicklich in Wut umschlug. „Was soll das, Markgraf", polterte er mit lauter Stimme, „warum überfallt Ihr diese Stadt? Waren wir nicht einmal Verbündete?" Markgraf Ekbert grinste, wodurch sich sein schmales Gesicht zu einer unsympathischen Fratze verzog. Dabei bewegte er sich auf Bucco zu: „Unser Bündnis ist Geschichte, Ihr habt mich doch verraten", rief er aufgebracht. Bucco versuchte zu beschwichtigen, denn er wollte vor all diesen Menschen nicht als Meineidiger dastehen. „Kommt rein! Dann können wir in Ruhe reden." Während die Männer in das Dunkel des Flures eintauchten, zogen bereits erste dichte Rauchschwaden über den Platz. Derweil betete Watelinde, dass die Halberstädter die Feuer löschen konnten.

„Was beabsichtigt Ihr mit diesem Überfall?", brüllte Bucco los, kaum dass sie in sein Zimmer eingetreten waren. Wieder verzog der Graf sein Gesicht zu einem Grinsen, bevor er erklärte: „Ich fordere, dass Ihr Euch dem Kaiser unterwerft! Tut Abbitte, ansonsten zerstören wir diese Stadt vollständig. An Euch ist es, endlich Frieden zu schaffen." Bucco starrte den Graf sprachlos an, erst nach und nach konnte er wieder zusammenhängend denken: „Was habt Ihr davon, wenn ich mich dem Kaiser unterwerfe? Ihr seid gebannt und habt alles verloren!"

„Durch Eure Schuld", rief der Markgraf, „und ich will alles zurückhaben. Ihr seid der Preis dafür, Eure vollständige Unterwerfung!" Bucco dämmerte es, doch alles in ihm wehrte sich gegen die Vorstellung, Heinrich um Vergebung bitten zu müssen. Außerdem hatten sie doch mit dem Friedensschluss von der Bode alles ganz gut geregelt. „Ich brauche Bedenkzeit! Seit 15 Jahren stehe ich im Widerstand zum Kaiser, da kann ich nicht von einem

Moment zum anderen die Meinung wechseln. Rufen wir einen Hoftag zu Goslar ein, dort können wir uns beraten." Der Markgraf starrte Bucco feindselig an, Blitze schossen aus seinen zusammengekniffenen Augen. „Noch heute schickt Ihr Boten mit der Einladung raus! Denkt daran, dass ich jederzeit wiederkommen kann.!" Ohne weiteren Gruß verließ er den Bischof, den Kopf des Widerstandes gegen Heinrich IV.

Gebannt hatte Watelinde die ganze Zeit auf das Gebäude gestarrt, in dem der Fremde verschwunden war. Nun, als er wieder in der Pose eines glanzvollen Siegers erschien, dauerte es nicht lange, bis die Truppen abgezogen waren. „Wer war das?", erkundigte sich Watelinde bei einer der umstehenden Frauen. Allerdings konnte die ihr keine Auskunft erteilen. Dafür brummte ein Alter neben ihr, der das Schauspiel auf seinen Stock gestützt verfolgt hatte: „Das war Markgraf Ekbert von Meißen, einst ein Verbündeter unseres Bischofs. Jetzt steckt er unsere Häuser in Brand. Da läuft gewiss was schief." Darüber nachzudenken nahm sich die Heilerin nicht mehr die Zeit, sie wollte nur noch zu ihrem Haus. Immer noch lag schwerer, stickiger Brandgeruch in der Luft, der sie erneut antrieb, schneller zu laufen. Erst jetzt bemerkte sie, dass die Rauchsäulen an vielen Stellen der Stadt in den Himmel stiegen und so ihre immense Zerstörung bezeugten. Endlich erreichte sie die Gasse, kämpfte sich durch eine aufgeregte Menschenmenge, die immer noch mit dem Löschen der Feuer beschäftigt war. Jedoch, je weiter sie kam, desto wüster wurden die Schäden, die die Flammen angerichtet hatten. Ihre Hoffnung sank mit jedem Schritt und schließlich blieb sie erstarrt stehen. Ihr Haus war vollkommen ausgebrannt. Lediglich die verkohlten Balken bezeugten seine einstige Existenz. Alles was Watelinde noch besaß, trug sie in ihrer Kiepe auf dem Rücken. Wieder einmal ergriff sie eine überwältigende Wut auf Bucco und auf seinen einstigen Verbündeten. Tränen, auf denen die umherirrenden Rußflocken hängen blieben, liefen über ihr Gesicht und färbten ihre Haut schwarz. Erschöpft ließ sie sich auf den Steinstufen der Treppe nieder, ratlos was aus ihr werden sollte. Zu ihrer Tochter Amalia konnte sie nicht gehen, dafür war sie zu stolz, um sich vor der Tür abweisen zu lassen. Plötzlich erinnerte sie sich wieder an ein vor langer Zeit gegebenes Wort: „Geh in die Klusberge, wenn du nicht mehr weiterweißt. Dort wird man dir immer helfen." So hatte es Otto formuliert. Watelinde war hin- und hergerissen. Sollte sie es wagen und in das Haus der sächsischen Edlen gehen? Watelinde sah sich um. Überall konnte sie nur Not, Elend und Zerstörung entdecken. Das war kein Ort mehr zum Leben, sie musste weg. Ein weinendes Kind näherte sich ihr, die Hände ausgestreckt mit großen Brandblasen bedeckt. „Hilf mir Trude!", flehte das

Kind, „Kannst du mich heilen?" Die Heilerin sah das Kind erstaunt an und begriff. Die Leute sahen in ihr insgeheim die Trude, die weise Frau, die sich auf das Heilen verstand, so wie schon einst ihre Mutter. Ein dankbares Glücksgefühl durchströmte ihren Körper. Natürlich würde sie helfen! Einiges an Salben und Tinkturen befand sich noch in ihrer Kiepe und Nachschub würde sie sich von Eckehart besorgen. Mit neuem Tatendrang gestärkt machte sich Watelinde an die Arbeit. Es gab so viel für sie zu tun. Immer wieder wollten Menschen ihre Hilfe, dabei merkte sie nicht, wie die Zeit verging, wie der Tag verrann und sich dem Ende zuneigte, wie ihm nach und nach sein Licht erlosch. „Ich kann ihr nicht mehr helfen", erklärte sie, als man ihr eine weitere Verletzte brachte, „es ist dunkel geworden." „Trude, komm bitte mit, wir finden schon gemeinsam einen Platz, an dem es hell und warm ist", bat sie daraufhin der Begleiter der Frau. Watelinde konnte kaum noch denken, zu viel war an diesem Tag geschehen. Sie stimmte dem Mann zu und trottete der Gruppe, die nun ein sicheres Plätzchen inmitten des Chaos suchte, hinterher. Lange Zeit hatten sie kein Glück. Erst einige Straßenzüge weiter war die Stadt noch intakt, ihre Bewohner hatten sich jedoch verbarrikadiert, um den nicht enden wollenden Strom von Obdachlosen abzuwehren. „Gehen wir zum Kloster, dort wird man uns sicher helfen", schlug der Mann diesmal vor, „sonst müssen wir heute Nacht im Freien campieren." Und wieder trottete die Heilerin, von allen nur noch Trude genannt, der Menschengruppe hinterher. Dann sah sie auf dem Domplatz Feuer brennen, an denen sich die Menschen wärmten. Magisch von der Glut angezogen setzte sie sich an das erste Feuer, das sie erreichte. In ihrer Kiepe fand sie noch ein Stück Brot und etwas zu trinken. Sie teilte ihre Schätze mit den anderen Obdachlosen und schlief wenig später erschöpft ein. „Geh in die Klusberge", war ihr letzter Gedanke vor dem Eintauchen in die Welt der Träume. Halb erfroren, mit steifen Gliedern erhob sich Watelinde am Morgen von ihrem Lagerplatz. Vom Feuer war kaum noch etwas zu spüren, nur glimmende Asche war übriggeblieben. Sie warf neues Holz hinein und pustete vorsichtig in die Asche. Kleine bläuliche Flammen flackerten auf und fraßen sich in den Brennstoff hinein. Dankbar wärmte Watelinde ihre kalten Glieder, doch ein Blick in ihre leere Kiepe machte ihr augenblicklich wieder bewusst, wie prekär ihre Lage war. Es blieb ihr nur ein Ausweg. Watelinde stand auf, richtete ihre Kleider, band sich das Tuch neu und nachdem sie sich die Kiepe auf den Rücken gesetzt hatte, ging sie los, zielstrebig und fest entschlossen.

Sie war nicht die Einzige, die die Stadt verließ.

Mit ihr jagten Boten des Bischofs zu seinen Verbündeten in alle

Himmelsrichtungen aus, um sie nach Goslar zum Hoftag zu rufen. Selbst Bucco war bereits unterwegs, um den Gegenkönig Hermann I. persönlich über die neue Lage zu unterrichten.

Die Heilerin hatte wohl von allen den kürzesten, aber gleichzeitig auch den schwersten Weg vor sich. Bald stand sie vor dem ansehnlichen Herrenhaus, vor dem sie sich zum einen schrecklich fürchtete und zu dem es sie aber auch mit allen Fasern ihres Herzens hinzog. Das große Hoftor war noch geschlossen, aber dahinter vernahm Watelinde emsige Betriebsamkeit. Neben Knechten und Mägden, die sich anscheinend um das Vieh kümmerten, vernahm sie auch fröhliche Kinderstimmen. Zögerlich näherte sich die Heilerin der Pforte in dem großen Eichentor. Ein kleines Glöckchen ermunterte sie zum Läuten, doch beim Ertönen des glockenhellen Klanges zuckte sie erschrocken zusammen. Sie dachte daran wegzulaufen, sich zu verstecken oder sich unsichtbar zu machen. Noch ehe sie sich rühren konnte, wurde die Pforte aufgerissen und Kinderaugen starrten sie erschrocken an. Mit lautem Aufschrei ließen die Kinder sie im offenen Hofeingang stehen, während einer der Knechte seine Mistgabel abstellte, um dann auf sie zuzugehen. „Frau, was ist mit dir passiert", rief er lachend, „hast ja lauter Ruß im Gesicht. Kein Wunder, dass die Kinder vor dir weglaufen." Verunsichert wischte sich Watelinde über ihre Wange, darauf trat sie zwei Schritte näher. „Frag den Herrn, ob ich eintreten darf", rief sie dem Knecht, immer noch verunsichert, zu. „Wir haben eine Herrin", erwiderte der Knecht mit einer gehörigen Portion Stolz in der Stimme, „und die steht dort im Kreis der aufgeschreckten Kinder. Geh zu ihr!" Mit zaghaften Schritten bewegte sich die Heilerin auf die Freitreppe zu, wo eine junge Frau Kindertränen trocknete. Dort fiel Watelinde auf die Knie, sie war am Ende ihrer Kräfte. „Was ist dir passiert? Kann ich dir helfen?", hörte sie die Herrin wie durch einen Nebel sagen. „Halberstadt ist gestern durch Markgraf Ekbert von Meißen verwüstet worden. Dabei ging auch mein Haus in Flammen auf.", antwortete sie durch einen Schleier von Tränen, die auf ihrem Antlitz helle Spuren zurückließen. „Ritter Otto hat mir mehrfach angeboten, dass ich im Notfall hier Zuflucht finden kann", ergänzte sie nach einer Pause, in der sie nach Luft ringen musste. Somit entging ihr Eddas Reaktion, die die vermeintliche Alte mit einem skeptischen Blick musterte. „Sieh mich an und antworte mir ehrlich", sprach sie, nachdem sie sich Watelinde einige Schritte genähert hatte. „Woher kennst du Ritter Otto?" Die Worte klangen wie Peitschenhiebe, hart und erbarmungslos. Demgemäß zuckte sie zusammen und konnte erst nach einer erneuten Aufforderung Eddas den Blick wieder heben.

„Ich heiße Watelinde und bin seine Kebsfrau. Wir haben zwei Töchter zusammen, Anna und Amalia." Für einen kurzen Moment blieb auf dem Herrenhof die Welt stehen, bis Edda ihre Fassung wiedergefunden hatte. Sie lachte schrill auf. „Weib, du hast Glück. Ritter Otto ist noch da. Sobald er aus Börnecke zurück ist, kannst du das mit ihm selber klären. Du solltest dir den Ruß aus dem Gesicht waschen und in der Küche gibt man dir zu essen", redete sie im Dienstherrenton auf Watelinde ein, die dankbar nickte. Man hatte sie schließlich nicht mit den Hunden vom Hof gejagt, wie sie es von ihrem Schwiegersohn erwartet hätte. Wieder läutete das Glöckchen am Eingang, was Edda einen nervösen Seufzer entlockte. „Noch ein unerwarteter Gast", stöhnte sie laut genug, dass alle Umstehenden es verstehen konnten. Erneut eilte der Hofknecht zur Pforte, um sie zu öffnen. Für einen Moment schien er vor Überraschung zu erstarren, bevor er schließlich laut und vernehmlich rief: „Eine Bote des Königs!" Ein weiteres Mal stöhnte die Herrin des Hauses auf, zu der sich inzwischen auch die greisen Hofbesitzer, die die Neugier aus dem warmen Zimmer getrieben hatte, gesellten. „Gewiss will er zu Otto", vermutete Oheim Hubert und tapste dabei noch einige Schritte weiter in Richtung des Hofes, um dem Ritter entgegenzugehen. „Oheim, bleib stehen!", warnte Edda besorgt und hielt ihn dabei am Arm fest. Inzwischen hatte sich der Ankömmling vor der versammelten Gesellschaft aufgebaut, um sie mit einer untertänigen Verbeugung zu begrüßen. „Seid Ihr die einstige Hofdame Edda?", sprach er die junge Frau direkt an. Fassungslos betrachtete sie den Boten, dabei schien der Boden unter ihren Füßen zu schwanken. Erinnerungen an die Zeit als Hofdame zogen als bildhafte Fetzen vor ihrem inneren Auge vorbei. Eine Gänsehaut, die ihr über den Rücken lief, ließ sie frösteln. „Ihr wollt wirklich nicht zu meinem Neffen Otto?", erkundigte sich der verstörte Oheim beim Boten des Königs. Es war der Moment, in dem die junge Frau ihre Fassung wiederfand. „Tretet bitte ein. Dann können wir ungestört reden." Mit diesen Worten ließen die beiden den Rest der Familie verdutzt zurück.

Sorgfältig schloss Edda hinter sich die dicke Eichentür. Sie wollte bei diesem Gespräch keine Ohrenzeugen, das Misstrauen saß einfach zu tief. „Wer schickt Euch zu mir?", erkundigte sich Edda mit gepresster Stimme. Bevor der Mann antwortete, nahm er aus den Tiefen seines Gewandes ein kleines, in Tuch eingeschlagenes Päckchen heraus: „Ich bin im Auftrag des Kaisers unterwegs, der seine liebe Gemahlin kurz vor dem Weihnachtsfest verloren hat. Es war ihr Wunsch, dass ihr dies zurückbekommt." Edda hatte das Gefühl, auf einem Vulkan zu stehen, der jeden Moment explodieren konnte. „Sie gibt es mir zurück?", stammelte sie leise und Tränen, gleichermaßen gespeist aus Glück und tiefer Trauer, rannen ungehemmt über ihr Gesicht. Gerührt nahm sie der fremde Ritter in die Arme, um sie zu trösten. In diesem Augenblick betrat Otto das Zimmer. Irritiert betrachtete er die beiden Menschen, die von ihm kaum Notiz zu nehmen schienen. „Edda, was ist geschehen?", platzte es besorgt aus ihm heraus. Nachdem ihm seine Schwester alles berichtet hatte, befreite sie das Kästchen aus seiner Hülle und öffnete schließlich den Deckel. Schweigend betrachteten die drei den kleinen Schatz, bis Edda erklärte: „Es ist alles da und vollzählig. Sie hat nichts davon behalten. Richtet dem König meinen Dank aus." Erst jetzt wischte sie sich die letzten Tränen aus dem Gesicht und wandte sich mit einem verschmitzten Grinsen an Otto: „Auf dich wartet draußen auch ein Schatz! Ein altes, zerlumptes Weib will dich sprechen. Sie nennt sich Watelinde." Otto schoss die Röte ins Gesicht. Wie peinlich es war, von einem alten, zerlumpten Weib erwartet zu werden. Suchend sah er sich dann auch auf dem Hof um, doch außer den spielenden Kindern konnte er niemanden entdecken. „Wo ist die Alte geblieben?", erkundigte er sich bei Marie, seiner achtjährigen Tochter. „Die hockt in der Gesindeküche und lässt es sich gutgehen", lautete die Antwort des Mädchens, was ihr einen strafenden Blick des Vaters einbrachte.

Inzwischen hatte Watelinde ihr Gesicht von den Spuren des Brandes gereinigt und damit ihr natürliches Aussehen zurückgewonnen. Doch die Erlebnisse des letzten Tages und der eisigen Nacht hatten sie gezeichnet. Die schwarzen Augenringe ließen sich einfach nicht mit Wasser abspülen, weshalb Otto sogleich ahnte, was sie durchgemacht haben musste. „Mein Haus ist abgebrannt und zu Amalia kann ich nicht gehen. Ihr Mann hat zwar die Mitgift eingesteckt, aber mich jagte er wie eine Aussätzige vom Hof." Otto verstand und es machte ihn traurig Watelinde so zu sehen. „Bleib erst einmal hier. Eine Kammer für dich lässt sich finden. Später sehen wir weiter. Du kannst ja meiner Schwester zur Hand gehen.", entschied er spontan, wobei er bereits einen vagen Plan verfolgte.

Am nächsten Morgen reiste er gemeinsam mit dem Boten zu Heinrich zurück, was Watelinde mit großen Ängsten zur Kenntnis nahm. Trotz der widrigen Umstände wollte sie versuchen, hier eine neue Heimat zu finden, bis Ostern. Zu Ostern wollte Otto zurück sein.

Goslar

– Anfang April 1088 –

ndlich waren die Tage der Entscheidung, denen Bucco so lange entgegengefiebert hatte, gekommen. Die sächsischen Edlen sowie die kirchlichen Würdenträger hatten sich ausnahmslos zur Beratung zusammengefunden. Trotzdem loderte in Bucco noch immer die Flamme der Ungeduld, weshalb er versuchte, sich etwas Ablenkung zu verschaffen. Warum sollte er dem alten Kaiser unten in seiner Gruft nicht noch einen Besuch abstatten, auch wenn dort nur sein Herz bestattet war. Mit schmerzenden Knien hatschte er Stufe für Stufe tiefer in das Kellergewölbe der Pfalz, bis er schließlich vor dem Sarkophag Heinrich III. stand. Eine lebensgroße Skulptur des Kaisers schmückte den Steinsarg, in dem sich in einer untersten Vertiefung hinter einem kleinen Gitter sein Herz befand, während zu seinen Füßen sein Lieblingshund ewige Wache hielt. Ungewollt ergriff den Bischof eine tiefe Demut vor dieser ungewöhnlichen Begräbnisstätte, weshalb er trotz aller Schmerzen niederkniete und ein Gebet sprach. Schließlich sah er seinem alten Kaiser ins Antlitz. „Musstet Ihr so früh gehen, Herr!", platzte es ungewollt aus Bucco heraus, „Euer Sohn hat uns nur Ärger und Verdruss bereitet. Doch so, wie er hier schon lange nichts mehr zu sagen hat, wird er auch sein gesamtes Reich abgeben müssen!" Und nach kurzem Schweigen fügte er hinzu: „Hier, an Eurem Sarg, erneuere ich meinen Schwur von Forchheim. Ich werde nicht aufhören gegen ihn zu kämpfen, auch wenn es mich wie so vielen anderen das Leben kosten sollte!" Mit neuer Entschlusskraft gestärkt machte sich Bischof Burchard II. von Halberstadt mit brennenden Knien und brennenden Herzen auf den Rückweg, hoch in den Wintersaal, wo man ihn längst erwartete. Sofort fiel Buccos Blick auf Markgraf Ekbert von Meißen, den er inzwischen auf die Liste seiner ärgsten Feinde gesetzt hatte. In der Nähe des Markgrafen entdeckte er Graf Conrad von Beichlingen sowie weitere sächsische Edle, von denen er nicht sagen konnte, auf wessen Seite sie eigentlich standen.

Die Gruppe der kirchlichen Würdenträger führte der Erzbischof Hartwig von Magdeburg an, der seinen Nachfolger, Hartwig von Hersfeld, nach Abzug Heinrichs IV. aus Magdeburg wieder aus dem Amt gejagt hatte. Die Konferenz konnte beginnen. Zunächst ergriff der Markgraf von Meißen das Wort und warb nachdrücklich für eine Versöhnung der Sachsen mit dem Kaiser. Dabei war jedem bewusst, dass er sich damit die Rückgabe seiner Ländereien vom Kaiser erkaufen wollte. Bucco bebte innerlich vor Wut. Wie konnte es der Markgraf wagen, so vehement für die Versöhnung mit dem Salier zu werben? Doch noch ehe er ihm widersprechen konnte, hatte bereits der Erzbischof von Magdeburg das Wort an sich gerissen: „Ich bin ebenfalls zu der Erkenntnis gekommen, dass wir diesen 15jährigen Konflikt beilegen sollten. Wieviel Blut und Tränen, wie viele Verletzte und Tote hat uns der Krieg gekostet? Wie viele Witwen und Waisen hat er hervorgebracht? Und was haben wir noch zu gewinnen, was wir uns nicht längst genommen haben? Mittlerweile sind unsere Diözesen verarmt, weshalb uns für gottesgefällige Werke das Geld fehlt. Auf den Straßen herrscht Gesetzlosigkeit und die ständigen Fehden zwischen den Edlen verzehren das Land endgültig. Schließen wir uns dem Markgraf an, wechseln wir auf die Seite des Kaisers!" Ein mit den Fäusten auf den Tischen geschlagenes Trommeln bekundete mehrheitliche Zustimmung. Nun hielt es Bucco nicht mehr auf seinem Platz. Er sprang auf und stützte sich mit beiden Fäusten machtvoll von der Tischplatte ab. Leidenschaftliche Wut flackerte in seinen Augen, als er mit hochrotem Kopf schrie: „Wieso wollt ihr jetzt vor dem Salier zu Kreuze kriechen? Dabei kann er jeden Moment stürzen. Wollt ihr nach 15 Jahren einfach kampflos aufgeben? Das kann doch nicht wahr sein! Ich bin jetzt sechzig Jahre alt, zu alt, um an neue Ziele zu glauben. Lieber ginge ich ins Exil, als mich Heinrich IV. zu unterwerfen!" Diesmal blieb es im Saal still. Ein einsames, zustimmendes Klopfen erstarb augenblicklich. Wutentbrannt starrte Bucco von einem zum anderen, bis sein Blick am Graf von Beichlingen hängen blieb. „Bucco", erklärte dieser im versöhnlichen Tonfall, „wenn ich richtig informiert bin, wart Ihr an 13 Feldzügen gegen Heinrich IV. beteiligt und was hat es Euch gebracht? Seid ehrlich, mehr als abgebrannte Städte, verwüstetes Land und verdorbene Sitten sind dabei nicht herausgekommen! Werdet endlich vernünftig, kommt zur Einsicht, denn so darf es nicht weitergehen!" Übergangslos prasselten nun von allen Seiten Vorwürfe auf Bucco ein, der darauf heftig gestikulierend seinen

Standpunkt eisern verteidigte. Inzwischen wurden auch alle anderen Anhänger des Bischofs bedrängt. Man schrie sich an und erste Knuffe vor die Brust heizten die Stimmung noch weiter auf, provozierten bereits eine Schlägerei. „Herr, wir müssen hier raus", beschwor ein Mann aus Buccos Halberstädter Schutzgruppe den Bischof und zog ihn bereits am Arm nach draußen. „Was soll das jetzt?", fauchte Bucco seinen Retter empört an. Doch der zog ihn weiter, bis sie einen geschützten Platz erreicht hatten. „Herr, es ist etwas Furchtbares passiert", begann dort der Mann zu erzählen: „Euer Chevalier Wolfherrn hatte sich mit seinen Halberstädter Männern in einem Wirtshaus einquartiert, als plötzlich Bewaffnete das Haus stürmten und ihn sowie alle seine Leute ermordeten. Eminenz, Eure Wachtruppe ist fast ausgelöscht. Ich bin fast der Einzige, der überlebt hatte und fliehen konnte. Anscheinend gehörten die Meuchelmörder zum Markgrafen." Bucco schlug plötzlich das Herz bis zum Hals, Angst erfasste ihn und lähmte sein Denken. „Was sollen wir tun?", jammerte er hilflos. Sein Beschützer wusste Rat: „Sobald es dunkel ist, verlassen wir Goslar. Solange verschanzen wir uns dort in jenem Turm." Von Furcht erfasst war der Bischof zu keiner Antwort fähig. Widerstandslos ließ er sich eine schwarze Mönchskutte über sein edles Gewand werfen und mit ins Gesicht gezogener Kapuze eilten sie auf den Wohnturm zu. Die Rangeleien hatten inzwischen die Stadtmitte erreicht. Mit unbarmherziger Gewalt schlugen die Goslarer und die Männer des Markgrafen auf jeden ein, den sie für einen Unterstützer des Halberstädters hielten. Bucco begriff den Ernst der Lage. Mit vor Angst schlotternden Knien rannte er an der Seite seines Beschützers zum Turm, dessen dicke Mauern Sicherheit versprachen. Noch drei Schritt trennten ihn von der schmalen Einlasspforte, als sich ihm ein Mann in den Weg stellte. „Wohin Bruder, was treibst du dich hier herum?", brüllte ihn der Fremde herrisch an. Bucco schluckte aufgeregt den Kloß herunter, der ihn am Sprechen hinderte. „Ich wurde zu einem Sterbenden gerufen", log er im nächsten Augenblick, dabei versuchte er sich aus der festen Umklammerung des Mannes zu lösen. „Dann beeilt Euch, hier wird gleich viel Blut fließen", rief der Fremde und ein hämisches Grinsen erschien auf seinem Gesicht. „Wessen Blut soll das sein?", erkundigte sich Buccos Beschützer. „Buccos!" rief der Goslarer. Darauf zog der Mann weiter und suchte andernorts nach Opfern. „Glück gehabt" stöhnte Bucco erleichtert auf, als sie in die Sicherheit des Turmes eintauchten. Doch noch ehe sein Beschützer das winzige Tor schließen konnte, standen zwei weitere Männer im Halbdunkel des Raumes. „Schnell, versperrt das Tor", rief Bucco entgeistert. „Wer seid ihr?", fragte der Bischof und konnte dabei die Angst in seiner

Stimme verbergen. „Herr, wir gehören zu Euren Leuten und werden Euch beschützen", erhielt er zur Antwort, was sein Gemüt etwas beruhigte. Während die Männer den Zugang so gut wie möglich verbarrikadierten, zog es Bucco nach oben. Von dort erhoffte er sich einen guten Überblick über die Situation in der Stadt. Zunächst öffnete er die beiden hölzernen Flügel der Fensterläden nur einen Spalt breit, was ihm aber kein vollständiges Bild von der Lage bot. Eher unbewusst und vor allem von Neugier getrieben riss er daraufhin die Läden vollends auf und verfolgte nun ungeschützt die Kämpfe zu seinen Füßen. Schließlich ging wieder das Temperament mit ihm durch. Bucco lehnte sich aus dem Fenster und beleidigte die Goslarer Bürger mit einer Flut von übelsten Schimpfwörtern: „Ihr tollwütigen Hunde, ihr Verräter, Verbrecher geht nach Hause! Was mischt ihr euch in Dinge ein, die ihr nicht versteht? Alle, die hierbleiben, belege ich augenblicklich mit einem Bann! Niemand …", weiter kam der Bischof nicht, denn Pfeile surrten auf den Turm zu. „Herr, bückt Euch!", rief Buccos Beschützer, während der Bischof bereits einen schneidenden Schmerz am Hals spürte. Noch ehe seine Hände den Weg zur Wunde fanden, wurde dem Gottesmann schwarz vor Augen. Bewusstlos sackte er in sich zusammen, begleitet vom triumphalen Geschrei der Massen. „Schließt das Fenster", rief Buccos Retter den anderen beiden Männern zu und versorgte gleichzeitig den Verletzten, indem er ihm einen festen Verband anlegte. Bucco blinzelte mit den Augen und sah seinen Helfer dankbar an. „Muss ich heute sterben? Ist es vorbei?", erkundigte er sich mit weinerlicher Stimme. „Es ist nur eine Schnittwunde, daran stirbt man nicht", erhielt Bucco zur Antwort. „Hilf mir auf den Hocker. Von da kann ich auch nach draußen sehen, wenn ihr die Bretter etwas zur Seite schiebt", ordnete Bucco im befehlsmäßigen Ton an. Die Männer gehorchten und schoben die behelfsmäßige Verkleidung so weit auseinander, bis ein ausreichender Sehschlitz entstanden war. Doch auch an der Außenfassade schien jemand mit der gleichen Absicht herumzuwerkeln. Aufmerksam lauschten sie in die Stille hinein, die urplötzlich durch einen lauten Ruf zerrissen wurde. „Bucco lebt! Er hat nur eine Verletzung am Hals!" Kurz darauf prasselte ein Heer aus Pfeilen auf die Fensteröffnung. „Sie können uns nichts tun", tröstete der Bischof sich selber, „sie können uns nicht bezwingen." Ein scharrendes Geräusch ließ alle nach oben blicken. „Sie sind auf dem Dach und lösen die Ziegel", erkannte Buccos Retter. Von nun an starrten sie gebannt zur Decke, wo mit wachsender Emsigkeit gearbeitet wurde. „Gleich springen sie durch das Dach, dann müssen sie nur noch die Decke aufreißen. Wenn wir nicht schnell Hilfe bekommen, ist unser Leben verwirkt", jammerte der Geistliche, mit dem Beinamen eiserner Westphale. Auf der anderen Seite des Platzes beobachteten aus einem Versteck heraus zwei Halberstädter Ritter die Vorgänge um Buccos Wohnturm. Mit unendlicher Sorge stellten sie fest, dass ihrem Bischof nicht mehr viel Zeit blieb. „Wenn wir nichts unternehmen, werden sie unseren Bischof töten", lautete ihre einmütige Meinung. „Es gibt nur noch ein Mittel, um sie von Bucco abzuhalten. Wir müssen ein Feuer legen. Dann haben die Goslarer und ihre Unterstützer schnell andere Sorgen", stellten sie zufrieden fest.

Im Turm machten sich die Belagerer inzwischen an der Zwischendecke zu schaffen. Schwere Beilschläge trieben Kerben in die mächtigen Balken, und eine erste Bohle begann sich bereits zu lösen. Aber die Turmbauer hatten guten Arbeit geleistet und nur mühsam öffnete sich endlich ein erstes Loch, durch das Schutt und Steine auf ihre Opfer rieselten. Weiteres Scharren an der Decke offenbarte den Eifer und die Wut der Goslarer auf den Halberstädter Bischof. Plötzlich schrie jemand durch die Öffnung: „Dir werden wir zeigen, was wir von deinen ständigen Kriegszügen halten!"

„Tritt zur Seite, damit ich richtig zielen kann", schrie plötzlich ein anderer Belagerer, worauf Buccos Retter mit gespanntem Bogen auf das Loch zielte. Der Pfeil surrte los und löste gleich darauf einen schmerzhaften Aufschrei aus. „Getroffen", bemerkte Bucco, „der zielt nicht …" Der Bischof kam nicht mehr dazu, den Satz zu beenden. Ein Speer drang kraftvoll in seine Brust ein, wobei der Schmerz ihm den Atem nahm. Benommen brach er auf der Stelle zusammen. „Ich habe ihn getroffen", hörte Buccos Beschützer einen Mann über sich jubeln. „Ist er auch tot?", lautete die Gegenfrage, doch niemand antworte, denn von der Straße erreichte sie ein alarmierender Ruf: „Feuer! Feuer! Die Stadt brennt!" Die Männer um Bucco atmeten erleichtert auf, als die Belagerer sich daraufhin überstürzt entfernten. Im Wohnturm war wieder hoffnungsvolle Ruhe eingezogen. Nun warteten sie auf die Dunkelheit, um dann aus der Stadt fliehen zu können. Ein schmerzhaftes Aufstöhnen, eher ein Röcheln, verriet, dass Bucco noch unter den Lebenden weilte. Schnell und notdürftig versorgten sie seine Wunde und legten ihn an der Mauer ab. „Wir sollten den Turmeingang jetzt wieder freilegen. Dann können wir jederzeit fliehen", schlug Buccos Retter vor. Während die beiden anderen Männer sich sofort ans Werk machten, bastelte er selber eine Trage zusammen. Zwischendurch warf er immer wieder einen vorsichtigen Blick aus dem Fenster. Haushohe Flammen züngelten in den Himmel und kündigten eine Katastrophe an. Niemand interessierte sich mehr für den Halberstädter Bischof, aber jeder Goslarer wollte seine Stadt retten. Trotzdem warteten die Männer die Dunkelheit ab, denn sie wollten kein Risiko eingehen. Mit angespannten Sinnen lagerten sie im unteren Turmzimmer, jeden Moment zur Flucht bereit. Ein zaghaftes Klopfen an der Tür ließ sie erschrocken aufhorchen. „Wir sind es, Halberstädter!", flüsterte eine Stimme, „Wenn Ihr noch lebt, sollten wir jetzt aufbrechen!" Für eine Weile herrschte Grabesstille. „Komm jetzt, lass uns gehen. Sie scheinen es nicht geschafft zu haben", tuschelte ein anderer der Männer. Genau darauf hatten Buccos Leute gehofft. „Wartet", flüsterten sie halblaut zurück, „der Bischof ist verletzt, wir können eure Hilfe gut gebrauchen." Während ihre Herzen vor Freude jubilierten, schleppten sie ihre wertvolle Last gemeinsam aus der Stadt heraus. Erst in ausreichender Entfernung machten sie eine erste Pause, auf der sie beschlossen, den Bischof ins Kloster von Ilsenburg zu bringen.

„Goslar brennt immer noch", stellten die Männer bei ihrem Aufbruch fest. „Ja, das Feuer hat uns das Leben gerettet."

Als am Morgen im Osten die Sonne mit ihrem Feuer der Welt etwas Wärme schenkte, überschritten die Flüchtigen das Flüsschen Ilse. Nach einem letzten beschwerlichen Aufstieg standen sie vor der Pforte des Klosters. Endlich konnten sie ihren Schützling den pflegenden Händen der Mönche übergeben. Diese gaben alles für ihren Förderer, doch die Verletzungen waren zu schwer. Gleichwohl war Bucco noch nicht bereit vor seinen Herrn zu treten. Ganze sieben Tage kämpfte er um sein Leben, sieben Tage, in denen sein Neffe, Abt Herrand, an seinem Lager saß und auf ein Wunder hoffte. Am Abend des siebten Tages öffnete Bischof Burchard II. die Augen und ließ seinen Blick von einem zum anderen wandern. „Danke, dass ihr mir in der schwersten Stunde meines Lebens beisteht", flüsterte er mit schwacher Stimme, „hier möchte ich nicht nur sterben, hier möchte ich auch zur letzten Ruhe bestattet werden. Friede sei mit euch." Die Mönche antworteten mit einem Gebet für die Seele des Bischofs, die inzwischen seinen Leib verlassen hatte und zu ihrem Schöpfer eilte.

„Gott schenke seiner Seele ewige Ruhe. Im Leben blieb ihm Gottes Frieden versagt", sprach Abt Herrand und drückte ihm beide Lider zu. Buccos letzter Wunsch wurde ihm erfüllt. Die Mönche setzten ihn in Ilsenburg bei. Zur Huldigung seiner Taten und ihm zum Gedenken setzten sie eine Grabplatte, auf der folgender Text in den Stein gemeißelt wurde:

„Hier ruht ein Freund und Förderer des Klosters Ilsenburg.
Hier liegt, erschlagen in Goslar, ein guter Hirte,
Vater Burchard.
Er starb nach einem fünfzehnjährigen Kampf,
der ihn unsterblich machen wird."

Ilsenburger Teich

Sein Neffe hatte wahrlich einen guten Platz für seine sterblichen Über-
reste gewählt: Am Rande des Waldes und in der Nähe des Flüsschens Ilse,
einem Ort, der wohl wie kein zweiter geeignet war, auch dem unruhigsten
Menschenkind schließlich den ewigen Frieden zu schenken. Doch einmal
im Jahr, wenn der Sommer zu Ende geht, erinnern sich die Ilsenburger an
diesen außergewöhnlichen Mann mit einem besonderen Fest. Zunächst
schlüpft dafür der Bürgermeister von Ilsenburg in ein historisches Gewand,
das der Bischofsrobe von Bucco ähnlich sieht. Auf dem Teich in der Mitte
des Ortes versucht er sich darauf als Forellenfischer, so wie es auch von
den Mönchen zu Buccos Lebzeiten zur Fastenzeit regelmäßig vollbracht
wurde. Auf diese Weise halten die Bürger der kleinen Harzstadt mit viel
Humor und körperlichen Einsatz das Andenken des Bischofs aufrecht.

Nach seinem Tod brach die Opposition gegen Heinrich IV. endgültig
zusammen. Gegenkönig Hermann I. verzichtete auf die Königswürde und
erhielt daraufhin im September 1088 vom Kaiser die Erlaubnis, sich in den
Westen des Reiches abzusetzen. Nach der Teilnahme an einigen unbedeutenden Scharmützeln starb er im gleichen Jahr bei einem Kampf in der
Nähe von Cochem. Ein Stein hatte ihn am Hals getroffen und eine tödliche

Verletzung zugefügt.

Heinrichs Vetter, Markgraf Ekbert II., konnte sich weder mit den Fürsten noch mit dem Kaiser versöhnen. Auch er starb einen seltsamen Tod. Am 3. Juli 1090 wurde er von Unbekannten in einer Mühle erschlagen, die alten Quellen nach im Selketal lag.

Im gleichen Jahr setzte auch die Läuterung des Grafen Wiprecht von Groitzsch ein, nachdem er sich zuvor eines schrecklichen Verbrechens schuldig gemacht hatte. Es war seine Frau, die kluge und reiche Judith, Tochter des böhmischen Königs, die ihn zur Reue drängte. Die fromme Frau konnte es nicht ertragen, an der Seite eines Mannes zu leben, der auf einem Rachezug nach Zeitz den Herrn von Profen und 17 seiner Getreuen erschlagen hatte. Nach dieser Untat jagte er auch dessen restliche Begleiter, die sich aber in die Zeitzer Jakobskirche geflüchtet hatten. Wiprecht ließ die Kirche anzünden und als sich daraufhin Hageno von Tubichin ergab, wurden ihm beide Augen ausgestochen. Die restlichen Ritter starben den Feuertod. Das war für die Gräfin zu viel! Mit der „Überzeugungskraft" ihres Vaters schickte sie Wiprecht auf eine lange Pilgerreise nach Rom. Nachdem ihn Papst Urban auch noch nach Santiago de Compostela beordert hatte, gründete er nach seiner glücklichen Heimkehr 1091 bei Pegau ein Kloster. Er blieb trotzdem weiterhin ein Getriebener, immer bemüht seinen Besitz zu vergrößern, bis er 1124 im Kloster Pegau starb.

Für Kaiser Heinrich IV. konnten in diesen Tagen des Jahres 1088 die Sterne kaum besser stehen. Die Front der Gegner war zusammengebrochen, die Fürsten hatten ihren Treueid erneuert. Außerdem winkte dem Kaiser auch privat ein neues Glück. Endlich hatte er die Frau gefunden, die sein Herz zum Beben brachte, die er begehrte, liebte, die er zu seinem Weib machen wollte. Die Erwählte war eine Schönheit, stammte aus Kiew und war die Tochter des Großfürsten. Im Herbst sollte die Verlobung sein und im Jahr darauf die Hochzeit. Bis dahin gab es noch viel zu regeln, weshalb Heinrich erneut nach Quedlinburg gekommen war. Sein Besuch galt diesmal seiner Schwester Adelheid, der Äbtissin des Frauenstifts. Außerdem wollte der Kaiser einen Ort aufsuchen, der einst eine besondere Rolle für ihn gespielt hatte.

Gleich im Morgengrauen startete er mit seinen engsten Vertrauten. „Auf ins Selketal", rief er seinen Männern erwartungsvoll zu, „Sehen wir uns den Ort an, an dem die erste Schlacht für mich geschlagen wurde!" Otto, der wie eh und je an seiner Seite ritt, sollte die Gruppe führen.

Entgegen seines sonstigen Verhaltens war er an diesem Tag außerordentlich schweigsam. „Wie oft bist du diesen Weg schon geritten?", erkundigte sich Heinrich und versuchte auf diese Weise seinem Ritter ein Gespräch aufzuzwingen. Aus tiefsten Gedanken aufgeschreckt, sah Otto überrascht auf. „Das wüsste ich selber auch gern. Aber mich beschäftigt gerade etwas anderes, etwas sehr Rätselhaftes", gab er zur Antwort. „Erzähle schon! Ich möchte gerne wissen, was für Sorgen dich belasten", antwortete Heinrich leicht belustigt, worauf Otto ihm einen prüfenden Blick zuwarf. Machte sich der Freund etwa über ihn lustig? „Ich wollte Euch nicht mit meinen Zweifeln belästigen, doch vielleicht ist es Euch auch schon aufgefallen. Von Euren einstigen Feinden, egal ob Bischof oder Fürst, ist keiner eines guten Todes gestorben. Dabei ist die Liste der Dahingeschiedenen lang! Ich denke manchmal, dass die Abtrünnigen damals, also im Jahr 1077, in Forchheim verflucht worden sind. Nicht umsonst sprechen die Menschen heute vom Pilatus- und nicht vom Königshof." Die beiden Männer warfen sich einen fragenden Blick zu. „Du hättest lieber Philosoph und nicht Ritter werden sollen", erwiderte Heinrich dozierend. Er wollte sich auf derartige Mutmaßungen nicht einlassen, kannte aber Ottos Faible für das Mystische. „Weißt du", sprach er schließlich weiter, „setzen wir lieber darauf, dass jetzt die Zeiten ruhig bleiben, dass niemand mehr eines schrecklichen oder, wie du sagst, eines unguten Todes, sterben muss! Versuchen wir mit allen Kräften den Frieden zu gewinnen!" „Ein guter Gedanke", sprach Otto leise, wobei aus seinen Augen Zustimmung leuchtete. Schweigend ritten die Männer weiter, jeder in Gedanken mit seinem eigenen Frieden beschäftigt. Bald darauf, am Ufer eines kleinen Flusses, ließ Otto die Pferde anhalten und erklärte: „Hier ist der Ort, an dem Eure Vetter für Euch ihr Leben verloren haben. Sie waren gewiss die ersten Opfer in diesem langen, endlosen Krieg." Die Männer stiegen von ihren Pferden, knieten nieder und sprachen gemeinsam am Sterbeort ein Gebet für die Seelen der Toten. Darauf erzählte Otto alles, woran er sich noch erinnern konnte: „Wir waren damals Kinder, wohl sieben Jahre alt. Der Hof, mit Kaiserin Agnes, war auf dem Weg nach Merseburg, um dort das Osterfest zu feiern. Hier in Quedlinburg gab es einen Zwischenaufenthalt, wodurch viele Freunde, aber auch Feinde dorthin pilgerten. Auch ich war mit meiner Familie auf den Weg nach Quedlinburg, als wir unterwegs von der Verschwörung gegen den jungen König erfuhren. Der Zufall wollte es, dass mein Vater auf Eure Vetter, die Grafen Egbert und Brun, stieß. Stehenden Fußes ritten darauf die Männer den Verschwörern entgegen, die unter der Führung des Sohns vom Sachsenherzog standen. Ihr erklärtes Ziel war es, Euch zu ermorden. Hier am Flüsschen Selke prallten die Parteien aufeinander. Wie die Furien sind sie übereinander hergefallen, ohne an ihr eigenes

Leben zu denken. Der Blutzoll war hoch und Brun und Egbert verloren beide ihr Leben. Wer von den Verschwörern überlebte, flüchtete." Die Männer sahen sich betroffen an, denn von einem geplanten Mordkomplott auf den Kind-König hatten sie noch nie gehört. Auch Adalbert, Ottos ehemaliger Knappe, ließ ergriffen seine Blicke durch die Umgebung schweifen, was ihn zu der Erkenntnis brachte: „Die Zeit hat diesem Flecken Natur ihre Unschuld zurückgegeben. Wo ist der Harz mit seinen Wäldern, Wiesen, Klippen und Felsen sonst noch reizvoller als hier, im Tal der Selke?" Die Ritter mussten ihm zustimmen und auch Heinrich sprach bewegt: „Uns verbindet wahrlich eine lebenslange Freundschaft, das ist mir soeben mal wieder richtig bewusst geworden. Für diesen Einsatz ist euch nie richtig gedankt worden. Das möchte ich heute nachholen. Otto, sprich, was wünscht du dir am sehnlichsten?" Verlegen sah der Ritter seinen Kaiser an. Es war nicht seine Art, nach Reichtum und Titeln zu streben! Er hatte sein Auskommen, das Rittergut, dass sein früherer Weggefährte Johann verwaltete. So antwortete er schließlich: „Herr, ich brauche nichts. Freundschaft hat keinen Preis, Freundschaft gibt ohne Hintergedanken!" Während Heinrich ihn zweifelnd anschaute, mischte sich Ritter Adalbert mit einem breiten Grinsen in das Gespräch ein: „Er hat einen Wunsch Herr! Er möchte sich wieder ein Weib nehmen, möchte wieder freien. Die Braut kennt er schon sehr lange und hat mir ihr zwei bildhübsche Töchter." Otto versetzte Adalbert einen derben Hieb in die Rippen. „Was soll das?", ächzte der übertrieben auf, „natürlich würdest du Watelinde sofort heiraten, wenn du es könntest." Heinrich horchte auf: „Ist das immer noch dieselbe Watelinde? Bist du immer noch mit ihr zusammen?" Otto nickte bestätigend und erklärte: „Sie wohnt zurzeit im Gut in den Klusbergen bei meiner Schwester. Bei dem Überfall des Markgrafen auf Halberstadt ist auch ihr Haus in Flammen aufgegangen." Fassungslos bemerkte Heinrich: „Mein erster Ritter hat in jeder Stadt ein Liebchen, aber an seiner Jugendliebe hält er noch immer eisern fest. Otto, das schreit nur so nach Anerkennung. Ich werde aus Watelinde eine Edeldame machen und du kannst sie dann standesgemäß zum Altar führen!" Nach und nach hellte sich das Gesicht des Ritters auf, bis sich darin ein breites Grinsen festgesetzt hatte. Ein ansteckendes Grinsen, das sofort auch auf alle anderen Männer übersprang. „Ich kann es nicht fassen", strahlte Otto, „meine kleine Waldelfe soll eine edle Dame werden. Herr, ich danke Euch und freue mich auch für Euch! Vortrefflich, dass Ihr die Liebe Eures Lebens gefunden habt. Prinzessin Praxedix ist aber auch eine großartige Frau, eine unübertroffene Schönheit!" Der Kaiser sah nachdenklich in die Weite und sprach darauf, mehr zu sich selbst: „Vielleicht zu schön, um nicht Begehrlichkeiten zu wecken. Aber auch so etwas lässt sich regeln." Die fragenden Blicke seiner Männer übersah er geflissentlich und Otto war zu sehr in Hochstimmung, um etwas zu bemerken. „Herr, erlaubt mir morgen in die Klusberge zu reiten. Ich kann es kaum erwarten, Watelinde die frohe Botschaft zu bringen", sprach er aufgeregt. Dabei sah er Heinrich erwartungsvoll an. Der lächelte verständig, als er antwortete: „Bring sie nach Quedlinburg, damit ich sie erhöhen kann. Danach wird in den Klusbergen geheiratet!" Ottos Grinsen wurde noch breiter, als er sich erkundigte: „Wo findet eigentlich Eure Hochzeit statt? Wurde das schon besprochen?" „Wahrscheinlich in Köln, aber endgültig entschieden ist das noch nicht. Reiten wir erst einmal nach Quedlinburg zurück. Da werden wir bestimmt schon ungeduldig erwartet."

Äbtissin Adelheid hatte hoch oben auf dem Schlossberg von ihrem Fenster aus einen guten Weitblick ins Land. Seit einer Stunde stand sie dort und wartete auf die Rückkehr des Kaisers. Nach Buccos Tod war sie auffallend gealtert. Nun ängstige sie sich um Heinrichs Zukunft, so wie sie ihr Leben lang immer treu zu ihm gehalten hatte. Jetzt wünschte sie sich in die Zukunft sehen zu können, doch diese Gabe besaß Adelheid nicht. Sie konnte nur eines bravourös, so wie auch einst ihre Mutter, sie konnte beten! Das war ihr Lebensinhalt. Sie schloss die Augen, sank auf die Knie und sprach ein Bittgebet:

„Allmächtiger Gott in der Höhe, liebreizende Mutter Maria, schenkt meinem Bruder, Kaiser Heinrich IV. ein langes und glückliches Leben. Weist ihm immer den richtigen Weg in seinen schweren Entscheidungen. Leitet ihn nicht fehl und gebt ihm starke Stützen zur Seite. Schenkt ihm eine glückliche zweite Ehe und gebt seinen Söhnen Heinrich und Konrad ein stets treues Herz. Vernichtet seine Feinde und erhebt die treuen Freunde. Segnet und behütet sie. Seid gnädig mit uns und schenkt uns allen Frieden."

Und während sie sich erhob und sich ihrem Bruder, der soeben eingetroffen war, zuwandte, sprach sie leise noch ein letztes, inniges Stoßgebet für Buccos Seele: „Lieber Gott, halte für meinen alten Freund Bucco einen ruhigen Platz im Himmel bereit. Er hatte viele guten Seiten. Sei nachsichtig mit ihm!"

Nachtrag

is zu ihrem Lebensende wird Adelheid ihre größte Erfüllung im Gebet finden. Heiler Eckehart wird wieder auf Reisen gehen. Watelinde und Otto schließen den Bund fürs Leben und werden das Rittergut am Harzrand wieder neu beleben. Otto wird weiter treu an Heinrichs Seite stehen, mit allen Höhen und Tiefen, die das Schicksal für den Kaiser noch bereithält. Edda wird in den Klusbergen bleiben und ihre Pläne von einem Leben im Kloster vergessen. Knappe/Ritter Adalbert aus dem Grafengeschlecht derer von Haimar, wird von Kaiser Heinrich IV. mit Ländereien im Harzvorland belehnt und begründet so ein neues Geschlecht von Harzgrafen.

Bildnachweise

Das Titelbild auf dem Buchumschlag ist eine Abbildung aus der Maciejowski-Bibel, auch „Kreuzritter-Bibel", ca. 1240 n. Chr., Quelle: The Morgan Library & Museum, MS M.638, fol. 38v

„Klusfelsen bei Halberstadt", Seite 141, Foto: FrankBothe, Quelle: Wikimedia Commons, Lizenz: Creative-Commons 4.0, nachbearbeitet von Regina Oversberg

Die übrigen Bilder in diesem Buch sind eigene Aufnahmen der Autorin, die mit Ausnahme des Bildes der Heiligen Lanze auf Seite 92 für die Abbildung hier von der Autorin nachbearbeitet wurden.

Weiterhin erschienen im pkp Verlag

Philosophie

Inochi
The Book of Life | Das Buch des Lebens
Mikoto Masahilo Nakazono
Deutsch von Pierre Kynast

Trialektik
Entwurf eines metaphysischen Schemas zur Beschreibung und
Beherrschung der Wirklichkeit
Pierre Kynast

Friedrich Nietzsches Übermensch
Eine philosophische Einlassung
Pierre Kynast

Orgonomie

OrgonEnergieSysteme I
Wolkenzerstäuben, Cloudbuster und Regenmachen: Zur Orgonomie der
Atmosphärenbeeinflussung
Pierre Kynast

Historischer Roman

Der Schamanensand vom Regenstein
Die Sachsenkriege und das Leben König Heinrichs IV. († 1106) – Teil 1
Regina Oversberg

Erzählungen

Merseburger Zaubergeschichten
Anthologie anlässlich des 180-jährigen Jubiläums der Wiederentdeckung
der Merseburger Zaubersprüche
Leseturm. Literaturkreis Merseburg

Alltägliche Sensationen II
Geschichten und Reportagen
Tilo B.

Du hast genau ein Leben
Überzeugter Soldat der Wehrmacht, desillusionierter Schulleiter in der
DDR, verzweifelter Freitod
Regina Oversberg

Durchlebte Wende im Osten
Erlebnisse, Beobachtungen und Einschätzungen eines Westdeutschen in
der ehemaligen DDR
Gerhard Brugmann

Geschichten aus dem Leseturm III
Das Wendebuch: Erlebte Revolution 1989/90, Massenflucht,
Reisefreiheit, D-Mark, Wiedervereinigung
Leseturm. Literaturkreis Merseburg

Aus der Heimat in die Ferne
Zweiter Weltkrieg, Flucht und Vertreibung 1945
Ingeborg Schmelz

Weihnachtsgeschichten aus dem Leseturm
Festtagsfreuden rund um Gänsebraten, Westpakete und die Liebe unterm
Weihnachtsbaum
Leseturm. Literaturkreis Merseburg

Alltägliche Sensationen
Geschichten und Reportagen
Tilo B.

Geschichten aus dem Leseturm II
Merseburg zwischen Russenkaserne, Strandkorb und TH
Leseturm. Literaturkreis Merseburg

Neue Geschichten über Herbert, Hubert und andere Zeitgenossen
Regina Oversberg

Kunst, Fotografie und Lyrik

Licht & Tinte
Fotografie, Lyrik und Prosa aus Halle und Merseburg
Leseturm Literaturkreis Merseburg
Fotoklub Inspiration, Verein für Fotografie e.V., Halle

Fantasy

Die Geheimnisse von Surania
Selenia Night

Jared – Vampir meiner Träume
Selenia Night

Kinderbücher

Der Spatzenjunge Flori
Kleine Weisheiten für Große von Morgen
Ingeborg Schmelz

Die kleine Brockenhexe Walpurgis
Johanna Adler

Möchten Sie über Neuerscheinungen im pkp Verlag informiert werden?
Kontaktieren Sie uns gern jederzeit.

E-Mail: info@pkp-verlag.de
Internet: pkp-verlag.de
Telefon: 0172 3552864

pkp Verlag
Postfach 1602, 06206 Merseburg, Deutschland